Le Siècle.

LE

MAITRE D'ARMES

PAR

Alexandre Dumas.

PARIS.

BUREAU DU SIÈCLE, 16, RUE DU CROISSANT,

ANCIEN HOTEL COLBERT

1850

LE

MAITRE D'ARMES.

—Ah! pardieu! voilà un miracle, me dit Grisier en me voyant paraître sur la porte de la salle d'armes où il était resté le dernier et tout seul.

En effet, je n'avais pas remis le pied au Faubourg Montmartre, n° 4, depuis le soir où Alfred de Nerval nous avait raconté l'histoire de Pauline.

—J'espère, continua notre digne professeur, avec sa sollicitude toute paternelle pour se anciens écoliers, que ce n'est pas quelque mauvaise affaire qui vous amène?

—Non, mon cher maître, et si je viens vous demander un service, lui répondis-je, il n'est pas du genre de ceux que vous m'avez parfois rendus en pareil cas

—Vous savez que, pour quelque chose que ce soit, je suis tout à vous Ainsi parlez.

—Eh bien! mon cher, il faut que vous me tiriez d'embarras.

—Si la chose est possible, elle est faite.

—Aussi je n'ai pas doute de vous.

—J'attends.

—Imaginez-vous que je viens de passer un traité avec mon libraire, et que je n'ai rien à lui donner.

—Diable!

—Alors je viens à vous pour que vous me prêtiez quelque chose.

—A moi?

—Sans doute, vous m'avez raconté cinquante fois votre voyage en Russie.

—Tiens, au fait!

—Vers quelle époque y étiez vous?

—Pendant 1824, 1825, 1826.

—Justement pendant les années les plus intéressantes: la fin du règne de l'empereur Alexandre, et l'avènement au trône de l'empereur Nicolas.

—J'ai vu enterrer l'un et couronner l'autre. Eh mais! attendez donc!..

—Que je le savais bien!...

—Une histoire merveilleuse.

—C'est ce qu'il me faut.

—Imaginez donc .. Mais mieux que cela; avez-vous de la patience?

—Vous demandez cela à un homme qui passe sa vie à faire des répétitions

—Eh bien! alors, attendez. — Il alla a une armoire et en tira une énorme liasse de papiers.—Tenez, voilà votre affaire

—Un manuscrit, Dieu me pardonne!

—Les notes d'un de mes confrères qui était à Saint Petersbourg en même temps que moi, qui a vu tout ce que j'ai vu, et en qui vous pouvez avoir la même confiance qu'en moi-même

—Et vous me donnez cela?

—En toute propriété.

—Mais c'est un tresor.

—Où il y a plus de cuivre que d'argent, et plus d'argent que d'or Tel qu'il est enfin, tirez en le meilleur parti possible.

—Mon cher, dès ce soir je vais me mettre à la besogne, et dans deux mois ..

—Dans deux mois?. .

—Votre ami se réveillera un matin, imprimé tout vif.

—Vraiment?

—Vous pouvez être tranquille.

—Eh bien! parole d'honneur, ça lui fera plaisir.

—A propos, il manque une chose à votre manuscrit

—Laquelle?

—Un titre.

—Comment, il faut que je vous donne aussi le titre?

—Puisque vous y êtes, mon cher, ne faites pas les choses à moitie.

—Vous avez mal regardé, il y en a un.

—Où cela?

—Sur cette page,—voyez: — *Le Maître d'Armes ou Dix-huit mois à Saint Petersbourg.*

—Eh bien! alors, puisqu'il y est, nous le laisserons

—Ainsi donc?

—Adopté.

Grâce à ce préambule, le public voudra bien se tenir pour averti que rien de ce qu'il va lire n'est de moi, pas même le titre

D'ailleurs, c'est l'ami de Grisier qui parle

I.

J'étais encore dans l'âge des illusions. je possédais une somme de 4,000 fr., qui me paraissait un trésor inépuisable, et j'avais entendu parler de la Russie comme d'un véritable Eldorado pour tout artiste un peu supérieur dans son art : or, comme je ne manquais pas de confiance en moi-même, je me décidai à partir pour Saint-Pétersbourg.

Cette résolution une fois prise fut bientôt exécutée : J'étais garçon, je ne laissais rien derrière moi, pas même des dettes ; je n'eus donc à prendre que quelques lettres de recommandation et mon passeport, ce qui ne fut pas long, et huit jours après m'être décidé au départ, j'étais sur la route de Bruxelles.

J'avais choisi la voie de terre, d'abord parce que je comptais donner quelques assauts dans les villes où je passerais, et défrayer ainsi le voyage par le voyage même ; ensuite parce que, enthousiaste de notre gloire, je désirais visiter quelques-uns de ces beaux champs de bataille, où je croyais que, comme au tombeau de Virgile, les lauriers devaient pousser tout seuls.

Je m'arrêtai deux jours dans la capitale de la Belgique ; le premier jour j'y donnai un assaut, et le second jour j'eus un duel. Comme je me tirai assez heureusement de l'un et de l'autre, on me fit, pour rester dans la ville, des propositions fort acceptables, que cependant je n'acceptai point : j'étais poussé en avant.

Néanmoins je m'arrêtai un jour à Liége ; j'avais, aux archives de la ville, un ancien écolier près duquel je ne voulais pas passer sans lui faire ma visite. Il demeurait rue Pierreuse : de la terrasse de sa maison, et en faisant connaissance avec le vin du Rhin. je pus donc voir la ville se dérouler sous mes pieds, depuis le village d'Herstall, où naquit Pepin, jusqu'au château de Banioule, d'où Godefroy partit pour la Terre-Sainte. Cet examen me raconta, sur tous ces vieux bâtimens, cinq ou six légendes plus curieuses les unes que les autres ; une des plus tragiques est, sans contredit, celle qui a pour titre le Banquet de l'arfusée, et pour sujet la mort re du bourgmestre Sébastien Laruelle, dont une des rues de la ville porte encore aujourd'hui le nom.

J'avais dit à mon écolier, au moment de monter dans la diligence d'Aix-la-Chapelle, mon projet de descendre aux villes célèbres et de m'arrêter aux champs de bataille fameux ; mais il avait ri de ma prétention et m'avait appris qu'en Prusse on ne s'arrête pas où on veut, mais où veut le conducteur, et qu'une fois enfermé dans sa caisse, on est à son entière disposition. En effet, de Cologne à Dresde, où mon intention bien positive était de rester trois jours, on ne tira de notre cage qu'aux heures des repas, et juste le temps de nous laisser prendre la nourriture strictement nécessaire à notre existence. Au bout de trois jours de cette incarcération, contre laquelle au reste personne ne murmura, tant elle est convenue dans les États de sa majesté Frédéric-Guillaume, nous arrivâmes à Dresde.

C'est à Dresde que Napoléon fit, au moment d'entrer en Russie, cette grande halte de 1812, où il convoqua un empereur, trois rois et un vice-roi ; quant aux princes souverains, ils étaient si pressés à la porte de la tente impériale, qu'ils se confondaient avec les aides-de-camp et les officiers d'ordonnance ; le roi de Prusse fit antichambre trois jours.

Tout est prêt pour rendre à l'Asie ses invasions de Huns et de Tartares. Des bords du Guadalquivir et de la mer de Calabre, six cent dix-sept mille hommes, criant : Vive Napoléon ! en huit langues différentes, ont été poussés par la main du géant jusqu'aux bords de la Vistule ; ils traînent avec eux treize cent soixante-douze pièces de canon, six équipages de pont, un équipage de siège ; à leur tête marchent quatre mille voitures de vivres, trois mille caissons d'artillerie, quinze cents voitures d'ambulance et douze cents troupeaux, et par-

tout où ils passent, les acclamations de l'Europe les accompagnent.

Le 29 mai, Napoléon quitte Dresde, ne s'arrête à Posen que pour dire quelques paroles amies aux Polonais, dédaigne Varsovie, séjourne à Thorn le temps qui lui est strictement nécessaire pour visiter les fortifications et les magasins, descend la Vistule, laisse à sa droite Friedland au glorieux souvenir. et enfin arrive à Kœnigsberg d'où, en descendant vers Gumbinnen, il passe en revue quatre ou cinq de ses armées. L'ordre du mouvement est donné : tout l'espace qui s'étend de la Vistule au Niémen se couvre d'hommes, de voitures et de fourgons ; le Pregel, qui coule d'un fleuve à l'autre comme une veine qui communiquerait avec deux grandes artères, se couvre de bateaux de vivres. Enfin, le 23 juin, avant le jour, Napoléon arrive à la lisière de la forêt prussienne de Pilwiski ; une chaîne de collines s'étend devant lui, et de l'autre côté de ces collines coule le fleuve russe. L'empereur, qui est venu jusque-là en voiture, monte à cheval à deux heures du matin, arrive aux avant-postes près de Kowno, prend le bonnet et la capote d'un chevau-léger polonais, et part au galop avec le général Haxo et quelques hommes pour reconnaître lui-même le fleuve ; en arrivant sur les bords, son cheval s'abat et le jette à quelques pas de lui sur le sable. — C'est d'un mauvais présage, dit Napoléon en se relevant ; un Romain reculerait.

La reconnaissance est faite : l'armée gardera tout le jour ses positions qui la cachent aux yeux de l'ennemi ; puis la nuit, l'armée passera le fleuve sur trois ponts

Le soir venu, Napoléon se rapproche du Niémen ; quelques sapeurs traversent le fleuve dans une nacelle, l'empereur les suit des yeux dans l'ombre où ils s'enfoncent ; ils abordent et descendent sur la rive russe : l'armée ennemie, qui était là la veille, semble s'être évanouie. Au bout d'un instant de silence et de solitude, un officier de cosaques se présente : il est seul et paraît étonné de trouver à cette heure des étrangers sur la rive du fleuve.

— Qui êtes-vous ? demande-t-il.

— Français, répondent les sapeurs.

— Que voulez-vous ?

— Passer le Niémen.

— Que venez-vous faire en Russie ?

— La guerre, pardieu !

A cette déclaration du héraut subalterne, le Cosaque, sans répondre, pique des deux dans la direction de Vilna, et disparaît comme une vision nocturne. Trois coups de feu le poursuivent sans l'atteindre. Napoléon tressaille à ce bruit : la campagne est armée.

L'empereur ordonne aussitôt à trois cents voltigeurs de traverser le fleuve pour protéger l'établissement des ponts ; en même temps des officiers d'ordonnance sont envoyés sur tous les points. Alors les masses françaises s'ébranlent dans l'obscurité et s'avancent, cachées dans les bois et se confondant dans les seigles ; la nuit est si profonde que les têtes de colonne sont arrivées à deux cents pas du fleuve sans être aperçues de Napoléon ; il entend seulement un bruit sourd pareil à celui d'un ouragan qui s'approche ; il s'élance de ce côté ; le mot halte ! répété à voix basse, s'étend sur toute la ligne ; on n'allume aucun feu, le silence est ordonné, chacun se couchera à son rang, le fusil sur le bras. A deux heures du matin, les trois ponts étaient jetés.

Le jour paraît, la rive gauche du Niémen est couverte d'hommes, de chevaux et de voitures ; la rive droite est déserte et morne ; le terrain lui-même, en devenant russe, semble changer d'aspect. Tout ce qui n'est pas forêt sombre est un sable aride.

L'empereur sort de sa tente placée au sommet de la colline la plus élevée et au centre de cette multitude ; aussitôt les ordres sont donnés, les aides-de-camp s'élancent vers les points désignés, divergent comme les rayons d'une étoile. Presque en même temps ces masses confuses s'ébranlent, se réunissent par corps d'armée, s'allongent en colonnes, et, se tordant dans la sinuosité du terrain, semblent autant de rivières qui descendent vers le fleuve.

Au moment où les trois avant-gardes mettaient le pied sur

le territoire russe, l'empereur Alexandre acceptait un bal qu'on lui donnait à Vilna, et dansait avec madame Barclay de Tolly, dont le mari commandait en chef son armée. Il avait appris à minuit, par l'officier de Cosaques qu'avaient rencontré nos sapeurs, l'arrivée de l'armée française sur le Niémen, mais il n'avait pas voulu interrompre la fête.

A peine l'avant-garde a-t-elle mis le pied, par le triple passage qui lui est ouvert, sur la rive droite du Niémen, que Napoléon s'élance, suivi de son état-major, sur le pont du milieu et le traverse à son tour. Arrivé sur l'autre bord, il s'inquiète, il s'étonne : cet ennemi qui lui échappe semble plus menaçant par son absence qu'il ne le serait par sa présence ; en ce moment, il s'arrête, il a cru entendre le canon ; il se trompe, c'est le tonnerre ; un orage s'amasse sur l'armée, le temps se couvre et s'assombrit comme si la nuit était près de descendre. Napoléon ne peut résister à son impatience, il s'entoure de quelques hommes seulement, s'élance dans cette atmosphère grisâtre, et, courant de toute la vitesse de son cheval, disparaît au milieu d'une forêt. Le temps continue de se couvrir. Au bout d'une demi-heure, on voit revenir l'empereur à la lueur d'un éclair : il a fait plus de deux lieues sans rencontrer âme qui vive. En ce moment, l'orage éclate ; Napoléon va chercher un abri dans un couvent.

Vers les cinq heures du soir, tandis que l'armée continue de passer le Niémen, Napoléon, que cette solitude tourmente, s'avance jusqu'à la Wilia qu'il rencontre à un quart de lieue au-dessus de l'endroit où elle se jette dans le Niémen ; les Russes, en se retirant, ont brûlé le pont, il serait trop long d'en rétablir un autre : les chevau-légers polonais trouveront un gué.

A l'ordre de Napoléon, un escadron de cavalerie se jette dans la rivière ; d'abord l'escadron conserve ses rangs, ce qui donne quelque espoir ; peu à peu hommes et chevaux s'enfoncent davantage, ils perdent pied, mais n'en poussent pas moins en avant ; bientôt, malgré leurs efforts, ils se débandent. Arrivés au milieu de la rivière, la violence du courant les emporte ; quelques chevaux déjà ont disparu ; les autres épouvantés hennissent en signe de détresse ; les hommes luttent et se débattent, mais la force de l'eau est telle qu'ils sont emportés. A peine quelques-uns parviennent-ils à atteindre l'autre bord, le reste s'enfonce et disparaît aux cris de vive l'empereur ! et ce qui reste de l'armée sur le Niémen voit arriver à elle des cadavres flottants d'hommes et de chevaux qui lui apportent des nouvelles de son avant-garde.

Il fallut à l'armée française trois jours entiers pour passer le fleuve.

En deux jours, Napoléon gagne les défilés qui protègent Vilna ; il espère que l'empereur Alexandre l'aura attendu dans cette belle position pour défendre la capitale de la Lithuanie ; les défilés sont déserts, il ne peut en croire ses yeux ; les avant-gardes les ont déjà traversés sans obstacle ; il s'emporte, il accuse, il menace ; l'ennemi est non-seulement insaisissable, mais encore invisible. C'est un plan convenu, c'est une retraite préméditée, car il connaît les Russes pour avoir eu affaire à eux, et, quand ils ont reçu l'ordre de combattre, ce sont des murailles vivantes qu'on renverse, mais qui ne reculent pas.

Cependant, quelque danger qu'elle cache, il faut bien profiter de la retraite de l'ennemi. Napoléon se place au milieu des Polonais, et fait avec eux son entrée dans Vilna. A la vue de ceux qu'ils regardent comme leurs compatriotes, et de celui en qui ils espèrent comme dans un sauveur, les Lithuaniens accourent avec des cris de joie et d'enthousiasme ; mais Napoléon soucieux traverse Vilna sans rien voir, sans rien entendre, et court aux avant-postes qui ont déjà dépassé la ville ; là enfin, il a nouvelle des Russes : le 8e hussards qui s'est imprudemment, et sans être soutenu, enfoncé dans un bois, y a été taillé en pièces. Napoléon respire, il n'a donc point affaire à une armée de fantômes ; l'ennemi s'est retiré dans la direction de Drissa ; Napoléon lance après lui Murat et sa cavalerie, puis il revient à Vilna prendre possession du palais qu'Alexandre a quitté la veille.

Napoléon s'y arrête pour mettre au courant son travail arriéré. Quant à son armée, elle continuera de marcher en avant sous les ordres de ses capitaines ; puisque l'armée russe existe, c'est à eux de la joindre. Nos convois, nos fourgons, nos ambulances ne sont pas encore arrivés ; n'importe, ce qu'il faut avant tout, c'est une bataille, car une bataille sera une victoire, et Napoléon pousse quatre cent mille hommes dans un pays qui n'a pas pu nourrir Charles XII ni ses vingt mille Suédois.

Aussi, les nouvelles les plus désastreuses lui arrivent elles de tous côtés : l'armée, qui manque de vivres, ne peut subsister que par le pillage, encore le pillage est-il insuffisant ; alors, quoique dans un pays ami, on menace, on frappe et on brûle ; c'est par accident sans doute que ce dernier malheur arrive, mais des villages tout entiers sont victimes de ces accidens. Et, malgré tout cela, l'armée souffre ; déjà le découragement s'y met : on parle de jeunes conscrits, moins accoutumés aux privations que leurs vieux camarades, qui, voyant se dérouler devant eux de longs jours de souffrances pareils à ceux qu'ils viennent de passer, se sont appuyés le front sur leur fusil, et se sont fait sauter la cervelle au milieu des chemins. Enfin, on dit que sur la route on ne voit que caissons abandonnés, que fourgons ouverts et pillés comme s'ils avaient été pris par l'ennemi, car plus de dix mille chevaux sont morts, tués par les seigles verts qu'ils ont mangés.

Napoléon écoute tous ces rapports en feignant de n'y pas croire. A quelque heure qu'on entre chez lui, on le trouve couché sur d'immenses cartes, essayant de deviner la route que l'armée russe va suivre ; à défaut de nouvelles positives, son génie l'illumine et il croit avoir pénétré le plan d'Alexandre. La patience du czar tient à ce que les Français n'ont point encore foulé le sol de la vieille Russie, et ne marchent que sur des conquêtes modernes ; mais, sans doute, il réunira tous ses efforts pour défendre la Moscovie. Or, la Moscovie ne commence qu'à quatre-vingts lieues plus loin que Vilna. Ce sont deux grands fleuves qui tracent ses limites : l'un est le Borysthène, l'autre est la Douïna ; l'un prend sa source au-dessus de Viasma, et l'autre près de Toropez ; tous deux coulent sur un espace de soixante lieues à peu près de l'est à l'ouest, dans une ligne parallèle, aux deux côtés de cette grande chaîne de montagnes dont ils baignent les deux versans qui, s'étendant des monts Krapacs aux monts Ouraliens, forment l'épine dorsale de la Russie. Tout-à-coup, à Polosk et à Orkha, ils s'écartent brusquement l'un à droite et l'autre à gauche, la Douïna pour aller se jeter à Riga dans la Baltique, le Borysthène pour aller se jeter à Cherson dans la mer Noire ; mais, avant de se séparer ainsi, ils se resserrent une dernière fois, enfermant entre eux Smolensk et Vitespk, ces deux clefs de Saint-Pétersbourg et de Moscou.

Il n'y a plus à en douter, c'est là qu'Alexandre attendra Napoléon.

Dès lors, tout est expliqué à l'empereur : Barclay de Tolly se retire par Drissa sur Vitespk, et Bagration par Borisof sur Smolensk ; là, ils vont se réunir pour fermer à la France l'entrée de la Russie.

Aussitôt, les ordres sont donnés en conséquence : Davoust s'emparera du Borysthène, et, avec le roi de Westphalie qui vient d'être mis sous ses ordres, essaiera de gagner du chemin sur Bagration, en arrivant à Minsk avant lui ; Murat, Oudinot et Ney poursuivront Barclay de Tolly ; et lui, Napoléon, avec son armée d'élite, avec l'armée d'Italie, l'armée bavaroise, la garde impériale, les Polonais, cent cinquante mille hommes enfin, passera entre les deux corps, et fera une pointe rapide, prêt à se réunir, ou à Davoust ou à Murat, soit qu'ils aient besoin de secours pour ne pas être vaincus, soit qu'ils aient besoin d'aide pour achever de vaincre.

Une querelle de préséance entre Davoust et le roi de Westphalie laisse une issue à Bagration ; Davoust ne l'en rejoint pas moins à Mohilof, mais ce qui devait être une bataille n'est qu'un combat ; cependant, le fait en est en partie atteint : Bagration est détourné de sa route, et il est forcé de faire un grand détour pour gagner Smolensk.

A l'aile gauche, même chose arrive à Murat, il est encore

parvenu à joindre Barclay de Tolly, et chaque jour il y a quelque affaire entre l'arrière-garde russe et l'arrière-garde française : c'est Subervic et sa cavalerie légère qui sabrent les Russes sur la Visna, et leur font deux cents prisonniers ; c'est Montbrun et son artillerie mitraillant la division du général Korf, qui essaie en vain de couper un pont derrière elle ; c'est Sébastiani qui arrive à Vidzi, d'où l'empereur Alexandre est parti seulement la veille.

Barclay de Tolly prend alors la résolution d'attendre les Français dans le camp retranché de Drissa, où il espère que le rejoindra Bagration ; mais, au bout de trois ou quatre jours, il apprend l'échec du prince russe et la pointe faite par Napoléon. S'il ne se hâte, les Français seront avant lui à Vitespk ; aussi, l'ordre du départ est donné, et l'armée russe, après cette halte d'un moment, se remet de nouveau en retraite.

Quant à Napoléon, il est parti de Vilna le 16, le 17 il est à Swentriöni, le 18 à Klupokoé. C'est là qu'il apprend que Barclay a abandonné son camp de Drissa ; il le croyait déjà à Vitespk ; peut-être lui reste-t-il le temps d'y arriver avant lui. Il part aussitôt pour Kamen. Six jours s'écoulent en marches forcées sans qu'on rencontre un seul ennemi. L'armée s'avance en écoutant, afin de se porter où le bruit l'appellera. Enfin, le 24, le canon gronde vers Bezenkowiczi ; c'est Eugène qui est aux prises sur la Douïna avec l'arrière-garde de Barclay. Napoléon se précipite du côté du feu ; mais le feu s'éteint alors qu'il ne joigne les combattans, et lorsqu'il arrive, il trouve Eugène occupé à rétablir le pont que Doctoroff a brûlé en se retirant. Il le traverse aussitôt qu'il est praticable, non point qu'il ait hâte de s'emparer de ce fleuve, sa nouvelle conquête, mais afin de voir par lui-même où en est l'armée russe dans sa marche. A la direction de l'arrière-garde ennemie, aux réponses de quelques prisonniers, il juge que Barclay doit être à cette heure à Vitespk. Ainsi il ne s'est pas trompé sur le plan de son ennemi ; c'est là que Barclay va l'attendre.

Napoléon est arrivé au but où il a donné rendez-vous à ses troupes il y a un mois. En se retournant, par trois points opposés, il voit poindre trois colonnes parties du Niémen à des époques et par des chemins différens. Tous ces corps, à cent lieues de distance, se trouvent au rendez-vous donné, non pas seulement au jour dit, mais presque à la même heure. C'est un miracle de stratégie.

Tous ces corps arrivent ensemble à Bezenkowiczi et dans les environs ; infanterie, cavalerie, artillerie, se pressent, se heurtent, se croisent, s'entrechoquent, se repoussent tumultueusement. Les uns cherchent des vivres, ceux-ci des fourrages, ceux-là des logemens ; les rues sont encombrées d'officiers d'ordonnance et d'aides-de-camp qui ne peuvent courir parmi les soldats, tant la différence des rangs commence à disparaître, tant cette marche en avant ressemble déjà à une retraite. Pendant six heures, deux cent mille hommes ont la prétention de se loger dans un village de cinq cents maisons.

Enfin, vers les dix heures du soir, les ordres de Napoléon vont chercher tous les chefs perdus dans cette multitude, dont les deux tiers n'ont ni bu ni mangé depuis douze heures, et qui semble prête à en venir aux mains. Les chefs montent à cheval et parlent au nom de l'empereur, seul nom qui soit écouté. En quelques instans et comme par magie, toutes ces masses confondues se démêlent ; chacun retourne à son arme et se presse autour de son drapeau ; de longues files s'établissent et sortent de cette masse, comme des ruisseaux qui sortiraient d'un lac, et s'avancent musique en tête. Le flot s'écoule dans un effroyable tumulte succède, dans Bezenkowiczi, le plus sombre silence. C'est que chacun, d'après la fermeté des ordres reçus et la rapidité avec laquelle ils ont été transmis, est convaincu qu'il y aura bataille le lendemain, et une pareille conviction éveille toujours dans une armée des préoccupations solennelles.

Lorsque le jour se lève, l'armée se trouve échelonnée sur une large route garnie de bouleaux. Murat marche à l'avant-garde avec sa cavalerie. Il a sous ses ordres Dumont, du Coetlosquet et Carignan ; ils sont éclairés par le 8e de hussards,

qui se croit lui-même précédé sur ses flancs par deux régimens de la division à laquelle il appartient, et qui s'avance plein de sécurité vers Ostrowno, ignorant que des accidens de terrain ont entravé la marche des régimens, et qu'au lieu de les suivre il les précède. Tout-à-coup, la tête de la colonne française, en arrivant aux deux tiers d'une colline, aperçoit à son sommet une ligne de cavalerie rangée en bataille, et la prend pour les deux régimens d'éclaireurs. Le général Piré reçoit l'ordre de charger ; mais il ne peut croire que ce qu'il voit devant lui soit l'ennemi ; il envoie un officier reconnaître cette troupe et continue de s'avancer. L'officier part au galop, mais à peine est-il arrivé sur le sommet, qu'il est entouré et fait prisonnier. En même temps, six pièces de canon tonnent à la fois et emportent des rangs entiers. Ce n'est point l'heure de faire de la stratégie ; le cri en avant retentit ; le 8e de hussards et le 16e de chasseurs s'élancent, et, du premier bond, avant qu'on ait eu le temps de les recharger une seconde fois, tombent sur les pièces, s'en emparent, culbutent le régiment qui leur est opposé, trouent la ligne de part en part et se trouvent sur les derrières des Russes. Ne voyant plus rien devant eux, ils se retournent et voient le régiment ennemi, qu'ils ont laissé à droite, stupéfait de cette impétuosité. Aussitôt ils reviennent sur lui, au moment où il exécute son quart de conversion, et l'anéantissent ; puis ils se retournent et aperçoivent le régiment de gauche qui se met en retraite, le poursuivent, l'atteignent, le dispersent et le chassent jusque dans les bois qui enveloppent comme une ceinture la ville d'Ostrowno. En ce moment, Murat arrive sur la colline avec tout ce qu'il a pu ramasser d'hommes ; il réunit ce renfort à l'avant-garde et pousse le tout sur le bois, car il croit n'avoir affaire qu'à une arrière-garde ; mais la résistance commence. Selon toutes les probabilités, l'armée russe est à Ostrowno. Murat jette un coup d'œil sur la position et reconnaît qu'en effet elle est excellente ; lui-même est, à cette heure, plus engagé qu'il ne voudrait ; mais Murat est de ceux qui ne reculent jamais : il ordonne à ses deux têtes de colonne, composées des divisions Bruyère et Saint-Germain, de se maintenir sur le champ de bataille qu'elles ont conquis. Cette mesure prise, il se met à la tête de la cavalerie légère, et attend l'ennemi qui débouche bientôt à son tour ; tout ce qui paraît hors du bois est à l'instant même assailli : les Russes venaient pour attaquer, ils sont forcés de se défendre. La cavalerie est poignardée par les longues lances des Polonais, l'infanterie est sabrée par les hussards et les chasseurs. Mais ces bois sont, pour les Russes, ce que la terre est pour Antée : à peine y sont-ils rentrés qu'ils en ressortent plus nombreux. A force de frapper, les lances sont rompues et les sabres émoussés ; l'infanterie a tant tiré qu'elle n'a plus de cartouches. En ce moment, apparaît sur la colline la division Delzons, qui arrive au pas de charge, impatiente de combattre à son tour. Murat, qui l'aperçoit, hâte encore son artillerie et la jette sur la droite de l'ennemi. A la vue de ce renfort, l'ennemi s'inquiète ; Murat ordonne une dernière attaque ; cette fois rien ne résiste plus, les Russes sont en retraite ; l'armée française aborde les bois qui ont cessé de vomir la flamme, les traverse, et, en arrivant sur la lisière, voit l'arrière-garde russe qui disparaît dans une autre ceinture de forêts.

En ce moment, Eugène accourt, amenant un nouveau renfort ; mais il est trop tard pour se hasarder dans ces défilés inconnus ; la nuit tombe, on attendra au lendemain. Murat et Eugène indiquent à chacun ses positions, placent en batterie, sur une hauteur, tout ce qu'ils ont d'artillerie, et reviennent se coucher tout habillés sous la même tente.

Ils se lèvent avec le jour. Les Russes, de leur côté, sont en position ; mais ce n'est plus à une simple arrière-garde que Murat et Eugène ont affaire, c'est à un corps d'armée tout entier. Pahlen et Konownitzin ont rejoint Ostermann. N'importe ! eux-mêmes ne sont-ils pas l'avant-garde de la grande armée et ne doivent-ils pas être rejoints par Napoléon !

A cinq heures du matin, les Français sont debout, Murat dispose son attaque, et déjà la gauche marche aux Russes, que la droite reçoit encore ses instructions. Tout-à-coup Murat entend de grandes clameurs ; c'est le hourra de dix mille Russes, qui n'attendent pas notre attaque, et qui, sortant du bois par masses profondes, heurtent et repoussent deux fois notre cavalerie et notre infanterie. Il y a trop longtemps que ces braves reculent ; l'ordre leur est donné d'aller en avant, et ils en profitent.

Murat les voit s'avancer sur notre artillerie qui commence à s'inquiéter en voyant qu'elle tire vainement et que les sillons qu'elle trace sur ces colonnes épaisses se referment aussitôt. Le 84e régiment et un bataillon de Croates tiennent cependant encore devant ces masses et ne reculent que pas à pas ; mais à mesure qu'ils reculent, on voit dans l'espace, à chaque instant plus étroit, qu'ils laissent s'entasser leurs morts, tandis que, derrière eux, s'éparpillent les blessés qu'on emporte et quelques fuyards qui gagnent déjà du terrain : ou ils vont être heurtés et anéantis, ou ils vont se débander et laisser nos canons sans autre protection que leurs artilleurs. A cette vue, la droite qui n'a pas donné se trouble, les signes précurseurs de la confusion éclatent ; il n'y a pas un instant à perdre ; car, dans les étroits défilés, toute retraite serait une déroute.

Murat donne ses ordres avec la promptitude et la fermeté qu'exige une pareille situation. La droite, au lieu d'attendre qu'on l'attaque, attaquera. C'est le général Piré qui est chargé de ce mouvement.

Le général d'Anthouard courra à ses canonniers et les maintiendra à leur poste : c'est leur devoir de se faire sabrer sur leurs pièces.

Le général Girardin ralliera le 106e régiment qui est en pleine retraite, et le ramènera contre l'aile droite russe qui continue de s'avancer, tandis que Murat la fera attaquer en flanc par un régiment de lanciers polonais.

Chacun se rend à son poste avec la rapidité de l'éclair. Murat s'élance à la tête des Polonais pour les haranguer ; le régiment, qui croit que le roi se met à sa tête, pousse à son tour de grands cris, abaisse ses lances et se précipite. Murat n'a voulu que les haranguer, il faut qu'il les guide : les lances le pressent par derrière ; elles tiennent toute la largeur du terrain : il ne peut ni s'arrêter, ni se jeter de côté ; il prend son parti en brave, tire son sabre, crie en avant, charge le premier comme un simple capitaine et disparaît avec tout son régiment dans les rangs ennemis qu'il traverse de part en part, et dans lesquels cette immense trouée jette le désordre.

De l'autre côté, il retrouve Girardin et son régiment ; du haut de la colline, il voit le feu de son artillerie qui redouble, tandis qu'une fusillade bien nourrie sur l'extrême droite lui apprend que le général Piré soutient sa belle réputation.

Alors la lutte se rétablit et dure avec un égal avantage pendant deux heures. Puis les Russes plient et commencent à abandonner le terrain, mais pas à pas et en hommes qui cèdent à des ordres plutôt qu'ils ne vaincus ou qu'ils ne se retirent ; enfin, ils rentrent lentement dans leurs bois où ils disparaissent, et les Français se retrouvent dans la plaine. Murat et Eugène hésitent à les poursuivre au milieu de ces épaisses forêts. En ce moment, l'empereur débouche, met son cheval au galop, arrive sur la colline qui domine le champ de bataille, et là, au milieu de l'artillerie, s'arrête immobile et pareil à une statue équestre. Murat et Eugène sont bientôt à côté de lui. Ils lui racontent ce qui s'est passé et la cause qui les a retenus.

— Percez ces bois, dit Napoléon, ce n'est qu'un rideau où les Russes ne tiendront pas.

Bientôt on entend la musique des régimens qui arrivent. Sûrs d'être soutenus, Murat et Eugène se remettent à la tête de leurs soldats et abordent résolûment le bois qu'ils trouvent solitaire et sombre, comme la forêt enchantée du Tasse.

Au bout d'une heure, un aide-de-camp vient annoncer à Napoléon que l'avant-garde a traversé la forêt, et que, de la position qu'elle a prise, on voit Vitespk.

— C'est là qu'ils nous attendent, dit Napoléon. Je ne m'étais pas trompé.

Alors il donne ordre que toute l'armée le suive ; puis, mettant son cheval au galop, il traverse à son tour le bois et rejoint Murat et Eugène. Ses lieutenans ont dit vrai. Vitespk

est devant ses yeux, s'élevant en amphithéâtre sur sa double colline.

Mais la journée est déjà trop avancée pour rien entreprendre ; il faut le temps de se reconnaître, d'étudier le pays et d'arrêter un plan ; d'ailleurs le reste de l'armée est encore engagé dans les défilés d'où Napoléon est sorti lui-même il y a à peine trois heures. Il ordonne qu'on dresse sa tente sur une hauteur à gauche de la grande route, fait déployer ses cartes et se couche dessus.

La nuit arrive ; les feux s'allument ; il n'y a plus à en douter à leur étendue et à leur nombre, on a rejoint l'armée russe, elle est en présence et l'attend.

D'heure en heure, Napoléon s'éveille et demande si les Russes sont toujours à leur poste. On lui répond que oui. Sept fois dans cette nuit, il fait venir Berthier ; la dernière fois, il le reconduit lui-même jusqu'à la porte de sa tente, s'assure par ses propres yeux qu'on ne l'a pas trompé, puis enfin s'endort un peu plus tranquille en donnant l'ordre qu'on le réveille au point du jour.

Mais cet ordre est inutile ; c'est lui-même qui, à trois heures du matin, appelle ses aides-de-camp et demande un cheval. Comme il y en avait toujours un de prêt, on le lui amène. Il saute dessus, et, accompagné de quelques officiers supérieurs seulement, il parcourt toute la ligne. Russes et Français sont à leur poste, et quand le jour se lève, Napoléon voit avec joie toute l'armée ennemie sur les terrasses qui dominent les avenues de Vitespk. A trois cents pieds au-dessous d'elle, coule la Luczissa, rivière torrentueuse qui descend de la montagne et va se jeter dans la Douïna. En avant de l'armée, et comme postes avancés, s'échelonnent dix mille hommes de cavalerie, appuyant leur droite à la Douïna et leur gauche à un bois garni d'infanterie et hérissé de canons. Tout indique, comme on le voit, une ferme volonté de combattre.

Napoléon a embrassé d'un coup d'œil toute la ligne ennemie, et sa crainte a disparu. Si les Russes ne sont pas disposés à nous attaquer, ils paraissent au moins décidés à se défendre. En ce moment, le vice-roi rejoint Napoléon, qui lui donne ses ordres et gagne aussitôt un monticule isolé, à gauche de la grande route, d'où, placé sur le côté du champ de bataille, il pourra dominer les deux armées.

En un instant, les ordres donnés sont transmis. La division Broussier, suivie du 18e régiment d'infanterie légère et de la brigade de cavalerie du général Piré, tourne par la droite, traverse la route et va réparer un petit pont que l'ennemi a détruit et qui lui donnera passage de l'autre côté d'un ravin qui s'étend devant notre front, comme la Luczissa sur celui des Russes. Au bout d'une heure, le pont est rétabli sans que l'ennemi manifeste la moindre opposition.

Les premiers qui passent le ravin sont deux cents voltigeurs du 9e régiment de ligne, commandés par les capitaines Gayard et Savary ; ils viennent aussitôt se jeter à gauche, où ils doivent former l'extrémité de notre aile qui sera appuyée comme celle des Russes à la Douïna. La division suit du 16e de chasseurs à cheval, conduit par Murat, et derrière lequel marchent quelques pièces d'artillerie légère. La division Delzons s'avance à son tour et commence à passer, lorsque tout-à-coup soit qu'il se laisse emporter à son ardeur habituelle, soit qu'il interprète mal un ordre reçu, Murat se met à la tête du 16e de chasseurs et se lance sur les masses de cavalerie russe qui, jusque-là, nous ont regardés défiler, immobiles et comme s'il s'agissait d'une parade.

On voit alors, avec un étonnement mêlé d'effroi, six cents hommes s'avancer pour en charger dix mille ; mais, avant qu'ils soient arrivés, les accidens du terrain défoncé par les pluies d'hiver ont déjà rompu leurs lignes, de sorte qu'au premier mouvement des lanciers russes, sentant que toute résistance est impossible, ils tournent le dos et prennent la fuite ; mais les ravins qui ont nui à l'attaque s'opposent bien plus malencontreusement encore à la retraite. Poursuivis la pique dans les reins, les chasseurs sont atteints et culbutés dans les bas-fonds, et ne se rallient que sous le feu du 53e régiment. Murat seul, avec une soixantaine d'officiers et de cavaliers, a tenu bon, et toujours sabrant, a été dépassé par les cavaliers ennemis auxquels il est tellement mêlé, que c'est lui qui semble les poursuivre. Deux fois dans cette échauffourée son piqueur lui sauve la vie, une fois en tuant d'un coup de pistolet un soldat qui va le percer de sa lance, et l'autre fois en abattant le poignet d'un cavalier qui a déjà le sabre levé sur lui. Tout-à-coup les lanciers russes aperçoivent sur la colline où il s'est placé, entouré seulement par quelques chasseurs de la garde, l'empereur, dont ils ne sont plus qu'à quelques centaines de pas : ils piquent droit à lui ; toute l'armée s'épouvante, les deux cents voltigeurs reviennent au pas de course ; Murat et ses quelques braves les traversent sur la rapidité d'une flèche, les dépassent et viennent se ranger au pied du monticule ; les chasseurs mettent pied à terre, et, la carabine à la main, entourent Napoléon ; Murat lui même s'empare d'un fusil et fait le coup de feu. Cette résistance à laquelle les lanciers ne s'attendent pas les arrête ; la fusillade redouble ; la division Delzons arrive au pas de course ; ce sont là leur tour les quinze ou dix-huit cents lanciers qui vont se trouver hasardeusement engagés : ils font volte-face et repartent au galop ; mais, à moitié du chemin, ils rencontrent les deux cents voltigeurs français qui maintenant se trouvent seuls entre les deux armées : ils paieront pour tous.

Un instant chacun crut ces deux cents braves perdus, quand tout-à-coup, au centre de ce cercle qui les enveloppe et les dérobe presque aux yeux, on entend une fusillade bien nourrie, dont en même temps on voit les ravages ; c'est que, seuls, ces quelques braves n'avaient point désespéré d'eux-mêmes. Par une manœuvre rapide, les deux capitaines les forment en un bataillon carré, dont les quatre faces présentent le fer et vomissent la mort ; de leur côté, les lanciers s'acharnent après eux ; cependant le bataillon meurtrier recule tout en combattant, et gagne un terrain entrecoupé de ravins et de broussailles. Les lanciers, les enveloppant toujours, les poursuivent, les pressent, mais tout le chemin qu'ils ont déjà parcouru se couvre de morts et de blessés, et plus de deux cents chevaux sans cavaliers s'éparpillent dans la plaine. Les Russes s'entêtent ; ils s'embarrassent dans les broussailles, buttent dans les ravins ; la fusillade continue sans interruption et avec une régularité qui indique que le bataillon carré reste toujours intact ; enfin, les lanciers se rebutent de cette lutte où tous les dangers sont pour eux, tournent le dos à leur tour et rejoignent les autres régimens qui sont restés comme nous immobiles spectateurs de cet étrange tournoi ; une dernière décharge les poursuit, et notre armée tout entière pousse un grand cri de joie en voyant cette poignée d'hommes délivrée, par son propre courage, d'une façon si étrange et si miraculeuse.

Napoléon, qui a oublié le danger momentané qu'il a couru pour prendre sa part du spectacle guerrier, envoie un aide-de-camp demander à ces deux cents braves de quel corps ils sont ; l'aide-de-camp apporte cette réponse :

— Du 9e, sire, et tous enfans de Paris.

— Retourne leur dire que ce sont de braves gens, qu'ils méritent tous la croix d'honneur, et qu'ils auront dix décorations qu'ils distribueront eux-mêmes entre eux.

Ce message est accueilli par les cris de *vive l'empereur* !

Mais tout ce qui s'est passé jusque-là n'a été qu'un jeu, et la vraie bataille commence ; la division Broussier se forme en carrés doubles par régiment, et, protégé par son artillerie, marche droit à l'ennemi, tandis que l'armée d'Italie, les trois divisions du comte Lobau et la cavalerie de Murat, attaquent la grande route et les bois auxquels les Russes appuient leur gauche. En deux heures, toutes les positions avancées sont en notre pouvoir, et l'ennemi s'est retiré derrière la Luczissa ; tout le monde a suivi l'exemple des deux cents voltigeurs, et a fait de son mieux ; Murat surtout, qui a un échec à réparer, a fait des merveilles.

Il n'était que midi, il restait donc assez de temps pour renouer la bataille ; mais sans doute Napoléon prévoit que les Russes, effrayés par ce premier échec, nous amuseront avec une arrière-garde, et se mettent de nouveau en retraite ; il veut avoir l'air d'hésiter pour être moins craint. En conséquence, il ordonne de cesser l'attaque, parcourt paisiblement toute la ligne, invite chacun à se préparer au combat pour le lende-

main, et va déjeuner sur un monticule au milieu des tirailleurs, où une balle vient blesser un soldat à trois pas de lui.

Pendant la journée, les différens corps d'armée se rejoignent et arrivent successivement.

Le soir, Napoléon quitte Murat en lui disant : — A demain, cinq heures du matin, le soleil d'Austerlitz.

Murat secoua la tête en signe de doute, et alla planter sa tente sur les bords de la Luczissa, à une demi portée de fusil des avant-postes ennemis.

Napoléon ne s'était pas trompé : Barclay de Tolly avait l'intention de tenir et de défendre l'entrée de Smolensk, où il avait donné rendez-vous à Bragation, et où d'un moment à l'autre Bragation devait le rejoindre ; mais, à onze heures de la nuit, le général russe apprend que Bragation a été battu à Mohilow, rejeté derrière le Borysthène, de sorte que, toutes les communications étant coupées, il est forcé de regagner Smolensk, où il attendra les ordres du général en chef.

A minuit, Barclay de Tolly ordonne la retraite qui se fait avec un tel ordre et dans un si grand silence, que Murat lui-même n'entend pas le moindre mouvement ; en effet, comme les feux disposés pour la nuit sont restés allumés, toute l'armée croit encore à la présence des Russes. Au point du jour, Napoléon s'éveille sur le seuil de sa tente ; tout est silencieux et désert là où il y avait la veille soixante-dix mille hommes : les Russes lui ont encore une fois glissé entre les mains.

Napoléon ne peut croire à leur retraite, tant il a désiré leur présence : il ordonne que l'armée ne s'avance que précédée d'une forte avant-garde et avec des éclaireurs sur ses ailes, tant il craint quelque surprise ; mais bientôt il est forcé de se rendre à la réalité ; il est au milieu même du camp de Barclay, et un soldat qu'on surprend endormi sous un buisson est tout ce qui reste de l'armée russe.

Deux heures après, on entre dans Vitespk : Vitespk est déserte ; à l'exception de quelques juifs, on n'y rencontre aucun habitant. Napoléon, qui ne peut croire à cette éternelle retraite, fait dresser sa tente dans la cour du château, pour bien indiquer qu'il ne fait qu'une halte. Deux reconnaissances sont ordonnées, l'une qui remonte le cours de la Douïna, l'autre qui fouille le chemin de Smolensk ; l'une et l'autre reviennent sans avoir vu autre chose que quelques Cosaques vagabonds qui se sont dispersés à leur approche ; mais, des soixante-dix mille hommes qu'on avait la veille devant les yeux, aucune trace, ils se sont évanouis comme des fantômes.

A Vitespk, les nouvelles les plus désastreuses viennent assaillir Napoléon ; d'après les rapports de Berthier, le sixième d'armée est attaqué de la dyssenterie ; Belliard, interpellé, répond que six jours encore d'une pareille marche, il n'y aura plus de cavalerie. Alors Napoléon, des fenêtres du château, jette les yeux sur la position de la ville, qu'il voit si admirablement défendue par la nature que l'art n'a presque rien à faire pour elle. Aussitôt les idées se succèdent dans sa tête : on est à six cents lieues de la France, la Lithuanie est conquise, il faut l'organiser ; on est vainqueur, non pas des hommes, c'est vrai, mais on est vainqueur des lieux ; il est donc permis de s'arrêter et d'attendre là l'hiver précoce et terrible de la Russie. Vitespk sera une excellente tête de cantonnement ; le cours de la Douïna et du Borysthène marqueront la ligne française ; l'artillerie de siège marchera sur Riga, l'aile gauche de l'armée s'appuiera à cette dernière position ; Vitespk, à qui la nature a donné des bois, et à laquelle lui, Napoléon, donnera des murailles, servira de camp retranché dont l'aile droite s'étendra jusqu'à Bo-Bruisk dont on s'emparera : des blockhaus seront construits sur toute la ligne.

Ainsi campée, rien ne manquera à la grande armée ; outre les magasins de Dantzick, de Vilna et de Minsk, on mettra à contribution la Courlande et la Samogitie ; trente-six fours immenses seront construits, qui pourront donner à la fois trente mille livres de pain. —Voilà pour les besoins matériels.

Des masures gâtent la place du palais, elles seront abattues, et les débris enlevés ; la ville est déserte ; on inviterait y venir passer l'hiver les plus riches seigneurs et les femmes les plus élégantes de Vilna et de Varsovie ; on bâtira une salle de spectacle, et, pour en faire l'inauguration, Talma et mademoiselle Mars viendront à Vitespk comme ils sont venus à Dresde. — Voilà pour le luxe.

Ce plan qu'une demi-heure a suffi pour mûrir, une fois arrêté dans son esprit, Napoléon détache son épée, la jette sur une table ; puis, s'adressant au roi de Naples qui vient d'entrer :

— Murat, lui dit-il, la première campagne de Russie est finie : plantons ici nos aigles, je veux m'y reconnaître et m'y rallier ; deux grands fleuves marquent notre position ; formons le bataillon carré, des canons aux angles et à l'intérieur, que les feux se croisent partout : 1813 nous verra à Moscou, 1814 à Saint-Pétersbourg ; la guerre de Russie est une guerre de trois ans.

C'était le bon génie de Napoléon qui parlait ainsi en ce moment, mais le démon de la guerre ne devait pas tarder à reprendre son empire ; au bout de quinze jours, tous ces grands projets étaient évanouis ; et comme un athlète fatigué qui a repris haleine, quinze jours après il continuait sa course. Le 18 août, Smolensk tombait en notre pouvoir ; le 16 septembre, Moscou était en flammes, et le 15 décembre, Napoléon fugitif repassait nuitamment le Niémen, seul et poursuivi par le spectre de la grande armée.

Pèlerin pieux de notre gloire comme de nos revers depuis Vilna, j'avais suivi à cheval la même route que Napoléon avait fait douze ans auparavant, recueillant toutes les traditions que les bons Lithuaniens avaient conservées de son passage. J'aurais bien encore voulu voir Smolensk et Moscou, cette nouvelle Pultava ; mais cette route me forçait à faire deux cents lieues de plus, et cela m'était impossible. Après être resté un jour à Vitespk, et avoir visité le château où j'avais séjourné quinze jours Napoléon, je fis venir des chevaux et une de ces petites voitures dont se servent les courriers russes, et qu'on appelle des Pérékladnoï, parce qu'on en change à chaque poste. J'y jetai mon porte-manteau, et j'eus bientôt laissé derrière moi Vitespk, emporté par mes trois chevaux, dont l'un, celui du milieu, trottait la tête haute, tandis que ceux de droite et de gauche galopaient, hennissant et la tête basse, comme s'ils eussent voulu dévorer la terre.

Au reste, je ne faisais que quitter un souvenir pour un autre. Cette fois, je suivais la route que Catherine avait prise dans son voyage en Tauride.

II.

En sortant de Vitespk, je trouvai la douane russe ; mais attendu que je n'avais qu'un porte-manteau, malgré la bonne intention visible qu'avait le chef du poste de me faire traîner la visite en longueur, elle ne dura que deux heures vingt minutes, ce qui est presque inouï dans les annales de la douane moscovite. Cette visite faite, j'en avais pour jusqu'à Saint-Pétersbourg à être tranquille.

Le soir, j'arrivai à Veliki-Louki, dont le nom veut dire grand arc, et qui doit cette désignation pittoresque aux sinuosités de la rivière Lova, dans ses murs. Bâtie au onzième siècle, au douzième cette ville fut ravagée par les Lithuaniens, puis conquise par le roi de Pologne Ballori, puis rendue à Ivan Vasilievith, puis enfin brûlée par le faux Démétrius. Restée déserte neuf ans, elle fut repeuplée par les Cosaques du Don, du Jaïk, dont la caste actuelle descend presque entière. Elle renferme trois églises dont deux situées dans la grande rue, et devant lesquelles mon postillon ne manqua point, en passant, de faire le signe de la croix.

Malgré la dureté de la voiture non suspendue que j'avais adoptée, et le mauvais état des chemins, j'étais résolu de ne point m'arrêter ; car, m'avait-on dit, je pouvais faire les cent

soixante-douze lieues qui séparent Vitespk de Saint-Pétersbourg en quarante-huit heures : je ne m'arrêtai donc devant la poste que le temps de mettre les chevaux, et je repartis. Il est inutile de dire que je ne dormis pas une heure de toute la nuit ; je dansais dans mon chariot, comme une noisette dans sa coque. J'essayai bien de me cramponner au banc de bois sur lequel on avait étendu une espèce de coussin de cuir de l'épaisseur d'un cahier de papier ; mais au bout de dix minutes j'avais les bras disloqués, et j'étais obligé de m'abandonner de nouveau à ce terrible cahotement, plaignant au fond du cœur les malheureux courriers russes qui font quelquefois un millier de lieues dans une pareille voiture.

Déjà la différence des nuits moscovites avec les nuits de France était sensible. Dans toute autre voiture j'aurais pu lire ; je dois même avouer que, fatigué de mon insomnie, j'essayai ; mais, à la quatrième ligne, un cahot me fit sauter le livre des mains, et comme je me baissais pour le ramasser, un autre cahot me fit sauter à mon tour de la banquette. Je passai une bonne demi-heure à me débattre dans le fond de ma caisse avant de me remettre sur mes jambes, et je fus guéri du désir de continuer ma lecture.

Au point du jour, je me trouvai à Béjanitzi, petit village sans importance, et, à quatre heures de l'après-midi, à Porkhoff, vieille ville située sur la Chelonia, qui porte son lin et son blé sur le lac Ilmen, d'où, par la rivière qui unit les deux lacs entre eux, ces denrées gagnent celui de Ladoga : j'étais à moitié de ma route. J'avoue que ma tentation fut grande de m'arrêter une nuit ; mais, si terrible que fût la malpropreté de l'auberge, je me rejetai dans ma carriole. Il faut dire aussi que l'assurance que me donna le postillon, que le chemin qui me restait à faire était meilleur que celui que j'avais fait, entra pour beaucoup dans cette héroïque résolution En conséquence, mon pérékladnoï repartit au galop, et je continuai de me débattre dans l'intérieur de ma caisse, tandis que mon postillon chantait sur son siège une chanson mélancolique, dont je ne comprenais pas les paroles, mais dont l'air semblait applicable à ma douloureuse situation. Si je disais que je m'endormis, on ne me croirait pas, et je ne l'aurais pas cru moi-même si je ne m'étais réveillé avec une effroyable meurtrissure au front. Il y avait eu un tel soubresaut que le postillon avait été lancé de son siège. Quant à moi, j'avais été arrêté par la couverture de ma carriole, et la meurtrissure qui m'avait réveillé venait du contact de mon front avec l'osier. J'eus alors l'idée de mettre le postillon dans la voiture, et de me placer sur le siège ; mais, quelque offre que je lui fisse, il n'y voulut pas consentir, soit qu'il ne comprît pas ce que je lui demandais, soit qu'il eût cru manquer à son devoir en y obtempérant. En conséquence, nous nous remîmes en route ; le postillon reprit sa chanson, et moi ma danse. Vers les cinq heures du matin, nous arrivâmes à Selogorodetz, où nous nous arrêtâmes pour déjeuner. Grâce au ciel, il ne nous restait plus qu'une cinquantaine de lieues à faire.

Je rentrai en soupirant dans ma cage, et me reperchai sur mon bâton. Alors seulement je m'avisai de demander s'il était possible d'enlever la couverture de ma carriole ; on me répondit que c'était la chose du monde la plus facile. J'ordonnai qu'on procédât aussitôt à l'opération, et il n'y eut plus que la partie inférieure de ma personne qui continua de se trouver comprise.

A Louga, j'eus une autre idée non moins lumineuse que la première : c'était d'enlever la banquette, et de mettre de la paille dans le fond de ma voiture, et de me coucher dessus en me faisant un traversin de mon porte-manteau. Ainsi, d'amélioration en amélioration, mon état finit par devenir à peu près supportable.

Mon postillon me fit arrêter successivement devant le château de Garchina, où fut relégué Paul Ier pendant tout le temps du règne de Catherine, et devant le palais de Tzarkoselo, résidence d'été de l'empereur Alexandre ; mais j'étais si fatigué, que je me contentai de soulever la tête pour regarder ces deux merveilles, en me promettant de revenir les voir plus tard, dans une voiture plus commode.

Au sortir de Tzarko-selo, l'essieu d'un droschki qui courait devant moi se rompit tout-à-coup, et la voiture, sans verser, s'inclina sur le côté. Comme j'étais à cent pas à peu près derrière le droschki, j'eus le temps, avant de l'avoir rejoint, d'en voir sortir un monsieur long et mince, tenant d'une main un claque et de l'autre un de ces petits violons qu'on nomme pochette. Il était vêtu d'un habit noir, comme on les portait à Paris en 1812, d'une culotte noire, de bas de soie noirs et de souliers à boucles ; et, aussitôt qu'il se trouva sur la grand'route il se mit à faire des battemens de la jambe droite, et puis des battemens de la jambe gauche, puis des entrechats des deux jambes, et enfin trois tours sur lui-même pour s'assurer sans doute qu'il n'avait rien de cassé. L'inquiétude que ce monsieur manifestait pour sa conservation me gagna au point que je ne crus pas devoir passer près de lui sans m'arrêter, et sans lui demander s'il ne lui était pas arrivé quelque accident.

— Aucun, monsieur, aucun me répondit-il, si ce n'est que je vais manquer ma leçon ; une leçon qu'on me paie un louis, monsieur, et à la plus jolie personne de Saint-Pétersbourg, à mademoiselle de Vlodeck, qui représente après-demain Philadelphie, une des filles de lord Varton, dans le tableau d'Antoine Vandick, à la fête que la cour donne à la duchesse héréditaire de Velmar !

— Monsieur, lui répondis-je, je ne comprends pas trop ce que vous me dites ; mais n'importe, si je puis vous être bon à quelque chose ?...

— Comment, monsieur, si vous pouvez m'être bon à quelque chose, mais vous pouvez me sauver la vie. Imaginez-vous, monsieur, que je viens de donner une leçon de danse à la princesse Lubomirska, dont la campagne est à deux pas d'ici, et qui représente Cornélie. Une leçon de deux louis, monsieur, je n'en donne pas à moins ; j'ai la vogue, et j'en profite ; c'est tout simple, il n'y a que moi de maître de danse français à Saint-Pétersbourg. Alors, imaginez que ce drôle me donne une voiture qui casse et qui manque de m'estropier ; heureusement que les jambes sont saines. Je reconnaîtrai ton numéro, va, coquin.

— Si je ne me trompe, monsieur, lui répondis-je, le service que je puis vous rendre est de vous offrir une place dans ma voiture ?

— Oui, monsieur, vous l'avez dit, ce serait un immense service, mais vraiment je n'ose...

— Comment donc, entre compatriotes. .

— Monsieur est Français ?

— Et entre artistes...

— Monsieur est artiste ? Ah ! monsieur, Saint-Pétersbourg est une bien mauvaise ville pour les artistes. La danse, surtout la danse ; oh ! elle ne va plus que d'une jambe. Monsieur n'est pas maître de danse par hasard ?

— Comment ! la danse ne va plus que d'une jambe, mais vous me dites qu'on vous paie une leçon un louis la leçon : est-ce que ce serait pour apprendre à marcher à cloche-pied par hasard ? Un louis, monsieur, c'est cependant un fort joli cachet, ce me semble.

— Oui, oui, dans ce moment, à cause de la circonstance sans doute ; mais, monsieur, ce n'est plus l'ancienne Russie. Les Français ont tout gâté. Monsieur n'est pas maître de danse, je présume ?

— On m'a parlé cependant de Saint-Pétersbourg comme d'une ville où toutes les supériorités étaient sûres d'être accueillies ?

— Oh ! oui, oui, monsieur, autrefois il en était ainsi ; au point qu'il y a eu un misérable coiffeur qui gagnait jusqu'à 600 roubles par jour, tandis que c'est à peine si moi j'en gagne 80. Monsieur n'est pas maître de danse, j'espère ?

— Non, mon cher compatriote, répondis-je enfin, prenant pitié de son inquiétude, et vous pouvez monter dans ma voiture sans crainte de vous trouver auprès d'un rival.

— Monsieur, j'accepte avec le plus grand plaisir, s'écria aussitôt mon Vestris en se plaçant auprès de moi. Et grâce à vous, je serai encore à Saint-Pétersbourg à temps pour donner ma leçon.

Le cocher partit au galop ; trois heures après, c'est-à-dire à la nuit tombée, nous entrions à Saint-Pétersbourg par la porte de Moscou, et d'après les renseignemens que m'avait donnés mon compagnon de voyage, qui s'était montré pour moi d'une complaisance admirable depuis qu'il avait la conviction que je n'étais pas maître de danse, je descendais à l'hôtel de Londres, place de l'Amirauté, au coin de la perspective de Niuski.

Là, nous nous quittâmes ; il sauta dans un droschki, et moi j'entrai à l'hôtel.

Je n'ai pas besoin de dire que, quelque envie que j'eusse de visiter la ville de Pierre Ier, je remis la chose au lendemain ; j'étais littéralement brisé, et je ne pouvais plus me tenir sur mes jambes : à peine si j'eus la force de monter dans ma chambre, où heureusement je trouvai un bon lit, meublé qui m'avait entièrement fait défaut depuis Vilna.

Je me réveillai le lendemain à midi ; la première chose que je fis fut de courir à ma fenêtre : j'avais devant moi le palais de l'Amirauté avec sa longue flèche d'or surmontée d'un vaisseau et sa ceinture d'arbres ; à ma gauche l'hôtel du Sénat ; à ma droite le palais d'Hiver et l'Ermitage ; puis, dans les intervalles de ces splendides monumens, des échappées de vue sur la Néva, qui me semblait large comme une mer.

Je déjeunai tout en m'habillant, et aussitôt habillé, je courus sur le quai du Palais que je remontai jusqu'au pont Troitskoï, pont qui, soit dit en passant, a dix huit cents pieds de long, et d'où l'on m'avait invité à regarder tout d'abord la ville. C'était le meilleur conseil que j'eusse reçu de ma vie.

En effet, je ne sais pas s'il existe dans le monde entier un panorama pareil à celui qui se déroula devant mes yeux, lorsque, tournant le dos au quartier de Viborg, je laissai mon regard s'étendre jusqu'aux îles de Volnoï et au golfe de Finlande.

Près de moi, à ma droite, amarrée comme un vaisseau, par deux légers ponts, à l'île d'Aptekarskoï, s'élevait la forteresse, premier berceau de Saint-Pétersbourg, au-dessus des murailles de laquelle s'élançait la flèche d'or de l'église Saint-Pierre et Saint-Paul, où sont enterrés les tzars, et la toiture verte de l'hôtel des Monnaies. En face de la forteresse et sur l'autre rive, j'avais à ma gauche le palais de Marbre, dont le grand défaut est que l'architecte semble avoir oublié de lui faire une façade ; l'Ermitage, charmant refuge bâti par Catherine II contre l'étiquette ; le palais Impérial d'hiver, plus remarquable par sa masse que par sa forme, par sa grandeur que par son architecture ; l'Amirauté, avec ses deux pavillons et ses escaliers de granit, l'Amirauté, centre gigantesque auquel aboutissent les trois principales rues de Saint-Pétersbourg : la perspective de Niuski, la rue des Pois et la rue de la Résurrection ; — enfin, au-delà de l'Amirauté, le quai Anglais et ses magnifiques hôtels, terminé par l'Amirauté neuve.

Après avoir laissé mon regard suivre cette longue ligne de majestueux bâtimens, je le ramenai en face de moi : là s'élevait, à la pointe de l'île de Vasiliefskoï, la Bourse, monument moderne, bâti on ne sait trop pourquoi entre deux colonnes rostrales, et dont les escaliers demi-circulaires baignent leurs dernières marches dans le fleuve. Après elle, sur la rive qui regarde le quai Anglais, est la ligne des douze collèges, l'Académie des Sciences, celle des Beaux-Arts, et au bout de cette splendide perspective, l'École des Mines, située à l'extrémité de la courbe décrite par le fleuve.

De l'autre côté de cette île qui doit son nom à un lieutenant de Pierre Ier, nommé Bazile, qui ce prince avait donné un commandement, tandis que lui-même, occupé à bâtir la forteresse, occupait sa petite cabane de l'île de Pétersbourg, coule vers les îles de Volnoï le bras du fleuve que l'on appelle la petite Néva. C'est là que sont situées, au milieu de jardins délicieux, fermés par des grilles dorées, toutes tapissées de fleurs et d'arbustes empruntés, pour les trois mois d'été dont jouit Saint-Pétersbourg, à l'Afrique et à l'Italie, et qui retrouvent, pendant les neuf autres mois de l'année, la température de leur pays natal dans des serres chaudes ; c'est là, dis-je, que sont situées les maisons de campagne des plus riches seigneurs de Saint-Pétersbourg. L'une de ces îles est même tout entière à l'impératrice, qui y a fait élever un charmant petit palais, et qui l'a convertie en jardins et en promenades.

Si l'on tourne le dos à la forteresse et si l'on remonte le cours du fleuve au lieu de le descendre, la vue change de caractère, tout en restant grandiose. En effet, de ce côté j'avais, aux deux extrémités mêmes du pont sur lequel j'étais placé, sur une rive l'église de la Trinité, et sur l'autre le jardin d'Été ; puis, à ma gauche, la petite maison de bois qu'occupait Pierre Ier, tandis qu'il faisait bâtir la forteresse. Près de cette cabane est encore un arbre auquel, à la hauteur de dix pieds à peu près, est clouée une Vierge. Quand le fondateur de Saint-Pétersbourg demanda à que le hauteur, dans les grandes crues, s'élevait le fleuve, on lui montra cette Vierge, et à cette vue il fut tout près d'abandonner sa gigantesque entreprise. L'arbre saint et la maison immortalisée sont entourés d'un bâtiment à arcades, destiné à protéger contre l'action du temps et les injures du climat cette cabane, d'une simplicité grossière, qui se compose de trois pièces seulement : d'une salle à manger, d'un salon et d'une chambre à coucher. Pierre fondait une ville, et n'avait pas pris le temps de se bâtir une maison.

Un peu plus loin, toujours à gauche, et de l'autre côté de la grande Néva, est le vieux Pétersbourg, l'hôpital militaire, l'Académie de Médecine, enfin le village d'Okla et ses alentours ; — en face de ces édifices, à droite de la caserne des chevaliers gardes, le palais de Tauride avec son toit d'émeraude, les casernes de l'artillerie, la maison de Charité et le vieux monastère de Smolna.

Je ne puis dire combien de temps je restai ravi en extase devant ce double panorama. Au second coup d'œil, tous ces palais ressemblaient peut-être un peu trop à une décoration d'Opéra, et toutes ces colonnes qui de loin semblent du marbre, peut-être n'étaient-elles de près que de la brique parvenue ; mais au premier coup d'œil c'est quelque chose de merveilleux, qui dépasse, si grande qu'elle soit, l'idée qu'on s'en était faite.

Quatre heures sonnèrent. J'étais prévenu que la table d'hôte était servie à quatre heures et demie ; je repris donc à mon grand regret le chemin de l'hôtel en passant cette fois devant l'Amirauté, et de voir de près la statue colossale de Pierre Ier, que j'avais aperçue de ma fenêtre.

Ce ne fut qu'en revenant seulement, tant j'avais été jusqu'alors préoccupé des grandes masses, que je fis quelque attention à la population, qui mérite cependant bien qu'on s'en occupe par le caractère bien tranché qu'elle présente. A Saint-Pétersbourg, tout est esclave à barbe, ou grand seigneur à décoration ; il n'y a pas de classe intermédiaire.

Au premier aspect, il faut le dire, la moujick n'excite guère l'intérêt : en hiver, des peaux de mouton retournées, en été, des chemises rayées qui, au lieu d'être enfermées dans le pantalon, flottent sur les genoux, des sandales fixées au pied par des lanières qui s'entrecroisent sur les jambes, des cheveux coupés courts et droits au bas de la nuque, une longue barbe se développant aussi touffue qu'il plaît à la nature, voilà pour les hommes ; — des pelisses d'étoffe commune ou de longues camisoles à gros plis qui descendent à moitié jupes, d'énormes bottes dans lesquelles le pied et la jambe perdent leur forme, voilà pour les femmes.

Il est vrai que dans aucun autre pays du monde peut être on ne rencontre chez le peuple pareille sérénité de physionomie. A Paris, sur dix visages appartenant à la dernière classe de la société, cinq ou six au moins expriment la souffrance, la misère ou la crainte. A Saint-Pétersbourg, jamais rien de tout cela. L'esclave, toujours sûr de l'avenir et presque toujours content de présente, n'ayant à s'inquiéter ni de son logement, ni de sa toilette, ni de sa nourriture, soins que son maître est forcé de prendre pour lui, marche dans la vie sans autre souci que celui de recevoir quelques coups de fouet auxquels depuis longtemps ses épaules sont habituées. Ces coups, d'ailleurs, il les oublie bien vite, grâce à l'abominable eau-de-vie de grain dont il fait sa boisson ordinaire, et qui, au lieu de l'irriter, comme le vin dont s'enivrent nos porte-faix, lui donne pour ses supérieurs un respect plus humble et plus profond, pour ses égaux une

Le Siècle.

amitié plus tendre, pour tous enfin une bienveillance des plus comiques et des plus attendrissantes que je connaisse.

Voilà donc bien des raisons de revenir au moujick, dont une prévention injuste nous a d'abord écarté.

Une autre particularité qui me frappait aussi, c'est la libre circulation des rues, avantage que la ville doit aux trois grands canaux qui l'encerclent, et par lesquels se dégorgent les décombres, se font les déménagemens, arrivent les denrées et se charrient les bois. De cette façon, jamais d'encombremens de charrettes, qui vous forcent de mettre trois heures à faire, en voiture, une course que vous feriez en dix minutes à pied. Au contraire, l'espace partout : la rue pour les droschki, les kibick, les briska et les calèches qui se croisent en tous sens, avec une rapidité insensée, ce qui n'empêche pas qu'on entende à chaque instant le mot *pasca-ré, pascaré*, plus vite, plus vite ; les trottoirs pour les piétons, qui ne sont jamais écrasés que s'ils tiennent absolument à l'être ; encore les cochers russes ont-ils une telle habileté, pour arrêter court leur attelage lancé au plus grand galop, qu'il faut être alors plus adroit que le cocher pour qu'un accident vous arrive.

J'oubliais encore une autre précaution de la police pour indiquer aux piétons qu'ils doivent marcher sur les trottoirs : c'est qu'à moins de se faire ferrer comme les chevaux, il devient très fatigant de marcher sur des pavés qui rappellent agréablement le cailloutis de Lyon. Aussi dit-on de Saint-Pétersbourg que c'est une grande et belle dame, magnifiquement vêtue, mais horriblement chaussée.

Parmi les bijoux que lui ont donnés ses tzars, un des premiers est bien certainement la statue de Pierre Ier, qu'elle doit à la libéralité de Catherine II. Le tzar est monté sur un cheval fougueux qui se cabre, image de la noblesse moscovite, qu'il a eu tant de peine à dompter. Il est assis sur une peau d'ours, qui représente l'état de barbarie dans lequel il a trouvé son peuple. Puis, pour que l'allégorie fût complète, lorsque l'artiste eut achevé sa statue, on roula jusqu'à Saint-Pétersbourg, pour lui servir de piédestal, un rocher brut, emblème des difficultés que le civilisateur du Nord avait eu à surmonter. Cette inscription latine, reproduite en russe à l'autre face, est gravée sur le granit :

PETRO PRIMO CATHARINA SECUNDA. 1782.

Quatre heures et demie sonnaient comme je faisais, pour la troisième fois, le tour de la grille qui enferme ce monument ; force me fut donc d'abandonner le chef-d'œuvre de notre compatriote Falconnet, sans quoi j'eusse couru grand risque de ne pas trouver place à la table d'hôte.

Saint-Pétersbourg est la plus grande petite ville que je connaisse. La nouvelle de mon arrivée s'était déjà répandue, grâce à mon compagnon de voyage ; et comme il n'avait rien pu dire autre chose de moi, sinon que je voyageais en poste et que je n'étais pas maître de danse, la nouvelle avait jeté l'inquiétude parmi la troupe d'industriels français qui prend le titre de colonie, car chacun éprouvait à mon égard la crainte que m'avait si ingénûment manifestée mon faiseur de pirouettes, et craignait de rencontrer en moi un concurrent ou un rival.

Aussi mon entrée dans la salle occasionna-t-elle un chuchotement universel parmi les honorables convives de la table d'hôte, qui appartenaient presque toutes à la colonie, et chacun cherchait-il à lire sur ma figure et à deviner par mes manières à quelle classe j'appartenais. Cela fut difficile, à moins d'une bien grande perspicacité, car je me contentai de saluer et de m'asseoir.

Pendant le potage, grâce à l'ardeur de la première attaque et à la pudeur de la première vue, mon incognito fut encore assez respecté. Mais après le bœuf, la curiosité, si longtemps comprimée, se fit jour par mon voisin de droite.

— Monsieur est étranger à Saint-Pétersbourg ? me dit-il en me tendant son verre et s'inclinant.

— Je suis arrivé d'hier au soir, répondis-je en lui versant à boire et en m'inclinant à mon tour.

— Monsieur est compatriote ? me dit alors mon voisin de gauche avec un accent de fausse fraternité.

— Je ne sais, monsieur; moi, je suis de Paris.

— Et moi de Tours, jardin de la France, la province où, comme vous le savez, on parle le plus beau langage. Aussi je suis venu à Saint-Pétersbourg pour y être *outchitel*.

— Sans indiscrétion, monsieur, demandai-je à mon voisin de droite, puis-je vous demander ce que c'est qu'un outchitel?

— Un marchand de participes, me répondit mon voisin de l'air le plus méprisant.

— Monsieur ne vient pas, je présume, dans le même but que moi, continua mon Tourangeau, ou, sans cela, je lui donnerais un conseil d'ami : ce serait de retourner bien vite en France.

— Et pourquoi cela, monsieur?

— Parce que la dernière foire aux professeurs a été très mauvaise à Moscou.

— Comment ! la foire aux professeurs? m'écriai-je stupéfait.

— Eh! oui, monsieur. Ignorez-vous que ce pauvre monsieur Le Duc a perdu moitié, cette année, sur sa marchandise?

— Monsieur, dis-je en m'adressant à mon voisin de droite, voulez-vous me permettre de vous demander ce que c'est que monsieur Le Duc?

— Un estimable restaurateur, monsieur, qui tient boutique d'enseignants, les héberge et les taxe selon leurs mérites, et qui, lorsque arrive Pâques et Noël, ces grandes fêtes des Russes, pendant lesquelles les grands ont l'habitude de se rendre dans la capitale, ouvre ses magasins, et, outre les frais qu'il a faits pour le professeur qu'il place, a encore une commission. Eh bien ! cette année, il lui est resté le tiers de ses cuistres, et on lui a renvoyé un sixième de ceux qu'il avait expédiés en province, de sorte que le pauvre homme est sur le point de manquer.

— Ah ! vraiment !

— Ainsi, vous voyez, monsieur, reprit l'outchitel, que si vous venez pour être gouverneur, le moment est mal choisi, puisque des gens qui sont nés en Touraine, c'est-à-dire dans la province où l'on parle le mieux la langue française, ont quelque peine à se placer.

— Eh bien ! monsieur, rassurez-vous sur mon compte, répondis-je ; j'exerce un autre genre d'industrie.

— Monsieur, me dit mon vis-à-vis avec un accent qui dénonçait son Bordeaux d'une lieue, il est bon que je prévinsse que, si vous faites dans les vins, c'est un lamentable métier, et où il n'y a plus que de l'eau z'à boire.

— Comment donc ! monsieur, répondis-je ; est-ce que les Russes se sont mis à la bière, ou ont planté des vignes dans le Khamtchatka, par hasard?

— Bagasse ! si ce n'était que cela, on leur ferait concurrence ; mais le grand seigneur russe, il achète toujours et ne paie jamais.

— Je vous remercie, monsieur, de l'avis que vous me donnez ; mais j'ai la certitude, moi, qu'on ne fera pas banqueroute sur mes fournitures. Je ne fais pas dans les vins.

— Dans tous les cas, monsieur, me dit alors avec un accent lyonnais des mieux articulés un individu vêtu d'une redingote à brandebourgs et un collet garni de fourrures, quoiqu'on fût en plein été ; dans tous les cas, je vous conseille, si vous êtes marchand de draps et de fourrures, d'employer d'abord le meilleur de votre marchandise pour vous-même, attendu que vous ne m'avez pas l'air d'une constitution bien robuste, et qu'ici, voyez-vous, les poitrines délicates, ça file vite. Nous avons enterré quinze Français l'hiver dernier. Ainsi vous voilà prévenu.

— Je me mettrai en mesure, monsieur, et comme je compte me fournir chez vous, j'espère que vous me traiterez en compatriote.

— Comment donc ! monsieur, avec le plus grand plaisir. Je suis de la ville de Lyon, seconde capitale de France, et vous savez que nous autres Lyonnais, nous sommes réputés pour la conscience ; et du moment où vous n'êtes pas marchand de draps et de fourrures..

— Eh ! ne voyez-vous pas que notre cher compatriote ne

veut pas nous dire qui il est ? dit du bout des dents un monsieur dont la chevelure roulée au fer exhalait une abominable odeur de pommade au jasmin, et qui essayait, sans y réussir, de trouver depuis un quart d'heure le joint de l'aile d'une volaille dont chacun attendait un morceau. Ne voyez-vous pas, répéta-t-il en appuyant sur chaque mot, ne voyez-vous pas que monsieur ne veut pas nous dire qui il est?

— Si j'avais le bonheur d'avoir des façons comme les vôtres, monsieur, répondis je, et d'exhaler une odeur aussi délicieusement aromatisée, la société n'aurait pas tant de peine à deviner qui je suis, n'est-ce pas ?

— Qu'est-ce à dire, monsieur? s'écria le jeune homme frisé; qu'est-ce à dire ?

— C'est-à-dire que vous êtes coiffeur.

— Monsieur, avez-vous l'intention de m'insulter ?

— On vous insulte, à ce qu'il paraît, quand on vous dit qui vous êtes ?

— Monsieur, dit le jeune homme frisé en haussant la voix et en tirant une carte de sa poche, voici mon adresse.

— Eh! monsieur, répondis-je, découpez votre poulet.

— C'est-à-dire que vous refusez de me rendre raison?

— Vous vouliez savoir mon état, monsieur? eh bien ! mon état me défend de me battre.

— Vous êtes donc un lâche, monsieur ?

— Non, monsieur, je suis maître d'armes.

— Ah ! fit le jeune homme frisé en se rasseyant.

— Il y eut un moment de silence, pendant lequel mon interlocuteur essaya, bien plus inutilement encore qu'il ne l'avait fait, d'enlever une aile à son poulet ; enfin, de guerre lasse, il le passa à son voisin.

— Ah ! monsieur est maître d'armes, me dit au bout de quelques secondes mon voisin le Bordelais ; zoli état, monsieur ; z'en ai zoué un peu quand z'étais zeune et que z'avais une mauvaise tête.

— C'est une branche d'industrie peu cultivée ici et qui ne peut manquer d'y fleurir, dit le professeur, surtout enseignée par un homme comme monsieur.

— Oui, sans doute, reprit à son tour le canut ; mais je conseille à monsieur de porter des gilets de flanelle, quand il donnera ses leçons, et de se faire un manteau de fourrures pour s'envelopper chaque fois qu'il aura fait assaut.

— Ma foi, mon cher compatriote, dit à son tour, en se servant un morceau du poulet qu'il n'avait pas pu découper et que son voisin avait découpé pour lui, le jeune homme frisé, qui pendant ce temps avait repris tout son aplomb ; ma foi, mon cher compatriote, car vous êtes de Paris, m'avez-vous dit?...

— Oui, monsieur.

— Moi aussi... Vous avez fait là, je crois, une excellente spéculation ; car nous n'avons ici, je crois, qu'une espèce de mauvais prévôt, un ancien figurant de la Gaîté, qui est parvenu à se faire nommer maître d'armes de la garde en réglant des combats au petit théâtre. Vous le verrez là, dans la Perspective, et qui apprend à ses élèves à faire les quatre coups. Je l'ai fait venir pour continuer avec lui ; mais, aux premières bottes, je me suis aperçu que j'étais le maître et qu'il était l'écolier ; de sorte que je l'ai renvoyé comme un pleutre, en lui payant son cachet la moitié de ce que je prends pour une coiffure, et le pauvre diable a encore été trop content.

— Monsieur, lui dis-je, je connais l'homme dont vous parlez. Comme étranger et comme Français, vous n'auriez pas dû dire ce que vous avez dit ; car, comme étranger, vous devez respecter le choix de l'empereur, et comme Français, vous ne devez pas dénigrer un compatriote. C'est une leçon que je vous donne à mon tour, monsieur, et que je ne vous fais pas payer, même un demi-cachet, vous voyez que je suis généreux.

A ces mots, je me levai de table, car j'avais déjà assez de la colonie française, et j'avais hâte de la quitter. Un jeune homme, qui n'avait rien dit pendant tout le temps du dîner, se leva à son tour et sortit en même temps que moi.

— Il paraît, monsieur, me dit-il en souriant, qu'il ne vous a pas fallu une longue séance pour juger nos chers compatriotes.

— Non, certes, et je dois avouer que le jugement ne leur est pas avantageux.

— Eh bien ! reprit-il en haussant les épaules, voilà pourtant d'après quel prospectus on nous juge à Saint-Pétersbourg. Les autres nations envoient à l'étranger ce qu'elles ont de meilleur ; nous y envoyons généralement ce que nous avons de pire, et cependant partout nous contrebalançons leur influence. C'est bien honorable pour la France, mais c'est bien triste pour les Français.

— Et vous habitez Saint-Pétersbourg, monsieur ? lui demandai-je.

— Depuis un an ; mais je le quitte ce soir.

— Comment ?

— Je vais retenir ma voiture. Monsieur, j'ai l'honneur...

— Monsieur, votre très humble...

— Pardieu ! me dis-je en remontant mon escalier, tandis que mon interlocuteur gagnait la porte, je joue de malheur ; je rencontre par hasard un homme comme il faut, et il part le jour même où j'arrive.

Je trouvai dans ma chambre le garçon occupé à préparer mon lit pour la sieste. A Saint-Pétersbourg, comme à Madrid, on dort généralement après le dîner : c'est qu'en effet il y a deux mois pendant lesquels il fait plus chaud en Russie qu'en Espagne.

Ce repos m'allait merveilleusement, à moi qui étais encore moulu des deux dernières journées que je venais de passer en voyage, et qui désirais jouir le plus tôt possible d'une de ces belles nuits de la Néva que l'on m'avait tant vantées. Je demandai donc au garçon de quelle manière il fallait s'y prendre pour se procurer une gondole ; il me répondit que c'était la chose la plus simple, qu'il n'y avait qu'à la commander, et que, moyennant dix roubles, commission payée, il se chargerait de ce soin. J'avais déjà converti quelque argent en papier, je lui donnai un billet rouge, et je lui recommandai de venir me réveiller à neuf heures.

Le billet rouge avait produit son effet : à neuf heures le garçon frappait à ma porte, et le batelier m'attendait en bas.

La nuit n'était qu'un crépuscule doux et limpide, à l'aide duquel on aurait pu lire facilement, et qui permettait de voir à une distance considérable les objets perdus dans un vague délicieux, et revêtus de tons ignorés, même sous le ciel de Naples. La chaleur étouffante de la journée s'était changée en une charmante brise, qui, en passant sur les îles, apportait avec elle une éphémère et suave odeur de roses et d'orangers. Toute la ville, abandonnée le jour, s'était repeuplée, et se pressait sur sa promenade marine, où son aristocratie affluait par toutes les branches de la Néva. Toutes les gondoles venaient se ranger autour d'une immense barque amarrée en face de la citadelle et chargée de plus de soixante musiciens. Tout-à-coup, une harmonie merveilleuse et de laquelle je n'avais aucune idée, s'éleva du fleuve et monta majestueusement vers le ciel ; j'ordonnai à mes deux rameurs de me conduire le plus près possible de cet orgue gigantesque et vivant, dont chaque musicien forme pour ainsi dire un tuyau, car j'avais reconnu cette musique des cors dont on m'avait tant parlé, et dans laquelle chaque exécutant ne fait qu'une note, rendant un son d'après un signe, et le prolongeant autant de temps que le bâton du chef d'orchestre est tendu vers lui. Cette instrumentation si nouvelle pour moi tenait du miracle ; je n'aurais jamais cru qu'on pouvait jouer de l'homme comme on jouait du piano, et je ne savais ce que je devais admirer le plus, ou la patience du chef ou la docilité de l'orchestre. Il est vrai que, lorsque plus tard j'eus fait connaissance avec le peuple russe et que j'eus vu son étrange aptitude à tous les arts mécaniques, je ne m'étonnai pas plus de ses concerts de cors que de ses maisons faites à la hache. Mais pour le moment, je fus, je l'avoue, ravi comme en extase, et la première partie du concert était déjà finie que j'écoutais encore.

Ce concert dura une partie de la nuit. Jusqu'à deux heures du matin je me tins à portée d'entendre et de voir, au lieu d'aller, comme tout le monde, d'un endroit à un autre : il me semblait que c'était pour moi seul que le concert était donné, et que de pareilles merveilles d'harmonie ne pouvaient pas se renouveler tous les soirs. J'eus donc le loisir d'examiner les instrumens dont se servaient les musiciens ; ce sont des tubes recourbés seulement à l'embouchure, et qui vont en s'élargissant jusqu'à l'extrémité, d'où s'échappe le son. Ces espèces de clairons varient depuis deux pieds jusqu'à trente pieds de long. Seulement trois personnes se réunissent pour jouer de ces derniers : il y en a deux qui portent l'instrument et une qui souffle.

Je rentrai comme le jour commençait à paraître, tout émerveillé de cette nuit que je venais de passer sous ce ciel byzantin, au milieu de cette harmonie septentrionale, sur ce fleuve si large qu'il semble un lac, et si pur qu'il réfléchit, comme un miroir, toutes les étoiles du ciel et toutes les lumières de la terre. J'avoue qu'en ce moment Saint-Pétersbourg me parut au-dessus de tout ce qu'on m'avait dit d'elle, et je reconnus que, si ce n'était point le paradis, c'était du moins quelque chose qui y touchait de bien près.

Je ne pus pas dormir, tant cette musique éolienne me poursuivait partout. Aussi, quoique je me fusse couché à plus de trois heures, à six heures du matin j'étais debout. Je mis en ordre quelques lettres de recommandation qu'on m'avait données, et que je ne comptais remettre qu'après avoir donné un assaut public, afin de ne pas être obligé de me charger moi-même de mon prospectus ; je n'en pris sur moi qu'une seule, qu'un de mes amis m'avait chargé de remettre en main propre. Cette lettre était de sa maîtresse, avouons-le, simple grisette du quartier latin, et adressée à sa sœur, simple marchande de modes ; mais ce n'est pas ma faute si les événemens mêlent toutes les classes, et si la marée des révolutions met au jours le peuple si souvent en face de la royauté.

Cette lettre portait pour suscription :

A mademoiselle Louise Dupuy, chez madame Xavier, marchande de modes, perspective de Niuski, près de l'église arménienne, en face du bazar.

Le tout écrit de cette écriture et avec cette orthographe que vous savez.

Je ne m'en faisais pas moins une fête de remettre cette lettre moi-même. A huit cents lieues de la France, c'est toujours agréable de voir une jeune et jolie compatriote, et je savais que Louise était jeune et jolie. D'ailleurs, elle qui connaissait Saint-Pétersbourg, puisqu'elle l'habitait depuis quatre ans, me donnerait des conseils sur la manière de m'y conduire.

Cependant, comme je ne pouvais convenablement me présenter chez elle à sept heures du matin, je résolus de faire mon tour de ville, et de ne me revenir à la perspective de Niuski que vers les cinq heures.

J'appelai le garçon ; cette fois ce fut un valet de place qui s'offrit en son lieu. Les valets de place sont en même temps des domestiques et des cicerones ; ils cirent les bottes et montrent les palais. Je l'arrêtai, surtout pour la première de ces fonctions ; quant à la seconde, j'avais d'avance étudié mon Saint-Pétersbourg de manière à en savoir autant que lui là-dessus.

III.

Je n'avais pas pris la peine de m'inquiéter d'une voiture comme j'avais fait la veille d'une barque ; car, si peu que je fusse sorti encore dans les rues de Saint-Pétersbourg, j'avais vu à chaque carrefour des stations de kibisek et de droschki. Aussi, à peine eus-je traversé la place de l'Amirauté pour gagner la colonne d'Alexandre, qu'au premier signe que je fis, je me trouvai entouré d'ivoschiks, qui me firent au rabais les offres les plus séduisantes. Comme il n'y a pas de tarif, je voulus voir jusqu'où irait la diminution ; elle alla jusqu'à cinq roubles ; pour cinq roubles, je fis prix avec le conducteur d'un droschki pour toute la journée, et je lui indiquai aussitôt le palais de Tauride.

Ces ivoschiks, ou cochers, sont en général des serfs qui, moyennant une certaine redevance, nommée *abrock*, ont acheté de leurs seigneurs la permission de venir faire fortune pour leur compte à Saint-Pétersbourg. L'ustensile dont ils se servent pour courir après cette déesse est une espèce de traîneau à quatre roues dans lequel la banquette, au lieu d'être en travers, est en long, de sorte qu'on n'est point assis comme dans nos tilburys, mais à cheval comme sur les vélocipèdes dont se servent les enfans aux Champs-Élysées. Cette machine est attelée d'un cheval non moins sauvage que son maître, et qui, comme lui, a quitté les steppes natales, pour venir arpenter en tous sens les rues de Saint-Pétersbourg. L'ivoschik a pour son cheval une affection toute paternelle, et au lieu de le battre, comme font nos cochers français, il lui parle plus affectueusement encore que le muletier espagnol à sa mule capitane. C'est son père, c'est son oncle, c'est son petit pigeon ; il improvise pour lui des chansons dont il invent-l'air en même temps que les paroles, et dans lesquelles il lui promet pour l'autre vie, en échange des peines qu'il éprouve dans celle-ci, mille félicités dont l'homme le plus exigeant se contenterait très bien. Aussi le malheureux animal, sensible à la flatterie ou confiant dans la promesse, va-t-il sans cesse au grand trot, ne dételant presque jamais et s'arrêtant pour manger à des auges disposées dans toutes les rues à cet effet : voi là pour le droschki et pour le cheval.

Quant au cocher, il a un trait de ressemblance avec le lazzarone napolitain : c'est qu'on n'a pas besoin de connaître sa langue pour se faire comprendre de lui, tant sa fine intelligence pénètre la pensée de celui qui parle. Il est assis sur un petit siège, entre celui qu'il conduit et son cheval, ayant son numéro d'ordre pendu au cou et tombant entre les deux épaules, afin que le voyageur, qui a toujours ce numéro sous les yeux, puisse le saisir s'il est mécontent de son ivoschik ; dans ce cas, on envoie ou l'on porte ce numéro à la police, et, sur votre plainte, l'ivoschik est presque toujours puni. Quoique rarement nécessaire, néanmoins cette précaution, comme on va le voir, n'est pas toujours inutile, et le bruit d'une aventure arrivée à Moscou, pendant l'hiver de 1823 courait encore les rues de Saint-Pétersbourg.

Une Française, nommée madame L....., se trouva hors de chez elle et visite à une heure assez avancée de la nuit. Comme elle ne voulait pas revenir à pied, quoique les personnes chez lesquelles elle était offrissent de la faire reconduire par un domestique, on envoya chercher une voiture : malheureusement il ne se trouvait sur la place que des droschki ; on lui en amena un ; elle monta dedans, donna son adresse, et partit.

Outre une chaîne d'or et des pendans d'oreilles en diamant qu'il avait vus briller, le cocher avait encore remarqué que madame L.... était enveloppée dans un magnifique manteau de fourrures. Profitant donc de l'obscurité de la nuit, de la solitude des rues et de la distraction de madame L....., qui, la tête enveloppée dans son manteau de peur du froid, se laissait conduire sans remarquer quel chemin prenait son conducteur, avait fait fausse route et avait déjà dépassé le quartier le plus désert de la ville, lorsque, écartant le voile qui lui couvrait les yeux, madame L... s'aperçut qu'elle était dans la campagne. Aussitôt elle appelle, elle crie ; mais voyant que l'ivoschik, au lieu d'arrêter, redouble la vitesse de son cheval, elle le saisit par la plaque où est son numéro, et arrache cette plaque en le menaçant, s'il ne la conduit chez elle, de porter le lendemain cette plaque à la police. Soit que le cocher fût arrivé à l'endroit qu'il avait marqué lui-même pour son crime, soit qu'il crût que la résistance de madame L..... ne lui permettait plus d'attendre, il saute à as de son siège et se présente à l'un des côtés du droschki. Par bonheur, madame L....., toujours munie de la plaque dénonciatrice, a sauté de l'autre, et, poussant la porte d'une grille entrebâillée devant elle, s'est élancée dans un enclos, qu'aux croix de bois et de fer qui le jonchent, elle reconnaît bientôt pour un cimetière.

Mais derrière elle le cocher s'est entré, il la poursuit avec une nouvelle ardeur ; cette fois il n'est plus question pour lui de s'enrichir en volant des fourrures et des diamans, il s'agit de sauver sa vie ; heureusement madame L.... a quelques pas d'avance sur lui, et la nuit est si noire qu'à quelques pas on se perd de vue. Tout-à-coup la terre manque à la fugitive ; il lui semble qu'elle s'abîme ; elle est tombée dans une fosse ouverte, qui le lendemain doit se refermer sur un cadavre. Mais, madame L..... a compris que cette fosse était un asile qui pouvait la dérober à la poursuite de l'assassin : aussi n'a-t-elle pas jeté un cri, n'a-t-elle pas poussé une plainte. Le cocher l'a vue disparaître comme une ombre ; il passe près de la fosse, la poursuivant toujours. Madame L...... est sauvée.

Pendant une partie de la nuit, le cocher rôda dans le cimetière, car il ne pouvait renoncer à l'espoir de retrouver celle qui tenait sa vie. Tantôt il essayait de l'effrayer par d'épouvantables menaces, tantôt il espérait l'attendrir par ses supplications, jurant par tous les saints les plus redoutables et les plus sacrés que si elle voulait lui rendre seulement sa plaque, il la reconduirait chez elle sans lui faire le moindre mal ; mais madame L..... ne se laissa ni intimider ni séduire, et resta au fond de la fosse, muette et immobile, et pareille au cadavre dont elle tenait la place.

Enfin, comme la nuit s'avançait, force fut à l'ivoschik de quitter le cimetière et de fuir. Quant à madame L...., elle y resta cachée jusqu'au jour ; deux heures après qu'elle en fut sortie, la plainte et la plaque étaient déposées à la police. Pendant trois jours, les forêts qui environnent Moscou servirent d'asile à l'assassin. Enfin, vaincu par le froid et par la faim, il vint chercher un asile dans un petit village, mais partout aux environs, son numéro et son signalement avaient été donnés : il fut reconnu, pris, knouté, et envoyé aux mines.

Cependant ces exemples sont rares : le peuple russe est instinctivement bon, et il n'y a peut-être point de capitale où les meurtres par cupidité ou par vengeance soient plus rares qu'à Saint-Pétersbourg. Il y a même plus : quoique très porté au vol, le moujik a horreur de l'effraction, et vous pourriez confier sans aucune crainte une lettre cachetée, pleine de billets de banque, sût-il même ce qu'il porte, à un valet de place ou à un cocher, tandis qu'il serait imprudent de laisser traîner à la portée de cet homme les moindres pièces de monnaie.

Je ne sais pas si mon ivoschick était voleur, mais, à coup sûr, il craignait fort d'être volé, car en arrivant à la grille du palais de Tauride, il me fit entendre que, comme le palais avait deux sorties, il désirait fort que je lui donnasse sur ses cinq roubles un à-compte équivalent au prix de la course que je venais de faire. A Paris, j'aurais sévèrement répondu à l'insolent demandeur ; à Saint-Pétersbourg, je n'en fis que rire, car cela arrivait à de plus grands que moi, qui ne s'en formalisaient pas. En effet, deux mois auparavant, l'empereur Alexandre, se promenant à pied, comme c'était son habitude, et se voyant menacé d'une pluie, prit un droschki sur la place, et se fit conduire au palais impérial ; arrivé là, il fouilla à sa poche et s'aperçut qu'il n'avait pas d'argent ; alors, descendant du droschki : Attends, dit-il à l'ivoschick, je vais t'envoyer le prix de ta course.

— Ah ! oui, dit le cocher, je n'ai qu'à compter là-dessus.

— Comment cela ? demanda l'empereur étonné.

— Oh ! je sais bien ce que je dis.

— Eh bien, voyons, que dis-tu ?

— Je dis qu'autant de personnes que je mène devant une maison à deux portes, qui descendent sans me payer, autant de débiteurs que je ne revois plus.

— Comment ! même devant le palais de l'empereur ?

— Plus souvent encore là qu'ailleurs. Les grands seigneurs ont très peu de mémoire.

— Il fallait te plaindre, et faire arrêter les voleurs, dit Alexandre, que cette conversation amusait.

— Faire arrêter un noble ! votre excellence sait bien qu'on l'essaierait en vain. Si c'était quelqu'un de nous, à la bonne heure, c'est facile, dit le cocher en montrant sa barbe, car on sait par où nous prendre ; mais vous autres, grands seigneurs, qui avez le menton rasé, impossible ! Ainsi donc, que votre excellence cherche bien dans ses poches, et je suis sûr qu'elle y trouvera de quoi me payer.

— Écoute, dit l'empereur, voici mon manteau, il vaut bien la course, n'est-ce pas ? Eh bien ! garde-le, tu le remettras à celui qui t'apportera l'argent.

— Eh bien ! à la bonne heure, dit l'ivoschik, vous êtes raisonnable, vous.

Un instant après, le cocher reçut, en échange du manteau resté en gage, un billet de cent roubles. L'empereur avait payé à la fois pour lui et pour ceux qui venaient chez lui.

Comme je ne pouvais pas me passer la fantaisie d'une pareille libéralité, je me contentai de donner à mon ivoschik les cinq roubles qui étaient le prix de sa journée, enchanté de lui prouver que j'avais plus de confiance en lui qu'il n'en avait eu en moi. Il est vrai que je savais son numéro, et qu'il ne savait pas mon nom.

Le palais de Tauride est un don que fit, avec ses meubles magnifiques, ses statues de marbre et ses lacs aux poissons d'or et d'azur, le favori Potemkin à sa puissante et grande souveraine Catherine II, pour célébrer la conquête du pays dont il porte le nom ; mais ce qui est étonnant, ce n'est point le faste du donateur, c'est la religion avec laquelle le secret fut gardé. Une merveille s'était élevée dans sa capitale, et Catherine n'en savait rien, si bien qu'un soir, lorsque le ministre invita l'impératrice à la fête nocturne qu'il comptait lui donner, à la place de quelques humides prairies qu'elle connaissait, elle trouva, resplendissant de lumières, plein d'harmonie et tout émaillé de fleurs vivantes, un palais qu'elle aurait pu croire bâti par la main des fées.

C'est qu'aussi Potemkin était le modèle des princes parvenus, comme Catherine II fut l'exemple des reines improvisées ; l'un était un simple sous-officier, l'autre une petite princesse d'Allemagne ; et cependant, que l'on prenne tous les princes et tous les rois héréditaires de cette époque, et l'on trouvera que tous deux furent grands parmi les grands.

Un hasard étrange, ou plutôt un calcul providentiel, les avait réunis.

Catherine avait trente-trois ans ; elle était belle, elle était aimée pour sa bienfaisance et respectée pour sa piété, lorsqu'elle apprit tout-à-coup que Pierre III voulait la répudier pour épouser la comtesse de Voronzoff, et, pour avoir un prétexte de la répudier, comptait faire déclarer illégitime la naissance de Paul Petrowitz. Alors elle comprend qu'il n'y a pas un instant à perdre ; elle quitte à onze heures du soir le château de Peterhoff, monte dans la charrette d'un paysan qui ignore qu'il conduit la future tzarine, arrive à Pétersbourg comme le jour vient de paraître, rassemble les amis sur lesquels elle croit pouvoir compter, se met à leur tête, et marche avec eux au-devant des régimens en garnison à Saint-Pétersbourg, et qui ont été convoqués sans savoir de quoi il s'agit. Arrivée sur le front de la ligne, Catherine les interpelle, invoque leur courtoisie comme hommes et leur fidélité comme soldats, puis, profitant de l'impression que son discours a produit, elle tire une épée dont elle jette le fourreau, et demande une dragonne pour la nouer autour de son bras. Un jeune sous-officier âgé de dix-huit ans sort des rangs, s'approche d'elle et lui offre la sienne ; Catherine accepte, avec un de ces doux sourires comme en ont ceux qui quêtent un royaume. Le jeune officier veut alors s'éloigner et reprendre son rang ; mais le cheval qu'il monte, habitué à l'escadron, refuse d'obéir, se cabre, bondit, et s'obstine à rester côte à côte du cheval de l'impératrice. Alors l'impératrice regarde le beau cavalier qui se serre ainsi contre elle ; ses efforts infructueux pour s'éloigner du jeune homme lui semblent une voix de la Providence, qui lui indique un défenseur. Elle le fait à l'instant même officier, et huit jours après, quand Pierre III, emprisonné sans résistance, a résigné à Catherine la couronne qu'il voulait lui ôter, et qu'elle est vraiment souveraine, elle se rappelle Potemkin, et le fait gentilhomme de la chambre dans son palais.

À compter de ce jour, la fortune du favori alla toujours croissant. Beaucoup l'attaquèrent qui se brisèrent contre elle. Un seul crut avoir triomphé ; c'était un jeune Servien nommé Zoritsch. Protégé par Potemkin lui-même, placé près de Catherine par lui, il profita de son absence pour essayer de le perdre en le calomniant. Alors Potemkin prévenu arrive, descend dans son ancien appartement, au palais, et là il apprend que sa disgrâce est complète et qu'il est exilé. Potemkin, à ce mot, et sans secouer la poussière qui couvre son habit de voyage, se rend chez l'impératrice. À la porte de sa chambre, un jeune lieutenant de planton veut l'arrêter ; Potemkin le prend par les flancs, le soulève, le jette de l'autre côté de la chambre, entre chez l'impératrice, et un quart d'heure après en sort, tenant à la main un papier.

— Tenez, monsieur, dit-il au jeune lieutenant, voici un brevet de capitaine que je viens d'obtenir pour vous de Sa Majesté.

Le lendemain, Zoritsch était exilé dans la ville de Schklow, que son généreux rival fit ériger pour lui en souveraineté.

Quant à lui, il rêva tour à tour le duché de Courlande et le trône de Pologne, puis il ne voulut rien de tout cela, se contentant de donner des fêtes aux rois et des palais aux reines. D'ailleurs, une couronne l'eût-elle fait plus puissant et plus fastueux qu'il était ? Les courtisans ne l'adoraient-ils pas comme un empereur ? N'avait-il pas à sa main gauche, car la droite, il la gardait nue pour mieux tenir son sabre, autant de diamans qu'il y en avait à la couronne ? N'avait-il pas des courriers qui allaient lui chercher des sterlets dans le Volga, des melons d'eau à Astracan, du raisin en Crimée, des bouquets partout où il y avait de belles fleurs, et ne donnait-il pas, entre autres cadeaux, tous les premiers de l'an, à sa souveraine, un plat de cerises qui lui coûtait dix mille roubles *?

Tantôt ange, tantôt démon, il créait ou détruisait sans cesse, ou, quand il ne faisait ni l'un ni l'autre, brouillait tout, mais vivifiait tout ; rien n'était quelque chose que lorsqu'il n'y était pas, et, lorsqu'il reparaissait, tout devant lui rentrait dans le néant. Le prince de Ligne disait qu'il y avait en lui du gigantesque, du romanesque et du barbaresque, et le prince de Ligne avait raison.

Sa mort fut étrange comme sa vie, et sa fin inattendue comme son commencement. Il venait de passer un an à Saint-Pétersbourg au milieu des fêtes et des orgies, pensant qu'il avait fait assez pour sa gloire et pour celle de Catherine en reculant les limites de la Russie jusqu'au delà du Caucase, lorsque tout-à-coup il apprend que le vieux Reptnin, profitant de son absence pour battre les Turcs et les forcer de demander la paix, a fait plus en deux mois que lui en trois ans.

Alors il n'a plus de repos : il est malade, c'est vrai, mais n'importe, il faut qu'il parte. Quant à la maladie, il luttera avec elle et la tuera. Il arrive à Jassy, sa capitale, et part pour Otschakow, sa conquête. Au bout de quelques verstes, l'air de sa voiture l'étouffe ; on étend son manteau à terre ; il descend, se couche dessus, et meurt au bord d'un chemin.

Catherine faillit mourir de sa mort : tout, même la vie, semblait être commun entre ces deux grands cœurs ; elle s'évanouit trois fois, le pleura longtemps et le regretta toujours.

Le palais de Tauride, occupé à l'heure où je le visitais par le grand duc Michel, avait servi d'habitation temporaire à la reine Louise, cette moderne amazone, qui espéra un instant vaincre son vainqueur ; car Napoléon lui avait dit, en l'apercevant pour la première fois : « Madame, je savais bien que vous étiez la plus belle des reines, mais j'ignorais que vous étiez la plus belle des femmes. » Malheureusement la galanterie du héros corse ne fut pas de longue durée. Un jour la reine Louise jouait avec une rose :

— Donnez-moi rose, dit Napoléon.

— Donnez-moi Magdebourg, répondit la reine.

— Oh ! ma foi non ! s'écria l'empereur, ce serait trop cher.

* Potemkin avait à sa suite un officier nommé Faucher, qu'il employait sans cesse à de pareilles missions et qui courait éternellement la poste. Cet officier, dans la prévision qu'il se casserait le cou dans quelqu'un de ses voyages, s'était fait d'avance cette épitaphe :

CI GIT FAUCHER,
FOURTTE, COCHER.

La reine jeta de dépit la rose qu'elle tenait; mais elle n'eut point Magdebourg.

En quittant le palais de Tauride, je continuai mon excursion en traversant le pont de Troïtskoï, pour visiter la cabane de Pierre Ier, ce grossier bijou impérial dont je n'avais vu la veille que l'écrin.

La religion nationale a conservé ce monument dans toute sa pureté primitive, et la salle à manger, le salon et la chambre à coucher semblent encore attendre le retour du tzar. Dans la cour est la petite barque entièrement construite par le charpentier de Saardam, et de laquelle il se servait pour se porter, par la Néva, sur les différens points de la ville naissante où sa présence était nécessaire.

Près de cette demeure d'un jour est sa demeure éternelle. Son corps, comme celui de ses successeurs, repose dans l'église de Saint-Pierre et Saint-Paul, située au milieu de la forteresse. Cette église, dont la flèche d'or donne une trop haute idée, est petite, peu régulière et d'un mauvais goût; sa seule valeur est dans le trésor mortuaire qu'elle renferme. Le tombeau du tzar est près de la porte latérale du côté droit; à la voûte pendent plus de sept cents drapeaux pris sur les Turcs, les Suédois et les Persans.

Je passai par le pont Tioutchkoff, dans l'île de Vasiliefskoï. Les principales curiosités de ce quartier sont la Bourse et les Académies. Je me contentai de passer devant ces monumens, et prenant le pont d'Isaac et la rue de la Résurrection, je me trouvai bientôt sur le canal de la Fontaika, dont je suivis le quai jusqu'à l'église catholique; là je m'arrêtai : je voulais voir la tombe de Moreau. C'est une simple dalle en face de l'autel et au milieu du chœur.

Puisque j'en étais aux églises, je voulus voir tout de suite celle de Kazan, qui est la Notre-Dame de Saint-Pétersbourg. J'y pénétrai par sa double colonnade bâtie sur le modèle de celle de Saint-Pierre de Rome. Ici le prospectus, contre l'habitude, est inférieur à la chose annoncée. A l'extérieur, tout est plâtre et brique; à l'intérieur, tout est bronze, marbre et granit; les portes sont d'airain ou d'argent massif, le pavé de jaspe, et les murs de marbre.

J'avais assez de monumens pour un seul jour; je me fis conduire chez l'illustre madame Xavier, pour remettre à ma belle compatriote la lettre dont j'étais chargé pour elle. Depuis six mois, elle n'habitait plus la maison, et son ex-maîtresse m'apprit d'un ton fort pincé qu'elle était établie à son compte dans le quai de la Moïka et le magasin d'Orgelot; c'était chose facile à trouver : Orgelot est le Susse de Saint-Pétersbourg.

Dix minutes après, j'étais devant la maison indiquée. Comme je comptais dîner chez le restaurateur en face, qu'à son nom j'avais reconnu pour un compatriote, je renvoyai mon droschki, et j'entrai dans le magasin en demandant mademoiselle Louise Dupuy.

Une des demoiselles s'informa si c'était pour achat de marchandises ou pour affaire particulière; je lui répondis que c'était pour affaire particulière.

Aussitôt elle se leva et me conduisit à son appartement.

IV.

Je fus introduit dans un petit boudoir tout tendu en étoffes asiatiques, où je trouvai ma belle compatriote à moitié couchée et lisant un roman. A ma vue, elle se leva, et, au premier mot qui sortit de ma bouche, elle s'écria : — Ah! vous êtes Français!

Je m'excusai de me présenter ainsi à l'heure de la sieste; mais, arrivé de la veille, il m'était encore permis d'ignorer quelques-uns des usages de la ville dans laquelle je me trouvais; puis, je lui tendis ma lettre.

— C'est de ma sœur! s'écria-t-elle; oh! cette bonne Rose, que je suis enchantée d'avoir de ses nouvelles; vous la connaissez donc? est-elle toujours gaie et jolie!

— Jolie, j'en puis répondre, gaie, je l'espère; je ne l'ai

vue qu'une seule fois, la lettre m'a été remise par un de mes amis.

— Monsieur Auguste, n'est-ce pas?

— Monsieur Auguste.

— Ma pauvre petite sœur, elle doit être bien contente, à cette heure; je viens de lui envoyer des étoffes superbes, et puis encore quelque autre chose; je lui avais écrit de venir me rejoindre, mais....

— Mais?

— Mais il fallait quitter monsieur Auguste, et elle a refusé. A propos, asseyez-vous donc.

Je voulus prendre une chaise, mais elle me fit signe de m'asseoir près d'elle : j'obéis sans faire la moindre résistance; alors elle se mit à lire la lettre que je lui avais apportée, et j'eus tout le temps de la regarder.

Les femmes ont une faculté merveilleuse et qui n'appartient qu'à elles, c'est celle de se transformer, si l'on peut parler ainsi. J'avais sous les yeux une simple grisette de la rue de la Harpe; il y a quatre ans, cette grisette allait sans doute encore, tous les dimanches, danser au Prado et à la Chaumière : eh bien! il avait suffi à cette femme d'être transportée, comme une plante, sur une autre terre, et voilà qu'elle y fleurissait au milieu du luxe et de l'élégance, comme si elle était sur son sol natal; et voilà que moi, si familier que je fusse avec les gestes et les habitudes de cette estimable classe de la société dont elle faisait partie, je ne retrouvais rien en elle qui rappelât la vulgarité de sa naissance et l'irrégularité de son éducation. Le changement était si complet, qu'en voyant cette jolie créature avec ses longs cheveux à l'anglaise, son simple peignoir de mousseline blanche et ses petites pantoufles turques, à demi couchée dans la pose gracieuse que lui eût imposée un peintre pour faire son portrait, j'aurais pu me croire introduit dans le boudoir de quelque élégante et aristocratique habitante du faubourg Saint-Germain, et je n'étais pourtant que dans l'arrière-boutique d'un magasin de modes.

— Eh bien! que faites-vous donc? me dit Louise qui depuis quelques instans avait fini sa lettre et qui commençait à être embarrassée de la manière dont je la regardais.

— Je vous regarde et je pense.

— Que pensez-vous?

— Je pense que, si Rose était venue, au lieu de rester si héroïquement fidèle à monsieur Auguste, si elle eût été, par quelque pouvoir magique, transportée tout-à-coup au milieu de ce délicieux boudoir, si elle se fût trouvée en face de vous comme moi en ce moment, au lieu de se jeter dans les bras de sa sœur, elle serait tombée à genoux, croyant voir une reine.

— L'éloge est un peu exagéré, me dit en souriant Louise, et cependant il y a à quelque chose de vrai; oui, ajouta-t-elle en soupirant, oui, vous avez raison, je suis bien changée.

— Madame, dit en entrant une jeune fille, c'est la Gossudarina qui désire un chapeau pareil à celui que vous avez fourni hier à la princesse Dolgorouki.

— Est-ce elle-même? demanda Louise.

— Elle-même.

— Faites-la entrer au salon, je l'y rejoins à l'instant même. La jeune fille sortit.

— Voilà qui eût rappelé à Rose, continua Louise, que je ne suis qu'une pauvre marchande de modes. Mais si vous voulez voir un changement encore plus grand que le mien, continua-t-elle, soulevez cette tapisserie, et regardez par cette porte vitrée.

A ces mots, elle passa dans le salon, me laissant seul. Je profitai de la permission donnée, et, soulevant la tapisserie, je collai mon œil à un angle du carreau.

Celle qui avait fait demander Louise, et qu'on avait annoncée sous le nom de la Gossudarina, était une jeune femme de vingt-deux à vingt-quatre ans, aux traits asiatiques, et dont le cou, les oreilles et les mains étaient chargés de parures, de diamans et de bagues. Elle était entrée appuyée sur une jeune esclave, et, comme si c'eût été une grande fatigue pour elle que de marcher, même sur les tapis moelleux dont le parquet du salon était couvert, elle s'élait arrêtée sur le divan le plus proche de la porte, tandis que l'esclave lui donnait de l'air avec un éventail de plumes. A peine eut-elle aperçu Louise, que d'un geste plein de nonchalance elle lui fit signe d'approcher, et en assez mauvais français lui demanda de lui montrer ses chapeaux les plus élégans et surtout les plus chers. Louise s'empressa de faire apporter à l'instant même tout ce qu'elle avait de mieux; la Gossudarina essaya les chapeaux les uns après les autres, se mirant dans une glace que la petite esclave lui présentait à genoux devant elle, mais sans qu'aucun pût lui convenir, car aucun n'était précisément semblable à celui de la princesse Dolgorouki. Aussi fallut-il lui promettre de lui en confectionner un sur le même modèle. Malheureusement, la belle nonchalante désirait son chapeau pour le jour même, et c'était dans cet espoir qu'elle s'était dérangée. Aussi, quelque chose que l'on pût lui dire, elle exigea qu'il lui fût envoyé au moins le lendemain matin, ce qui était possible à la rigueur, en passant la nuit. Rassurée par cet engagement, auquel on savait que Louise était incapable de manquer, la Gossudarina se leva et sortit à pas lents, appuyée toujours sur son esclave, en recommandant à Louise de tenir sa parole, si elle ne voulait pas la faire mourir de chagrin. Louise la reconduisit jusqu'à la porte, et revint vivement me trouver.

— Eh bien ! me dit-elle en riant, que dites-vous de cette femme ? Voyons.

— Mais je dis qu'elle est fort jolie.

— Ce n'est pas cela que je vous demande; je vous demande ce que vous pensez de son rang et de sa qualité.

— Mais, si je la voyais à Paris, à ces façons exagérées, à ces manières de fausse grande dame, je vous dirais que c'est quelque danseuse retirée du théâtre et entretenue par un lord.

— Allons, pas trop mal pour un débutant, me dit Louise, et vous touchez presque à la vérité. Cette belle dame, dont les pieds délicats ont aujourd'hui peine à fouler des tapis de Perse, est tout bonnement une ancienne esclave de race géorgienne dont le ministre favori de l'empereur, monsieur Narawitchcff, a fait sa maîtresse. Il y a quatre ans à peu près que cette métamorphose s'est opérée, et déjà la pauvre Machinka a oublié d'où elle est sortie, ou plutôt elle s'en souvient tellement, qu'à part les heures données à sa toilette, le reste de son temps est employé à faire souffrir ses anciens camarades, dont elle est devenue la terreur. Les autres esclaves, n'osant plus la nommer de son ancien nom de Machinka, l'ont appelée la Gossudarina, ce qui veut dire à peu près la Madame. Vous avez entendu que c'est sous ce nom qu'on me l'a annoncée. Au reste, continua Louise, voici un exemple de la cruauté de cette parvenue : il lui est arrivé dernièrement, comme elle se déshabillait et ne trouvait pas de pelote où mettre une épingle, d'enfoncer l'épingle dans le sein de la pauvre esclave qui lui servait de femme de chambre. Mais cette fois la chose a fait tant de bruit que l'empereur l'a sue.

— Et qu'a-t-il fait ? demandai-je vivement.

— Il a donné la liberté à l'esclave, l'a mariée avec un de ses paysans, et a prévenu son ministre qu'au premier trait de ce genre que se permettrait sa favorite, il l'enverrait en Sibérie.

— Et elle s'est tenu pour dit ? \

— Oui. Il y a quelque temps qu'on n'a entendu rien raconter d'elle. Mais voyons; c'est assez parler de moi et des autres, revenons un peu à vous. Me permettez-vous, en ma qualité de compatriote, de m'informer dans quelle intention vous êtes venu à Saint-Pétersbourg? Peut-être pourrais-je, moi qui connais la ville depuis trois ans, vous être utile au moins par mes conseils.

— J'en doute; mais n'importe. Puisque vous voulez bien prendre quelque intérêt à moi, je vous dirai que j'y suis venu comme professeur d'escrime. Est-on querelleur à Saint-Pétersbourg ?

— Non, parce que les duels y sont presque toujours mortels; comme il y a, quand on quitte le terrain, la Sibérie en perspective pour les adversaires et pour les témoins, on ne se bat que pour des choses qui en valent la peine, et lorsque l'on veut vraiment se tuer. Mais n'importe, vous ne manquerez pas d'écoliers. Seulement, je vous donnerai un conseil.

— Lequel ?

— C'est de tâcher d'obtenir de l'empereur qu'il vous nomme maître d'armes de quelque régiment, ce qui vous donnerait un grade militaire, car, vous le savez, ici l'uniforme est tout.

— Le conseil est bon ; seulement il est plus facile à donner qu'à suivre.

— Pourquoi cela?

— Comment arriverai-je à l'empereur? Je n'ai aucune protection ici, moi.

— Je songerai à cela.

— Comment ! vous ?

— Cela vous étonne? me dit Louise en souriant.

— Non, madame ; rien ne m'étonne de votre part, et vous êtes assez charmante pour obtenir tout ce que vous entreprendrez. Seulement je n'ai rien fait pour tant mériter de votre part.

— Vous n'avez rien fait ? N'êtes-vous pas compatriote ? ne m'avez-vous pas apporté une lettre de ma bonne Rose? ne m'avez-vous pas, en me rappelant mon beau Paris, donné une des heures les plus agréables que j'ai encore passées à Saint-Pétersbourg? Je vous reverrai, j'espère ?

— Vous me le demandez !

— Quand cela?

— Demain, si vous voulez bien me le permettre.

— A la même heure ; c'est celle à laquelle je suis le plus libre de causer longuement.

— Eh bien ! à la même heure.

Je quittai Louise, enchanté d'elle, et sentant déjà que je n'étais plus seul à Saint-Pétersbourg. C'était un appui bien précaire, il est vrai, que celui d'une pauvre jeune fille isolée comme elle semblait l'être ; mais il y a quelque chose de si doux dans l'amitié d'une femme, depuis le premier sentiment qu'elle fait naître, c'est l'espérance.

Je dînai en face du magasin de Louise, chez un restaurateur français nommé Talon, mais sans avoir envie de parler à aucun de mes compatriotes qu'on reconnaissait là, comme partout, à leur accent élevé et à la facilité merveilleuse avec laquelle ils causent tout haut de leurs affaires. J'avais d'ailleurs assez de mes propres pensées, et quiconque fût venu à moi m'eût semblé un indiscret qui cherchait à m'enlever une part de mes rêves.

Je pris, comme la veille, une gondole à deux rameurs, et je passai la nuit couché sur mon manteau, m'enivrant de cette douce harmonie des cors, et comptant les unes après les autres toutes les étoiles du ciel.

Je rentrai, comme la veille, à deux heures du matin, et me réveillai à sept. Comme je voulais en finir tout d'un coup avec les curiosités de Saint-Pétersbourg, pour n'avoir plus à m'occuper que de mes affaires, je fis venir par mon valet de place un droschki au même prix que la veille, et je me mis à visiter tout ce qui me restait à voir, depuis le couvent de Saint-Alexandre Newski, avec son tombeau d'argent sur lequel prient des figures de grandeur naturelle, jusqu'à l'Académie des Sciences avec sa collection de minéraux, son globe de Gottorp donné par Frédéric IV, roi de Danemark, à Pierre Ier, et son mammout, contemporain du déluge, trouvé sur les glaces de la mer Blanche par le voyageur Michel Adam.

Toutes ces choses étaient fort intéressantes, mais il n'en est pas moins vrai que de dix minutes en dix minutes ma montre me faisait savoir si l'heure d'aller chez Louise approchait.

Enfin, vers quatre heures, il me fut impossible d'y tenir plus longtemps; je me fis conduire sur la perspective de Niuski, où je comptais me promener jusqu'à cinq. Mais, en arrivant au canal Catherine, il me fut impossible de passer avec mon droschka, tant la foule était grande. Les rassemblemens sont choses si rares à Saint-Pétersbourg, que, comme j'étais à peu près arrivé à ma destination, je payai mon ivoschik et j'allai pédestrement me mêler à la foule des badauds. Il s'agissait d'un filou que l'on conduisait en prison, et qui venait d'être surpris par monsieur de Gorgoli, grand maître de la police lui-même ; les circonstances qui avaient accompagné le vol expliquaient la curiosité de la foule.

Quoique monsieur de Gorgoli, l'un des plus beaux hommes de la capitale, et l'un des généraux les plus braves de l'armée, fût d'une prestance assez rare, le hasard avait fait qu'un des plus adroits fripons de Saint-Pétersbourg se trouvait avoir avec lui une merveilleuse ressemblance. Le filou résolut d'exploiter cette similitude extérieure : en conséquence, pour compléter encore le prestige, notre Sosie s'affuble de l'uniforme de major-général, endosse le manteau gris à grand collet, fait confectionner un droschki pareil à celui dont monsieur Gorgoli avait l'habitude de se servir, achève l'imitation en louant des chevaux du même poil, et conduit par un cocher vêtu comme celui du général, s'arrête devant la porte d'un riche marchand de la rue de la Grande-Millione, se précipite dans la boutique, et s'adressant au maître de la maison :

— Monsieur, lui dit-il, vous me connaissez, je suis le général Gorgoli, grand-maître de la police.

— Oui, votre excellence.

— Eh bien ! j'ai besoin à l'instant même, pour une opération fort importante, d'une somme de vingt-cinq mille roubles ; je suis trop loin du ministère pour aller les chercher, car un retard perdrait tout. Donnez-moi ces vingt-cinq mille roubles, je vous prie, et venez demain matin les chercher à mon hôtel.

— Excellence, s'écrie le marchand enchanté de la préférence, trop heureux de vous être agréable; voulez-vous plus ?

— Eh bien ! donnez m'en trente mille alors.

— Les voilà, monseigneur.

— Merci ; à demain neuf heures, à mon hôtel. — Et l'emprunteur remonte dans son droschki et part au galop du côté du jardin d'Été.

Le lendemain, à l'heure dite, le marchand se présente chez monsieur de Gorgoli, qui le reçoit avec son affabilité ordinaire, et qui, comme il tarde à lui expliquer le motif de sa visite, lui demande ce qu'il veut.

Cette question intimide le marchand, qui d'ailleurs, en regardant le général de plus près, croit reconnaître quelque différence entre lui et l'individu qui s'est présenté sous son nom ; il s'écrie tout-à-coup : — Excellence, je suis volé ! — et raconte aussitôt la ruse incroyable dont il a été la victime. Monsieur de Gorgoli l'écoute sans l'interrompre ; lorsqu'il a fini, le général se fait apporter son manteau gris, et ordonne de mettre au droschki le cheval alezan ; puis, après s'être fait raconter une seconde fois la chose dans tous ses détails, il invite le marchand à l'attendre chez lui, tandis qu'il va courir après son voleur.

Monsieur de Gorgoli se fait conduire à la grande-Millione, part de la boutique du marchand, suit la même route qu'a suivie le voleur, et s'adressant au boutchnick * :

— Je suis passé hier devant toi à trois heures de l'après-midi, m'as tu vu ?

— Oui, excellence.

— Où allais-je ?

— Du côté du pont de Troitskoï.

— C'est bien.

Et le général se dirige vers le pont. A l'entrée du pont il trouve une autre sentinelle.

— Je suis passé devant toi, hier, à trois heures dix minutes de l'après-midi, m'as-tu vu ?

— Oui, excellence.

— Quel chemin ai-je pris ?

— Votre excellence a pris par le pont.

---

* Les *boutchniks* sont des espèces de sentinelles établies au coin de chaque rue principale dans des baraques nommées *boutka*, et qui, n'appartiennent ni à la classe civile ni à la classe militaire, correspondent à peu près, quoique dans un ordre encore inférieur, à nos sergens de ville. L'un d'eux se tient toujours à la porte de sa baraque avec une hallebarde à la main ; de là vient leur nom de boutchniks, ou guéritiers.

— Bien.

Le général traverse le pont, s'arrête devant la cabane de Pierre Ier ; le boutchnik qui était dans la guérite s'élance dehors.

— Je suis passé devant toi hier, à trois heures et demie, lui dit le général.

— Excellence, oui.

— Où m'as-tu vu aller ?

— Au quartier de Viborg.

— Bien.

Monsieur de Gorgoli continue sa route, résolu de se poursuivre jusqu'au bout. Au coin de l'hôpital des troupes de terre, il trouve un autre boutchnik et l'interroge encore. Cette fois, il a dirigé sa course du côté des magasins d'eau-de-vie. Le général s'y rend. Des magasins d'eau-de-vie il a traversé le pont Voskresenskoï. Du pont Voskresenskoï il s'est rendu en droite ligne au bout de la Grande-Perspective ; du bout de la Grande-Perspective, à l'extrémité des boutiques, du côté de la banque et des assignations. Monsieur de Gorgoli interroge une dernière fois le guéritier.

— Je suis passé devant toi hier, à quatre heures et demie ? lui dit-il.

— Oui, excellence.

— Où allais-je ?

— Au n° 19, au coin du canal Catherine.

— Y suis-je entré ?

— Oui.

— M'en as-tu vu sortir ?

— Non.

— Très bien. Fais-toi relever par un de tes camarades, et va me chercher deux soldats à la première caserne.

— Oui, excellence.

Le guéritier court et revient au bout de dix minutes avec les deux soldats demandés.

Le général se présente avec eux au n° 19, fait fermer les portes de la maison, interroge le concierge, apprend que son homme loge au second, y monte, enfonce la porte d'un coup de pied, et se trouve face à face avec son ménechme, qui, effrayé de cette visite, dont il devine l'objet, avoue tout, et restitue les trente mille roubles.

La civilisation de Saint-Pétersbourg n'est pas, comme on le voit, en arrière de celle de Paris.

Cette aventure, au dénoûment de laquelle j'assistais, m'avait fait perdre, ou plutôt m'avait fait gagner une vingtaine de minutes ; c'était, à vingt autres minutes près, l'heure à laquelle Louise m'avait permis de me présenter chez elle. Je m'y rendis. A mesure que j'approchais, le cœur me battait plus fort, et lorsque je demandai si elle était visible, ma voix tremblait tellement que pour être compris il me fallut renouveler deux fois ma question.

Louise m'attendait dans le boudoir.

V.

Lorsqu'elle me vit entrer, elle me salua de la tête, avec cette familiarité gracieuse qui n'appartient qu'à nos Françaises ; puis, me tendant la main, elle me fit asseoir, comme la veille, auprès d'elle.

— Eh bien ! me dit-elle , je me suis occupée de votre affaire.

— Oh ! lui répondis-je avec une expression qui la fit sourire, ne parlons pas de moi, parlons de vous.

— Comment, de moi ? Est-ce qu'il s'agit de moi dans tout ceci ? Est-ce moi qui sollicite une place de maître d'armes dans un des régimens de Sa Majesté ? De moi ? et qu'avez-vous donc à me dire de moi ?

— J'ai à vous dire que depuis hier vous m'avez rendu le plus heureux des hommes, que depuis hier je ne pense qu'à vous et ne vois que vous ; que je n'ai pas dormi un instant, et que j'ai cru que l'heure à laquelle je devais vous revoir n'arriverait jamais.

— Mais c'est une déclaration dans les règles que vous me faites là.

— Par ma foi, prenez-la comme vous voudrez ; j'ai dit non-seulement ce que je pense, mais encore ce que j'éprouve.

— C'est une plaisanterie.

— Non, sur l'honneur.

— Vous parlez sérieusement ?

— Très sérieusement.

— Eh bien ! comme à tout prendre, c'est possible, dit Louise, et que l'aveu, pour être prématuré, n'en est peut-être pas moins sincère, c'est mon devoir de ne pas vous laisser aller plus loin.

— Comment cela ?

— Mon cher compatriote, il ne peut absolument rien y avoir entre nous que de la bonne, franche et pure amitié.

— Mais pourquoi donc ?

— Parce que j'ai un amant ; et, vous le savez déjà par ma sœur, la fidélité est un vice de notre famille.

— Suis-je malheureux !

— Non, vous ne l'êtes pas. Si j'avais laissé le sentiment que vous dites éprouver pour moi jeter de plus profondes racines, au lieu de l'arracher de votre tête avant qu'il ait eu le temps d'arriver jusqu'à votre cœur, oui, vous auriez pu le devenir ; mais Dieu merci, ajouta Louise en souriant, il n'y a pas eu de temps de perdu, et j'espère que le mal a été attaqué avant d'avoir fait de grands progrès.

— C'est bien, n'en parlons plus.

— Au contraire, parlons en, car comme vous rencontrerez ici la personne que j'aime, il est important que vous sachiez comment je l'ai aimée.

— Je vous remercie de tant de confiance.

— Vous êtes piqué, et vous avez tort. Voyons, donnez-moi la main comme à une bonne amie.

Je pris la main qu' louise me tendait, et comme, à tout prendre, je n'avais aucun droit de lui garder rancune :

— Vous êtes loyale, lui dis-je.

— A la bonne heure.

— Et sans doute, demandai-je, quelque prince ?

— Non, je ne suis pas si exigeante, tout bonnement un comte.

— Ah ! Rose, Rose, m'écriai-je, ne venez pas à Saint-Pétersbourg, vous oublieriez monsieur Auguste !

— Vous m'accusez avant de m'avoir entendue, et c'est mal à vous, me répondit Louise ; voilà pourquoi je voulais tout vous dire ; mais vous ne seriez pas Français si vous ne jugiez pas ainsi.

— Heureusement votre prédilection pour les Russes me fait croire que vous êtes quelque peu injuste envers vos compatriotes.

— Je ne suis injuste envers personne, monsieur ; je compare, voilà tout. Chaque peuple a ses défauts, qu'il n'aperçoit pas lui-même, parce qu'ils sont inhérens à sa nature, mais qui sautent aux yeux des autres peuples. Notre principal défaut, à nous, c'est la légèreté. Un Russe qui a reçu une visite d'un de nos compatriotes ne dit jamais à un autre Russe : Un Français vient de sortir. — Il dit : Un fou est venu. — Et ce fou, il n'a pas besoin de dire à quelle nation il appartient, on sait que c'est un Français.

— Et les Russes sont sans défauts, eux ?

— Certainement non ; mais ce n'est pas ceux qui viennent leur demander l'hospitalité de les voir.

— Merci de la leçon.

— Eh, mon Dieu ! ce n'est pas une leçon, c'est un conseil : vous venez ici dans l'intention d'y rester, n'est-ce pas ? Faites-vous donc des amis, et non des ennemis.

— Vous avez raison toujours.

— N'ai-je pas été comme vous, moi ? n'avais-je pas juré que jamais un de ces grands seigneurs, si soumis devant le tzar, si insolens devant leurs inférieurs, ne serait rien pour moi ? Eh bien ! j'ai manqué à mon serment ; n'en faites donc pas, si vous ne voulez pas y manquer comme moi.

— Et d'après le caractère que je vous connais, quoique je ne vous aie vue que d'hier, dis-je à Louise, la lutte a été longue.

Le Siècle.

— Oui, elle a été longue, et elle a même failli être tragique.

— Vous espérez que la curiosité l'emportera chez moi sur la jalousie ?

— Je n'espère rien ; je tiens à ce que vous sachiez la vérité, voilà tout.

— Parlez donc, je vous écoute.

— J'étais, comme la suscription de la lettre de Rose a dû vous l'apprendre, chez madame Xavier, la marchande de modes la plus renommée de Saint-Pétersbourg, et où par conséquent toute la noblesse de la capitale se fournissait alors. Grâce à ma jeunesse, à ce qu'on appelait ma beauté, et surtout à ma qualité de Française, je ne manquais pas, comme vous devez bien le penser, de complimens et de déclarations. Cependant, je vous le jure, quoique ces déclarations et ces complimens fussent accompagnés quelquefois des promesses les plus brillantes, aucune ne fit impression sur moi, et toutes furent brûlées. Dix-huit mois s'écoulèrent ainsi.

Il y a deux ans à peu près, une voiture attelée de quatre chevaux s'arrêta devant le magasin ; deux jeunes filles, un jeune officier et une femme de quarante-cinq à cinquante ans en descendirent. Le jeune homme était lieutenant aux chevaliers-gardes, et par conséquent restait à Saint-Pétersbourg ; mais sa mère et ses deux sœurs habitaient Moscou ; elles venaient passer les trois mois d'été avec leur fils et leur frère, et leur première visite en arrivant était pour madame Xavier, la grande régulatrice du goût : une femme élégante ne pouvait, en effet, se présenter dans le monde que sous ses auspices. Les deux jeunes filles étaient charmantes ; quant au jeune homme, je le remarquai à peine, quoiqu'il parût pendant sa courte visite s'occuper beaucoup de moi. Ses acquisitions faites, la mère donna son adresse : A la comtesse Waninkoff, sur le canal de la Fontalka.

Le lendemain le jeune homme vint seul ; il désirait savoir si nous nous étions occupées de la commande de sa mère et de ses sœurs, et s'adressa à moi pour me prier de faire changer la couleur d'un nœud de ruban.

Le soir je reçus une lettre signée Alexis Waninkoff ; c'était, comme toutes les lettres de ce genre, une déclaration d'amour ; cependant une chose me frappa comme délicatesse : aucune promesse n'y était faite ; on parlait d'obtenir mon cœur, mais non pas de l'acheter.

Il est certaines positions où l'on ne peut pas sans être ridicule montrer une vertu trop rigide ; si j'eusse été une jeune fille du monde, j'eusse renvoyé au comte Alexis sa lettre sans la lire ; j'étais une pauvre grisette, et je la brûlai après l'avoir lue.

Le lendemain, le comte revint ; ses sœurs et sa mère désiraient des bonnets qu'elles le laissaient libre de leur choisir. Comme il entrait, je profitai d'un prétexte pour passer dans l'appartement de madame Xavier, et je ne reparus dans le magasin que lorsqu'il en fut sorti.

Le soir, je reçus une seconde lettre. Celui qui me l'écrivait avait, disait-il, encore un espoir ; c'est que je n'avais point reçu la première. Comme celle de la veille, elle resta sans réponse.

Le lendemain, j'en reçus une troisième. Le ton de celle-ci était tellement différent des deux autres, qu'il me frappa. Elle était, depuis la première jusqu'à la dernière ligne, empreinte d'un accent de mélancolie qui ressemblait, non pas comme je m'y étais attendue, à l'irritation d'un enfant à qui on refuse un jouet, mais au découragement d'un homme qui perd sa dernière espérance. Il était décidé, si je ne répondais pas à cette lettre, à demander un congé à l'empereur et à aller passer quatre mois avec sa mère et ses sœurs à Moscou. Mon silence le laissa libre de faire comme il l'entendait. Six semaines après, je reçus une lettre datée de Moscou ; elle contenait ces quelques mots :

« Je suis sur le point de prendre un engagement insensé, qui m'enlève à moi-même et qui met, non-seulement mon avenir, mais encore mes jours en danger. Écrivez-moi que plus tard vous m'aimerez peut-être, afin qu'une lueur d'espérance me rattache à la vie, et je reste libre. »

Je crus que ce billet n'avait été écrit que pour m'effrayer et, comme les lettres, je le laissai sans réponse.

Au bout de quatre mois, je reçus cette lettre :

« J'arrive à l'instant. La première pensée de mon retour est à vous. Je vous aime autant et plus peut-être qu'au moment où j'étais parti. Maintenant, vous ne pouvez plus me sauver la vie, mais vous pouvez encore me la faire aimer. »

Cette longue persistance, le mystère caché dans ces deux derniers billets, le ton de tristesse qui y régnait me déterminèrent à lui répondre, non pas une lettre telle que le comte l'eût désirée sans doute, mais du moins quelques paroles de consolation ; et cependant je terminais en lui disant que je ne l'aimais pas et que je ne l'aimerais jamais.

— Cela vous paraît étrange, interrompit Louise, et je vois que vous souriez : tant de vertu vous semble ridicule chez une pauvre fille. Rassurez-vous, ce n'était pas de la vertu seulement, c'était de l'éducation. Ma pauvre mère, veuve d'un officier, restée sans aucune fortune, nous avait élevées ainsi, Rose et moi. A seize ans, nous la perdîmes, et avec elle la petite pension qui nous faisait vivre. Ma sœur se fit fleuriste, moi marchande de modes. Ma sœur aima votre ami, elle lui céda, je ne lui en fis pas un crime ; je trouvai tout simple de donner sa personne quand on a donné son cœur. Mais moi, je n'avais pas encore rencontré celui que je devais aimer, et j'étais, comme vous le voyez, restée sage sans avoir grand mérite à l'être.

Sur ces entrefaites, le premier jour de l'an arriva. Chez les Russes, vous ne le savez pas encore, mais vous le verrez bientôt, le jour de l'an est une grande fête. Ce jour-là, le grand seigneur et le moujik, la princesse et la marchande de modes, le général et le soldat deviennent frères. Le tzar reçoit son peuple ; vingt-cinq mille billets sont jetés pour ainsi dire au hasard dans les rues de Saint-Pétersbourg. A neuf heures du soir, le palais d'Hiver s'ouvre, et les vingt-cinq mille invités encombrent les salons de la résidence impériale qui, tout le reste de l'année, ne s'ouvre que pour l'aristocratie. Les hommes viennent en domino ou mis à la Vénitienne, les femmes avec leur costume ordinaire.

Madame Xavier nous avait donné des billets, de sorte que nous avions résolu d'aller au palais toutes ensemble. La partie était d'autant plus faisable que, chose singulière, si nombreuse que soit cette assemblée, il ne s'y commet pas un désordre, pas une insolence, pas un vol, et cependant on y chercherait vainement un soldat. Le respect qu'inspire l'empereur s'étend sur tout le monde, et la jeune fille la plus chaste y est aussi en sûreté que dans la chambre à coucher de sa mère.

Nous étions arrivées depuis une demi-heure à peu près, et si pressées dans le salon blanc, que nous n'aurions pas cru qu'une personne de plus aurait pu y tenir, lorsque tout-à-coup l'orchestre de toutes les salles donna le signal de la polonaise. En même temps, les cris : L'empereur ! l'empereur ! se font entendre : Sa Majesté apparaît à la porte, conduisant la danse avec l'ambassadrice d'Angleterre, et suivi de toute la cour ; chacun se presse, le flot se sépare, un espace de dix pieds s'ouvre, la foule des danseurs s'y précipite, passe comme un torrent de diamans, de plumes, de velours et de parfums ; derrière le cortége, chacun se pousse, se heurte, se presse. Séparée de mes deux amies, je veux en vain les rejoindre, je les aperçois un instant renaissaison comme par le tourbillon, presque aussitôt je les perds de vue, je veux les rejoindre, mais inutilement ; je ne puis percer la muraille humaine qui me sépare d'elles, et me voilà seule au milieu de vingt-cinq mille personnes.

En ce moment où, tout éperdue, j'étais prête à implorer le secours du premier homme que j'eusse rencontré, un domino vint à moi, je reconnus Alexis.

— Comment, seule ici ? me dit-il.

— Oh ! c'est vous, monsieur le comte ! m'écriai-je en m'emparant de son bras, tant j'étais effrayée de mon isolement au milieu de cette foule. Je vous en prie, tirez-moi d'ici, et faites-moi approcher une voiture que je puisse m'en aller.

— Permettez que je vous reconduise, et je serai reconnaissant envers le hasard qui aura plus fait pour moi que toutes mes instances.

— Non, je vous remercie, une voiture de place...

— Une voiture de place est chose impossible à trouver à cette heure, où tout le monde arrive et personne ne part. Restez plutôt une heure encore ici.

— Non, je veux m'en aller.

— Alors, acceptez mon traîneau, je vous ferai reconduire par mes gens, et puisque c'est moi que vous ne voulez pas voir, eh bien ! vous ne me verrez pas.

— Mon Dieu ! j'aimerais mieux....

— Voyez, il n'y a que l'un ou l'autre de ces deux partis à prendre, ou rester ou accepter mon traîneau, car je présume que vous ne songez pas à vous en aller à pied, seule et par le froid qu'il fait.

— Eh bien ! monsieur le comte, conduisez-moi à votre voiture.

Alexis obéit aussitôt. Cependant, il y avait tant de monde, que nous fûmes plus d'une heure à arriver à la porte qui donne sur la place de l'Amirauté. Le comte appela ses gens, et un instant après un traîneau élégant, qui n'était rien autre chose qu'une caisse de coupé hermétiquement fermée, s'arrêta devant la porte. J'y montai aussitôt en donnant l'adresse de madame Xavier ; le comte prit ma main et la baisa, referma la portière, ajouta quelques mots en russe à ma recommandation, et je partis avec la rapidité de l'éclair.

Au bout d'un instant, les chevaux me parurent redoubler de vitesse, et il me sembla que les efforts que faisait leur conducteur pour les arrêter, étaient inutiles ; je voulus crier, mais mes cris se perdirent dans ceux du cocher. Je voulus ouvrir la portière, mais derrière la glace il y avait une espèce de jalousie dont je ne pus trouver le ressort. Après des efforts inutiles, je retombai épuisée dans le fond de la voiture, convaincue que les chevaux étaient emportés et que nous allions nous briser à l'angle de quelque rue.

Au bout d'un quart d'heure, cependant, ils s'arrêtèrent, la portière s'ouvrit, j'étais tellement éperdue que je m'élançai hors de la voiture, mais une fois échappée au danger que je croyais avoir couru, mes jambes se dérobèrent sous moi, et je crus que j'allais me trouver mal. En ce moment, on m'enveloppa la tête d'un cachemire, je sentis qu'on me déposait sur un divan. Je fis un effort pour me débarrasser du voile qui m'enveloppait, je me trouvais dans un appartement que je ne connaissais point, et le comte Alexis était à mes genoux.

— Oh ! m'écriai-je, vous m'avez trompée, c'est affreux, monsieur le comte.

— Hélas ! pardonnez-moi, me dit-il ; cette occasion perdue, l'aurais-je retrouvée jamais ? Au moins une fois dans ma vie je pourrai vous revoir....

— Vous ne me direz pas un mot, monsieur le comte, m'écriai-je en me levant, et vous allez à l'instant même ordonner que l'on me reconduise chez moi, ou vous êtes un malhonnête homme.

— Mais une heure seulement, une nom du ciel ! que je vous parle, que je vous voie ! Il y a si longtemps que je ne vous ai vue, que je ne vous ai parlé.

— Pas un instant, pas une seconde, car c'est à l'instant même, entendez-vous bien, à l'instant même que vous allez me laisser sortir.

— Ainsi, ni mon respect, ni mon amour, ni mes prières...

— Rien, monsieur le comte, rien.

— Eh bien ! me dit-il, écoutez. Je vois que vous ne m'aimez pas, que vous ne m'aimerez jamais. Votre lettre m'avait donné quelque espoir, votre lettre m'avait trompé ; c'est bien, vous me condamnez ; j'accepte la sentence. Je vous demande cinq minutes seulement ; dans cinq minutes, si vous exigez que je vous laisse libre, vous le serez.

— Vous me jurez que dans cinq minutes je serai libre ?

— Je vous le jure.

— Parlez.

— Je suis riche, Louise, je suis noble, j'ai une mère qui m'adore, deux sœurs qui m'aiment ; dès mon enfance j'ai été entouré de valets empressés à m'obéir, et cependant, avec tout cela, je suis atteint de la maladie de la plupart de mes compatriotes, vieux à vingt ans, pour avoir été homme trop jeune. Je suis las de tout, fatigué de tout. Je m'ennuie.

Cette maladie a été le démon persécuteur de toute ma vie. Ni bals, ni rêves, ni fêtes, ni plaisirs, n'ont pu écarter ce voile gris et terne qui s'étend entre le monde et moi. La guerre peut-être, avec ses enivremens, ses dangers, ses fatigues, aurait pu quelque chose sur mon esprit, mais l'Europe tout entière dort d'une paix profonde, et il n'y a plus de Napoléon pour tout bouleverser.

J'étais fatigué de tout, et j'allais essayer de voyager quand je vous vis; ce que j'éprouvai d'abord pour vous, je dois l'avouer, ne fut guère autre chose qu'un caprice; je vous écrivis, croyant qu'il n'y avait qu'à vous écrire, que vous alliez céder. Contre mon attente, vous ne me répondîtes point; j'insistai, car votre résistance me piquait; je n'avais cru avoir pour vous qu'une fantaisie éphémère, je m'aperçus que cette fantaisie était devenue un amour réel et profond. Je n'essayai pas de le combattre, car toute lutte avec moi-même me fatigue et m'abat. Je vous écrivis que je partais, et je partis.

En arrivant à Moscou, je retrouvai d'anciens amis; ils me virent sombre, inquiet, ennuyé, et firent plus d'honneur à mon âme qu'elle n'en méritait. Ils la crurent impatiente du joug qui pèse sur nous; ils prirent mes longues rêveries pour des méditations philanthropiques; ils étudièrent longtemps mes paroles et mon silence; puis, croyant s'apercevoir que quelque chose demeurait caché au fond de ma tristesse, ils prirent ce quelque chose pour l'amour de la liberté, et m'offrirent d'entrer dans une conspiration contre l'empereur.

— Grand Dieu! m'écriai-je épouvantée, et vous avez refusé, je l'espère?

— Je vous écrivis: ma résolution était soumise à cette dernière épreuve; si vous m'aimiez, ma vie n'était plus à moi, mais à vous, et je n'avais pas le droit d'en disposer. Si vous ne me répondiez pas, ce qui voulait dire que vous ne m'aimiez pas, peu m'importait ce qu'il adviendrait de moi. Un complot, c'était une distraction. il y avait bien l'échafaud, si nous étions découverts; mais comme plus d'une fois l'idée du suicide m'était venue, je pensai que c'était bien quelque chose que de n'avoir pas la peine de me tuer moi-même.

— Oh! mon Dieu! mon Dieu! se peut-il que vous me disiez là ce que vous pensiez?

— Je vous dis la vérité, Louise, et en voici une preuve Tenez, ajouta-t-il en se levant et en tirant d'une petite table un paquet cacheté, je ne pouvais deviner que je vous rencontrerais aujourd'hui. Je n'espérais même plus vous voir. Lisez ce papier.

— Votre testament!

— Fait à Moscou le lendemain du jour où je suis entré dans la conspiration.

— Grand Dieu! vous me laissiez à moi trente mille roubles de rentes?

— Si vous ne m'aviez pas aimé pendant ma vie, je désirais que vous eussiez au moins quelques bons souvenirs de moi après ma mort.

— Mais ces projets de conspiration, cette mort, ce suicide, vous avez renoncé à tout cela?

— Louise, vous êtes libre de sortir; les cinq minutes sont écoulées; mais vous êtes mon dernier espoir, le seul bien qui m'attache à la vie; comme une fois sortie d'ici vous n'y rentrerez jamais, je vous donne ma parole d'honneur, foi de comte, que la porte de la rue ne sera pas fermée derrière vous que je me serai brûlé la cervelle.

— Oh! vous êtes fou!

— Non, je suis ennuyé.

— Vous ne ferez pas une pareille chose.

— Essayez.

— Monsieur le comte, au nom du ciel!

— Écoutez, Louise, j'ai lutté jusqu'au bout. Hier, j'étais décidé à en finir; aujourd'hui je vous ai revue, j'ai voulu risquer un dernier coup, dans l'espoir de gagner la partie. Je jouais ma vie contre le bonheur; j'ai perdu, je paierai.

Si Alexis m'eût dit ces choses dans le délire de la fièvre, je ne les eusse pas crues; mais il me parlait de sa voix ordinaire, avec son calme habituel; son accent était plutôt gai que triste; enfin on sentait dans tout ce qu'il m'avait dit un tel caractère de vérité, que c'était moi à mon tour qui ne pouvais plus sortir; je regardais ce beau jeune homme plein d'existence, et qu'il ne tenait qu'à moi de faire plein de bonheur. Je me rappelais sa mère qui paraissait tant l'aimer, ses deux sœurs au visage souriant; je le voyais, lui, sanglant et défiguré, elles échevelées et pleurantes, et je me demandais de quel droit, moi qui n'étais rien, j'allais briser toutes ces existences dorées, toutes ces hautes espérances; puis, faut-il vous le dire, un si long attachement commençait à porter son fruit. Moi aussi, dans le silence de mes nuits et dans la solitude de mon cœur, j'avais pensé quelquefois à cet homme qui pensait à moi toujours. Au moment de me séparer de lui pour jamais, je vis plus clair dans mon âme. Je m'aperçus que je l'aimais... et je restai.

Alexis m'avait dit vrai. Ce qui manquait à sa vie, c'était l'amour. Depuis deux ans qu'il m'aime, il est heureux ou il a l'air de l'être. Il a renoncé à cette folle conspiration où il n'était entré que par dégoût de la vie. Ennuyé des entraves qu'imposait à nos entrevues ma position chez madame Xavier, il a, sans me rien dire, loué pour moi ce magasin. Depuis dix-huit mois, je vis d'une autre vie, au milieu de toutes les études qui ont manqué à ma jeunesse, et que lui, si distingué, aura besoin de rencontrer dans la femme qu'il aime, lorsque, hélas! il ne l'aimera plus. De là vient le changement que vous avez trouvé en moi, en comparant ma position à ma personne. Vous voyez donc que j'ai bien fait de vous arrêter, qu'une coquette seule aurait agi autrement, et que je ne puis pas vous aimer, puisque je l'aime, lui.

— Oui, et je comprends aussi par quelle protection vous espériez me faire réussir dans ma demande.

— Je lui en ai déjà parlé.

— Très bien, mais je refuse, moi.

— Vous êtes fou.

— C'est possible, mais je suis ainsi.

— Voulez-vous que nous nous brouillions ensemble et que nous ne nous revoyions jamais?

— Oh! ce serait de la cruauté, moi qui ne connais que vous ici.

— Eh bien! regardez-moi comme une sœur, et laissez-moi faire.

— Vous le voulez?

— Je l'exige.

En ce moment, la porte du salon s'ouvrit et le comte Alexis Waninkoff parut sur le seuil.

Le comte Alexis Waninkoff était un beau jeune homme de vingt-cinq à vingt-six ans, blond et élancé, moitié Tartare, moitié Turc, qui occupait, comme nous l'avons dit, le grade de lieutenant dans les chevaliers-gardes. Ce corps privilégié était resté long-temps sous le commandement direct du czarewich Constantin, frère de l'empereur Alexandre, et à cette époque vice-roi de Pologne. Selon l'habitude des Russes, qui ne quittent jamais l'habit militaire, Alexis était vêtu de son uniforme, portait sur sa poitrine la croix de Saint-Vladimir et d'Alexandre Niuski, et au cou Stanislas-Auguste de troisième classe; en l'apercevant, Louise se leva en souriant.

— Monseigneur, lui dit-elle, soyez le bienvenu, nous parlions de vous; je présente à votre excellence le compatriote dont je vous ai parlé, et pour lequel je réclame votre haute protection.

Je m'inclinai, le comte me répondit par un salut gracieux, puis, avec une pureté de langue peut-être un peu affectée:

— Hélas! ma chère Louise, lui dit-il en lui baisant la main, ma protection n'est pas grande, mais je puis diriger monsieur par d'utiles conseils: mes voyages m'ont appris à reconnaître le bon et le mauvais côté de mes compatriotes, et je mettrai votre protégé au courant de toutes choses; d'ailleurs, je puis commencer personnellement la clientèle de monsieur, en lui donnant deux écoliers, mon frère et moi.

— C'est déjà quelque chose, mais ce n'est point assez;

n'avez-vous point parlé d'une place de professeur d'escrime dans un régiment ?

— Oui, mais depuis hier je me suis informé ; il y a déjà deux maîtres d'armes à Saint-Pétersbourg, l'un Français, l'autre Russe. Votre compatriote, mon cher monsieur, ajouta Waninkoff en se tournant vers moi, est un nommé Valville ; je ne discute pas son mérite ; il a su plaire à l'empereur qui lui a donné le grade de major, et l'a décoré de plusieurs ordres ; il est professeur de toute la garde impériale. Mon compatriote, à moi, est un fort bon et excellent homme, qui n'a d'autre défaut à nos yeux que d'être Russe ; mais, comme ce n'en est pas un aux yeux de l'empereur, Sa Majesté, à laquelle il a autrefois donné des leçons, l'a fait colonel et lui a donné Saint-Vladimir de troisième classe. Vous ne voulez pas débuter par vous faire des ennemis de l'un et de l'autre, n'est-ce pas ?

— Non certainement, répondis-je.

— Eh bien ! alors, il ne faut point avoir l'air de marcher sur leurs brisées : annoncez un assaut, donnez-le, montrez-y ce que vous savez faire ; puis, lorsque le bruit de votre supériorité se sera répandu, je vous donnerai une très humble recommandation auprès du czarewich Constantin, qui justement est au château de Strelna depuis avant-hier, et j'espère que, sur ma demande, il daignera apostiller votre pétition à Sa Majesté.

— Eh bien ! voilà qui va à merveille, me dit Louise, enchantée de la bienveillance du comte pour moi ; vous voyez que je ne vous ai pas menti.

— Non, et monsieur le comte est le plus obligeant des protecteurs, comme vous êtes la plus excellente des femmes. Je vous laisse l'entretenir dans cette bonne disposition, et, pour lui prouver le cas que je fais de ses avis, je vais ce soir même rédiger mon programme.

— C'est cela, dit le comte.

— Maintenant, monsieur le comte, je vous demande pardon, mais j'ai besoin d'un renseignement de localité. Je ne donne pas cet assaut pour gagner de l'argent, mais pour me faire connaître. Dois-je envoyer des invitations comme à une soirée, ou faire payer comme à un spectacle ?

— Oh ! faites payer, mon cher monsieur, ou sans cela vous n'auriez personne. Mettez les billets à dix roubles, et envoyez-moi cent billets ; je me charge de les placer.

Il était difficile d'être plus gracieux ; aussi ma rancune ne tint pas. Je saluai et je sortis.

Le lendemain, mes affiches étaient posées, et, huit jours après, j'avais donné mon assaut, auquel ne prirent part ni Valville ni Siverbruk, mais seulement des amateurs polonais, russes et français.

Mon intention n'est point de faire ici la nomenclature de mes hauts faits et des coups de bouton donnés ou reçus. Seulement je dirai que, pendant la séance même, monsieur le comte de La Ferronnays, notre ambassadeur, m'offrit de donner des leçons au vicomte Charles, son fils, et que le soir et le lendemain je reçus les lettres les plus encourageantes, entre autres personnes, de monsieur le duc de Wurtemberg, qui me demandait d'être le professeur de ses fils, et de monsieur le comte Bobrinski, qui me réclamait pour lui-même.

Aussi, lorsque je revis le comte Waninkoff :

— Eh bien ! me dit-il, tout a été à merveille. Voilà votre réputation établie ; il faut qu'un brevet impérial la consolide. Tenez, voici une lettre pour un aide-de-camp du czarewich ; il aura déjà entendu parler de vous. Présentez-vous chez lui hardiment avec votre pétition pour l'empereur ; flattez son amour-propre militaire, et demandez-lui son apostille.

— Mais, monsieur le comte, demandai-je avec quelque hésitation, croyez-vous qu'il me reçoive bien ?

— Qu'appelez-vous bien recevoir ?

— Enfin, convenablement.

— Écoutez, mon cher monsieur, me dit en riant le comte Alexis, vous nous faites toujours trop d'honneur. Vous nous traitez en gens civilisés, tandis que nous ne sommes que des barbares. Voilà la lettre ; je vous ouvre la porte, mais je ne

réponds de rien, et tout dépendra de la bonne ou de la mauvaise humeur du prince. C'est à vous de choisir le moment ; vous êtes Français, par conséquent vous êtes brave. C'est un combat à soutenir, une victoire à remporter.

— Oui, mais combat d'antichambre, victoire de courtisan. J'avoue à votre excellence que j'aimerais mieux un véritable duel.

— Jean-Bart n'était pas plus que vous familier avec les parquets cirés et les habits de cour. Comment s'en est-il tiré quand il vint à Versailles ?

— Mais à coups de poing, votre excellence.

— Eh bien ! faites comme lui. A propos, je suis chargé de vous dire de la part de Nariskin, qui, comme vous le savez, est le cousin de l'empereur, du comte Zernitchef et du colonel Mouravieff, qu'ils désirent que vous leur donniez des leçons.

— Mais vous avez donc résolu de me combler ?

— Non pas, et vous ne me devez rien ; je m'acquitte de mes commissions, voilà tout.

— Mais il me semble que cela ne se présente pas mal, me dit Louise.

— Grâce à vous, et je vous en remercie. Eh bien ! c'est dit ; je suivrai l'avis de votre excellence. Dès demain, je me risque.

— Allez, et bonne chance.

Il ne me fallait rien moins, vu reste, que cet encouragement. Je connaissais de réputation l'homme auquel j'avais affaire, et, je dois l'avouer, j'aurais autant aimé aller attaquer un ours de l'Ukraine dans sa tanière que d'aller demander une grâce au czarewich, cet étrange composé de bonnes qualités, de violentes passions et d'emportemens insensés.

VI.

Le grand-duc Constantin, frère cadet de l'empereur Alexandre et frère aîné du grand-duc Nicolas, n'avait ni l'affectueuse politesse du premier, ni la dignité froide et calme du second, il semblait avoir hérité tout entier de son père, dont il reproduisait à la fois les qualités et les bizarreries, tandis que ses deux frères tenaient de Catherine, Alexandre par le cœur, Nicolas par le génie, tous deux par cette grandeur impériale dont leur aïeule a donné un si puissant exemple au monde.

Catherine, en voyant naître au-dessous d'elle cette belle et nombreuse descendance, avait surtout jeté les yeux sur les deux aînés, et par leur nom de baptême même, c'est-à-dire en appelant l'un Alexandre et l'autre Constantin, semblait leur avoir fait le partage du monde. Cette idée, au reste, était tellement la sienne, qu'elle les avait fait peindre tout enfans, l'un coupant le nœud gordien, l'autre portant le labarum. Il y eut plus, le développement de leur éducation, dont elle avait composé elle-même le plan, n'était qu'une application de ces grandes idées. Ainsi Constantin, destiné à l'empire d'Orient, n'eut que des nourrices grecques et ne fut entouré que de maîtres grecs, tandis que Alexandre, destiné à l'empire d'Occident, fut environné d'Anglais. Quant au professeur commun des deux frères, ce fut un Suisse, nommé Laharpe, cousin du brave général Laharpe qui servait en Italie sous les ordres de Bonaparte. Mais les leçons de ce digne maître ne furent point reçues par ses deux élèves avec un égal zèle, et la semence, quoique la même, produisit des fruits différens, car d'un côté elle tombait sur une terre préparée et généreuse, et de l'autre sur un sol inculte et sauvage. Tandis que Alexandre, âgé de douze ans, répondait à Graft, son professeur de physique expérimentale, qui lui disait que la lumière était une émanation continuelle du soleil : « Cela ne se peut pas, car alors le soleil deviendrait chaque jour plus petit ; » Constantin répondait à Saken, son gouverneur particulier, qui l'invitait à apprendre à lire : « Je ne veux pas apprendre à lire, parce que je vois que vous lisez toujours et que vous êtes toujours plus bête. »

pavillon. Vous savez bien, Rodna, le dernier ; eh bien ! le dernier, il a vécu trois jours avec un clou au travers du corps.

A ces mots, Constantin sauta sur son cheval, sauvagé enfant des steppes, dont la crinière et la queue balayaient la terre ; il lui fit faire, avec une habileté remarquable et tout en jouant avec sa lance, les évolutions les plus difficiles. Pendant ce temps, on m'apportait trois ou quatre sabres en m'invitant à en choisir un ; mon choix fut bientôt fait ; j'étendis la main et je pris au hasard.

— C'est cela ! c'est cela ! y es-tu ? me cria le czarewich.

— Oui, votre altesse.

Alors, il mit son cheval au galop pour gagner l'autre bout de l'allée.

— Mais c'est sans doute une plaisanterie ? demandai-je à monsieur de Rodna.

— Rien n'est plus sérieux, au contraire, me répondit celui-ci : il y va pour vous de la vie ou de votre place ; défendez-vous comme dans un combat, je n'ai que cela à vous dire.

La chose devenait plus sérieuse que je n'avais cru ; s'il ne s'était agi que de me défendre et de rendre coup pour coup, eh bien ! j'en aurais couru la chance ; mais là, c'était tout autre chose ; avec mon sabre émoulu et sa lance effilée, la plaisanterie pouvait devenir fort grave ; n'importe ! j'étais engagé, il n'y avait pas moyen de reculer ; j'appelai à mon secours tout mon sang-froid et toute mon adresse, et je fis face au czarewich.

Il était déjà arrivé au bout de l'allée et venait de retourner son cheval. Quoi que m'en eût dit monsieur de Rodna, j'espérais toujours que tout cela n'était qu'un jeu, lorsque, me criant une dernière fois : — Y es-tu ? — je le vis mettre sa lance en arrêt et son cheval au galop. Alors seulement je fus convaincu qu'il s'agissait tout de bon de défendre ma vie, et je me mis en garde.

Le cheval dévorait le chemin, et le czarewich était couché sur son cheval de telle manière, qu'il se perdait dans les flots de la crinière qui flottait au vent ; je ne voyais que le haut de sa tête entre les deux oreilles de sa monture. Arrivé à moi, il essaya de me porter un coup de lance en pleine poitrine, mais j'écartai l'arme par une parade de tierce, et, faisant un bond de côté, je laissai le cheval et le cavalier, emportés par leur course, passer sans me faire aucun mal. Quand il vit son coup manqué, le czarewich arrêta son cheval court avec une adresse merveilleuse.

— C'est bien, c'est bien, dit-il ; recommençons.

Et sans me donner le temps de faire aucune observation, il fit pirouetter son cheval sur les pieds de derrière, reprit du champ et, m'ayant demandé si j'étais préparé, revint sur moi avec plus d'acharnement encore que la première fois ; mais, comme la première fois, j'avais les yeux fixés sur les siens et je ne perdais aucun de ses mouvemens ; aussi, saisissant le moment, je parai en quarte et fils un bond à droite, de sorte que cheval et cavalier passèrent de nouveau près de moi aussi infructueusement qu'ils l'avaient déjà fait.

Le czarewich fit entendre une espèce de rugissement. Il s'était pris à ce tournoi comme à un combat véritable, et il voulait qu'il finît à son honneur. Aussi, au moment où je croyais en être quitte, je le vis se préparer à une troisième course. Cette fois, comme je trouvais la plaisanterie par trop prolongée, je décidai qu'elle serait la dernière.

En effet, au moment où je le vis tout près de m'atteindre, au lieu de me contenter, cette fois, d'une simple parade, je frappai d'un violent coup d'estoc la lance, qui, coupée en deux, laissa le czarewich désarmé ; alors, saisissant la bride du cheval, ce fut moi, à mon tour, qui l'arrêtai si violemment qu'il plia sur ses jarrets de derrière ; en même temps, je portai la pointe de mon sabre sur la poitrine du czarewich. Le général Rodna poussa un cri terrible ; il crut que j'allais tuer son altesse. Constantin eut sans doute aussi la même idée, car je le vis pâlir. Mais aussitôt je fis un pas en arrière, et m'inclinant devant le grand-duc :

— Voilà, monseigneur, lui dis-je, ce que je puis montrer aux soldats de votre altesse, si toutefois elle me juge digne d'être leur professeur.

— Oui, mille diables ! oui, tu en es digne, et tu auras un régiment ou j'y perdrai mon nom... Lubenski, Lubenski ! continua-t-il en sautant à bas de cheval, conduis Pulk à l'écurie ; et toi, viens, que j'apostille ta demande.

Je suivis le grand-duc, qui me ramena dans le salon, prit une plume et écrivit au bas de ma supplique :

« Je recommande bien humblement le soussigné à sa majesté impériale, le croyant tout-à-fait digne d'obtenir la faveur qu'il sollicite. »

— Et maintenant, me dit-il, prends cette demande et remets-la à l'empereur lui-même. Il y a bien de la prison, si tu te laisses prendre à lui parler ; mais, ma foi ! qui ne risque rien n'a rien. Adieu, et si jamais tu passes à Varsovie, viens me voir.

Je m'inclinai au comble de la joie de m'en être tiré aussi heureusement et, remontant dans mon droschki, je repris le chemin de Saint-Pétersbourg, porteur de la toute-puissante apostille.

Le soir, j'allai remercier le comte Alexis du conseil qu'il m'avait donné, quoique ce conseil eût failli me coûter cher ; je lui racontai ce qui s'était passé, au grand effroi de Louise, et le lendemain, vers les dix heures du matin, je partis pour la résidence de Tzarko-Selo, qu'habitait l'empereur, décidé à me promener dans les jardins du palais jusqu'à ce que je le rencontrasse, et à risquer la peine de la prison dont est passible toute personne qui lui présente une supplique.

VII.

La résidence impériale de Tzarko-Selo est située à trois ou quatre lieues seulement de Saint-Pétersbourg, et cependant la route présente un aspect tout différent de celle que j'avais suivie la veille pour aller à Strelna. Ce ne sont plus les magnifiques villas et les larges échappées de vue sur le golfe de Finlande ; ce sont de riches plaines aux grasses moissons et aux verdoyantes prairies, conquises il y a peu d'années par l'agriculture sur les fougères gigantesques, qui en étaient paisiblement restées maîtresses depuis la création.

En moins d'une heure de route, je me trouvai, après avoir traversé la colonie allemande, engagé dans une petite chaîne de collines du sommet de l'une desquelles je commençai à apercevoir les arbres, les obélisques et les cinq coupoles dorées de la chapelle, qui annoncent la demeure du souverain.

Le palais de Tzarko-Selo est situé sur l'emplacement même d'une petite chaumière qui appartenait à une vieille Hollandaise nommée Sara, et où Pierre-le-Grand avait l'habitude de venir boire du lait. La pauvre paysanne mourut, et Pierre, qui avait pris cette chaumière en affection à cause du magnifique horizon que l'on découvrait de sa fenêtre, la donna à Catherine, avec tout le terrain qui l'environnait, pour y faire bâtir une ferme. Catherine fit venir un architecte, et lui expliqua parfaitement tout ce qu'elle désirait. L'architecte fit comme font tous les architectes, absolument le contraire de ce qu'on lui demandait, c'est-à-dire un château.

Néanmoins cette résidence, tout éloignée qu'elle était déjà de sa simplicité primitive, parut à Élisabeth mal en harmonie avec la grandeur et la puissance d'une impératrice de Russie ; aussi fit-elle abattre le château paternel, et, sur les dessins du comte Rastreti, bâtir un magnifique palais. Le noble architecte, qui avait entendu parler de Versailles comme d'un chef-d'œuvre de somptuosité, voulut surpasser Versailles en éclat ; et ayant ouï dire que l'intérieur du palais du grand roi n'était que dorures, il renchérit, lui, sur ce palais, en faisant dorer tous les bas-reliefs extérieurs de Tzarko-Selo, moulures, corniches, cariatides, trophées, et jusqu'aux toits. Cette opération achevée, Élisabeth choisit droschki, et je partis le lendemain matin pour Strelna, muni de ma lettre pour le général Rodna, aide-de-camp du czarewich, et de ma pétition pour l'empereur Alexandre. Après deux heures de marche sur une magnifique route, toute bordée à gauche de maisons de campagne, à droite de plaines qui s'étendent jusqu'au golfe de Finlande, nous atteignîmes le couvent de Saint-Serge, le saint le plus vénéré après saint Alexandre Nieuski, et dix minutes après nous étions au village. A moitié de la Grande-Rue et près de la poste nous tournâmes à droite; quelques secondes après, j'étais devant le château. La sentinelle voulut m'arrêter; mais je montrai ma lettre pour monsieur de Rodna, et on me laissa passer.

Je montai le perron, et je me présentai à l'antichambre. Monsieur de Rodna travaillait avec le czarewich. On me fit attendre dans un salon qui donnait sur de magnifiques jardins coupés par un canal qui se rend directement à la mer, tandis qu'un officier portait ma lettre; un instant après, le même officier revint et me dit d'entrer.

Le czarewich était debout contre la cheminée, car, quoiqu'on fût à peine à la fin de septembre, le temps commençait à se faire froid; il achevait de dicter une dépêche à monsieur de Rodna assis. J'ignorais que j'allais être aussi rapidement introduit, de sorte que je m'arrêtai sur le seuil, étonné de me trouver si vite en sa présence. A peine la porte fut elle refermée, qu'avançant la tête sans faire aucun autre mouvement du corps, et fixant sur moi ses deux yeux perçans:

— Ton pays? me dit-il.

— La France, votre altesse.

— Ton âge?

— Vingt-six ans.

— Ton nom?

— G......

— Et c'est toi qui veux obtenir un brevet de maître d'armes dans un des régimens de sa majesté impériale mon frère?

— C'est l'objet de toute mon ambition.

— Tu dis que tu es de première force?

— J'en demande pardon à votre altesse impériale; je n'ai pas dit cela, car ce n'est pas à moi de le dire.

— Non, mais tu le penses.

— Votre altesse impériale sait que l'orgueil est le péché dominant de la pauvre race humaine; d'ailleurs j'ai donné un assaut, et votre altesse peut s'informer.

— Je sais ce qui s'y est passé, mais tu n'avais affaire qu'à des amateurs de seconde force.

— Aussi les ai-je ménagés.

— Ah! tu les as ménagés; et si tu ne les avais pas ménagés, que serait-il arrivé?

— Je les eusse touchés dix fois contre deux.

— Ah! ah!... ainsi, par exemple, moi, je me toucherais dix fois contre deux?

— C'est selon.

— Comment! c'est selon?

— Oui, c'est selon comme votre altesse impériale désirerait que je la traitasse. Si elle exigeait que je la traitasse en prince, c'est elle qui me toucherait dix fois et moi qui ne la toucherais que deux. Si elle permettait que je la traitasse comme tout le monde, ce serait alors très probablement moi qui ne serais touché que deux fois et elle qui serait touchée dix.

— Lubenski! cria le czarewich en se frottant les mains; Lubenski, mes fleurets. Ah! ah! monsieur le fanfaron, nous allons voir.

— Comment, votre altesse permet?

— Mon altesse ne permet pas, mon altesse veut que tu la touches dix fois; est-ce que tu reculerais, par hasard?

— Quand je suis venu au château de Strelna, c'était pour me mettre à la disposition de votre altesse. Qu'elle ordonne donc.

— Eh bien! prends ce fleuret, prends ce masque, et voyons un peu.

— C'est votre altesse qui m'y force?

— Eh oui! cent fois oui, mille fois oui, mille millions de fois oui!

— J'y suis.

— Il me faut mes dix coups, entends-tu, dit le czarewich en commençant à m'attaquer, mes dix coups, entends-tu, pas un de moins. Je ne te fais pas grâce d'un seul. Ha! ha!

Malgré l'invitation du czarewich, je me contentais de parer et ne ripostais même pas.

— Eh bien! s'écria-t-il en s'échauffant, je crois que tu me ménages. Attends, attends.... Ha! ha!

Et je voyais le rouge lui monter au visage à travers son masque, et ses yeux s'injecter de sang.

— Eh bien! ces dix coups, où sont-ils donc?

— Votre altesse, le respect...

— Va-t-en au diable avec ton respect, et touche, touche! J'usai à l'instant même de la permission, et le touchai trois fois de suite.

— Bien cela! bien, cria-t-il; à mon tour... Tiens... Ha! touché, touché... — C'était vrai.

— Je crois que votre altesse ne me ménage pas, et qu'il faut que je fasse mon compte avec elle.

— Fais ton compte, fais... Ha! ha!

Je le touchai quatre autres fois, et lui, dans une riposte, me boutonna à son tour.

— Touché, touché! cria-t-il tout joyeux et en piétinant. Rodna, tu as vu que je l'ai touché deux fois sur sept.

— Deux fois sur dix, monseigneur, répondis-je en le pressant à mon tour. Huit... neuf... dix... Nous voilà quittes.

— Bien, bien! cria le czarewich; bien! mais ce n'est pas assez d'apprendre à tirer la pointe: à quoi veux-tu que cela serve à mes cavaliers? C'est l'espadon qu'il faut, c'est le sabre. Sais-tu tirer le sabre, toi?

— Je suis à peu près de la même force qu'à l'épée.

— Oui. Bien! au sabre, te défendrais-tu, à pied, contre un homme à cheval armé d'une lance?

— Je le crois, votre altesse.

— Tu le crois, tu n'en es pas sûr... Ah! ah! tu n'en es pas sûr?

— Si fait, votre altesse, j'en suis sûr.

— Ah! tu en es sûr, tu te défendrais?

— Oui, votre altesse.

— Tu parerais un coup de lance.

— Je le parerais.

— Contre un homme à cheval?

— Contre un homme à cheval.

— Lubenski! Lubenski! cria de nouveau le czarewich. — L'officier parut. — Faites-moi amener un cheval, faites-moi donner une lance; une lance, un cheval, vous entendez; allez! allez!

— Mais, monseigneur...

— Ah! tu recules, ah! ah!

— Je ne recule pas, monseigneur, et, contre tout autre que votre altesse, tous ces essais ne seraient qu'un jeu.

— Eh bien! contre moi qu'y a-t-il?

— Contre votre altesse, je crains également de réussir et d'échouer, car je crains, si je réussis, qu'elle n'oublie que c'est elle qui a ordonné...

— Je n'oublie rien; d'ailleurs, voilà Rodna devant qui je t'ai ordonné et t'ordonne de me traiter comme tu le traiterais, lui.

— Je ferai observer à votre altesse qu'elle ne me met pas à mon aise, car je traiterais son excellence fort respectueusement aussi.

— Flatteur, va, mauvais flatteur; tu crois t'en faire un ami, mais personne n'a d'influence sur moi, je ne juge que par moi, entends-tu, par moi seul; tu as réussi une première fois, nous verrons si tu seras aussi heureux une seconde.

En ce moment, l'officier parut devant les fenêtres, conduisant un cheval et tenant une lance.

— C'est bien, continua Constantin en s'élançant dehors; viens ici, dit-il en me faisant signe de le suivre; et toi, Lubenski, donne-lui un sabre, un bon sabre, un sabre bien à sa main, un sabre des gardes à cheval. Ah! ah! nous allons voir. Tiens-toi bien, monsieur le maître d'armes, je ne te dis que cela, ou je t'enfile comme les crapauds qui sont dans mon

Le caractère et l'esprit des deux enfans étaient tout entiers dans ces deux réponses.

En revanche, autant Constantin avait de répugnance pour les études scientifiques, autant il avait de goût pour les exercices militaires. Faire des armes, monter à cheval, faire manœuvrer une armée, lui paraissaient des connaissances bien autrement utiles pour un prince que le dessin, la botanique ou l'astronomie. C'était encore un côté par lequel il ressemblait à Paul, et il avait pris une telle passion pour les manœuvres militaires, que la nuit de ses noces il se leva à cinq heures du matin pour faire manœuvrer un peloton de soldats qui se trouvaient de garde auprès de lui.

La rupture de la Russie avec la France servit Constantin à souhait. Envoyé en Italie sous les ordres du feld-maréchal Souvarow, chargé de compléter son éducation militaire, il assista à ses victoires sur le Mencio et à sa défaite dans les Alpes. Un pareil maître, au moins aussi célèbre par ses bizarreries que par son courage, était mal choisi pour réformer les singularités naturelles de Constantin. Il en résulta que ces singularités, au lieu de disparaître, s'augmentèrent d'une façon si étrange, que plus d'une fois on se demanda si le jeune grand-duc ne poussait pas la ressemblance avec son père jusqu'à être, comme lui, atteint d'un peu de folie.

Après la campagne de France et le traité de Vienne, Constantin avait été nommé vice-roi de Pologne. Placé à la tête d'un peuple guerrier, ses goûts militaires avaient redoublé d'énergie, et, à défaut de ces véritables et sanglans combats auxquels il venait d'assister, les parades et les revues, ces simulacres de bataille, faisaient ses seules distractions. Hiver ou été, soit qu'il habitât le palais de Bruhl, près le jardin de Saxe, soit qu'il résidât au palais du Belvédère, à trois heures du matin il était levé et revêtu de son habit de général ; aucun valet de chambre ne l'avait jamais aidé à sa toilette. Alors, assis à une table couverte de cadres de régimens et d'ordres militaires, dans une chambre où sur chaque panneau était peint un costume d'un des régimens de l'armée, il relisait les rapports apportés la veille par le colonel Axamilowski ou par le préfet de police Lubowidzki, les approuvait ou désapprouvait, mais ajoutait à tous quelque apostille. Ce travail le tenait jusqu'à neuf heures du matin ; il prenait alors à la hâte un déjeuner de soldat, après lequel il descendait sur la place de Saxe, où l'attendaient ordinairement deux régimens d'infanterie et un escadron de cavalerie, dont la musique, dès qu'il apparaissait, saluait sa présence en exécutant la marche composée par Kurpinski sur le thème : Dieu, sauvez le roi ! La revue commençait aussitôt. Les pelotons défilaient à distance égale, et avec une précision mathématique, devant le czarewich, qui les regardait passer à pied, vêtu ordinairement de l'uniforme vert des chasseurs, et portant un chapeau surchargé de plumes de coq, qu'il posait sur sa tête de façon à ce qu'une des cornes touchât son épaulette gauche, tandis que l'autre se dressait vers le ciel. Sous son front étroit et coupé de rides profondes, qui indiquaient de continuelles et soucieuses préoccupations, deux longs et épais sourcils, que le froncement habituel de sa peau dessinait irrégulièrement, dérobaient presque entièrement ses yeux bleus. La singulière vivacité de ses regards donnait, avec son petit nez et sa lèvre inférieure allongée, quelque chose d'étrangement sauvage à sa tête, qui, portée par un cou extrêmement court et naturellement incliné en avant, semblait reposer sur ses épaulettes. Au son de cette musique, à la vue de ces hommes qu'il avait formés, au retentissement mesuré de leurs pas, alors tout s'épanouissait en lui. Une espèce de fièvre le prenait, qui lui faisait monter la flamme au visage. Ses bras contractés s'appuyaient avec raideur le long de son corps, dont ses poignets immobiles et violemment serrés s'écartaient nerveusement, tandis que ses pieds, dans une continuelle agitation, battaient la mesure, et que sa voix gutturale faisait de temps en temps, entre ses commandemens accentués, entendre des sons rauques et saccadés, qui n'avaient rien d'humain, et qui exprimaient alternativement ou sa satisfaction, si tout se passait à son gré, ou sa colère, s'il arrivait quelque chose de contraire à la discipline. Dans ce dernier cas,

les châtimens étaient presque toujours terribles, car la moindre faute entraînait, pour le soldat, la prison, et pour l'officier, la perte de son grade. Cette sévérité, au reste, ne se bornait pas aux hommes ; elle s'étendait à tout, et même aux animaux. Un jour, il fit pendre dans sa cage un singe qui faisait trop de bruit ; un cheval qui avait fait un faux pas, parce qu'il lui avait un instant abandonné la bride, reçut mille coups de bâton ; enfin, un chien qui l'avait réveillé la nuit en hurlant fut fusillé.

Quant à sa bonne humeur, elle n'était pas moins sauvage que sa colère. Alors il se courbait en éclatant de rire, se frottait joyeusement les mains, et frappait alternativement la terre de ses deux pieds. Dans ce moment, il courait au premier enfant venu, le tournait et le retournait de tous côtés, se faisait embrasser par lui, lui pinçait les joues, lui pinçait le nez, et finissait par le renvoyer en lui mettant une pièce d'or dans la main. Puis il y avait d'autres heures qui n'étaient ni des heures de joie ni des heures de colère, mais des heures de prostration complète et de mélancolie profonde. Alors, faible comme une femme, il poussait des gémissemens et se tordait sur ses divans ou sur le parquet. Personne alors n'osait s'approcher de lui. Seulement, dans ces momens, on ouvrait ses fenêtres et sa porte, et une femme blonde et pâle, à la taille élancée, vêtue ordinairement d'une robe blanche et d'une ceinture bleue, passait comme une apparition. A cette vue, qui avait sur le czarewich une influence magique, sa sensibilité nerveuse s'exaltait, ses soupirs devenaient des sanglots, et il versait des larmes abondantes. Alors la crise était passée ; la femme venait s'asseoir près de lui, il posait sa tête sur ses genoux, s'endormait, et se réveillait guéri. Cette femme, c'était Jeannette Grudzenska, l'ange gardien de la Pologne.

Un jour qu'elle priait, tout enfant, dans l'église métropolitaine, devant l'image de la Vierge, une couronne d'immortelles placée sous le tableau était tombée sur sa tête, et un vieux Cosaque de l'Ukraine, qui passait pour prophète, consulté par son père sur cet événement, lui avait prédit que cette couronne sainte, qui lui était tombée du ciel, était un présage de celle qui lui était destinée sur la terre. Le père et la fille avaient oublié tous deux cette prédiction, ou plutôt ne s'en souvenaient plus que comme d'un songe, quand le hasard mit Jeannette et Constantin face à face.

Alors cet homme à demi sauvage, aux passions ardentes et absolues, devint timide comme un enfant ; lui à qui rien ne résistait, qui, d'un mot, disposait de la vie des pères et de l'honneur des filles, il vint timidement demander au vieillard la main de Jeannette, le suppliant de ne la lui refuser pas bien sans lequel il n'y avait plus de bonheur pour lui dans le monde. Le vieillard alors se rappela la prédiction du Cosaque ; il vit dans la demande de Constantin l'accomplissement des décrets de la Providence, et ne se crut pas le droit de s'opposer à leur accomplissement. Le grand-duc reçut donc son consentement et celui de sa fille : restait celui de l'empereur.

Celui-là, il l'acheta par une abdication.

Oui, cet homme étrange, cet homme indevinable, qui, pareil au Jupiter Olympien, faisait trembler tout un peuple en fronçant le sourcil, donna, pour le cœur d'une jeune fille, sa double couronne d'Orient et d'Occident, c'est-à-dire un royaume qui couvre la septième partie de la terre, avec ses cinquante-trois millions d'habitans et les six mers qui baignent ses rivages.

En échange, Jeannette Grudzenska reçut de l'empereur Alexandre le titre de princesse de Lovicz.

Tel était l'homme avec lequel j'allais me trouver face à face : il était venu à Pétersbourg, disait-on sourdement, parce qu'il avait surpris à Varsovie les fils d'une vaste conspiration qui couvrait la Russie tout entière ; mais ces fils s'étaient brisés entre ses mains par le silence obstiné des deux conspirateurs qu'il avait fait arrêter. La circonstance, comme on voit, était peu favorable pour aller lui faire une demande aussi frivole que la mienne.

Je ne m'en décidai pas moins à courir les chances d'une réception qui ne pouvait manquer d'être bizarre. Je pris un une journée magnifique et invita toute sa cour, ainsi que les ambassadeurs des différentes puissances, à venir inaugurer son éblouissant pied à terre. A la vue de cette magnificence, si étrangement placée qu'elle fût, chacun se récria sur cette huitième merveille du monde, à l'exception du marquis de la Chetardie, ambassadeur de France, qui seul, parmi tous les courtisans, ne dit pas un mot, et se mit au contraire à regarder tout autour de lui. Un peu piquée de cette distraction, l'impératrice lui demanda ce qu'il cherchait.

— Ce que je cherche, madame, répondit froidement l'ambassadeur; pardieu! je cherche l'écrin de ce magnifique bijou.

C'était l'époque où l'on entrait à l'Académie avec un quatrain, et où on allait à l'immortalité avec un bon mot. Aussi monsieur de la Chetardie sera-t-il immortel à Saint-Pétersbourg.

Malheureusement, l'architecte avait bâti pour l'été et avait complétement oublié l'hiver. Au printemps suivant, il fallut faire de ruineuses réparations à toutes ces dorures, et comme chaque hiver amenait le même dégât, et chaque printemps les mêmes réparations, Catherine II résolut de remplacer le métal par un simple et modeste vernis jaune; quant au toit, il fut décidé qu'on le peindrait en vert tendre, selon la coutume de Saint-Pétersbourg. A peine le bruit de ce changement se fut-il répandu, qu'un spéculateur se présenta, offrant à Catherine de lui payer deux cent quarante mille livres toute cette dorure qu'elle avait résolu de faire disparaître. Catherine lui répondit qu'elle le remerciait, mais qu'elle ne vendait point ses vieilles hardes.

Au milieu de ses victoires, de ses amours et de ses voyages, Catherine ne cessa point de s'occuper de sa résidence favorite. Elle fit bâtir pour l'aîné de ses petits-fils, à cent pas du château impérial, le petit palais Alexandre, et fit dessiner par son architecte, monsieur Bush, d'immenses jardins, auxquels les eaux seules manquaient. Monsieur Bush n'en fit pas moins des canaux, des cascades et des lacs, persuadé que, quand on s'appelait Catherine-le-Grand et qu'on désire de l'eau, l'eau ne peut manquer de venir. En effet, son successeur Bauer découvrit que monsieur Demidoff, qui possédait dans les environs une superbe campagne, avait en trop ce dont sa souveraine n'avait point assez; il lui exposa la sécheresse des jardins impériaux, et monsieur Demidoff, en sujet dévoué, mit son superflu à la disposition de Catherine. A l'instant même et en dépit des obstacles, on vit l'eau, arrivant de tous les côtés, se répandre en lacs, s'élancer en jets et rebondir en cascades. C'est ce qui faisait dire à la pauvre impératrice Élisabeth : — Brouillons-nous avec l'Europe entière, mais ne nous brouillons pas avec monsieur Demidoff. — En effet, monsieur Demidoff, dans un moment de mauvaise humeur, pouvait faire mourir la cour de soif.

Élevé à Tzarko-Selo, Alexandre hérita de l'amour de sa grand'mère pour cette résidence. C'est que tous ses souvenirs d'enfance, c'est-à-dire le passé doré de sa vie, se rattachaient à ce château. C'était sur ces gazons qu'il avait essayé ses premiers pas, dans ces allées qu'il avait appris à monter à cheval, et sur ces lacs qu'il avait fait son apprentissage de matelot; aussi, à peine les premiers beaux jours apparaissaient-ils, qu'il accourait à Tzarko-Selo, pour ne quitter cette résidence qu'aux premières neiges.

C'était à Tzarko-Selo que j'étais venu le poursuivre et que je m'étais promis de l'atteindre.

Aussi, après un assez mauvais déjeuner pris en hâte à l'hôtel de la Restauration française, je descendis dans le parc, où, malgré les sentinelles, chacun peut se promener librement. Il est vrai que, comme les premiers froids approchaient, le parc était désert. Peut-être aussi s'abstenait-on d'entrer dans les jardins par respect pour le souverain que je venais troubler. Je savais qu'il passait quelquefois la journée entière à s'y promener dans les allées les plus sombres. Je me lançai donc au hasard, marchant devant moi et à peu près certain, d'après les renseignemens que j'avais pris, que je finirais par le rencontrer. D'ailleurs, en supposant que le hasard ne me servît point tout d'abord, je ne manquerais pas, en attendant, d'objets de distraction et de curiosité.

En effet, j'allai bientôt me heurter contre la ville chinoise. Joli groupe de quinze maisons, dont chacune a son entrée, sa glacière et son jardin, et qui servent de logement aux aides-de-camp de l'empereur. Au centre de la ville, disposée en forme d'étoile, est un pavillon destiné aux bals et aux concerts; une salle de verdure lui sert d'office, et aux quatre coins de cette salle sont quatre statues de mandarins de grandeur naturelle et fumant leur pipe. Un jour, et ce jour était le cinquante-huitième anniversaire de sa naissance, Catherine se promenait avec sa cour dans ses jardins, lorsque, ayant dirigé sa promenade vers cette salle, elle vit, à son grand étonnement, une épaisse fumée sortir de la pipe de ses quatre mandarins, qui, à son aspect, commencèrent à remuer gracieusement la tête, et à rouler amoureusement les yeux. Catherine s'approcha pour voir de plus près ce phénomène. Alors les quatre mandarins descendirent de leur piédestal, s'approchèrent d'elle, et se prosternant à ses pieds avec toute l'exactitude du cérémonial chinois, lui dirent des vers en forme de compliments. Ces quatre mandarins étaient le prince de Ligne, monsieur de Ségur, monsieur de Cobentzel et Potemkin.

De la résidence des généraux, j'allai tomber dans la cabane des Lamas. Ces enfans des Cordillières sont un cadeau du vice-roi du Mexique à l'empereur Alexandre. Sur neuf qui ont été envoyés, il y en est mort cinq ; mais les quatre qui ont résisté à la température ont produit une assez nombreuse descendance, qui, née dans le pays, s'habituera probablement mieux au climat que les compagnons de leurs parens.

A quelque distance de la ménagerie, au milieu du jardin français et au centre d'une jolie salle à manger, est la fameuse table de l'Olympe, imitée de celle du régent, véritable machine de fée, servie par des valets invisibles et des chefs d'office inconnus, où tout arrive, comme à l'Opéra, de dessous terre. Les convives désirent-ils quelque chose, un billet est placé sur une assiette; l'assiette s'abîme comme par magie, et, cinq minutes après, reparaît chargée de l'objet désiré. Tous les cas sont tellement prévus, qu'un jour une de ces convive, voulant réparer le désordre du tête-à-tête, demanda, sans espoir de les obtenir, des épingles à friser : l'assiette remonta majestueusement avec une douzaine d'épingles.

Tout en poursuivant mon chemin, j'arrivai en face d'une pyramide, au pied de laquelle dorment du sommeil des justes les trois levrettes de Catherine. L'épitaphe composée par monsieur de Ségur pour l'une d'elles leur sert économiquement à toutes trois. C'est une galanterie qu'a faite l'impératrice à la France dans la personne de son ambassadeur, car l'impératrice aussi avait fait une épitaphe pour l'une d'elles, et comme ce distique était les deux seuls vers qu'elle eût trouvés en sa vie, elle devait naturellement y tenir, d'autant plus qu'à mon avis ses vers peuvent merveilleusement soutenir la comparaison avec ceux du rival du prince de Ligne. Voici les vers de monsieur de Ségur ; ils ont l'avantage non-seulement de faire l'éloge de la défunte, mais encore d'établir d'une façon certaine sa généalogie, ce qui est pour les savans un fait d'une grave importance:

ÉPITAPHE DE ZÉMIRE.

ICI MOURUT ZÉMIRE, ET LES GRACES EN DEUIL
DOIVENT JETER DES FLEURS SUR SON CERCUEIL.
COMME TOM SON AIEUL, COMME LADY SA MÈRE,
CONSTANTE DANS SES GOUTS, A LA COURSE LÉGÈRE,
SON SEUL DÉFAUT ÉTAIT UN PEU D'HUMEUR,
MAIS CE DÉFAUT VENAIT D'UN SI BON CŒUR !
QUAND ON AIME, ON CRAINT TOUT : ZÉMIRE AIMAIT TANT CELLE
QUE TOUT LE MONDE AIME COMME ELLE !
VOULEZ-VOUS QU'ON VIVE EN REPOS,
AYANT CENT PEUPLES POUR RIVAUX ?
LES DIEUX TÉMOINS DE SA TENDRESSE
DEVAIENT A SA FIDÉLITÉ
LE DON DE L'IMMORTALITÉ,
POUR QU'ELLE FÛT TOUJOURS AUPRÈS DE SA MAITRESSE.

Maintenant, voici le distique de Catherine :

CI GIT LA DUCHESSE ANDERSON,
QUI MORDIT MONSIEUR ROGERTSON.

Quant à la troisième, quoique personne n'ait fait son épitaphe, elle jouit d'une popularité plus grande encore que ses deux compagnes. C'est le fameux Suderland, ainsi nommé du nom de l'Anglais qui en avait fait don à l'impératrice, et dont la mort faillit causer la plus tragique méprise qui de mémoire de banquier soit arrivée dans les finances.

Un matin, au point du jour, on réveille monsieur Suderland, riche capitaliste anglais, celui-là même qui avait donné la levrette bien-aimée, et qui, grâce à ce cadeau, était entré depuis trois années fort avant dans les bonnes grâces de l'impératrice.

— Monsieur, lui dit son valet de chambre, votre maison est entourée de gardes, et le maître de la police demande à vous parler.

— Que me veut-il ? s'écrie en sautant à bas de son lit le banquier, déjà effrayé de cette seule annonce.

— Je l'ignore, monsieur, répond le valet de chambre ; mais il paraît que c'est une chose de la plus haute importance, et qui, à ce qu'il dit, ne peut être communiquée qu'à vous.

— Faites entrer, dit monsieur Suderland en passant en toute hâte sa robe de chambre.

Le valet sort, et rentre quelques minutes après, conduisant son excellence monsieur Reliew, sur la figure duquel le banquier lit du premier coup d'œil qu'il doit être porteur de quelque formidable nouvelle. Le digne insulaire n'en accueille pas moins le maître de la police avec son urbanité ordinaire, et, lui présentant un siège, l'invite à s'asseoir ; mais celui-ci fait de la tête un signe de remercîment, reste debout, et du ton le plus lamentable qu'il peut prendre :

— Monsieur Suderland, lui dit-il, croyez que je suis véritablement désolé, quelque honorable que soit pour moi cette preuve de confiance, d'avoir été choisi par sa majesté ma très gracieuse souveraine pour accomplir un ordre dont la sévérité m'afflige, mais qui a sans doute été provoqué par quelque grand crime.

— Par quel grand crime, votre excellence ! s'écrie le banquier ; et qui donc a commis ce crime ?

— Vous, sans doute, monsieur, puisque c'est vous que la punition atteint.

— Monsieur, je vous jure que j'ai beau scruter ma conscience, et que je n'y trouve au sujet de notre souveraine, car je suis naturalisé Russe, vous le savez, aucun reproche à me faire.

— Et c'est justement, monsieur, parce que vous êtes naturalisé Russe que votre position est terrible ; si vous étiez resté sujet de Sa Majesté britannique, vous pourriez vous réclamer du consul anglais, et échapper ainsi peut-être à la rigueur de l'ordre que je suis, à mon grand regret, chargé d'exécuter.

— Mais enfin, votre excellence, quel est cet ordre ?

— Oh ! monsieur, jamais je n'aurai la force de vous le faire connaître.

— Aurais-je donc perdu les bonnes grâces de Sa Majesté ?

— Oh ! si ce n'était encore que cela.

— Comment, si ce n'était que cela ! s'agirait-il de me faire partir pour l'Angleterre ?

— C'est votre pays, donc la punition ne serait pas assez grande pour que j'hésitasse si longtemps à vous la faire connaître.

— Grand Dieu ! vous m'effrayez ; est-il question de m'envoyer en Sibérie ?

— La Sibérie, monsieur, est un pays délicieux et que l'on a calomnié ; d'ailleurs on en revient.

— Suis-je condamné à la prison ?

— La prison n'est rien ; on en sort, de la prison.

— Monsieur ! monsieur ! s'écria le banquier de plus en plus effrayé, suis-je destiné au knout ?

— Le knout est un supplice fort douloureux, mais le knout ne tue pas.

— Bonté divine ! dit Suderland atterré ; je vois bien qu'il s'agit de la mort.

— Et de quelle mort ! s'écria le maître de la police en levant les yeux au ciel avec une expression de commisération profonde.

— Comment, de quelle mort ! Ce n'est point assez de me tuer sans procès, de m'assassiner sans cause, Catherine ordonne encore...

— Hélas ! oui, elle ordonne....

— Eh bien ! parlez, monsieur ; qu'ordonne-t-elle ? je suis homme, j'ai du courage ; parlez.

— Hélas ! mon cher monsieur, elle ordonne.... Si ce n'était pas à moi-même que l'ordre a été donné, je vous déclare, mon cher monsieur Suderland, que je ne le croirais pas.

— Mais vous me faites mourir mille fois ; voyons, monsieur, que vous a-t-elle ordonné ?

— Elle m'a ordonné de vous faire empailler.

Le pauvre banquier jeta un cri de détresse ; puis, regardant le maître de la police en face :

— Mais, votre excellence, lui dit-il, c'est monstrueux ce que vous me dites là, et il faut que vous ayez perdu la raison.

— Non, monsieur, je ne l'ai pas perdue, mais je la perdrai certainement pendant l'opération.

— Mais comment vous, vous qui vous êtes dit cent fois mon ami, vous enfin à qui j'ai eu le bonheur de rendre quelques services, comment avez-vous reçu un pareil ordre sans essayer d'en faire comprendre la barbarie à Sa Majesté ?

— Hélas ! monsieur, j'ai fait ce que j'ai pu, et certes ce que personne n'eût osé faire à ma place : j'ai prié Sa Majesté de renoncer à son projet, ou tout au moins de charger un autre que moi de l'exécution, et cela les larmes aux yeux ; mais Sa Majesté m'a dit avec cette voix que vous lui connaissez, et qui n'admet pas de réplique : « Allez, monsieur, et n'oubliez pas que votre devoir est de vous acquitter sans murmurer des commissions dont je daigne vous charger. »

— Et alors ?

— Alors, dit le maître de la police, je me suis rendu à l'instant même chez un très habile naturaliste qui empaille les oiseaux pour l'Académie des sciences ; car enfin, puisqu'il n'y a pas moyen de faire autrement, autant vaut que vous soyez empaillé le mieux possible.

— Et le misérable a consenti ?

— Il m'a renvoyé à son confrère, celui qui empaille les singes, attendu l'analogie entre l'espèce humaine et l'espèce simiane.

— Eh bien ?

— Eh bien ! il vous attend.

— Comment, il m'attend ! mais c'est donc à l'instant même ?

— A l'instant même, l'ordre de Sa Majesté n'admet pas de retard.

— Sans me laisser le temps de mettre ordre à mes affaires ; mais c'est impossible !

— Cela est ainsi, monsieur.

— Mais vous me laisserez bien écrire un billet à l'impératrice ?

— Je ne sais si je dois.

— Écoutez, c'est une dernière grâce, une grâce qu'on ne refuse pas au plus grand coupable. Je vous en supplie.

— Mais c'est ma place que je risque.

— Mais c'est de ma vie qu'il s'agit.

— Eh bien ! écrivez, je le permets ; toutefois je vous préviens que je ne vous quitte pas un seul instant.

— Merci, merci ; faites seulement venir un de vos officiers pour qu'il porte ma lettre.

Le maître de la police appela un lieutenant des gardes de Sa Majesté, lui remit le billet du pauvre Suderland, et lui ordonna d'en rapporter aussitôt la réponse. Dix minutes après, le lieutenant revint avec l'ordre d'amener le banquier au palais impérial : c'était tout ce que désirait le patient.

Une voiture attendait à la porte ; Suderland y monte, le lieutenant se place auprès de lui ; cinq minutes après, on est à l'Ermitage, où Catherine réside : on introduit le condamné près d'elle ; il trouve l'impératrice riant aux éclats.

C'est Suderland qui la croit folle à son tour ; il se jette à ses pieds ; et lui prenant la main,

— Grâce, madame, lui dit-il ; au nom du ciel, faites-moi

grâce, ou du moins dites-moi par quel crime j'ai mérité un aussi horrible châtiment !

— Mais, mon cher Suderland, lui dit Catherine, il n'est pas le moins du monde question de vous dans tout ceci.

— Comment, votre majesté, il n'est pas question de moi ! et de qui donc est-il question ?

— Mais du chien que vous m'avez donné, et qui est mort hier d'indigestion. Alors, dans ma douleur de cette perte et dans mon désir bien naturel de conserver au moins sa peau, j'ai fait venir cet imbécile de Reliew ; je lui ai dit : Faites empailler Suderland. Comme il hésitait, j'ai cru qu'il avait honte d'une telle commission ; je me suis fâchée, alors il est parti.

— Eh bien ! madame, répondit le banquier, vous pouvez vous vanter d'avoir dans le maître de la police un serviteur fidèle ; mais une autre fois priez-le, je vous en supplie, de se mieux faire expliquer les ordres qu'il reçoit.

En effet, si le maître de la police ne s'était pas laissé toucher par les prières du banquier, le pauvre Suderland était empaillé tout vif.

Il faut le dire, tout le monde ne s'en tire pas, à Saint-Pétersbourg, aussi heureusement que le fit le digne banquier, et quelquefois, grâce à la promptitude avec laquelle les ordres donnés sont accomplis, la méprise ne se reconnaît que trop tard pour la réparer. Un jour, monsieur de Ségur, notre ambassadeur près de Catherine, voit entrer chez lui un homme, les yeux ardens, le visage enflammé et les vêtemens en désordre.

— Justice, monsieur le comte, justice ! s'écrie notre malheureux compatriote.

— Justice contre qui ?

— Contre un grand seigneur russe, monseigneur, contre le gouverneur de la ville, qui vient de me faire donner cent coups de fouet.

— Cent coups de fouet ! s'écrie l'ambassadeur étonné, que lui aviez-vous donc fait ?

— Rien, monseigneur, absolument.

— C'est impossible.

— Je vous le jure sur l'honneur, monsieur le comte.

— Mais vous êtes fou, mon ami.

— Monseigneur, je vous prie de croire que j'ai, au contraire, toute ma raison.

— Mais comment voulez-vous que je comprenne qu'un homme dont on vante partout la douceur et l'impartialité se livre à une pareille violence ?

— Excusez, monsieur le comte, s'écrie le plaignant, mais quelque respect que j'aie pour vous, il faut que vous me permettiez de vous donner la preuve de ce que j'avance.

Et à ces mots, le malheureux Français met habit et gilet bas, et montre à monsieur de Ségur sa chemise ensanglantée et collée à ses blessures.

— Mais comment cela est-il arrivé ? demande l'ambassadeur.

— Oh ! mon Dieu, monsieur, de la manière la plus simple. J'apprends que monsieur de Bruce demande un cuisinier français. J'étais sans place, je profite de l'occasion, et je me présente chez lui ; le valet de chambre se charge de m'introduire, monsieur le gouverneur était dans son cabinet de travail. — Monsieur, dit le valet de chambre en ouvrant la porte, c'est le cuisinier. — C'est bon, répond monsieur de Bruce d'un air détaché ; qu'on le mène dans la cour et qu'on lui donne cent coups de fouet. — Alors, monsieur le comte, on me prend, on m'emmène dans la cour, et malgré ma résistance, mes cris et mes menaces, on m'applique mon compte, pas un de plus, pas un de moins.

— Mais si cela s'est passé comme vous le dites, c'est une infamie.

— Si je ne dis pas la plus exacte vérité, monsieur le comte, je consens à en recevoir le double.

— Ecoutez, mon ami, dit monsieur de Ségur, reconnaissant un accent de vérité dans les plaintes du pauvre diable, je vais prendre des informations, et si, comme je commence à le croire, vous ne m'avez pas trompé, vous obtiendrez de cette violence, c'est moi qui vous le promets, une éclatante

réparation ; si, au contraire, vous m'avez menti d'une syllabe, je vous fais reconduire à l'instant même à la frontière, et vous retournerez en France comme vous pourrez.

— Je me soumets à tout, monseigneur.

— Eh bien ! continua monsieur de Ségur en se mettant à son bureau, portez vous-même cette lettre au gouverneur.

— Non, non, merci ; avec la permission de votre excellence, je ne m'exposerai pas à remettre les pieds dans la maison d'un homme qui reçoit d'une façon aussi étrange ceux qui ont affaire à lui.

— Un de mes secrétaires vous accompagnera.

— Alors c'est autre chose, monsieur le comte ; accompagné par quelqu'un de votre maison, j'irais en enfer.

— Eh bien ! allez donc, dit monsieur de Ségur en remettant la lettre à ce brave homme, et en ordonnant à un de ses employés de l'accompagner.

Au bout de trois quarts d'heure, le plaignant revient avec une figure rayonnante.

— Eh bien ! demande monsieur de Ségur.

— Eh bien ! monseigneur, tout est expliqué.

— A votre satisfaction, à ce qu'il paraît ?

— Oui, monseigneur.

— J'avoue que vous me ferez plaisir de me raconter la chose.

— Rien de plus facile, monseigneur : son excellence monsieur le comte de Bruce avait pour cuisinier un de ses serfs en qui il avait toute confiance ; il y a quatre jours que ce misérable s'est enfui, en emportant cinq cents roubles à son maître, et par conséquent en laissant sa place vacante.

— Eh bien ?

— Eh bien ! c'est cette place qui faisait l'objet de mon ambition, si bien que je me présentai chez monsieur le gouverneur pour la remplir.

— Après ?

— Malheureusement pour moi il avait reçu le matin la nouvelle que son domestique avait été arrêté à vingt verstes de Saint-Pétersbourg, de sorte que lorsque le valet de chambre lui a dit : Monseigneur, c'est le cuisinier, il a cru que c'était le voleur qu'on ramenait, et comme il était très occupé en ce moment d'un rapport à rédiger, il a dit, sans même se retourner : — C'est bien, qu'on le conduise dans la cour, et qu'on lui donne cent coups de fouet. — Ce sont les cent coups de fouet que j'ai reçus.

— Alors, monsieur le comte de Bruce vous a fait ses excuses ?

— Il a fait mieux que cela, monseigneur, dit le cuisinier en faisant sonner dans le creux de sa main une bourse pleine d'or ; il m'a fait compter un louis par coup de fouet, ce qui fait que je suis fâché, puisque c'est fini, qu'il ne m'en ait pas fait donner deux cents au lieu de cent, et il m'a pris à son service, en m'assurant que ce que j'avais reçu me serait compté comme avance, et me serait rabattu à chaque faute que je commettrais ; de sorte que, pour peu que je veille sur moi, j'en ai pour trois ou quatre ans sans recevoir une chiquenaude, ce qui ne laisse pas que d'être fort consolant.

En ce moment un aide-de-camp du gouverneur entra qui venait inviter de sa part monsieur le comte de Ségur à goûter, le lendemain, de la cuisine du nouvel engagé.

Le cuisinier resta dix ans chez monsieur de Bruce, et revint au bout de ce temps en France avec une pension de six mille roubles, bénissant jusqu'à sa dernière heure la bienheureuse méprise à laquelle il la devait.

Toutes ces anecdotes, qui se présentaient les unes après les autres et dans tous leurs détails à ma mémoire, n'étaient pas des plus rassurantes pour moi, surtout comparées à ce qui m'était arrivé la veille avec le czarewich. Mais je savais l'empereur Alexandre si parfaitement bon, que, quelque inusitée que fût ma démarche en Russie, je n'hésitai pas à la pousser jusqu'au bout, et que je continuai ma promenade, toujours dans l'espoir de le rencontrer.

Cependant j'avais déjà successivement visité la colonne de Grégoire Orloff, la pyramide élevée au vainqueur de Tchesma, et la grotte du Pausilipe. J'étais depuis quatre heures errant dans ce jardin qui renferme des lacs, des plaines et des forêts, commençant à désespérer de rencontrer celui que j'y étais venu chercher, lorsqu'en traversant une avenue, j'aperçus dans une contre-allée un officier en redingote d'uniforme qui me salua et continua son chemin. J'avais derrière moi un garçon jardinier qui ratissait une allée ; je lui demandai quel était cet officier si poli : — C'est l'empereur, me répondit-il.

Aussitôt je m'élançai par une allée transversale qui devait couper diagonalement le sentier où se promenait l'empereur ; et en effet, à peine eus-je fait quatre-vingts pas, que je le vis de nouveau ; mais aussi en l'apercevant je n'eus pas la force de faire un pas de plus.

L'empereur s'arrêta un instant ; puis, voyant que le respect m'empêchait d'aller à lui, il continua son chemin vers moi : j'étais rangé sur le revers de l'allée, et l'empereur tenait le milieu ; je l'attendis le chapeau à la main, et tandis qu'il s'avançait en boitant légèrement, car une blessure qu'il s'était faite à la jambe, dans un de ses voyages sur les rives du Don, venait de se rouvrir, je pus remarquer le changement extrême qui s'était fait en lui depuis que je l'avais vu à Paris il y avait neuf ans. Son visage, autrefois si ouvert et si joyeux, était tout terni d'une tristesse maladive, et il était visible, ce que l'on disait au reste tout haut, qu'une mélancolie profonde le dévorait. Cependant ses traits avaient conservé une expression de bienveillance telle, que je fus à peu près rassuré, et qu'au moment où il passa, faisant un pas vers lui :

— Sire, lui dis-je.

— Mettez votre chapeau, monsieur, me dit-il ; l'air est trop vif pour rester nu-tête.

— Que votre majesté permette...

— Couvrez-vous donc, monsieur, couvrez-vous donc.

Et comme il voyait que le respect m'empêchait d'obéir à cet ordre, il me prit le chapeau, et d'une main me l'enfonçant sur la tête, de l'autre il me saisit le bras pour me forcer à le garder. Alors, comme il vit que ma résistance était à bout :

— Et maintenant, me dit-il, que me voulez-vous ?

— Sire, cette pétition.

Et je tirai la supplique de ma poche. A l'instant même, son visage s'assombrit.

— Savez-vous, monsieur, me dit-il, vous qui me poursuivez ici, que je quitte Saint-Pétersbourg pour fuir les pétitions ?

— Oui, sire, je le sais, répondis-je, et je ne me dissimule pas la hardiesse de ma démarche ; mais cette demande a peut-être plus qu'une autre des droits à la bienveillance de votre majesté : elle est apostillée.

— Par qui ? interrompit vivement l'empereur.

— Par l'auguste frère de votre majesté, par son altesse impériale le grand duc Constantin.

— Ah ! ah ! fit l'empereur en avançant la main, mais en la retirant aussitôt.

— De sorte, dis-je, que j'ai espéré que votre majesté, dérogeant à ses habitudes, daignerait recevoir cette supplique.

— Non, monsieur, non, dit l'empereur, je ne la prendrai pas, car demain on m'en présenterait mille, et je serais obligé de fuir ces jardins où je ne serais plus seul. Mais, ajouta-t-il en voyant le désappointement que ce refus produisait sur ma physionomie, et en étendant la main du côté de l'église de Sainte-Sophie, mettez cette demande à la poste, là, dans la ville ; aujourd'hui même je la verrai, et après-demain vous aurez la réponse.

— Sire, que de reconnaissance !

— Voulez-vous me la prouver ?

— Oh ! votre majesté peut-elle me le demander ?

— Eh bien ! ne dites à personne que vous m'avez présenté une pétition et que vous n'avez pas été puni. Adieu, monsieur.

L'empereur s'éloigna, me laissant stupéfait de sa mélancolique bonhomie. Je n'en suivis pas moins son conseil, et mis ma pétition à la poste. Trois jours après, comme il me l'avait promis, je reçus sa réponse.

C'était mon brevet de professeur d'escrime au corps impérial du génie, avec le grade de capitaine.

VIII.

A compter de ce moment, comme ma position était à peu près fixée, je résolus de quitter l'hôtel de Londres et d'avoir un chez moi. En conséquence, je me mis à parcourir la ville en tous sens : ce fut dans ces excursions que je commençai à connaître véritablement Saint-Pétersbourg et ses habitans.

Le comte Alexis m'avait tenu parole. Grâce à lui, j'avais, dès mon arrivée, obtenu un cercle d'écoliers que, sans ses recommandations, je n'eusse certes pas conquis par moi-même en toute une année. C'étaient monsieur de Nariskin, le cousin de l'empereur ; monsieur Paul de Bobrinski, petit-fils avoué, sinon reconnu, de Grégoire Orloff et de Catherine-le-Grand ; le prince Troubetskoi, colonel du régiment de Preobwjenskoi ; monsieur de Gorgoli, grand-maître de la police ; plusieurs autres seigneurs des premières familles de Saint-Pétersbourg, et enfin deux ou trois officiers polonais servant dans l'armée de l'empereur.

Une des choses qui me frappa le plus chez les plus grands seigneurs russes fut leur politesse hospitalière, cette première vertu des peuples, qui survit si rarement à leur civilisation, et qui ne se démentit jamais à mon égard. Il est vrai que l'empereur Alexandre, à l'instar de Louis XIV, qui avait donné aux six plus anciens maîtres d'armes de Paris des lettres de noblesse transmissibles à leurs descendans, regardant aussi l'escrime comme un art et non comme un métier, avait pris le soin de rehausser la profession que j'exerçais en donnant à mes collègues et à moi des grades plus ou moins élevés dans l'armée. Néanmoins je reconnais hautement qu'en aucun pays du monde je n'eusse trouvé, comme à Saint-Pétersbourg, cette familiarité aristocratique qui, sans abaisser celui qui l'accorde, élève celui qui en est l'objet.

Ce bon accueil des Russes sert d'autant mieux les plaisirs des étrangers, que l'intérieur des familles est des plus animés, grâce aux anniversaires et aux grandes fêtes du calendrier, auxquelles il faut joindre encore celle du patron particulier de la maison. Aussi, pour peu que l'on ait un cercle de connaissances de quelque étendue, il se passe peu de jours sans que l'on ait deux ou trois dîners et autant de bals.

Il y a encore, en Russie, un autre avantage pour les professeurs : c'est qu'ils deviennent commensaux de la maison, et en quelque sorte membres de la famille. Un professeur, pour peu qu'il ait quelque distinction, prend au foyer, entre l'ami et le parent, une place qui tient de l'un et de l'autre qu'il conserve tout le temps qui lui convient, et qu'il ne perd presque jamais que par sa faute.

C'était celle qu'avaient bien voulu me faire quelques-uns de mes écoliers, et entre autres le grand-maître de la police, monsieur de Gorgoli, tout à la fois l'un des plus nobles et des meilleurs cœurs que j'aie connus. Grec d'origine, beau, grand, bien fait, adroit à tous les exercices, c'était certainement, avec le comte Alexis Orloff et monsieur de Bobrinski, le type de la véritable seigneurie. Adroit à tous les exercices, depuis l'équitation jusqu'à la paume, d'une première force d'amateur à tous les jeux, généreux comme un vieux boyard, il était à la fois la providence des étrangers et de ses concitoyens, pour lesquels il était toujours visible à quelque heure du jour ou de la nuit que ce fût. Dans une ville comme Saint-Pétersbourg, c'est-à-dire dans cette Venise monarchique où aucune rumeur n'a son écho, où les canaux de la Mocka et de Catherine, comme ceux de la Giudecca et d'Orfano, rendent leurs morts sans bruit, où les boutchnicks qui veillent au coin de chaque maison inspirent parfois plus de terreurs qu'ils ne calment de craintes, le major Gorgoli était le répondant de la sécurité publique. Chacun, en le voyant parcourir sans cesse, sur un léger droschki, attelé de chevaux rapides comme des gazelles, et renouvelés quatre fois par jour, les douze quartiers de la ville, les marchés et les bazars, fermait tranquillement le soir la porte de sa maison, instinctivement certain que cette providence visible restait l'œil ouvert dans les ténèbres. Je ne donnerai qu'une preuve de cette vigilance incessante. Depuis plus de douze ans que monsieur de Gorgoli était grand-maître de la police, il n'avait pas quitté un seul jour Saint-Pétersbourg.

Aussi il n'y a peut-être pas de ville au monde où l'on soit aussi en sûreté la nuit qu'à Saint-Pétersbourg. La police veille à la fois sur ceux qui sont enfermés chez eux et sur ceux qui courent les rues. De place en place s'élèvent des tours en bois dont la hauteur domine celle de toutes les maisons, qui n'ont généralement, au reste, que deux ou trois étages. Deux hommes veillent sans cesse au haut de ces tours ; dès qu'une étincelle, une lueur, une fumée, leur dénonce un incendie, ils tirent une sonnette qui correspond au bas de la tour, et pendant qu'on attelle aux pompes et aux tonneaux des chevaux qui restent sans cesse harnachés, ils indiquent le quartier de la ville où se manifeste le sinistre. Aussitôt pompiers et pompes partent au galop. Le temps qui leur est rigoureusement nécessaire pour se rendre à chaque distance est calculé, et il faut qu'à la minute dite ils aient franchi cette distance, de sorte que ce n'est point, comme en France, le propriétaire qui vient réveiller la police, mais au contraire la police qui vient lui dire : Levez-vous, voilà votre maison brûle.

Quant à l'effraction, elle n'est presque jamais à craindre. Si voleur, ou plutôt, pour me servir d'une expression qui caractérise mieux la nuance que prend chez lui ce défaut, si chippeur que soit le peuple russe, il ne brisera pas un carreau ou ne forcera pas une porte ; si bien que l'on peut, pourvu qu'elle soit cachetée, confier sans crainte à un moujick, devant lequel il ne faudrait pas laisser traîner un kopeck, une lettre dans laquelle il vous aura vu renfermer pour dix mille roubles de billets de banque.

Voilà pour la tranquillité de ceux qui restent chez eux.

Quant à ceux qui courent les rues, ils n'ont guère rien à craindre que des boutchnicks qui sont chargés de les protéger ; mais ces derniers sont si lâches qu'avec une canne ou un pistolet un seul homme en mettrait dix en fuite. Ces misérables sont donc forcés de se rejeter sur quelque malheureuse fille attardée, pour laquelle, en tout cas, le vol n'est pas une grande perte, ou le viol un grand chagrin. Au reste, chaque chose offre son bon côté : pendant les nuits d'hiver, où, malgré l'éclairage public, l'obscurité est si grande que les chevaux risquent à chaque instant de se briser les uns contre les autres, le boutchnick avertit toujours à temps les cochers du danger qu'ils courent. Sa vue est si bien habituée aux ténèbres dans lesquelles il vit, qu'il distingue, au milieu de la nuit, un traineau, un dreschki ou une calèche, qui s'approche sans bruit sur la neige, et, sans son avertissement, irait se heurter contre quelque autre, arrivant comme un éclair du côté opposé.

Au reste, à partir du mois de novembre jusqu'au mois de mars, la tâche toujours rude de ces malheureux, auxquels on ne paie, m'a-t-on assuré, qu'une vingtaine de roubles par an, devient quelquefois mortelle. Malgré les lourds vêtemens dont ils sont chargés, malgré toutes les précautions qui sont prises contre son atteinte, le froid pénètre sourdement à travers les draps et les fourrures. Alors le veilleur nocturne n'a pas la force de prendre sur lui de marcher constamment, un accablement profond le gagne, un assoupissement perfide s'empare de lui, il s'endort debout ; et, s'il ne passe dans ce moment quelque officier de ronde qui le fasse bâtonner impitoyablement jusqu'à ce que le sang ait repris son cours sous les coups, c'en est fait de lui, il ne se réveille plus, et le lendemain matin on le trouve raidi dans sa guérite. L'hiver qui précéda mon arrivée à Saint-Pétersbourg, un de ces malheureux, qu'on avait retrouvé mort ainsi, et qu'on avait voulu déplacer, était tombé le front contre une borne ; le cou s'était rompu net, et la tête, pareille à une boule, s'en était allée roulante jusqu'à l'autre trottoir.

Au bout de quelques jours de course, je parvins enfin à trouver sur les bords du canal Catherine, c'est-à-dire au ventre de la ville, un logement convenable et tout garni, dans lequel je n'eus à introduire, pour le compléter, que des matelas et une couchette, le lit, dont l'usage est laissé aux grands seigneurs, étant regardé, par les paysans qui couchent sur des poêles, et par les marchands qui dorment dans des peaux et sur des fauteuils, comme un meuble de luxe.

Enchanté du nouvel arrangement que je venais de prendre, je retournais du canal Catherine à l'Amirauté, lorsque, sans songer que ce jour était le saint jour du dimanche, il me prit l'envie d'entrer dans un bain à vapeur. J'avais beaucoup entendu parler en France de ces sortes d'établissemens, de sorte que, passant devant une maison de bains, je résolus de profiter de l'occasion. Je me présentai à la porte ; moyennant deux roubles et demi, c'est-à-dire cinquante sous de France, on me remit une carte d'entrée, et je fus introduit dans une première chambre où l'on se déshabille : cette chambre est chauffée à la température ordinaire.

Pendant que je me dévêtissais en compagnie d'une douzaine d'autres personnes, un garçon vint me demander si j'avais un domestique, et, sur ma réponse négative, s'informa de quel âge, de quel prix et de quel sexe je désirais la personne qui devait me frotter. Une telle demande nécessitait une explication ; je la provoquai donc, et j'appris que des enfans et des hommes attachés à l'établissement se tenaient toujours prêts à vous rendre ce service, et que, quant aux femmes, on les envoyait chercher dans une maison voisine. Une fois le choix fait, la personne, quelle qu'elle fût, sur laquelle il s'était arrêté, se mettait nue comme le baigneur, et entrait avec lui dans la seconde chambre, chauffée à la température du sang. Je restai un instant muet d'étonnement ; puis, la curiosité l'emportant sur la honte, je fis choix du garçon même qui m'avait parlé. A peine lui eus-je manifesté ma préférence, qu'il alla prendre à un clou une poignée de verges, et en un instant se trouva aussi nu que moi.

Alors il ouvrit la porte et me poussa dans la seconde chambre.

Je crus que quelque nouveau Méphistophélès m'avait conduit, sans que je m'en doutasse, au sabbat.

Que l'on se figure trois cents personnes parfaitement nues, de tout âge, de tout sexe, hommes, femmes, enfans, vieillards, dont la moitié fouette l'autre, avec des cris, des rires, des contorsions étranges, et cela sans la moindre idée de pudeur. C'est qu'en Russie le peuple est si méprisé, que l'on confond ses habitudes avec celles des animaux, et que la police ne voit que des accouplemens avantageux à la population et par conséquent à la fortune des nobles dans un libertinage qui commence à la prostitution et qui ne s'arrête pas même à l'inceste.

Au bout de dix minutes, je me plaignis de la chaleur ; je rentrai dans la première chambre ; je me rhabillai, et jetant deux roubles à mon frotteur, je me sauvai révolté d'une pareille démoralisation, qui, à Saint-Pétersbourg, paraît si naturelle parmi les basses classes, que personne ne m'en avait parlé.

Je suivais la rue de la Résurrection, l'esprit tout préoccupé de ce que je venais de voir, lorsque j'allai me heurter à une foule assez considérable qui se pressait pour entrer dans la cour d'un magnifique hôtel. Poussé par la curiosité, je me mis à la queue, et je vis que ce qui attirait toute cette multitude, c'étaient les préparatifs du supplice du knout, qui allait être administré à un esclave. J'allais me retirer, ne me sentant pas la force d'assister à un pareil spectacle, lorsqu'une des fenêtres s'ouvrit, et que deux jeunes filles vinrent poser sur le balcon, l'une un fauteuil, et l'autre un coussin de velours ; derrière les deux jeunes filles parut bientôt celle dont les membres délicats craignaient le contact de la pierre, mais dont les yeux ne craignaient pas la vue du sang. En ce moment un murmure courut dans la foule, et ce mot : la Gossudarina ! la Gossudarina ! fut répété à voix basse, mais par cent voix, à l'accent desquelles il n'y avait point à se tromper.

En effet, je reconnus, au milieu des fourrures qui l'enveloppaient, la belle Machinka auprès du ministre. Un de ses anciens camarades avait eu le malheur, disait-on, de lui manquer de respect, et elle avait exigé qu'une punition exemplaire avertir les autres de ne pas tomber dans une faute pareille. On avait cru que sa vengeance se bornerait là ; on s'était trompé : ce n'était pas assez qu'elle sût que le coupable avait été puni, elle avait encore voulu le voir punir. Comme j'espérais, malgré ce que Louise m'avait dit de sa cruauté, qu'elle n'était venue que pour faire grâce ou pour adoucir du moins le supplice, je restai parmi les spectateurs.

La Gossudarina avait entendu le murmure qui s'était élevé à sa venue ; mais au lieu d'éprouver de la crainte ou de la honte, elle parcourut des yeux toute cette multitude d'un air si hautain et si insolent, qu'une reine n'eût pas fait mieux ; puis, s'asseyant sur le fauteuil et appuyant son coude sur le coussin, elle posa sa tête dans l'une de ses mains, tandis que de l'autre elle caressait une levrette blanche qui allongeait sur les genoux de sa maîtresse sa tête de serpent.

Il paraît au reste que l'on n'attendait que sa présence pour commencer l'exécution, car à peine la belle spectatrice fut-elle au balcon qu'une porte basse s'ouvrit, et que le coupable s'avança entre deux moujicks, qui tenaient chacun une corde nouée autour des poignets, et suivi des deux autres exécuteurs qui tenaient chacun un knout. C'était un jeune homme à la barbe blonde, à la figure impassible et aux traits fermes et arrêtés. Alors il passa dans la foule un bruit étrange : quelques-uns dirent que ce jeune homme, qui était le jardinier en chef du ministre, avait, lorsqu'elle était encore esclave, aimé Machinka, et que la jeune fille l'aimait de son côté, si bien qu'ils allaient s'épouser, lorsque le ministre avait jeté les yeux sur elle et l'avait élevée ou abaissée, comme on le voudra, au rang de sa maîtresse. Or, depuis ce temps, par un revirement étrange, la Gossudarina avait pris le jeune homme en haine, et plus d'une fois déjà il avait éprouvé les effets de ce changement, comme si elle craignait que son maître ne la soupçonnât de persister dans quelques-uns des sentiments de son ancien état. Enfin, la veille, elle avait rencontré son compagnon d'esclavage dans une allée du jardin, et à quelques mots qu'il lui avait dits, elle s'était écriée qu'il l'insultait, et au retour du ministre, avait réclamé de lui la punition du coupable.

Les préparatifs du supplice étaient disposés d'avance. C'étaient une planche inclinée avec un carcan pour emboîter le cou du patient, et deux poteaux placés à droite et à gauche pour lui lier les bras ; quant au knout, c'était un fouet dont le manche pouvait avoir deux pieds à peu près ; à ce manche se rattachait une lanière de cuir plat, dont la longueur est double de celle de la poignée, et qui se termine par un anneau de fer auquel tient une autre bande de cuir moins longue de moitié que la première, large de deux pouces au commencement, mais qui allant toujours en s'amincissant, finit en pointe. On trempe cette pointe dans le lait et on la fait sécher au soleil, ce qui la rend aussi dure et aussi aiguë que la pointe d'un canif. Tous les six coups, ordinairement, on change de lanière, car le sang amollit le cuir ; mais, dans la circonstance présente, la chose devenait inutile : le condamné n'avait que douze coups à recevoir, et il y avait deux exécuteurs. Ces deux exécuteurs, au reste, n'étaient autres que les cochers du ministre, que leur habitude de manier le fouet avait élevés à ce grade, ce qui ne leur ôtait rien de la bonne amitié de leurs camarades, qui, dans l'occasion, prenaient leur revanche, mais sans rancune, et en gens qui obéissent, voilà tout. Souvent, d'ailleurs, il arrive que dans la même séance les battans deviennent battus, et plus d'une fois, pendant mon séjour en Russie, j'ai vu des grands seigneurs, dans un moment de colère contre leurs domestiques et n'ayant rien sous la main pour les battre, leur ordonner de se prendre aux cheveux et de se donner réciproquement des coups de poings dans le nez. D'abord, il faut l'avouer, c'était en hésitant et avec timidité qu'ils obéissaient à cet ordre, mais bientôt la douleur les mettait en train, chacun s'animait de son côté et frappait tout de bon, tandis que le maître ne cessait de crier : Plus fort, coquins, plus fort ! Enfin, lorsqu'il croyait la punition suffisante, il n'avait qu'à dire : Assez ; à ce mot, le combat cessait comme par magie, les antagonistes allaient laver leurs visages ensanglantés à la même fontaine

et revenaient bras dessus bras dessous, aussi amicalement que si rien ne s'était passé entre eux.

Cette fois, le condamné ne devait pas en être quitte à si bon marché ; aussi les apprêts du supplice seuls suffirent-ils pour m'inspirer une profonde émotion, et cependant je me sentais cloué à ma place par cette fascination étrange qui entraîne l'homme du côté où l'homme souffre ; si bien qu'il faut que je l'avoue, je restai ; d'ailleurs, je voulais voir jusqu'où cette femme pousserait la cruauté.

Les deux exécuteurs s'approchèrent du jeune homme, le dépouillèrent de ses habits jusqu'à la ceinture, l'étendirent sur l'échafaud, lui assujettirent le cou dans le carcan et lui lièrent les bras aux deux poteaux ; puis, l'un des exécuteurs ayant fait faire cercle à la foule, afin de réserver aux acteurs de cette terrible scène un espace demi-circulaire qui leur permît d'agir librement, l'autre prit son élan, et se levant sur la pointe du pied, il asséna le coup de manière à ce que la lanière fît deux fois le tour du corps du patient, où elle laissa un sillon bleuâtre. Quelle que dut être la douleur éprouvée, le malheureux ne jeta pas un cri.

Au deuxième coup, quelques gouttes de sang vinrent à la peau.

Au troisième, il jaillit.

A partir de ce moment, le fouet frappa sur la chair vive, si bien qu'à chaque coup l'exécuteur pressait la lanière entre ses doigts pour en faire dégoutter le sang.

Après les six premiers coups, l'autre exécuteur reprit la place avec un fouet neuf : depuis le cinquième coup, au reste, jusqu'au douzième, le patient ne donna d'autre preuve de sensibilité que la crispation nerveuse de ses mains, et sans un léger mouvement musculaire, qui à chaque percussion faisait frémir ses doigts, on aurait pu le croire mort.

L'exécution finie, on détacha le patient : il était presque évanoui et ne pouvait se soutenir ; cependant il n'avait pas jeté un cri, pas poussé un gémissement. Quant à moi, je ne comprenais rien, je l'avoue, à cette insensibilité et à ce courage.

Deux moujicks le prirent par-dessous les bras et le reconduisirent vers la porte par laquelle il était venu ; au moment d'entrer, il se retourna, murmura en russe, et en regardant Machinka, quelques paroles que je ne pus comprendre. Sans doute ces paroles étaient ou une insulte ou une menace, car ses camarades le poussèrent vivement sous la voûte. A ces paroles, la Gossudarina ne répondit que par un dédaigneux sourire, et tirant une boîte d'or de sa poche, elle donna quelques bonbons à sa levrette favorite, appela ses esclaves et s'éloigna appuyée sur leur épaule.

Derrière elle la fenêtre se referma, et la foule, voyant que tout était terminé, se retira silencieuse. Quelques-uns de ceux qui la composaient secouaient la tête comme s'ils voulaient dire qu'une pareille inhumanité dans une si jeune et si belle personne attirerait tôt ou tard sur elle la vengeance de Dieu.

IX.

Catherine disait qu'il n'y avait point à Saint-Pétersbourg un hiver et un été, mais seulement deux hivers : un hiver blanc et un hiver vert.

Nous approchions à grands pas de l'hiver blanc, et j'avoue que, pour mon compte, ce n'était pas sans une certaine curiosité que je le voyais venir. J'aime les pays dans leur exagération, car c'est seulement alors qu'ils se montrent dans leur vrai caractère. Si on veut voir Saint-Pétersbourg en été et Naples en hiver, autant vaut rester en France, car on n'aura réellement rien vu.

Le czarewich Constantin était retourné à Varsovie sans avoir rien pu découvrir de la conspiration qui l'avait amené à Saint-Pétersbourg, et l'empereur Alexandre, qui se sentait invisiblement enveloppé d'une vaste conspiration, avait quitté, plus triste toujours, ses beaux arbres de Tzarko-Se dont maintenant les feuilles couvraient la terre. Les jours ardens et les pâles nuits avaient disparu ; plus d'azur au ciel, plus de saphirs roulant avec les flots de la Néva ; plus de musiques éoliennes, plus de gondoles chargées de femmes et de fleurs. J'avais voulu revoir encore une fois ces îles merveilleuses que j'avais trouvées, en arrivant, toutes tapissées de plantes étrangères, aux feuilles épaisses et aux larges corolles ; mais les plantes étaient rentrées pour huit mois dans leurs serres ; je venais chercher des palais, des temples, des parcs délicieux , je ne revis que des barques enveloppées de brouillards, autour desquelles les bouleaux agitaient leurs branches dégarnies et les sapins leurs sombres bras tout chargés de franges funéraires, et dont les habitans eux-mêmes, brillans oiseaux d'été, avaient déjà fui à Saint-Pétersbourg.

J'avais suivi le conseil qui m'avait, à mon arrivée, été donné à table d'hôte par mon Lyonnais, et ce n'était plus que couvert de fourrures, achetées chez lui, que je courais d'un bout de la ville à l'autre donner mes leçons, qui, au reste, s'écoulaient presque toujours bien plutôt en causeries qu'en démonstrations ou en assauts. Monsieur de Gorgoli surtout, qui, après treize ans de fonctions de grand-maître de la police, avait donné sa démission, à la suite d'une discussion avec le général Milarodowich, gouverneur de la ville, et qui, rentré dans la vie privée, éprouvait le besoin du repos après une si longue agitation, monsieur de Gorgoli, dis-je, me faisait quelquefois rester des heures entières à lui parler de la France et à lui raconter mes affaires particulières, comme à un ami. Après lui, c'était monsieur de Bobrinski qui me marquait le plus d'affection, et entre autres cadeaux qu'il ne cessait de me faire, il m'avait donné un très beau sabre turc. Quant au comte Alexis, c'était toujours mon protecteur le plus ardent, quoique je le visse assez rarement chez lui, préoccupé qu'il était de réunions avec ses amis de Saint-Pétersbourg et même de Moscou, car, malgré les deux cents lieues qui séparent les deux capitales, il était sans cesse sur les chemins ; tant le Russe est un composé étrange d'oppositions, et plein de mollesse par tempérament, se laisse prendre facilement à l'activité fiévreuse de l'ennui !

C'était chez Louise surtout que je le retrouvais de temps en temps. Ma pauvre compatriote, et je le voyais avec un chagrin profond, devenait chaque jour plus triste. Quand je la trouvais seule, je l'interrogeais sur les causes de cette tristesse, que j'attribuais à quelque jalousie de femme ; mais, lorsque j'abordais ce sujet, elle secouait la tête et parlait de comte Alexis avec tant de confiance, que je commençai à croire, en me rappelant ce qu'elle m'avait dit de cet ennui profond de Waninkoff, qu'il prenait une part active à cette conspiration sourde, dont on parlait mystérieusement sans savoir ceux qui la tramaient ni connaître celui qu'elle devait atteindre. Quant à lui, c'est, un hommage à rendre aux conjurés russes, je ne me rappelle pas avoir vu une seule fois le moindre changement dans ses traits, la moindre altération dans son caractère ; et, certes, Machiavel, en indiquant Constantinople comme la meilleure école de conspirateurs, a été injuste envers Moscou la sainte.

Nous étions arrivés ainsi au 9 novembre 1824 ; des brouillards épais enveloppaient la ville, et depuis trois jours un vent du sud-ouest, âcre et humide, soufflait violemment du golfe de Finlande, de sorte que la Néva était devenue houleuse comme une mer. Des groupes nombreux, rassemblés sur les quais, malgré la brise âcre et sifflante qui coupait le visage, remarquaient avec inquiétude l'agitation sous-marine du fleuve, et comptaient, le long des murs de granit dans lesquels il est contenu, les anneaux superposés qui indiquent les différentes hauteurs des différentes crues. Quelques autres, tout en priant au pied de la vierge, qui faillit faire renoncer, comme nous l'avons dit, Pierre-le-Grand à bâtir la ville impériale, calculaient que la hauteur du fleuve atteignait déjà le rez des premiers étages. Dans la ville, chacun s'effrayait en voyant les fontaines couler plus abondantes, et les sources surgir à gros bouillons, comme si elles étaient pressées par une force étrangère dans leurs canaux souterrains. Enfin, quelque chose de sombre planait

sur la ville, qui indiquait l'approche d'un grand malheur.

Le soir vint ; les postes consacrés aux signaux furent doublés partout.

La nuit, il y eut une tempête horrible. On avait ordonné de lever les ponts de manière à ce que les vaisseaux pussent venir chercher une retraite jusqu'au cœur de la ville ; si bien que toute la nuit ils remontèrent le cours de la Néva pour venir jeter l'ancre devant la forteresse, pareils à de blancs fantômes.

Je restai jusqu'à minuit chez Louise. Elle était d'autant plus effrayée, que le comte Alexis avait reçu l'ordre de se rendre à la caserne des chevaliers-gardes, les précautions étaient les mêmes en effet que si la ville eût été en état de guerre. En la quittant, j'allai un instant sur les quais. La Néva paraissait tourmentée, et cependant ne grossissait point d'une manière visible ; mais, de temps en temps, on entendait du côté de la mer des bruits étranges, pareils à de longs gémissemens.

Je rentrai chez moi, personne ne dormait dans la maison. Une source, qui coulait dans la cour, débordait depuis deux heures, et s'était répandue au rez-de-chaussée. On disait qu'en d'autres endroits des dalles de granit s'étaient soulevées, et que l'eau avait jailli. Pendant toute la route, en effet, il m'avait semblé voir sourdre de l'eau entre les pierres, mais, comme je ne croyais pas au danger de l'inondation, attendu que ce danger m'était inconnu, je montai dans mon appartement, qui, au reste, étant situé au deuxième, m'offrait toute sécurité. Pendant quelque temps cependant, l'agitation que j'avais remarquée chez les autres, plus encore que celle que j'éprouvais moi-même, me tint éveillé ; mais bientôt, accablé de fatigue, je m'endormis, bercé par le bruit de la tempête même.

Vers les huit heures du matin, je fus réveillé par un coup de canon. Je passai une robe de chambre et je courus à la fenêtre. Les rues présentaient une agitation extraordinaire. Je m'habillai promptement et je descendis.

— Qu'est-ce que ce coup de canon ? demandai-je à un homme qui montait des matelas au premier.

— C'est l'eau qui monte, monsieur, me répondit-il.

Et il continua son chemin.

Je descendis au rez-de-chaussée ; on y avait de l'eau jusqu'à la cheville, quoique le plancher de la maison fût au-dessus du niveau de la rue de toute la hauteur des trois marches qui formaient le perron. Je courus au seuil de la porte ; le milieu de la rue était inondé, et une espèce de marée, causée par le passage des voitures, battait les trottoirs.

J'aperçus un droschki, je l'appelai ; mais l'ivochik refusait de marcher et voulait regagner au plus vite son hangar. Un billet de vingt roubles le décida. Je sautai dans la voiture, et je donnai l'adresse de Louise, sur la Perspective de Niusky. Mon cheval était dans l'eau jusqu'au jarret ; de cinq minutes en cinq minutes on tirait le canon, et à chaque coup, ceux que nous croisions répétaient : « L'eau monte. »

J'arrivai chez Louise. Un soldat à cheval était à la porte. Il venait d'accourir au galop de la part du comte Alexis pour lui dire qu'elle eût à monter au plus haut de la maison.afin de n'être pas surprise. Le vent venait de tourner à l'ouest, et refoulait directement la Néva vers sa source, de sorte que la mer semblait lutter avec le fleuve pour le rejeter dans son lit. Le soldat achevait sa commission comme j'entrais chez Louise, et repartit ventre à terre du côté de la caserne, faisant voler l'eau tout autour de lui. Le canon tirait toujours.

Il était temps que j'arrivasse : Louise était mourante de frayeur, moins peut-être pour elle encore que pour le comte Alexis, dont les casernes, situées dans le quartier de Narva, devaient être les premières exposées à l'inondation. Cependant le message qu'elle venait de recevoir l'avait rassurée un peu. Nous montâmes ensemble sur la terrasse de la maison, qui, étant une des plus élevées, dominait toute la ville, et d'où, pendant les beaux jours, on découvrait la mer. Mais pour le moment le brouillard était si épais, que, vers un horizon très rapproché, la vue se perdait dans un océan de vapeur.

Bientôt le canon tira à coups plus pressés, et de la pla

de l'Amirauté nous vîmes s'échapper par les rues et dans toutes les directions les voitures de louage dont les cochers, ayant cru faire une bonne spéculation, vu l'envahissement souterrain de l'eau, s'étaient réunis à leur place habituelle. Forcés de fuir devant l'inondation du fleuve, ils criaient : L'eau monte, l'eau monte. Et en effet, derrière les voitures, et comme pour les poursuivre dans les rues, une haute vague montra sa tête verdâtre au-dessus du quai, se brisa à l'angle du pont d'Isaac, et roula son écume jusqu'au pied de la statue de Pierre-le-Grand.

Alors on entendit un grand cri d'effroi, comme si cette vague avait été vue de toute la ville. La Néva débordait.

A ce cri, la terrasse du palais d'Hiver se couvrit d'uniformes. L'empereur, au milieu de son état-major, venait d'y monter pour donner des ordres, car le danger s'avançait de plus en plus pressant. Arrivé là, il vit que l'eau avait déjà atteint plus de la moitié de la hauteur des murailles de la forteresse, et il songea aux malheureux prisonniers qui se trouvaient dans des caveaux grillés donnant sur la Néva. Le patron d'une barque reçut à l'instant même l'ordre d'aller, au nom de l'empereur, prévenir le gouverneur de les faire sortir de leurs cachots, et de les mettre en sûreté ; mais la barque arriva trop tard : dans le désordre général, on les avait oubliés. Ils étaient morts.

En ce moment nous aperçûmes, au-dessus du palais d'Hiver, la banderolle du yacht impérial, qui s'était approché pour donner, si besoin était, asile à l'empereur et à sa famille. L'eau alors devait être de plain-pied avec les parapets des quais, qui commençaient à disparaître, et en voyant une voiture, qui se débattait avec son cocher et son cheval, nous apprîmes que dans les rues on commençait à perdre pied. Bientôt le cocher se jeta à la nage, gagna une fenêtre et fut accueilli à un balcon du premier.

Préoccupés un instant de ce spectacle, nous avions détourné les yeux de la Néva ; mais en les y reportant, nous aperçûmes deux barques sur la place de l'Amirauté. L'eau était déjà si haute, qu'elles avaient pu passer par-dessus les parapets. Ces barques étaient envoyées par l'empereur pour porter du secours à ceux qui se noyaient. Trois autres les suivirent. Nous reportâmes alors machinalement les yeux vers la voiture et le cheval ; le dôme de la voiture paraissait encore, mais le cheval était entièrement englouti. Il y avait donc déjà six pieds d'eau à peu près dans les rues. Depuis un instant le canon avait cessé de tirer, preuve que l'inondation atteignait la hauteur des remparts de la citadelle.

Alors on commença à voir des débris de maisons qui, poussés par les vagues, arrivaient des faubourgs : c'étaient ceux des misérables baraques de bois du quartier de Narva qui n'avaient pu résister à l'ouragan, et qui avaient été enlevées avec les malheureux qui les habitaient.

Une des barques qui passaient dans la Perspective repêcha devant nous un homme, mais il était déjà mort. Il est difficile de dire l'impression que produisit sur nous la vue de ce premier cadavre.

L'eau continuait de monter avec une effrayante rapidité ; es trois canaux qui enferment la ville dégorgeaient dans les rues leurs barques chargées de pierres, de fourrages et de bois. De temps en temps, on voyait un homme s'accrocher à quelqu'une de ces îles flottantes, et gagner le sommet, d'où il faisait des signaux aux barques qui essayaient d'arriver à lui ; mais c'était chose difficile, tant les vagues, enfermées dans les rues comme dans des canaux, se débattaient avec furie ; si bien, qu'avant que le secours ne fût arrivé à lui, souvent le malheureux était emporté par une lame, ou voyait ceux qu'il regardait comme ses sauveurs engloutis eux-mêmes.

Nous sentions la maison trembler, et nous l'entendions gémir sous la secousse des vagues qui avaient atteint le premier étage, et il nous semblait à tout instant que sa base allait se fendre et ses étages supérieurs s'écrouler ; et cependant, au milieu de tout ce chaos, Louise n'avait qu'une parole à la bouche : Alexis ! oh ! mon Dieu ! mon Dieu ! Alexis !

L'empereur paraissait au désespoir ; le comte Milarodowich, gouverneur de Saint-Pétersbourg, était près de lui,

recevant et transmettant ses ordres, qui, si périlleux qu'ils fussent, étaient exécutés à l'instant même avec un miraculeux dévoûment. Cependant les nouvelles qu'on lui apportait étaient de plus en plus désastreuses. Dans une des casernes de la ville, un régiment tout entier avait cherché un refuge sur le toit, mais le bâtiment s'était écroulé, et tous ces malheureux avaient disparu. Comme on faisait ce récit à l'empereur, un factionnaire, enlevé dans sa guérite, qui jusque-là l'avait protégé comme une barque, parut au sommet d'une vague, et aperçevant l'empereur sur la terrasse, se remit de bout, et lui présenta les armes. En ce moment une vague le renversa, lui et sa frêle embarcation. L'empereur jeta un cri, et ordonna à un canot d'aller à son secours. Heureusement le soldat savait nager ; il se soutint un instant sur l'eau, le canot l'atteignit et l'emmena au palais.

Tout le reste ne fut bientôt plus qu'une scène de chaos dont il était impossible de suivre les détails. Des vaisseaux se brisèrent en se heurtant, et l'on vit leurs débris passer au milieu des débris des maisons, des meubles flottans et des cadavres d'hommes et d'animaux. Des bières enlevées aux sépultures rendirent leurs ossemens comme au jour du jugement dernier, enfin une croix arrachée au cimetière entra par une fenêtre du palais impérial, et fut retrouvée, présage mortel, dans la chambre de l'empereur !

La mer monta ainsi pendant douze heures. Partout les premiers étages furent submergés, et dans quelques quartiers de la ville l'eau atteignit jusqu'à la hauteur de six pieds au-dessus de la Vierge de Pierre-le-Grand ; puis elle commença à décroître, car, avec la permission de Dieu, le vent tourna de l'ouest au nord, et la Néva put continuer de suivre son cours auquel la mer s'était opposée comme une muraille ; douze heures de plus, Saint-Pétersbourg et ses habitans disparaissaient de la surface de la terre comme au jour du déluge les villes antiques.

Pendant tout ce temps, l'empereur, le grand-duc Nicolas, le grand-duc Michel et le gouverneur-général de la place, le comte Milarodowich, que sa bravoure avait fait appeler le Bayard russe, quoique sa continence fût loin de pouvoir être comparée à celle du héros français, ne quittèrent point la terrasse du palais d'Hiver, tandis que l'impératrice, de sa fenêtre, jetait des bourses d'or aux bateliers qui se dévouaient au salut de tous.

Vers le soir, une barque aborda au second étage de notre maison. Depuis longtemps Louise échangeait des signes joyeux avec le soldat qui la montait et dont elle avait reconnu l'uniforme ; en effet, il apportait des nouvelles du comte et venait chercher les nôtres. Elle lui écrivit quelques lignes au crayon dans lesquelles elle le rassurait, et j'y ajoutai une apostille dans laquelle je lui promettais de ne pas la quitter.

Comme la mer continuait à baisser, et que le vent rapportait de se maintenir au nord, nous descendîmes de la terrasse au second. Ce fut là que nous passâmes la nuit, car il était de toute impossibilité d'entrer au premier ; l'eau s'en était retirée, il est vrai, mais tout y était souillé et perdu ; les fenêtres et les portes étaient brisées, et le parquet était couvert de débris de meubles.

C'était la troisième fois depuis un siècle que Saint-Pétersbourg, avec ses palais de brique et ses colonnades de plâtre, était ainsi menacé par l'eau, faisant un étrange pendant à Naples, qui à l'autre bout du monde européen est menacée par le feu.

Le lendemain matin, il n'y avait plus que deux ou trois pieds d'eau dans les rues, et alors, en voyant les débris et les cadavres gisant sur le pavé, on pouvait apprécier les désastres. Les navires avaient été portés jusqu'à la hauteur de l'église de Cazan, et à Cronstadt, un vaisseau de ligne de cent canons, lancé au milieu de la place publique, avait renversé, avant d'arriver là, deux maisons auxquelles il s'était heurté comme à des rochers.

Au milieu de cette vengeance de Dieu, une vengeance terrible avait été exercée par les hommes.

A onze heures de la nuit, le ministre avait été appelé par l'empereur, et avait laissé chez lui sa belle maîtresse, en lui recommandant, au premier signal du danger, de gagner les appartemens que l'eau ne pourrait pas atteindre ; c'était chose facile, l'hôtel du ministre, l'un des plus beaux de la rue de la Résurrection, ayant quatre étages.

La Gossudarina était donc restée seule dans l'hôtel avec ses esclaves, et le ministre s'était rendu au palais d'Hiver, où il était resté près de l'empereur jusqu'au surlendemain, c'est-à-dire tout le temps qu'avait duré l'inondation. Aussitôt libre, il était revenu à son hôtel, dont il avait trouvé toutes les portes brisées ; l'eau avait monté à la hauteur de dix-sept pieds, de sorte que la maison était totalement abandonnée.

Inquiet pour sa belle maîtresse, le ministre monta vivement à sa chambre ; la porte en était fermée, et c'était une de celles qui avait résisté aux vagues ; presque toutes les autres avaient été arrachées de leurs gonds et emportées. Inquiet de cette circonstance étrange, il frappe, il appelle, mais tout est muet, sinon désert ; sa terreur redouble à ce silence, et après des efforts inouïs il enfonce enfin la porte.

Le cadavre de la Gossudarina était couché au milieu de l'appartement ; mais, terrible preuve que l'inondation n'était pas la seule cause de sa mort, la tête manquait au tronc.

Le ministre, presque insensé de douleur, appela au secours, par le même balcon d'où Machinka avait regardé l'exécution de son ancien camarade. Quelques personnes accoururent, et le trouvèrent à genoux près de ce pauvre corps mutilé.

On chercha alors par la chambre, et l'on retrouva la tête, que les flots avaient roulée sur le lit ; près de la tête étaient de grands ciseaux avec lesquels on émonde les haies des jardins, et qui avaient évidemment servi à l'assassinat.

Tous les esclaves du ministre, qui à l'aspect du danger avaient fui chacun de son côté, revinrent le soir même ou le lendemain.

Il n'y eut que le jardinier qui ne revint pas.

X.

Le vent, en sautant de l'ouest au nord, avait indiqué l'arrivée de l'hiver ; aussi à peine eut-on réparé les premiers désastres causés par l'ennemi en retraite, qu'il fallut faire face à l'ennemi qui s'avançait. Il était d'autant plus urgent de se hâter, qu'on était arrivé déjà, lorsque l'inondation avait eu lieu, au 10 novembre. On vit les vaisseaux qui avaient échappé à l'ouragan regagner en toute hâte la haute mer, pour ne reparaître, comme les hirondelles, qu'avec le printemps ; les ponts furent enlevés, et dès-lors on attendit plus tranquillement les premières gelées. Le 5 décembre, elles étaient arrivées ; le 4, la neige tomba, et quoiqu'il ne fît que cinq ou six degrés au-dessous de glace, le traînage s'établit ; c'était un grand bonheur : toutes les provisions d'hiver avaient été gâtées par l'inondation, le traînage préservait de la disette.

En effet, grâce au traînage, qui par sa vitesse équivaut presque à la vapeur, dès que ce mode de transport est établi, il arrive d'un bout à l'autre de l'empire, du gibier tué quelquefois à mille ou douze cents lieues de l'endroit où il doit être mangé. Alors, les coqs de bruyère, les perdrix, les gelinottes et les canards sauvages, rangés par couches avec la neige dans des tonneaux, affluent aux marchés, où ils se donnent plutôt qu'ils ne se vendent. Près d'eux, on voit, étendus sur des tables ou empilés en monceaux, les poissons les plus recherchés de la mer Noire et du Volga ; quant aux animaux de boucherie, on les expose en vente debout sur leurs quatre pieds, comme s'ils étaient vivans, et on taille à même.

Les premiers jours où Saint-Pétersbourg eut revêtu sa blanche robe d'hiver furent pour moi des jours de curieux spectacle, car tout était nouveau. Je ne pouvais surtout me lasser d'aller en traîneau, car il y a une volupté extrême à se sentir entraîné sur un terrain poli comme une glace, par des chevaux qu'excite la vivacité de l'air, et qui, sentant à peine le poids de leur charge, semblent voler plutôt que courir. Ces premiers jours furent d'autant plus agréables pour moi,

que l'hiver, avec une coquetterie inaccoutumée, ne se montra que petit à petit, de sorte que j'arrivai, grâce à mes pelisses et à mes fourrures, jusqu'à vingt degrés, presque sans m'en être aperçu ; à douze degrés, la Néva avait commencé de prendre.

J'avais tant fait courir mes malheureux chevaux, que mon cocher me déclara un matin que si je ne leur laissais pas quarante-huit heures au moins de repos, au bout de huit jours ils seraient tout-à-fait hors de service. Comme le ciel était très beau, quoique l'air fût plus vif que je ne l'avais encore senti, je me décidai à faire mes courses en me promenant ; je m'armai de pied en cap contre les hostilités du froid ; je m'enveloppai d'une grande redingote d'astracan, je m'enfonçai un bonnet fourré sur les oreilles, je roulai autour de mon cou une cravate de cachemire, et je m'aventurai dans la rue, n'ayant de toute ma personne que le bout du nez à l'air.

D'abord tout alla à merveille ; je m'étonnai même du peu d'impression que me causait le froid, et je riais tout bas de tous les contes que j'en avais entendu faire ; j'étais, au reste, enchanté que le hasard m'eût donné cette occasion de m'acclimater. Néanmoins, comme les deux premiers écoliers chez lesquels je me rendais, monsieur de Bobrinski et monsieur de Nariskin, n'étaient point chez eux, je commençais à trouver que le hasard faisait trop bien les choses, lorsque je crus remarquer que ceux que je croisais me regardaient avec une certaine inquiétude, mais, cependant, sans me rien dire. Bientôt un monsieur, plus causeur, à ce qu'il paraît, que les autres, me dit en passant : Noss ! Comme je ne savais pas un mot de russe, je crus que ce n'était pas la peine de m'arrêter pour un monosyllabe, et je continuai mon chemin. Au coin de la rue des Pois, je rencontrai un ivoschik qui passait ventre à terre et me conduisant son traîneau ; mais si rapide que fût sa course, il se crut obligé de me parler à son tour, et me cria : Noss, Noss ! Enfin, en arrivant sur la place de l'Amirauté, je me trouvai en face d'un moujick, qui ne me cria rien du tout, mais qui, ramassant une poignée de neige, se jeta sur moi, jusqu'à ce que j'eusse pu me débarrasser de tout mon attirail, se mit à me débarbouiller la figure et à me frotter particulièrement le nez de toute sa force. Je trouvai la plaisanterie assez médiocre, surtout par le temps qu'il faisait, et tirant un de mes bras d'une de mes poches, je lui allongeai un coup de poing qui l'envoya rouler à dix pas. Malheureusement au heureusement pour moi, deux paysans passaient en ce moment, qui, après m'avoir regardé un instant, se jetèrent sur moi, et malgré ma défense me maintinrent les bras, tandis que mon enragé moujick ramassait une autre poignée de neige, et, comme s'il ne voulait pas en avoir le démenti, se précipita de nouveau sur moi. Cette fois, profitant de l'impossibilité où j'étais de me défendre, il se mit à recommencer ses frictions. Mais, si j'avais les bras pris, j'avais la langue libre ; croyant que j'étais la victime de quelque méprise ou de quelque guet-apens, j'appelai de toute ma force au secours. Un officier accourut et me demanda en français à qui j'en avais.

— Comment ! monsieur, m'écriai-je en faisant un dernier effort, et en me débarrassant de mes trois hommes, qui, de l'air le plus tranquille du monde, se remirent à continuer leur chemin, l'un vers la Perspective, et les deux autres du côté du quai Anglais ; vous ne voyez donc pas ce que ces drôles me faisaient ?

— Que vous faisaient-ils donc ?

— Mais ils me frottaient la figure avec de la neige. Est-ce que vous trouviez cela une plaisanterie de bon goût, par hasard, avec le temps qu'il fait ?

— Mais, monsieur, ils vous rendaient un énorme service, me répondit mon interlocuteur en me regardant comme nous disons, nous autres Français, dans le blanc des yeux.

— Comment cela ?

— Sans doute, vous aviez le nez gelé.

— Miséricorde ! m'écriai-je en portant la main à la partie menacée.

— Monsieur, dit un passant en s'adressant à l'interlocuteur, monsieur l'officier, je vous préviens que votre nez gèle.

— Merci, monsieur, dit l'officier comme si on l'eût prévenu

de la chose la plus naturelle du monde, et se baissant, il ramassa une poignée de neige, et se rendit à lui-même le service que m'avait rendu le pauvre moujick, que j'avais si brutalement récompensé de son obligeance.

— C'est-à-dire alors, monsieur, que sans cet homme...

— Vous n'auriez plus de nez, continua l'officier en se frottant le sien.

— Alors, monsieur, permettez!...

Et je me mis à courir après mon moujick, qui, croyant que je voulais achever de l'assommer, se mit à courir de son côté, de sorte que, comme la crainte est naturellement plus agile que la reconnaissance, je ne l'eusse probablement jamais rattrapé, si quelques personnes, en le voyant fuir et en me voyant le poursuivre, ne l'eussent pris pour un voleur, et ne lui eussent barré le chemin. Lorsque j'arrivai, je le trouvai parlant avec une grande volubilité, afin de faire comprendre qu'il n'était coupable que de trop de philanthropie; dix roubles que je lui donnai expliquèrent la chose. Le moujick me baisa les mains, et un des assistans, qui parlait français, m'invita à faire désormais plus d'attention à mon nez. L'invitation était inutile, pendant tout le reste de ma course je ne le perdis pas de vue.

J'allais à la salle d'armes de monsieur Siverbrük, où j'avais rendez-vous avec monsieur de Gorgoli, qui m'avait écrit de venir l'y trouver. Je lui racontai l'aventure qui venait de m'arriver comme une chose fort extraordinaire; alors il s'informa si d'autres personnes ne m'avaient rien dit avant que le pauvre moujick se dévouât. Je lui répondis que deux passans m'avaient fort regardé, et, en me croisant, m'avaient crié : Noss! noss! « Eh bien! me dit-il, c'est cela, on vous criait de prendre garde à votre nez. C'est la formule ordinaire; une autre fois tenez-vous donc pour averti. »

Monsieur de Gorgoli avait raison, et ce n'est pas précisément pour le nez ou pour les oreilles qu'il y a plus à craindre à Saint-Pétersbourg, attendu que, si vous ne vous apercevez pas que la gelée les gagne, le premier passant le voit pour vous et vous prévient presque toujours à temps pour porter remède au mal. Mais, lorsque malheureusement le froid s'empare de quelque autre partie du corps cachée par les vêtemens, comme l'avis devient impossible, vous ne vous apercevez que par l'engourdissement de la partie affectée, et alors il est souvent trop tard. L'hiver précédent, un Français nommé Pierson, commis d'une des premières maisons de banque de Paris, avait été victime d'un accident de ce genre, faute de précaution.

En effet, monsieur Pierson, qui était parti de Paris pour accompagner à Saint-Pétersbourg une somme considérable faisant partie de l'emprunt négocié par le gouvernement russe, et qui était sorti de France par un temps superbe, n'avait pris aucune précaution contre le froid. En arrivant à Riga, il avait trouvé le temps encore fort supportable, de sorte qu'il avait continué sa route, jugeant inutile d'acheter ni manteau, ni fourrures, ni bottes doublées de laine ; en effet, les choses allèrent encore bien en Livonie ; mais trois lieues au-delà de Revel, la neige tomba à flocons si pressés que le postillon perdit son chemin et versa dans une fondrière. Il fallut aller chercher du secours, les deux hommes n'étant point assez forts pour relever la voiture : le postillon détela donc un de ses chevaux et partit rapidement pour la ville la plus prochaine, tandis que monsieur Pierson, voyant la nuit s'avancer, ne voulut point, de crainte des voleurs, quitter un seul instant le trésor qu'il escortait. Mais avec la nuit la neige cessa, et le vent ayant passé au nord, le froid monta subitement à vingt degrés. Monsieur Pierson, qui connaissait le danger terrible qu'il courait, se mit aussitôt à marcher autour de sa voiture, pour le combattre autant qu'il était en son pouvoir. Au bout de trois heures d'attente, le postillon revint avec des hommes et des chevaux, la voiture fut remise sur roues, et, grâce à son double attelage, monsieur Pierson gagna rapidement la première ville, où il s'arrêta. Le maître de poste chez lequel on était venu prendre des chevaux l'attendait avec inquiétude, car il savait dans quelle position il était resté pendant tout le temps de l'absence du postillon ; aussi sa première demande, quand monsieur Pierson des-

cendit de sa voiture, fut pour lui demander s'il n'avait rien de gelé. Le voyageur répondit qu'il espérait que non, attendu qu'il n'avait cessé de marcher, et que, grâce au mouvement, il croyait avoir lutté victorieusement contre le froid. A ces mots, il découvrit son visage et montra ses mains ; ils étaient intacts.

Cependant, comme monsieur Pierson éprouvait une grande lassitude, et qu'il craignait, s'il continuait sa route pendant la nuit, quelque accident pareil à celui auquel il croyait avoir échappé, il fit bassiner son lit, prit un verre de vin chaud et s'endormit.

Le lendemain il se réveille et veut se lever, mais il semble cloué dans son lit ; d'un de ses bras qu'il lève avec peine, i atteint le cordon de la sonnette et appelle. On vient ; il dit ce qu'il éprouve ; c'est comme une paralysie générale ; on court chez le médecin ; il arrive, lève la couverture et trouve les jambes du malade livides et tachetées de noir : la gangrène commençait à s'y mettre. Le médecin annonce aussitôt au malade que l'amputation est de toute nécessité.

Quelque terrible que fût cette ressource, monsieur Pierson s'y résolut. Le médecin envoie aussitôt chercher les instrumens nécessaires ; mais, tandis qu'il fait ses préparatifs, le malade se plaint tout-à-coup que sa vue s'affaiblit et que c'est à peine s'il distingue les objets qui l'entourent. Le docteur commence alors à craindre que le mal ne soit plus grand encore qu'il ne le supposait, procède à un nouvel examen, et reconnaît que les chairs du dos viennent de s'ouvrir. Alors, au lieu d'annoncer à monsieur Pierson la nouvelle et terrible découverte qu'il vient de faire, il le rassure, lui promet que son état est moins alarmant qu'il ne l'avait cru d'abord, et lui dit, comme preuve de ce qu'il avance, qu'il doit éprouver un grand besoin de sommeil. Le malade répond qu'effectivement il se sent singulièrement assoupi. Dix minutes après, il était endormi, et au bout d'un quart d'heure de sommeil il était mort.

Si on avait aussitôt reconnu sur son corps les atteintes de la gelée et qu'on l'eût à l'instant même frotté avec de la neige, comme le bon moujick avait fait pour mon nez, monsieur Pierson se serait remis en route le lendemain comme si rien n'était arrivé.

Ce fut une leçon pour moi ; et, craignant de ne pas toujours trouver dans les passans la même obligeance opportune, je ne sortis plus qu'avec un petit miroir dans ma poche, et de dix minutes en dix minutes je me regardais.

Au reste, Saint-Pétersbourg avait pris, en moins de huit jours, sa robe d'hiver : la Néva était gelée et on la traversait en tout sens, soit à pied, soit avec des voitures. Partout les traîneaux avaient remplacé les voitures ; la Perspective était devenue une espèce de Longchamp, les poêles étaient allumés dans les églises, et le soir, à la porte des théâtres, de grands feux brûlaient dans des enceintes bâties à cet effet, couvertes du haut, ouvertes des côtés et garnies de bancs circulaires sur lesquels les domestiques attendaient leurs maîtres. Quant aux cochers, les seigneurs qui ont quelque pitié les renvoient à l'hôtel en leur indiquant l'heure à laquelle ils doivent revenir. Les plus malheureux de tous sont les soldats et les boutchnicks : il n'y a pas de nuit où l'on ne relève morts quelques-uns de ceux qu'on avait quittés vivans.

Cependant le froid augmentait toujours, et il arriva à un tel degré, que des troupes de loups furent aperçues dans les environs de Saint-Pétersbourg, et qu'un matin on trouva un de ces animaux qui se promenait comme un chien dans le quartier de la Fonderie. La pauvre bête, au reste, n'avait rien de bien menaçant et me faisait bien plutôt l'effet d'être venue demander l'aumône qu'avec l'intention de prendre rien de force ; on l'assomma à coup de bâtons.

Comme je racontais le soir même cette aventure devant l comte Alexis, il me parla à son tour d'une grande chasse à l'ours qui devait avoir lieu le surlendemain, dans une forêt à dix ou douze lieues de St-Pétersbourg. Comme la chasse était dirigée par monsieur de Nariskin, un de mes écoliers, je n'eus pas de peine à obtenir du comte qu'il me parlât de mon désir d'y assister ; il me le promit, et en effet le lendemain je reçus une invitation avec le programme, non pas de la fête, mai

19

du costume. Ce costume est un habit tout garni de fourrures et dont la fourrure est en dedans, avec une espèce de casque en cuir qui descend en pèlerine sur les épaules ; le chasseur a la main droite armée d'un gantelet, et tient à cette main un poignard. C'est avec ce poignard qu'il attaque l'ours dans une lutte corps à corps et que, presque toujours du premier coup, il le tue.

Les détails de cette chasse, que je m'étais fait répéter deux ou trois fois avec le plus grand soin, m'avaient ôté un peu de mon enthousiasme pour elle. Cependant comme je m'étais mis en avant, je ne voulais pas reculer, et je fis tous mes préparatifs, achetant habit, casque et poignard, afin de les essayer le même soir et de n'être pas trop empêtré dans mon attirail.

J'étais resté assez tard chez Louise, de sorte que ce ne fut qu'à minuit passé que je rentrai chez moi. Je commençai aussitôt ma répétition avec costume ; je dressai mon traversin sur une chaise et me précipitai dessus pour le frapper juste à la place que j'avais marquée, et qui devait correspondre pour l'ours à la sixième côte, lorsque je fus tout-à-coup détourné de l'attention que j'apportais à cet exercice, par un bruit épouvantable qui se fit dans ma cheminée. J'y courus aussitôt et, introduisant ma tête entre les portes que j'avais déjà fermées (car à Saint-Pétersbourg les cheminées se ferment la nuit comme des poêles), j'aperçus un objet dont je ne pus distinguer la forme, qui après être descendu presqu'à la hauteur de ma plaque, remonta vivement. Je ne doutai pas un instant que ce ne fût quelque voleur qui, dans sa haine de l'effraction, avait probablement employé ce moyen pour pénétrer chez moi, et qui, s'apercevant que je n'étais point encore couché, se hâtait de battre en retraite. Comme je criai plusieurs fois : Qui va là ? et que personne ne me répondit, ce silence ne fit que me confirmer dans mon opinion : il en résulta que je restai près d'une demi-heure sur mes gardes ; mais, n'entendant plus aucun bruit, je jugeai que le voleur était parti pour ne plus revenir, et ayant barricadé avec le plus grand soin la porte de ma cheminée, je me couchai et m'endormis.

Il y avait un quart d'heure à peine que j'avais la tête sur l'oreiller, lorsque tout au milieu de mon sommeil il me sembla entendre des pas dans le corridor. Tout préoccupé encore de l'histoire inexplicable de ma cheminée, je me réveille en sursaut et j'écoute. Plus de doute, il y a quelqu'un qui passe et repasse devant la porte de ma chambre, et qui fait crier le parquet malgré l'intention qu'il semble mettre à ne pas produire le moindre bruit. Bientôt ces pas s'arrêtent devant ma porte avec hésitation ; il est probable qu'on s'assure si je dors. J'allonge la main vers la chaise où j'avais jeté toute ma défroque, j'attrape mon casque et mon poignard, je me coiffe de l'un, je m'arme de l'autre, et j'attends.

Au bout d'un instant d'hésitation, j'entends qu'on met la main sur ma clef, ma serrure grince, ma porte s'ouvre, et je vois s'avancer vers moi, éclairé par la lumière d'une lanterne qu'il a laissée dans le corridor, un être fantastique dont la figure, autant que j'en puis juger dans l'obscurité, me semble couverte d'un masque. Aussitôt je pense qu'il vaut mieux le prévenir que l'attendre ; en conséquence, comme il s'avance vers la cheminée avec une hardiesse qui prouve sa connaissance des lieux, je saute à bas de mon lit, je le saisis à la gorge, je le terrasse, et, lui mettant le poignard sur la poitrine, je lui demande qui il est et ce qu'il veut ; mais alors à mon grand étonnement, c'est mon adversaire qui pousse des cris affreux et semble appeler au secours. Alors, voulant voir décidément à qui j'ai affaire, je me précipite dans le corridor, je saisis la lanterne et je reviens ; mais, si courte qu'ait été mon absence, le voleur a disparu comme par enchantement. Seulement j'entends dans la cheminée comme un léger froissement ; j'y cours, je regarde et j'aperçois dans le lointain la semelle des souliers et le fond de la culotte de mon homme, s'éloignant avec une rapidité qui dénote dans leur propriétaire l'habitude de ces sortes de chemins ; je reste stupéfait.

En ce moment un voisin qui a entendu le sabbat infernal que je fais depuis dix minutes, entre chez moi, croyant que l'on m'assassine, et me trouve debout en chemise, une lanterne d'une main, un poignard de l'autre et mon casque sur la tête. Sa première question est de me demander si je suis devenu fou.

Alors pour lui prouver que je suis dans tout mon bon sens, et même pour lui donner quelque idée de mon courage, je lui raconte ce qui s'est passé. Mon voisin éclate de rire, j'ai vaincu un ramoneur. Je veux douter encore, mais mes mains, ma chemise et mon visage même pleins de suie, attestent la vérité de ses paroles. Mon voisin me donne alors quelques explications, et je n'ai plus de doute.

En effet, le ramoneur, qui en France, même l'hiver, n'est qu'une espèce d'oiseau de passage qui chante une fois l'an au haut de la cheminée, devient à Saint-Pétersbourg un être de première nécessité ; aussi, tous les quinze jours au moins, fait-il sa tournée dans chaque maison. Seulement, ses travaux tutélaires sont nocturnes, car, si dans la journée on ouvrait les conduits des poêles ou si on éteignait le feu des cheminées, le froid pénétrerait dans les appartemens. Les poêles se ferment donc dès le matin, aussitôt qu'on y a allumé le feu, et les cheminées tous les soirs dès qu'on y a éteint. Il en résulte que les ramoneurs, qui sont abonnés avec les propriétaires des maisons, grimpent sur les toits, et, sans même prévenir les locataires, font descendre dans la cheminée un fagot d'épines, dont une grosse pierre est le centre, et râclent avec cette espèce de balai la cheminée dans les deux tiers de sa longueur. Puis, quand la besogne supérieure est terminée, ils entrent dans la maison, pénètrent dans les appartemens des locataires, et nettoient à leur tour la partie basse des conduits. Ceux qui sont habitués ou prévenus savent ce dont il s'agit et ne s'en préoccupent aucunement. Malheureusement on avait oublié de me mettre au fait, et comme c'était la première fois que le pauvre diable de ramoneur entrait chez moi pour y exercer son industrie, il avait failli être victime de ma promptitude à le mal juger.

Le lendemain j'eus la preuve que le voisin ne m'avait dit que la vérité. Mon hôtesse entra chez moi dès le matin, et me dit qu'il y avait en bas un ramoneur qui réclamait sa lanterne.

A trois heures de l'après-midi, le comte Alexis vint me prendre dans son traîneau, qui était tout bonnement une excellente caisse de coupé montée sur patins, et nous nous acheminâmes avec une merveilleuse rapidité vers le rendez-vous de chasse, qui était une maison de campagne de monsieur de Nariskin, distante de dix ou douze lieues de Saint-Pétersbourg, et située au milieu de bois très épais ; nous y arrivâmes à cinq heures, et nous trouvâmes presque tous les chasseurs arrivés. Au bout de quelques instans la réunion se compléta, et l'on annonça que le dîner était servi. Il faut avoir vu un grand dîner chez un grand seigneur russe pour se faire une idée du point où peut être porté le luxe de la table. Nous étions à la moitié de décembre, et la première chose qui me frappa fut, au milieu du surtout qui couvrait la table, un magnifique cerisier, tout chargé de cerises, comme en France à la fin de mai. Autour de l'arbre, des oranges, des ananas, des figues et des raisins s'élevaient en pyramides et complétaient un dessert qu'il eût été difficile de se procurer à Paris au mois de septembre. Je suis sûr que le dessert seul coûtait plus de trois mille roubles.

Nous nous mîmes à table ; dès cette époque, on avait adopté à Saint-Pétersbourg cette excellente coutume de faire découper par les maîtres-d'hôtel, et de laisser les convives se servir à boire eux-mêmes : il en résulte que, comme les Russes sont les premiers buveurs du monde, il y avait entre chacun des convives, au reste confortablement espacés, cinq bouteilles de vins différens, des meilleurs crus, de Bordeaux, d'Épernay, de Madère, de Constance et de Tokay ; quant aux viandes, elles étaient tirées, le veau d'Archangel, le bœuf de l'Ukraine, et le gibier de partout.

Après le premier service, le maître-d'hôtel entra, tenant sur un plat d'argent deux poissons vivants et qui m'étaient inconnus. Aussitôt tous les convives poussèrent un cri d'admiration ; c'étaient deux sterlets. Or, comme les sterlets ne se pêchent que dans le Volga, et que la partie la plus rapprochée du Volga coule à plus de trois cent cinquante lieues de Saint-Pétersbourg, il avait fallu, attendu que ce poisson ne peut vivre que dans l'eau maternelle, il avait fallu (que nos, Grimaud de la Reinière comprennent bien cela et se pendent !) percer la glace du fleuve, pêcher dans ses profondeurs deux de ses habitans, et, pendant cinq jours et cinq nuits de voyage, les maintenir dans une voiture fermée, et chauffée à une température qui ne permit pas à l'eau du fleuve de se geler.

Aussi avaient-ils coûté chacun huit cents roubles; plus de seize cents francs les deux. Potemkin, de fabuleuse mémoire, n'aurait pas fait mieux !

Dix minutes après, ils reparurent sur la table, mais cette fois si bien cuits à point, que les éloges se partagèrent entre l'amphitryon qui les avait fait pêcher et le maître-d'hôtel qui les avait fait cuire; puis vinrent les primeurs, petits pois, asperges, haricots verts, toutes choses ayant véritablement la forme de l'objet qu'elles avaient la prétention de représenter, mais dont le goût uniforme et aqueux protestait contre la forme.

On ne quitta la table que pour passer au salon où les tables de jeu étaient dressées; comme je n'étais ni assez pauvre ni assez riche pour avoir cette passion, je regardai faire les autres. A minuit, c'est-à-dire à l'heure où j'allai me coucher, il y avait déjà, de part et d'autre, trois cent mille roubles et vingt-cinq mille paysans de perdus.

Le lendemain au point du jour on vint me réveiller. Les piqueurs avaient connaissance de cinq ours détournés dans un bois qui pouvait avoir une lieue de tour. J'appris cette nouvelle, tout agréable qu'on me la croyait être, avec un léger frissonnement. Si brave que l'on soit, on éprouve toujours quelque inquiétude à aborder un ennemi inconnu et avec lequel on doit se rencontrer pour la première fois.

Je n'en revêtis pas moins gaillardement mon costume, qui était établi de manière à ce que je n'avais rien à craindre du froid. D'ailleurs, comme pour prendre part à la fête, le soleil était magnifique, et la température qui s'adoucissait à ses rayons, ne marquait pas, à cette heure matinale, plus de quinze degrés, ce qui, vers midi, en promettait sept ou huit seulement.

Je descendis et trouvai tous nos chasseurs prêts et dans un costume uniforme, sous lequel nous avions grand' peine à nous reconnaître nous-mêmes. Des traîneaux tout aitelés nous attendaient, nous y montâmes; dix minutes après, nous étions au rendez-vous.

C'était une charmante maison de paysan russe, toute en bois et faite à la hache, avec son grand poêle et son saint patron, que chacun de nous salua dévotement selon la coutume, en passant le seuil de la porte. Un déjeuner substantiel nous attendait : chacun y fit honneur; mais je remarquai que, contrairement à leurs habitudes, aucun de nos chasseurs ne buvait. C'est qu'on ne se grise pas avant un duel, et que la chasse que nous allions entreprendre était un véritable duel. Vers la fin du déjeuner, le piqueur parut à la porte, ce qui voulait dire qu'il était temps de se mettre en route. A la porte, on nous remit à chacun une carabine toute chargée, que nous devions porter en banderole, mais dont nous ne devions faire usage qu'en cas de danger. Outre cette carabine, chacun de nous reçut encore cinq ou six plaques de ferblanc que l'on jette à l'ours, et dont le son et l'éclat ont pour but de l'irriter.

Au bout de cent pas nous trouvâmes l'enceinte; elle était entourée par la musique de monsieur de Nariskin, la même que j'avais entendue sur la Néva pendant les belles nuits d'été. Chaque homme tenait à la main son cor, prêt à pousser sa note. L'enceinte tout entière était entourée ainsi, de manière à ce que les ours, de quelque côté qu'ils se présentassent, fussent repoussés par le bruit. Entre chaque musicien, il y avait un piqueur, un valet ou un paysan avec un fusil chargé à poudre seulement, de peur qu'une des balles ne vînt nous atteindre, le bruit des coups de feu devant se joindre à celui des instrumens si les ours tentaient de forcer. Nous franchîmes cette ligne, et nous entrâmes dans l'enceinte.

A l'instant même le bois fut enveloppé d'un cercle d'harmonie qui fit sur nous le même effet que la musique militaire

doit faire sur les soldats au moment de la bataille; si bien que moi-même je me sentis tout transporté d'une ardeur belliqueuse dont, cinq minutes auparavant, je ne me serais pas cru capable.

J'étais placé entre le piqueur de monsieur de Nariskin, qui devait à mon inexpérience l'honneur de prendre part à la chasse, et le comte Alexis, sur lequel j'avais promis à Louise de veiller, et qui, au contraire, veillait sur moi. Il avait à sa gauche le prince Nikita Mouravieff, avec lequel il était extrêmement lié, et au-delà du prince Nikita Mouravieff, je pouvais encore apercevoir, à travers les arbres, monsieur de Nariskin. Au delà je ne voyais rien.

Nous marchions ainsi depuis dix minutes à peu près, lorsque les cris *medvede, medvede* [*], retentirent, accompagnés de quelques coups de feu. Un ours qui s'était levé au bruit des cors avait probablement apparu sur la lisière, et était repoussé à la fois par les piqueurs et les musiciens. Mes deux voisins me firent de la main signe d'arrêter, et chacun de nous se tint sur ses gardes. Au bout d'un instant nous entendîmes devant nous le froissement des broussailles accompagné d'un grognement sourd. J'avoue qu'à ce bruit, qui paraissait s'approcher de mon côté, je sentis, malgré le froid qu'il faisait, la sueur me monter au front. Mais je regardai autour de moi; mes deux voisins faisaient bonne contenance; je fis comme eux. En ce moment l'ours parut, sortant la tête et la moitié du corps d'un buisson d'épines situé entre moi et le comte Alexis.

Mon premier mouvement fut de lâcher mon poignard et de prendre mon fusil, car l'ours étonné nous regardait tour à tour, et paraissait encore indécis vers lequel de nous deux il s'avancerait; mais le comte ne lui donna pas le temps de choisir. Jugeant que je ferais quelque maladresse, il voulut attirer à lui l'ennemi, et, s'approchant de quelques pas, afin de gagner une espèce de clairière où il n'était plus libre de ses mouvemens, il lui jeta au nez une des plaques de ferblanc qu'il tenait à la main. L'ours aussitôt se jeta dessus d'un seul bond, et vint de la légèreté incroyable, prit la plaque entre ses griffes, puis la tordit en grognant. Le comte alors fit encore un pas vers lui, et lui en jeta une seconde; l'ours la saisit comme fait un chien de la pierre qu'on lui lance, et la broya entre ses dents. Le comte, pour augmenter sa colère, lui en jeta une troisième; mais cette fois, comme s'il eût compris que c'était une folie à lui de s'acharner à un objet inanimé, il laissa dédaigneusement la plaque tomber à côté de lui, tourna sa tête vers le comte, poussa un rugissement terrible, fit vers lui quelques pas au trot, de manière qu'ils ne se trouvèrent plus qu'à une dizaine de pieds l'un de l'autre. En ce moment le comte fit entendre un coup de sifflet aigu. A ce bruit, l'ours se dressa aussitôt sur ses pattes de derrière : c'était ce qu'attendait le comte; il se jeta sur l'animal, qui étendit ses deux bras pour l'étouffer; mais avant même qu'il ait eu le temps de les rapprocher, l'ours jeta un cri de douleur, et faisant trois pas en arrière, en chancelant comme un homme ivre, il tomba mort. Le poignard lui avait traversé le cœur.

Je courus au comte pour lui demander s'il n'était point blessé, et je le trouvai calme et froid, comme s'il venait de couper le jarret à un chevreuil. Je ne comprenais rien à un pareil courage; j'étais tout tremblant, moi, pour avoir assisté seulement à ce combat.

— Vous voyez comme il faut faire, me dit le comte, ce n'est pas plus difficile que cela. Aidez-moi à le retourner; je lui ai laissé le poignard dans la blessure, afin de vous donner la leçon entière.

L'animal était tout-à-fait mort. Nous le retournâmes avec peine, car il devait bien peser quatre cents, étant un ours noir de la grande espèce. Il avait effectivement le poignard enfoncé jusqu'au manche dans la poitrine. Le comte le retira, et plongea la lame deux ou trois fois dans la neige pour la

* *Medvede*, mot composé de *med*, qui veut dire miel, et *vede*, qui sait; littéralement *qui sait le miel*, l'animal ayant reçu son nom de l'adresse qu'il a reçue de la nature à découvrir son mets favori.

ettoyer. En ce moment nous entendîmes de nouveaux cris, et nous vîmes à travers les branches le chasseur qui était à a gauche de monsieur de Nariskin aux prises à son tour avec un ours. La lutte fut un peu plus longue ; mais enfin l'ours tomba comme le premier.

Cette double victoire, que je venais de voir remporter sous mes yeux, m'avait exalté ; la fièvre qui me brûlait le sang avait écarté toute crainte. Je me sentais la force d'Hercule Néméen, et je demandai à mon tour à faire mes preuves.

L'occasion ne se fit pas attendre. A peine avions-nous fait deux cents pas depuis l'endroit où nous avions laissé les deux cadavres, que je crus apercevoir le haut du corps d'un ours, à moitié sorti de sa tanière, placée entre deux rochers. Un instant je fus incertain, et pour me tirer d'incertitude, je jetai bravement vers l'objet, quel qu'il fût, une de mes plaques d'étain. L'épreuve fut décisive : l'ours releva ses lèvres, me montra deux rangées de dents blanches comme la neige, et fit entendre un grognement. A ce grognement, mes voisins de droite et de gauche s'arrêtèrent, apprêtant leur carabine, afin de me prêter secours si besoin était, car ils virent bien que celui-là était pour moi.

Le mouvement que je leur vis faire de mettre la main à leur fusil me fit penser que j'étais autorisé à me servir du mien ; d'ailleurs, j'avoue que j'avais plus de confiance dans cette arme que dans mon poignard. Je le passai donc à ma ceinture, et, prenant à mon tour ma carabine, j'ajustai l'animal avec tout le sang-froid que je pus appeler à mon aide ; lui, de son côté me fit beau jeu en ne bougeant pas ; enfin, quand je le vis bien au bout de mon canon, j'appuyai le doigt sur la gachette, et le coup partit.

Au même instant un rugissement terrible se fit entendre. L'ours se dressa, battant l'air d'une de ses pattes, tandis que l'autre, brisée à l'épaule, pendait le long de son corps. J'entendis en même temps mes deux voisins me crier : Garde à vous ! En effet, l'ours, comme s'il fût revenu d'un premier mouvement de stupéfaction, vint droit à moi, comme une telle rapidité, malgré son épaule cassée, que j'eus à peine le temps de tirer mon poignard. Je raconterais mal ce qui se passa alors, car tout fut rapide comme la pensée. Je vis l'animal furieux se dresser devant moi, la gueule tout ensanglantée. De mon côté, je lui portai de toute ma force un coup terrible ; mais je rencontrai une côte, et le poignard dévia ; je sentis alors peser comme une montagne sa patte sur mon épaule, je pliai les jarrets et tombai à la renverse sous mon adversaire, le saisissant instinctivement au cou de mes deux mains et réunissant toutes mes forces pour éloigner sa gueule de mon visage. Au même instant deux coups de feu partirent, j'entendis le sifflement des balles, puis un bruit mat. L'ours poussa un cri de douleur et s'affaissa de tout son poids sur moi. Je réunis toutes mes forces, et me jetant de côté, je me trouvai dégagé. Je me relevai aussitôt pour me mettre en défense, mais c'était inutile, l'ours était mort ; il avait reçu à la fois la balle du comte Alexis derrière l'oreille et celle du piqueur au défaut de l'épaule. Quant à moi, j'étais couvert de sang, mais je n'avais pas la moindre blessure.

Tout le monde accourut, car du moment où l'on avait su que j'étais aux prises avec un ours, chacun avait craint que la chose ne tournât mal pour moi. Ce fut donc avec une grande joie que l'on me vit sur mes pieds près de mon ennemi mort.

Ma victoire, toute partagée qu'elle était, ne m'en fit pas moins grand honneur, car je me m'en étais pas encore tiré trop mal pour un débutant. L'ours, comme je l'ai dit, avait l'épaule cassée par ma balle, et mon poignard, tout en glissant sur une côte, lui était remonté jusque dans la gorge : la main ne m'avait donc pas tremblé ni de loin ni de près.

Les deux autres ours, qui avaient été reconnus dans l'enceinte, ayant forcé nos musiciens et nos piqueurs, la chasse e trouva terminée ; on traîna les cadavres jusque dans le chemin et on procéda au dépouillement des morts, puis on leur coupa les quatre pattes qui, considérées comme la partie la plus friande, devaient nous être servies à dîner.

Nous revînmes au château sous nos trophées. Un bain parfumé attendait chacun de nous dans sa chambre, et ce n'était pas chose inutile après être resté, comme nous l'avions

fait, tout une demi-journée enveloppés dans nos fourrures. Au bout d'une demi-heure, la cloche nous avertit qu'il était temps de descendre à la salle à manger.

Le dîner n'était pas moins somptueux que la veille, à part les sterlets, qui étaient remplacés par les pattes d'ours. C'étaient nos piqueurs qui, réclamant leurs droits, les avaient fait cuire, au détriment du maître-d'hôtel, et cela tout bonnement dans un four creusé en terre, au milieu des braises ardentes et sans préparation aucune. Aussi, quand je vis paraître ces espèces de charbons informes et noircis, je me sentis peu de goût pour ce singulier mets ; on ne m'en passa pas moins ma patte comme aux autres, et, résolu de suivre l'exemple jusqu'au bout, j'enlevai avec la pointe de mon couteau, la croûte brûlée qui la couvrait, et j'arrivai à une chair parfaitement cuite dans son jus, et sur le compte de laquelle je revins dès la première bouchée. C'était une des plus savoureuses choses que l'on pût manger.

En remontant dans mon traineau j'y trouvai la peau de mon ours qu'y avait courtoisement fait porter monsieur de Nariskin.

XI.

Nous retrouvâmes Saint-Pétersbourg dans les préparatifs de deux grandes fêtes qui se suivent à quelques jours de distance ; je veux parler du jour de l'an et de la bénédiction des eaux : la première toute mondaine, la seconde toute religieuse.

Le premier jour de l'an, en vertu de la coutume qui fait que les Russes appellent l'empereur *père* et l'impératrice *mère*, l'empereur et l'impératrice reçoivent leurs enfans. Vingt-cinq mille billets sont jetés comme au hasard par les rues de Saint-Pétersbourg, et les vingt-cinq mille invités, sans distinction de rangs, sont admis le même soir au palais d'Hiver.

Quelques rumeurs sinistres avaient couru ; on disait que la réception n'aurait pas lieu cette année, car des bruits d'assassinat s'étaient répandus, malgré le silence ténébreux et profond que garde la police en Russie. C'était encore cette conspiration inconnue, serpent aux mille replis et aux dards mortels, qui levait la tête, menaçait, puis, rentrant aussitôt dans l'ombre, se cachait à tous les regards. Mais bientôt les craintes se dissipèrent, du moins celle des curieux, l'empereur ayant dit positivement au grand-maître de la police qu'il désirait que tout se passât comme d'habitude, quelque facilité qu'offrit pour l'exécution d'un meurtre le domino, dont, selon l'ancien usage, les hommes sont couverts dans cette soirée.

Il y a ceci, au reste, de remarquable en Russie, qu'à part les conspirations de famille, le souverain n'a rien à craindre que des grands, son double rang de pontife et d'empereur, qu'il a hérité des Césars, comme leur successeur oriental, le faisant sacré pour le peuple. D'ailleurs, dans tous les pays il en est ainsi, et c'est le côté sanglant de la civilisation. L'assassin, dans les temps de barbarie, reste dans le haut de la famille ; il passe dans l'aristocratie, et de l'aristocratie il tombe dans le peuple. La Russie a donc encore des siècles à franchir avant d'a·oir ses Jacques Clément, ses Damiens et ses Alibaud ; elle n'en est qu'aux Pahlen et aux Ankastrœm.

Aussi était-ce parmi son aristocratie, dans sa palais même, et jusque dans sa propre garde, qu'Alexandre, disait-on, devait trouver des assassins. On savait cela, on le disait du moins, et cependant, parmi les mains qui se tendaient vers l'empereur, on ne pouvait distinguer les mains amies des mains ennemies ; tel qui s'approchait de lui en rampant comme un chien, pouvait tout-à-coup se redresser et déchirer comme un lion. Il n'y avait qu'à attendre et à se confier en Dieu : c'est ce que fit Alexandre.

Le jour de l'an arriva. Les billets furent distribués comme

de coutume ; j'en avais dix pour un, tant mes écoliers s'étaient empressés à me faire voir cette fête nationale, si intéressante pour un étranger. A sept heures du soir, les portes du palais d'Hiver s'ouvrirent.

Je m'étais attendu surtout, d'après les bruits qui s'étaient répandus, à trouver les avenues du palais garnies de troupes ; aussi mon étonnement fut-il grand de ne pas apercevoir une seule baïonnette de renfort ; les sentinelles seules étaient, comme d'habitude, à leur poste ; quant à l'intérieur du palais, il était sans gardes.

On devine, par l'entrée de notre spectacle gratis, ce que doit être le mouvement d'une foule huit fois plus considérable qui se précipite dans un palais vaste comme les Tuileries ; et cependant il est remarquable, à Saint-Pétersbourg, que le respect que l'on a instinctivement pour l'empereur empêche cette invasion de dégénérer en cohue bruyante. Au lieu de crier à qui mieux mieux, chacun, comme pénétré de son infériorité et reconnaissant de la faveur qu'on lui accorde, dit à son voisin : Pas de bruit, pas de bruit.

Pendant qu'on envahit son palais, l'empereur est dans la salle Saint-Georges, où, assis près de l'impératrice et entouré des grands-ducs et des grandes-duchesses, il reçoit tout le corps diplomatique. Puis, tout-à-coup, quand les salons sont pleins de grands seigneurs et de moujiks, de princesses et de grisettes, la porte de la salle Saint-Georges s'ouvre, la musique se fait entendre, l'empereur offre la main à la France, à l'Autriche ou à l'Espagne, représentées par leurs ambassadrices, et se montre à la porte. Alors chacun se presse, se retire ; le flot se sépare comme la mer Rouge, et Pharaon passe.

C'était ce moment qu'on avait choisi, disait-on, pour l'assassiner, et il faut avouer, au reste, que c'était chose facile à faire.

Les bruits qui s'étaient répandus firent que je regardai l'empereur avec une nouvelle curiosité. Je m'attendais à lui trouver ce visage triste que je lui avais vu à Tzarko-Selo ; aussi mon étonnement fut-il extrême quand je m'aperçus qu'au contraire jamais peut-être il n'avait été plus ouvert et plus riant. C'était, au reste, l'effet que produisait sur l'empereur Alexandre toute réaction morale contre un grand danger, et il avait donné de cette sérénité factice deux exemples frappans, l'un à un bal chez l'ambassadeur de France, monsieur de Caulaincourt, l'autre dans une fête à Zakret, près de Vilna.

Monsieur de Caulaincourt donnait un bal à l'empereur, lorsqu'à minuit, c'est-à-dire lorsque les danseurs étaient au grand complet, on vint lui dire que le feu était à l'hôtel. Le souvenir du bal du prince Schwartzemberg, interrompu par un accident pareil, se présenta aussitôt à l'esprit du duc de Vicence, avec le souvenir de toutes les conséquences fatales qui en avaient été la suite, conséquences qui furent bien plutôt causées par la terreur que le rendit insensé, que par le danger lui-même. Aussi le duc, voulant tout voir lui-même, plaça-t-il à chaque porte un aide-de-camp, avec ordre de ne laisser sortir personne ; et, s'approchant de l'empereur :

— Sire, lui dit-il tout bas, le feu est à l'hôtel ; je vais voir ce que c'est par moi-même ; il est important que personne ne le sache avant qu'on connaisse la nature et l'étendue du danger. Mes aides-de-camp ont ordre de ne laisser sortir personne, que votre majesté et leurs altesses impériales les grands-ducs et les grandes-duchesses. Si votre majesté veut donc se retirer, elle le peut ; seulement, je lui ferai observer qu'on ne croira pas au feu tant qu'on la verra dans les salons.

— C'est bien, dit l'empereur, allez ; je reste.

Monsieur de Caulaincourt courut à l'endroit où l'incendie venait de se déclarer. Comme il l'avait prévu, le danger n'était pas aussi grand qu'au premier abord on aurait pu le craindre, et le feu céda bientôt sous les efforts réunis des serviteurs de la maison. Aussitôt l'ambassadeur remonta dans les salons et trouva l'empereur dansant une polonaise. Monsieur de Caulaincourt et lui se contentèrent d'échanger un regard.

— Eh bien ? demanda l'empereur après la contredanse.

— Sire, le feu est éteint, répondit monsieur de Caulaincourt ; et tout fut dit. Le lendemain seulement, les invités de cette splendide fête apprirent que pendant une heure ils avaient dansé sur un volcan.

A Zakret, ce fut bien autre chose encore ; car l'empereur jouait là non-seulement sa vie, mais encore son empire. Au milieu de la fête, on vint lui annoncer que l'avant-garde française venait de passer le Niémen, et que l'empereur Napoléon, son hôte d'Erfurth, qu'il avait oublié d'inviter, pouvait d'un moment à l'autre entrer dans la salle de bal, suivi de six cent mille danseurs. Alexandre donna ses ordres tout en paraissant causer de choses indifférentes avec ses aides-de-camp, continua de parcourir les salles, de vanter les illuminations, dont la lune, qui venait de se lever, était, disait-il, la plus belle pièce, et ne se retira qu'à minuit, au moment où le souper, servi sur de petites tables, en occupant tous les convives, lui permettait de leur dérober facilement son absence. Nul, pendant toute la soirée, n'avait aperçu sur son front la moindre trace d'inquiétude, de sorte que ce ne fut que par l'arrivée même des Français que l'on apprit leur présence.

Comme on le voit, l'empereur avait retrouvé, si souffrant et si mélancolique qu'il fût à l'époque où nous sommes arrivés, c'est-à-dire au 1er janvier 1825, sinon toute son ancienne sérénité, du moins son ancienne énergie ; il parcourut comme d'habitude toutes les salles, conduisant l'espèce de galop que j'ai déjà dit et suivi de sa cour. Je me laissai à mon tour entraîner par le flot, qui revint à son lancé vers les neuf heures, après avoir fait le tour du palais.

A dix heures, comme l'illumination de l'Ermitage était terminée, les personnes qui avaient des billets pour le spectacle particulier furent invitées à s'y rendre.

Comme j'étais du nombre des privilégiés, je me dégageai à grand'peine de la foule. Douze nègres, richement costumés à l'oriental, se tenaient à la porte par laquelle on se rend au théâtre, pour contenir la foule et vérifier les invitations.

J'avoue qu'en entrant dans le théâtre de l'Ermitage, au bout duquel était dressé, dans une longue galerie qui fait face à la salle, le souper de la cour, je crus entrer dans un palais de fée. Qu'on se figure une vaste salle toute tendue, plafonnée et lambrissée en tubes de cristal de la grosseur des sarbacanes en verre avec lesquelles les enfans envoient des boules de mastic aux moineaux. Tous ces tubes sont figurés, tordus, contournés dans des formes appropriés à l'endroit où ils sont posés, unis entre eux par des fils d'argent imperceptibles, et masquent huit à dix mille lampions, dont ils reflètent et doublent la lumière. Ces lampions de couleur éclairent des paysages, des jardins, des fleurs, des bosquets d'où s'élève une musique aérienne et invisible, des cascades et des lacs qui semblent rouler des milliers de diamans, et qui, vus à travers ce voile de lumière, prennent des tons d'une poésie et d'un fantastique merveilleux.

Le posage seul de cette illumination coûte douze mille roubles et dure deux mois.

A onze heures, la musique annonça par une fanfare l'arrivée de l'empereur. Il entra au milieu de sa famille et suivi par la cour. Aussitôt les grands-ducs, les grandes-duchesses, les ambassadeurs, les ambassadrices, les officiers de la couronne et les dames d'honneur prirent place à la table du milieu ; le reste des invités, qui se composait de six cents convives à peu près appartenant tous à la première noblesse, s'assit aux deux autres tables. L'empereur seul resta debout, circulant entre les tables, et s'adressant tour à tour à quelqu'un de ses convives qui, selon les règles de l'étiquette, lui répondait sans se lever.

Je ne puis dire l'effet que produisit sur les autres assistans ce coup d'œil magique de cet empereur, de ces grands-ducs, de ces grandes-duchesses, de ces seigneurs et de ces femmes, les uns couverts d'or et de broderies, les autres ruisselantes de diamans, vus ainsi au milieu d'un palais de cristal ; mais je sais que, quant à moi, je n'avais jamais éprouvé jusqu'alors, et je n'éprouvai jamais depuis, une pareille sensation de grandeur. J'ai vu plus tard quelques-unes de nos fêtes royales; patriotisme à part, je dois avouer la supériorité de celle-là.

Le banquet fini, la cour quitta l'Ermitage, et reprit le chemin de la salle Saint-Georges. A une heure, la musique donna le signal d'une seconde polonaise qui passa, comme la première, conduite par l'empereur. C'étaient ses adieux à la fête, car aussitôt cette polonaise finie, il se retira.

J'avoue que je reçus la nouvelle de sa retraite avec plaisir; toute la soirée j'avais eu le cœur serré de crainte en songeant qu'une si magnifique fête pouvait, d'un moment à l'autre, être ensanglantée, quoiqu'il me parût impossible, en voyant une si grande confiance témoignée par le souverain à son peuple, ou plutôt par le père à ses enfans, que le poignard ne tombât des mains du meurtrier, quel qu'il fût.

L'empereur retiré, la foule s'écoula peu à peu; il faisait quarante degrés de chaleur dans le palais et vingt degrés de froid au dehors. C'était une différence de soixante degrés. En France, nous aurions su huit jours après combien de personnes étaient mortes victimes de cette brusque et violente transition, et l'on aurait trouvé moyen de rejeter la faute sur le souverain, sur les ministres ou sur la police, ce qui eût fourni aux philanthropes de la presse une polémique merveilleuse. A Saint-Pétersbourg on ne sait rien, et grâce à ce silence, les fêtes joyeuses n'ont pas de tristes lendemains.

Quant à moi, grâce à un domestique qui eut, chose rare, l'intelligence de rester où je lui avais dit de m'attendre, grâce à un triple manteau de fourrures et à un traîneau bien fermé, je regagnai sans encombre le canal Catherine.

La seconde fête, qui était celle de la bénédiction des eaux, empruntait encore cette année une nouvelle solennité au désastre terrible qu'avait amené avec elle l'inondation récente de la Néva. Aussi, depuis quinze jours à peu près, les préparatifs de la cérémonie se faisaient-ils avec une pompe et une activité visiblement mêlées de cette crainte religieuse entièrement inconnue à nous autres peuples sans croyance. Ces préparatifs consistaient dans l'érection sur la Néva d'un grand pavillon de forme circulaire, percé de huit ouvertures, décoré de quatre grands tableaux et couronné d'une croix; on s'y rendait par une jetée établie en face de l'Ermitage, et au milieu du plancher de glace de l'édifice, on devait percer, le matin même de la fête, une grande ouverture pour que le prêtre pût arriver jusqu'à l'eau, ou plutôt pour que l'eau pût remonter jusqu'au prêtre.

Le jour où devait apaiser la colère du fleuve arriva enfin. Malgré le froid, qui était d'une vingtaine de degrés, dès neuf heures du matin, les quais étaient garnis de spectateurs; quant au fleuve, il disparaissait entièrement sous la multitude des curieux. J'avoue que je n'osai prendre place parmi eux, tremblant que, quelle que fût sa force et son épaisseur, la glace ne se brisât sous un pareil poids. Je me glissai donc comme le pus, et après trois quarts d'heure de travail, pendant lesquels on me prévint deux fois que mon nez gelait, j'arrivai jusqu'au parapet de granit qui garnit le quai. Un vaste espace circulaire était réservé autour du pavillon.

A onze heures et demie, l'impératrice et les grandes-duchesses, en prenant place sur un des balcons vitrés du palais, annoncèrent à la foule que le Te Deum était fini. En effet, on vit déboucher du Champ-de-Mars toute la garde impériale, c'est-à-dire quarante mille hommes à peu près, qui vinrent au son de la musique militaire se ranger en bataille sur le fleuve, s'étendant sur une triple ligne depuis l'ambassade française jusqu'à la forteresse. Au même instant la porte du palais s'ouvrit, les bannières, les saintes images et les chantres de la chapelle parurent, précédant le clergé conduit par le pontife; puis vinrent les pages et les drapeaux des divers régimens de la garde portés par les sous-officiers; puis enfin l'empereur ayant à sa droite le grand-duc Nicolas, et à sa gauche le grand-duc Michel, et suivi des grands officiers de la couronne, des aides-de-camp et des généraux.

Dès que l'empereur fut arrivé à la porte du pavillon, presque entièrement rempli par le clergé et les porte-drapeaux, le métropolitain donna le signal, et à l'instant même les chants sacrés, entonnés par plus de cent voix d'hommes et d'enfans sans aucun accompagnement instrumental, reten-

tirent avec une telle harmonie, que je ne me rappelle pas avoir jamais entendu d'aussi merveilleux accens. Pendant tout le temps que dura la prière, c'est-à-dire pendant vingt minutes à peu près, l'empereur, sans fourrures, avec l'uniforme seulement, demeura debout, immobile et la tête nue, bravant un climat plus puissant que tous les empereurs du monde, et courant un danger plus réel que s'il se fût trouvé en face de cent bouches à feu sur le devant d'une ligne de bataille. Cette imprudence religieuse était d'autant plus effrayante pour les spectateurs enveloppés de leurs manteaux et la tête couverte de leurs bonnets fourrés, que, quoique jeune encore, l'empereur était presque chauve.

Aussitôt ce second Te Deum achevé, le métropolitain prit une croix d'argent des mains d'un enfant de chœur, et au milieu de toute la foule agenouillée, bénit à haute voix le fleuve, en plongeant la croix par l'ouverture faite à la glace et qui permettait à l'eau de monter jusqu'à lui. Il prit un vase qu'il remplit de cette eau bénite et qu'il présenta à l'empereur. Après cette cérémonie vint le tour des drapeaux.

Au moment où les étendards s'inclinaient à leur tour pour recevoir la bénédiction, une fusée partit du pavillon et jeta dans les airs sa blanche fumée. Au même instant une détonation terrible se fit entendre; c'était toute l'artillerie de la forteresse, qui, avec sa voix de bronze, chantait à son tour le Te Deum.

Les salves se renouvelèrent trois fois pendant la bénédiction. A la troisième, l'empereur se couvrit et reprit le chemin du palais. Dans ce trajet, il passa à quelques pas seulement de moi. Cette fois, il était triste comme jamais je ne l'avais vu; il savait qu'au milieu d'une fête religieuse il ne courait aucun danger, et il était redevenu lui-même.

A peine se fut-il éloigné, que le peuple, à son tour, se précipita dans le pavillon; les uns trempant leurs mains dans l'ouverture et faisant le signe de la croix avec l'eau nouvellement bénite, les autres en emportant de pleins vases, et quelques-uns même y plongeant leurs enfans tout entiers, convaincus que ce jour-là le contact du fleuve n'a rien de dangereux.

Le même jour, la même cérémonie se pratique à Constantinople; seulement là où l'hiver n'a point de souffle et la mer point de glaces, le patriarche monte sur une barque, jette dans l'eau bleue du Bosphore la croix sainte, qu'un plongeur rattrape avant qu'elle soit perdue dans ses profondeurs.

Presque immédiatement après les cérémonies saintes viennent les joies profanes, dont la croûte hivernale du fleuve doit encore être le théâtre; seulement celles-là sont subordonnées entièrement au caprice de la température. Souvent, lorsque toutes les baraques sont dressées, toutes les dispositions faites, que l'emplacement des courses n'attend plus que ses chevaux, et que les montagnes russes n'attendent plus que leurs glisseurs, la girouette dérouillée tourne tout-à-coup à l'ouest; des bouffées de vent humide arrivent du golfe de Finlande, la glace suinte et la police intervient; aussitôt, au désespoir de la population de Saint-Pétersbourg, les baraques sont démolies et transportées sur le Champ-de-Mars. Mais quoique ce soit absolument la même chose, que la foule y retrouve les mêmes amusemens, n'importe, le carnaval est manqué. Le Russe est pour sa Néva comme le Napolitain pour son Vésuve : s'il cesse de fumer, en craint qu'il ne soit éteint, et le lazzarone aime mieux le voir mortel que mort.

Heureusement il n'en fut point ainsi pendant le glorieux hiver de 1825, et pas un instant il n'y eut, grâce à Dieu, crainte de dégel; aussi, tandis que quelques bals aristocratiques préludaient aux joies populaires, des baraques nombreuses commencèrent-elles à se dresser en face de l'ambassade de France, s'étendant presque d'un quai à l'autre, c'est-à-dire sur une largeur de plus de deux mille pas. Les montagnes russes ne demeurèrent point en retard, et, à mon grand étonnement, me parurent beaucoup moins élégantes que leurs imitations parisiennes : c'est tout bonnement une descente cintrée de cent pieds de hauteur et de quatre cent pieds de long, formée par des planches, sur lesquelles on jette alternativement de l'eau et de la neige jusqu'à ce qu'il s'y form une croute de glace de six pouces à peu près. Quant au traîneau, c'est tout bonnement une planche formant retour à l'une de ses extrémités, et ressemblant tout-à-fait, pour la forme, aux crochets à l'aide desquels nos commissionnaires portent leurs fardeaux. Les conducteurs vont dans la foule, tenant leur planche sous le bras et recrutant des amateurs. Lorsqu'ils ont trouvé une pratique, ils montent avec elle par l'escalier qui conduit au sommet, et qui est pratiqué sur le versant opposé à la descente ; le glisseur ou la glisseuse s'assied sur le devant, les pieds appuyés au rebord ; le conducteur s'accroupit derrière, et dirige son traîneau avec une adresse d'autant plus nécessaire, que les deux côtés de la montagne étant sans garde-fous, on serait précipité si la planche déviait dans sa course. Chaque course coute un kopeck, c'est-à-dire un peu moins de deux liards de notre monnaie.

Les autres divertissemens ressemblent fort à ceux de nos fêtes dans les Champs-Elysées les jours de réjouissance publique ; ce sont des alcides de tous les pays, des cabinets de cire, des géantes et des naines, le tout annoncé par des musiques féroces et des bobêches cosmopolites. Autant que j'en pus juger par les gestes, les parades à l'aide desquelles ils appellaient les chalands, avaient avec les nôtres de grandes ressemblances, quoique toutes se distinguassent par des détails particuliers au pays. Une des plaisanteries qui me parurent avoir le plus de succès est celle que l'on fait à un bon père de famille, impatient de revoir son dernier né qui doit arriver le jour même du village où il a été envoyé. Bientôt la nourrice paraît tenant le marmot si complètement emmaillotté qu'on n'aperçoit que le bout d'un petit museau noir. Le père, ravi de revoir sa progéniture, qui pousse force grognemens, trouve que c'est tout son portrait pour le physique, et sa mère pour l'amabilité. A ce mot, la mère monte et entend le compliment ; le compliment amène une discussion, la discussion une rixe ; le marmot, tiraillé des deux côtés, se démaillotte ; un ourson apparaît aux grands applaudissemens de la multitude, et le père commence à s'apercevoir qu'on lui a changé son enfant en nourrice.

Pendant la dernière semaine du carnaval, des mascarades nocturnes parcourent les rues de Saint-Pétersbourg, allant de maisons en maisons intriguer, comme cela se fait dans nos villes de province. L'un des déguisemens les plus généralement adoptés est celui de Parisien. Il consiste en un habit pincé à longs pas, en un col de chemise outrageusement empesé, et qui dépasse la cravate de trois ou quatre pouces ; en une perruque bouclée, en un énorme jabot et en un petit chapeau de paille ; la caricature se complète par force breloques et chaines pendantes autour du cou et jouant à la ceinture. Malheureusement, dès que les masques sont reconnus, la liberté cesse, l'étiquette reprend ses droits et le polichinelle redevient excellence, ce qui ne laisse pas d'ôter quelque piquant à l'intrigue.

Quant au peuple, comme pour se dédommager d'avance des austérités du grand carême, il s'empresse d'avaler tout ce qu'il peut en viande et en liqueurs ; mais dès que la mi-nuit du dimanche au lundi gras sonne, on passe de l'orgie au jeûne, et cela avec une telle conscience, que les restes du repas interrompu au premier coup de l'horloge sont déjà jetés aux chiens quand sonne le dernier. Alors tout change, les gestes lascifs deviennent des signes de croix, et les bacchanales se transforment en prières. On allume des cierges devant l'image du grand patron de la maison, et les églises désertes jusque-là et qu'on semblait avoir totalement oubliées, deviennent du jour au lendemain trop petites.

Cependant ces fêtes, si brillantes qu'elles soient encore aujourd'hui, sont fort dégénérées en comparaison de ce qu'elles étaient autrefois. En 1740, par exemple, l'impératrice Anne Ivanowna résolut de surpasser tout ce qu'on avait fait jusqu'alors en ce genre, et voulut donner une de ces fêtes comme une impératrice de Russie peut seule en donner. Elle fixa à cet effet les noces de son bouffon aux derniers jours du carnaval et envoya l'ordre à chaque gouverneur de lui envoyer, pour paraître à cette cérémonie, un couple de chaque espèce d'habitant de son district, dans leur costume national

et avec l'équipage qui leur était propre. Les ordres de l'impératrice furent ponctuellement exécutés, et audit jour, la puissante souveraine vit arriver une députation de cent peuples différens, dont quelques-uns lui étaient à peine connus de nom. C'étaient les Kamtchadales et les Lapons, dans des traîneaux tirés, les uns par des chiens, et les autres par des rennes. C'étaient le Kalmouk sur ses vaches, le Buchar sur ses chameaux, l'Indien sur ses éléphans et l'Ostiak sur ses patins. Alors, et pour la première fois, se trouvèrent face à face, arrivant des extrémités de l'empire, le roux Finnois et le Circassien aux cheveux noirs, le géant Ukrainien et le pygmée Samoyède ; enfin, l'ignoble Baschkir, que son voisin le Kirghis appelle Istaki, c'est-à-dire sale, et le bel habitant de la Géorgie et de l'Iaroslave, dont les filles font l'honneur des harems de Constantinople et de Tunis.

A mesure qu'il arrivait, chaque député de chaque peuple était rangé, selon le pays qu'il habitait, sous l'une des quatre bannières qui l'attendaient ; la première représentait le printemps, la seconde l'été, la troisième l'automne, la quatrième l'hiver ; puis, lorsque tous furent au rendez-vous, un matin, l'étrange cortège commença de défiler dans les rues de Saint-Pétersbourg, où, pendant huit jours, cette procession chaque jour renouvelée n'était point encore parvenue à satisfaire la curiosité publique.

Enfin parut le jour de la cérémonie nuptiale. Les nouveaux mariés, après avoir entendu la messe à la chapelle du château, se rendirent, accompagnés de leur escorte burlesque, au palais que leur avait fait préparer l'impératrice, et qui était digne, par sa bizarrerie, du reste de la fête. C'était un palais tout entier taillé dans la glace, long de cinquante-deux pieds et large de vingt, avec ses ornemens extérieurs et intérieurs, avec ses tables, ses chaises, ses chandeliers, ses assiettes, ses statues et son lit nuptial transparens, ses galeries au-dessus du toit, son fronton au-dessus de la porte, le tout peint de façon à imiter parfaitement le marbre vert, et défendu par six canons de glace, dont l'un, chargé d'une livre et demie de poudre et d'un boulet, les salua à leur arrivée, et envoya son projectile percer, à soixante-dix pas, une planche de deux pouces d'épaisseur. Mais la pièce la plus curieuse de ce palais hivernal était un éléphant colossal, monté par un Persan armé de toutes pièces et conduit par deux esclaves ; plus heureux que son confrère de la Bastille, celui-ci, tantôt fontaine et tantôt fanal, faisait jaillir de sa trompe, le jour de l'eau, la nuit du feu ; puis, de temps en temps, et comme c'est la coutume de ces animaux, il poussait, grâce à huit ou dix hommes qui s'introduisaient dans son corps vide par les pieds creusés, des cris terribles qui étaient entendus d'un bout à l'autre de Saint-Pétersbourg.

Malheureusement, de pareilles fêtes, même en Russie, sont éphémères. Le carême renvoya les cent peuples chez eux, et le dégel fit fondre le palais. Depuis lors, on n'a rien vu de pareil, et à chaque année nouvelle le carnaval semble aller en s'attristant.

Celui de 1825 fut moins gai encore que de coutume, et sembla n'être que le spectre de ses joyeux devanciers : c'est que la mélancolie toujours croissante de l'empereur Alexandre s'était répandue à la fois sur la cour, qui craignait de lui déplaire, et sur le peuple qui, sans les connaître, partageait ses chagrins.

Comme quelques-uns ont dit que ces chagrins étaient des remords, racontons fidèlement ce qui les avait causés.

XII.

A la mort de Catherine II, sa mère, Paul Ier monta sur le trône, dont il eût sans doute été exilé à tout jamais, si son fils Alexandre avait voulu se prêter aux desseins que l'on avait sur lui. Longtemps exilé de la cour, toujours séparé de ses enfans, de l'éducation desquels leur aïeule s'était chargée, le nouvel empereur apportait dans l'administration des

affaires suprêmes, si longtemps régies par le génie de Catherine et le dévoûment de Potemkin, un caractère méfiant,
farouche et bizarre qui fit de la courte période pendant laquelle il demeura sur le trône un spectacle presque incom-
préhensible pour les peuples ses voisins et les rois ses
frères.

Le cri lamentable qu'avait poussé Catherine II, après
trente-sept heures d'agonie, avait proclamé dans le palais
Paul Ier autocrate de toutes les Russies. A ce cri, l'impératrice Marie était tombée aux genoux de son mari avec ses
enfans, et l'avait la première salué czar. Paul les avait rele-
vés en les assurant de ses bontés impériales et paternelles.
Aussitôt la cour, les chefs des départemens et de l'armée, les
grands seigneurs et les courtisans, étaient passés tour à tour
devant lui, se prosternant par numéro d'ordre, chacun selon
son rang et son ancienneté, et derrière eux, un détachement
des gardes, conduits sous le palais, avaient, avec les officiers
et les gardes arrivant de Gatchina, ancienne résidence de
Paul, juré fidélité au souverain, que la veille ils gardaient
encore, plutôt pour répondre de lui que pour lui faire honneur, et plutôt comme prisonnier que comme héritier de la
couronne. A l'instant même les cris de commandement, le
bruit des armes, le froissement des grosses bottes et le frémissement des éperons avaient retenti dans ces appartemens
où la grande Catherine venait de s'endormir pour toujours.
Le lendemain, Paul Ier avait été proclamé empereur et son
fils Alexandre czarewich, ou héritier présomptif du trône.

Paul arrivait au trône après trente cinq ans de privations,
d'exil et de mépris, et, à l'âge de quarante trois ans, il se
trouvait maître du royaume où la veille il n'avait qu'une
prison. Pendant ces trente-cinq ans, il avait beaucoup souf-
fert, et par conséquent beaucoup appris ; aussi apparut-il sur
le trône les poches remplies de règlemens rédigés pendant
l'exil, règlemens qu'il s'empressa avec une hâte étrange de
mettre les uns après les autres, et quelquefois tous ensemble, à exécution.

D'abord, procédant d'une façon tout opposée à celle de
Catherine, pour laquelle sa rancune, lentement aigrie et trans-
formée en haine, perçait dans chaque action, il se ressouvint
de ses enfans, une des plus belles et des plus riches familles
souveraines du monde, et créa le grand-duc Alexandre gouverneur militaire de Saint-Pétersbourg. Quant à l'impératrice Marie, qui avait jusqu'alors eu grandement à se plaindre de son éloignement, elle le vit avec un étonnement mêlé
de crainte revenir à elle bon et affectueux. Ses revenus furent
doublés, et cependant elle doutait encore ; mais bientôt ses
caresses accompagnèrent ses bienfaits, et alors elle crut ; car
c'était une sainte âme de mère et un tendre cœur de femme.

Par une manie d'opposition qui lui était familière et qui se
révélait toujours au moment où elle était le plus inattendue,
le premier ukase que rendit Paul fut pour arrêter une levée
de recrues récemment ordonnée par Catherine, et qui enlevait par tout le royaume un serf sur cent. Cette mesure était
plus qu'humaine, elle était politique ; car elle acquérait à la
fois au nouvel empereur la reconnaissance de la noblesse, sur
laquelle pèse cette dîme militaire, et l'amour des paysans, qui
la fournissent en nature.

Zoubow, le dernier favori de Catherine, croyait avoir tout
perdu en perdant sa souveraine, et craignait non-seulement
pour sa liberté, mais encore pour sa vie. Paul Ier le fit venir,
le confirma dans ses emplois, et lui dit en lui rendant la
canne de commandant que porte l'aide-de-camp général, et
qu'il avait renvoyée : « Continuez à remplir vos fonctions
près de tout le royaume un serf de ma mère ; j'espère que vous me servirez
aussi fidèlement que vous l'avez servie. »

Kosciusko avait été fait prisonnier ; il était consigné dans
l'hôtel du feu comte d'Anhalt, et avait, pour sa garde habituelle, un major qui ne le quittait jamais et mangeait avec
lui. Paul alla le délivrer lui-même et lui annoncer qu'il était
libre. Comme, dans le premier moment, tout à l'étonnement
et à la surprise, le général polonais avait laissé l'empereur
se retirer sans lui faire tous les remercîmens qu'il croyait
lui devoir, il se fit à son tour porter au palais, la tête enve-

loppée de bandages, car il était encore affaibli et souffrant de
ses blessures. Introduit devant l'empereur et l'impératrice,
Paul lui offrit une terre et des paysans dans son royaume ;
mais Kosciusko refusa, et demanda en échange une somme
d'argent, pour aller vivre et mourir où il voudrait. Paul lui
donna 100,000 roubles, et Kosciusko alla mourir en Suisse.

Au milieu de toutes ces ordonnances, qui, trompant les
craintes de tout le monde, présageaient un noble règne, le
moment de rendre les honneurs funèbres à l'impératrice arriva. Alors Paul Ier résolut d'accomplir un double devoir fi-
lial. Depuis trente-cinq ans le nom de Pierre III n'avait été
prononcé qu'à voix basse à Saint-Pétersbourg ; Paul Ier se
rendit dans le couvent de Saint-Alexandre-Nieuski, où le
malheureux empereur avait été enterré ; il se fit montrer par
un vieux moine la tombe ignorée de son père, fit ouvrir le
cercueil, s'agenouilla devant les restes augustes qu'il renfer-
mait, et, tirant la gant qui couvrait la main du squelette, il la
baisa plusieurs fois. Puis, lorsqu'il eut longtemps et pieuse-
ment prié près du cercueil, il le fit élever au milieu de l'é-
glise, et ordonna qu'on célébrât près des restes de Pierre les
mêmes services qu'auprès du corps de Catherine, exposé sur
son lit de parade dans une des salles du palais. Enfin, ayant
découvert dans la retraite où il vivait disgracié depuis un
tiers de siècle, le baron Ungern-Hernberg, ancien serviteur
de son père, il le fit appeler dans une salle du palais où était
le portrait de Pierre III, et lorsque le vieillard fut venu : « Je
vous ai fait appeler, lui dit-il, pour que, à défaut de mon
père lui-même, ce portrait soit témoin de ma reconnaissance
envers ses fidèles amis. » Et l'ayant conduit près de cette
image, comme si ses yeux pouvaient voir ce qui allait se
passer, il embrassa le vieux guerrier, le fit général en chef,
lui passa le cordon de Saint-Alexandre-Nieuski au cou, et le
chargea de faire le service auprès du corps de son père avec
le même uniforme qu'il avait porté comme aide-de-camp de
Pierre III.

Le jour de la cérémonie funèbre arriva ; Pierre III n'avait
jamais été couronné, et c'était sous ce prétexte qu'il avait été
enterré comme un simple seigneur russe dans l'église de
Saint-Alexandre-Nieuski. Paul Ier fit couronner son cercueil,
et le fit transporter au palais pour être exposé près du corps
de Catherine ; de là, les restes des deux souverains furent
transportés à la citadelle, déposés sur la même estrade, et
pendant huit jours, les courtisans, par bassesse, et le peuple, par amour, vinrent baiser la main livide de l'impératrice
et le cercueil de l'empereur.

Au pied de cette double tombe, où il vint comme les autres, Paul Ier sembla avoir oublié sa piété et sa sagesse. Isolé
dans son palais de Gatchina avec deux ou trois compagnies
de gardes, il y avait pris l'habitude des petits détails militaires, et passait quelquefois des heures entières à brosser
ses boutons d'uniforme avec le même soin et la même assi-
duité que Potemkin mettait à vergeter ses diamans. Aussi,
dès le matin de son avénement, tout avait pris une face nouvelle au palais, et le nouvel empereur avait commencé, avant
de s'occuper des soins de l'état, à mettre à exécution tous les
petits changements qu'il comptait introduire dans l'exercice
et dans l'habillement du soldat. En conséquence, vers les
trois heures de l'après-midi du même jour, il était descendu
dans la cour pour faire manœuvrer ses soldats à sa manière,
leur montrer à faire l'exercice à son goût. Cette revue, qui
se renouvela tous les jours, reçut de lui le nom de wachtparade, et devint non-seulement l'institution la plus importante de son gouvernement, mais encore le point central de
toutes les administrations du royaume. C'était à cette parade
qu'il publiait les rapports, donnait ses ordres, rendait ses
ukases, et se faisait présenter ses officiers ; c'était là qu'entre les deux grands-ducs Alexandre et Constantin, tous les
jours pendant trois jours, quelque froid qu'il fît, sans fourrures, la tête nue et chauve, le nez au vent, un main derrière
le dos et de l'autre levant et baissant alternativement sa canne en criant : Raz, dwa ! raz, dwa ! (une, deux ! une, deux !)
on le voyait trépignant, pour se réchauffer, et mettant son
amour-propre à braver vingt degrés de froid.

Bientôt les plus petits détails militaires devinrent des affaires d'état; il changea d'abord la couleur de la cocarde russe, qui était blanche, pour lui substituer la cocarde noire avec un liseré jaune; et ceci était bien, car, avait dit l'empereur, le blanc se voit de loin et peut servir de point de mire, tandis que le noir se perd dans la couleur du chapeau, et que, grâce à cette identité de ton, l'ennemi ne sait plus où viser le soldat. Mais la réforme ne s'arrêta point là; elle atteignit tour à tour la couleur du plumet, la hauteur des bottes et les boutons de guêtres, si bien que la plus grande preuve de zèle qu'on pouvait lui donner était de paraître le lendemain à la wachtparade avec les changements qu'il avait introduits la veille, et plus d'une fois cette promptitude à se soumettre à ses futiles ordonnances fut honorée d'une croix ou récompensée d'un grade.

Quelque prédilection que Paul Ier eût pour ses soldats, qu'il habillait et déshabillait sans cesse comme un enfant fait de sa poupée, sa manière réformatrice s'étendait de temps en temps au bourgeois. La révolution française, en mettant les chapeaux ronds à la mode, lui avait donné l'horreur de ce genre de coiffure; aussi, un beau matin, une ordonnance parut qui défendait de se montrer en chapeau rond dans les rues de Saint-Pétersbourg. Soit ignorance, soit opposition, la loi ne reçut pas une aussi rapide application que le désirait l'empereur. Alors il plaça à chaque coin de rue des Cosaques et des soldats de police, avec ordre de décoiffer les récalcitrans; lui-même parcourut les rues en traîneau pour voir où l'on en était à Saint-Pétersbourg du changement ordonné. Il allait rentrer au palais après une tournée assez satisfaisante, lorsqu'il aperçut un Anglais qui, pensant qu'un ukase sur les chapeaux était un attentat à la liberté individuelle, avait conservé le sien. Aussitôt l'empereur s'arrête et ordonne à l'un de ses officiers d'aller décoiffer l'impertinent insulaire qui se permet de venir le braver jusque sur la place de l'Amirauté; le cavalier part au galop, et arrive au coupable, le trouve respectueusement coiffé d'un chapeau à trois cornes. Le messager, désappointé, tourne aussitôt le dos et revient faire son rapport. L'empereur, qui voit que ses yeux l'ont trompé, tire sa lorgnette et la braque sur l'Anglais, qui continue de suivre son chemin avec la même gravité. L'officier s'est trompé, l'Anglais a un chapeau rond; l'officier est mis aux arrêts, et un aide-de-camp est envoyé à sa place; jaloux de plaire à l'empereur, l'aide-de-camp lance son cheval ventre à terre, et en quelques secondes il a rejoint l'Anglais. L'empereur s'est trompé, l'Anglais a un chapeau à trois cornes. L'aide-de-camp, tout penaud, revient vers le prince, et lui fait la même réponse que l'officier. L'empereur reprend sa lorgnette, et l'aide-de-camp est envoyé aux arrêts avec l'officier: l'Anglais a un chapeau rond. Alors un général offre de remplir la mission qui a été si fatale à ses devanciers, et pique de nouveau vers l'Anglais sans le quitter un instant des yeux. Alors il voit, à mesure qu'il approche, le chapeau changer de forme, et passer de la forme ronde à la forme triangulaire; craignant une disgrâce pareille à celle de l'officier et de l'aide-de-camp, il amène l'Anglais devant l'empereur, et tout s'explique. Le digne insulaire, pour concilier son orgueil national avec le caprice du souverain étranger, avait fait confectionner un feutre qui, au moyen d'un petit ressort caché dans l'intérieur, passait subitement de la forme prohibée à la forme légale. L'empereur trouva l'idée heureuse, fit grâce à l'aide-de-camp et à l'officier, et permit à l'Anglais de se coiffer à l'avenir comme bon lui semblerait.

L'ordonnance sur les voitures suivit celle sur les chapeaux. Un matin, on publia dans Saint-Pétersbourg la défense d'atteler les chevaux à la manière russe, c'est-à-dire le postillon montant le cheval de droite et ayant le cheval de main à gauche. Quinze jours étaient accordés aux propriétaires de calèches, de landaws et de droschki, pour se procurer des harnais à l'allemande, après lequel temps il était enjoint à la police de couper les traits des équipages qui se permettraient une forme de l'opposition. Au reste, la réforme ne s'arrêtait pas aux voitures, et montait jusqu'aux cochers: les ivoschiks reçurent l'ordre de s'habiller à l'allemande, de sorte qu'il leur fallut,

à leur grand désespoir, couper leur barbe, et coudre au collet de leur habit une queue qui restait toujours à la même place, tandis qu'ils tournaient la tête à droite et à gauche. Un officier, qui n'avait pas encore eu le temps de se conformer à la nouvelle ordonnance, avait pris le parti de se rendre à la wachtparade à pied, plutôt que d'irriter l'empereur par la vue d'une voiture proscrite. Enveloppé dans une grande pelisse, il avait donné son épée à porter à un soldat, quand il fut rencontré par Paul, qui s'aperçut de cette infraction à la discipline: l'officier fut fait soldat, et le soldat officier. Dans tous ces règlements, l'étiquette n'était point oubliée. Une ancienne loi voulait que, lorsqu'on rencontrait dans les rues l'empereur, l'impératrice ou le czarewich, on fît arrêter sa voiture ou son cheval, et à chaque heure des milliers de voitures, avait été aboli sous le règne de Catherine. Aussitôt son avènement, Paul le rétablit dans toute sa rigueur. Un officier-général, dont les gens n'avaient point reconnu l'équipage de l'empereur, fut désarmé et envoyé aux arrêts; le terme de sa réclusion arrivé, on voulut lui rendre son épée, mais il refusa de la reprendre, disant que c'était une épée d'honneur donnée par Catherine, avec le privilége de ne pouvoir lui être ôtée. Paul examina l'épée, et en effet il vit qu'elle était d'or et enrichie de diamans; alors il fit venir le général et lui remit lui-même l'épée, en lui disant qu'il n'avait aucun ressentiment contre lui, mais en lui ordonnant néanmoins de partir pour l'armée dans les vingt-quatre heures.

Malheureusement, les choses ne tournaient pas toujours d'une façon aussi satisfaisante. Un jour, un des plus braves brigadiers de l'empereur, monsieur de Likarow, étant tombé malade à la campagne, sa femme, ne voulait s'en fier qu'à elle-même d'une si importante commission, vint à Saint-Pétersbourg pour y chercher un médecin; le malheur voulut qu'elle rencontrât la voiture de l'empereur. Comme elle et ses gens étaient absens depuis trois mois de la capitale, personne d'entre eux n'avait entendu parler de la nouvelle ordonnance, si bien que sa voiture passa sans s'arrêter à quelque distance de Paul, qui se promenait à cheval. Une pareille infraction à ses ordres blessa vivement l'empereur, qui dépêcha aussitôt un aide-de-camp après l'équipage rebelle, avec ordre de faire les quatre domestiques soldats et de conduire leur maîtresse en prison. L'ordre fut exécuté: la femme devint folle et le mari mourut.

L'étiquette n'était pas moins sévère dans l'intérieur du palais que dans les rues de la capitale: tout courtisan admis au baise main devait faire retentir le baiser avec sa bouche et le plancher avec son genou; le prince Georges Galitzin fut envoyé aux arrêts pour n'avoir pas fait une révérence assez profonde, et avoir baisé la main trop négligemment.

Ces actes extravagans que nous prenons au hasard dans la vie de Paul Ier avaient, au bout de quatre ans, rendu un plus long règne à peu près impossible, car chaque jour le peu de raison qui restait à l'empereur disparaissait pour faire place à quelque nouvelle folie, et les folies d'un souverain tout-puissant, dont le moindre signe devient un ordre exécuté à l'instant même sont choses dangereuses. Aussi Paul sentait-il instinctivement qu'un danger inconnu, mais réel, l'enveloppait, et ces craintes donnaient encore une plus capricieuse mobilité à son esprit. Il était presque entièrement retiré dans le palais Saint-Michel, qu'il avait fait bâtir sur l'ancien emplacement du palais d'été. Ce palais, peint en rouge pour faire honneur au goût d'une de ses maîtresses qui était venue un soir à la cour avec des gants de cette couleur, était un édifice massif d'un assez mauvais style, tout hérissé de bastions, et au milieu duquel seulement l'empereur se croyait en sûreté.

Cependant au milieu des exécutions, des exils et des disgrâces, deux favoris étaient restés comme enracinés à leur place. L'un était Koutaisoff, ancien esclave turc, qui, du rang de barbier qu'il occupait auprès de Paul, était devenu subitement, et sans qu'aucun mérite motivât cette faveur, un des principaux personnages de l'empire; l'autre était le comte

Pahlen, gentilhomme courlandais, major-général sous Catherine II, et que l'amitié de Zoubow, dernier favori de l'impératrice, avait élevé à la place de gouverneur civil de Riga. Or, il arriva que l'empereur Paul, quelque temps avant son avénement au trône, passa dans cette ville ; c'était l'époque où il était presque proscrit, et où les courtisans esaient à peine lui parler. Pahlen lui rendit les honneurs dus au czarewich. Paul n'était point habitué à une pareille déférence ; il en garda la mémoire dans son cœur, et une fois monté sur le trône, se souvenant de la réception qu'il avait faite Pahlen, il le fit venir à Saint-Pétersbourg, le décora des premiers ordres de l'empire, le nomma chef des gardes et gouverneur de la ville à la place du grand-duc Alexandre, son fils, dont le respect et l'amour n'avaient pu désarmer sa méfiance.

Mais Pahlen, grâce à la position élevée qu'il occupait près de Paul, et que contre toutes probabilités il avait déjà conservée près de quatre ans, était plus à même que personne d'apprécier l'instabilité des fortunes humaines. Il avait vu tant d'hommes monter et tant d'hommes descendre ; il en avait vu tant d'autres tomber et se briser, qu'il ne comprenait pas lui-même comment le jour de sa chute n'était pas encore arrivé, et qu'il résolut de la prévenir par celle de l'empereur. Zoubow, son ancien protecteur, le même que l'empereur avait d'abord nommé aide-de-camp général du palais, et à qui il avait confié la garde du cadavre de sa mère, Zoubow, l'ancien protecteur de Pahlen, tout-à-coup tombé dans la disgrâce, avait vu un matin le scellé mis sur la chancellerie, ses deux principaux secrétaires, Altesti et Gribowski, chassés scandaleusement, et tous les officiers de son état-major et de sa suite obligés de rejoindre à l'instant leurs corps ou de donner leurs démissions. En échange de tout cela, l'empereur, par une contradiction étrange, lui avait fait cadeau d'un palais ; mais sa disgrâce n'en était pas moins réelle, car le lendemain tous ses commandemens lui avaient été retirés ; le surlendemain on lui avait demandé la démission des vingt-cinq ou trente emplois qu'il occupait, et une semaine ne s'était pas écoulée, qu'il avait obtenu la permission ou plutôt reçu l'ordre de quitter la Russie. Zoubow s'était retiré en Allemagne, où, riche, jeune, beau, couvert de décorations et plein d'esprit, il faisait honneur au bon goût de Catherine, en prouvant qu'elle avait su être grande jusques dans ses faiblesses.

Ce fut là qu'un avis de Pahlen alla le chercher. Sans doute déjà Zoubow s'était plaint à son ancien protégé de son exil, qui, tout explicable qu'il était, n'en était pas moins resté inexpliqué, et Pahlen ne faisait que répondre à une de ses lettres. Cette réponse contenait un conseil : c'était de feindre l'intention d'épouser la fille du favori de Paul, Koutaisoff ; nul doute que l'empereur, flatté par cette demande, ne permit à l'exilé de reparaître à Saint-Pétersbourg ; alors et quand on en serait là, on verrait.

Le plan proposé fut suivi. Un matin, Koutaisoff reçut une lettre de Zoubow, qui lui demandait sa fille en mariage. Aussitôt, le barbier parvenu, flatté dans son orgueil, court au palais Saint-Michel, se jette aux pieds de l'empereur, et le supplie, la lettre de Zoubow à la main, de combler sa fortune et celle de sa fille, en approuvant ce mariage, et en permettant à l'exilé de revenir. Paul jette un coup d'œil rapide sur la lettre que Koutaisoff lui présente ; puis, la lui rendant après l'avoir lue : — C'est la première idée raisonnable qui passe par la tête de ce fou, dit l'empereur ; qu'il revienne. — Quinze jours après, Zoubow était de retour à Saint-Pétersbourg, et, avec l'agrément de Paul, faisait la cour à la fille du favori.

Ce fut cachée sous ce voile que la conspiration se forma et grandit, se recrutant chaque jour de nouveaux mécontens. D'abord les conjurés ne parlèrent que d'une simple abdication, d'une substitution de personne, et voilà tout. Paul serait envoyé sous bonne garde dans quelque province éloignée de l'empire, et le grand-duc Alexandre, dont on disposait ainsi sans son consentement, monterait sur le trône. Quelques-uns savaient seulement qu'on tirerait le poignard au lieu de l'épée, et qu'une fois tiré, il ne rentrerait plus que sanglant au fourreau. Ceux-là connaissaient Alexandre ; sa-

chant qu'il n'accepterait pas la régence, ils étaient décidés à lui faire une succession.

Cependant Pahlen, quoique le chef de la conspiration, avait scrupuleusement évité de donner une seule preuve contre lui ; de sorte que, selon l'événement, il pouvait seconder ses compagnons ou secourir Paul. Cette réserve de sa part jetait une certaine froideur sur les délibérations, et les choses eussent peut-être traîné ainsi en longueur un an encore, s'il ne les avait hâtées lui-même par un stratagème étrange, mais qu'avec la connaissance qu'il avait du caractère de Paul il savait devoir réussir. Il écrivit à l'empereur une lettre anonyme, dans laquelle il l'avertissait du danger dont il était menacé. A cette lettre était jointe une liste contenant les noms de tous les conjurés.

Le premier mouvement de Paul, en recevant cette lettre, fut de doubler les postes du palais Saint-Michel et d'appeler Pahlen.

Pahlen, qui s'attendait à cette invitation, s'y rendit aussitôt. Il trouva Paul Ier dans sa chambre à coucher située au premier. C'était une grande pièce carrée, avec une porte en face de la cheminée, deux fenêtres donnant sur la cour, un lit en face de ces deux fenêtres et au pied du lit une porte dérobée qui donnait chez l'impératrice ; en outre, une trappe, connue de l'empereur seul, était pratiquée dans le plancher. En ouvrant cette trappe en la pressant avec le talon de la botte ; elle donnait sur l'escalier, et l'escalier dans un corridor par lequel on pouvait fuir du palais.

Paul se promenait à grands pas, entrecoupant sa marche d'interjections terribles, lorsque la porte s'ouvrit et que le comte parut. L'empereur se retourna, et, demeurant debout les bras croisés, les yeux fixés sur Pahlen :

— Comte, lui dit-il après un instant de silence, savez-vous ce qui se passe ?

— Je sais, répondit Pahlen, que mon gracieux souverain me fait appeler, et que je m'empresse de me rendre à ses ordres.

— Mais savez-vous pourquoi je vous fais appeler ? s'écria Paul avec un mouvement d'impatience.

— J'attends respectueusement que votre majesté daigne me le dire.

— Je vous ai fait appeler, monsieur, parce qu'une conspiration se trame contre moi.

— Je le sais, sire.

— Comment, vous le savez ?

— Sans doute. Je suis un des complices.

— Eh bien ! je viens d'en recevoir la liste. La voici.

— Et moi, sire, j'en ai le double. La voilà.

— Pahlen ! murmura Paul épouvanté, et ne sachant encore ce qu'il devait croire.

— Sire, reprit le comte, vous pouvez comparer les deux listes ; si le délateur est bien informé, elles doivent être pareilles

— Voyez, dit Paul.

— Oui, c'est cela, dit froidement Pahlen ; seulement trois personnes sont oubliées.

— Lesquelles ? demanda vivement l'empereur.

— Sire, la prudence m'empêche de les nommer ; mais, après la preuve que je viens de donner à votre majesté de l'exactitude de mes renseignemens, j'espère qu'elle daignera m'accorder une confiance entière et se reposer sur mon zèle du soin de veiller à sa sûreté.

— Point de défaite ! interrompit Paul avec toute l'énergie de la terreur ; qui sont-ils ? Je veux savoir qui ils sont à l'instant même.

— Sire, répondit Pahlen en inclinant la tête, le respect m'empêche de révéler d'augustes noms.

— J'entends, reprit Paul d'une voix sourde et en jetant un coup d'œil sur la porte dérobée qui conduisait dans l'appartement de sa femme. Vous voulez dire l'impératrice, n'est-ce pas ? Vous voulez dire le czarewich Alexandre et le grand-duc Constantin ?

— Si la loi ne doit connaître que ceux qu'elle peut atteindre...

— La loi atteindra tout le monde, monsieur, et le crime

pour être plus grand, ne sera pas impuni. Palhen, à l'instant même, vous arrêterez les deux grands-ducs, et demain ils partiront pour Schlusselbourg. Quant à l'impératrice, j'en disposerai moi-même. Pour les autres conjurés, c'est votre affaire.

— Sire, dit Palhen, donnez-moi l'ordre écrit, et si haute que soit la tête qu'il frappe, si grands que soient ceux qu'il doit atteindre, j'obéirai.

— Bon Palhen ! s'écrie l'empereur, tu es le seul serviteur fidèle qui me reste. Veille sur moi, Palhen, car je vois bien qu'ils veulent tous ma mort et que je n'ai plus que toi.

A ces mots, Paul signa l'ordre d'arrêter les deux grands-ducs, et remit cet ordre à Palhen.

C'était tout ce que désirait l'habile conjuré. Muni de ces différens ordres, il court au logis de Platon Zoubow, chez qui il savait les conspirateurs assemblés.

— Tout est découvert, leur dit-il ; voici l'ordre de vous arrêter. Il n'y a donc pas un instant à perdre : cette nuit, je suis encore gouverneur de Saint-Pétersbourg; demain je serai peut-être en prison. Voyez ce que vous voulez faire.

Il n'y avait pas à hésiter, car l'hésitation, c'était l'échafaud, ou tout au moins la Sibérie. Les conjurés prirent rendez-vous, pour la nuit même, chez le comte Talitzin, colonel du régiment de Préobrajenski, et comme ils n'étaient pas assez nombreux, ils résolurent de s'augmenter de tous les mécontens arrêtés dans la journée même. La journée avait été bonne, car, dans la matinée, une trentaine d'officiers appartenant aux meilleures familles de Saint-Pétersbourg avaient été dégradés, et condamnés à la prison ou à l'exil pour des fautes qui méritaient à peine une réprimande. Le comte ordonna qu'une douzaine de traîneaux se tinssent prêts à la porte des différentes prisons où étaient enfermés ceux qu'on voulait s'associer; puis, voyant ses complices décidés, il se rendit chez le czarewich Alexandre.

Celui-ci venait de rencontrer son père dans un corridor du palais et avait été, comme d'habitude, droit à lui ; mais Paul lui faisant signe de la main de se retirer, lui avait enjoint de rentrer chez lui et d'y demeurer jusqu'à nouvel ordre. Le comte le trouva donc d'autant plus inquiet qu'il ignorait la cause de cette colère qu'il avait lue dans les yeux de l'empereur; aussi, à peine aperçut-il Palhen, qu'il lui demanda s'il n'était point chargé, de la part de son père, de quelque ordre pour lui.

— Hélas ! répondit Palhen ; oui, votre altesse ; je suis chargé d'un ordre terrible.

— Et lequel ? demanda Alexandre.

— De m'assurer de votre altesse et de lui demander son épée.

— A moi ! mon épée ! s'écria Alexandre ; et pourquoi ?

— Parce que, à compter de cette heure, vous êtes prisonnier.

— Moi, prisonnier ! et de quel crime suis-je donc accusé, Palhen?

— Votre altesse impériale n'ignore pas qu'ici, malheureusement, on encourt parfois le châtiment sans avoir commis l'offense.

— L'empereur est doublement maître de mon sort, répondit Alexandre, et comme mon souverain et comme mon père. Montrez-le-moi, et quel que soit cet ordre, je suis prêt à m'y soumettre.

Le comte lui remit l'ordre, Alexandre l'ouvrit, baisa la signature de son père, puis commença à lire ; seulement, lorsqu'il fut arrivé à ce qui concernait Constantin : — Et mon frère aussi ! s'écria-t-il. J'espérais que l'ordre ne concernait que moi seul. — Mais parvenu à l'article qui concernait l'impératrice : — Oh ! ma mère ! ma vertueuse mère ! cette sainte du ciel descendue parmi nous ! C'en est trop, Palhen, c'en est trop!

Et se couvrant le visage de ses deux mains, il laissa tomber l'ordre. Palhen crut que le moment favorable était venu.

— Monseigneur, lui dit-il en se jetant à ses pieds, monseigneur, écoutez-moi ; il faut prévenir de grands malheurs ; il faut mettre un terme aux égaremens de votre auguste père.

Aujourd'hui il en veut à votre liberté ; demain, peut-être, il en voudra à votre...

— Palhen!

— Monseigneur, souvenez-vous d'Alexis Petrowitch.

— Palhen, vous calomniez mon père.

— Non, monseigneur, car ce n'est pas son cœur que j'accuse, mais sa raison. Tant de contradictions étranges, tant d'ordonnances inexécutables, tant de punitions inutiles ne s'expliquent que par l'influence d'une maladie terrible. Ceux qui entourent l'empereur le disent tous, et ceux qui sont loin de lui le répètent tous. Monseigneur, votre malheureux père est insensé.

— Mon Dieu !

— Eh bien! monseigneur, il faut le sauver de lui-même. Ce n'est pas moi qui viens vous donner ce conseil, c'est la noblesse, c'est le sénat, c'est l'empire, et je ne suis ici que leur interprète; il faut que l'empereur abdique en votre faveur.

— Palhen! s'écria Alexandre en reculant d'un pas, que me dites-vous là ? Moi, que je succède à mon père, vivant encore; que je lui arrache la couronne de la tête et le sceptre des mains? C'est vous qui êtes fou, Palhen... Jamais, jamais!

— Mais, monseigneur, vous n'avez donc pas vu l'ordre? Croyez-vous qu'il s'agisse d'une simple prison? Non pas, croyez-moi, les jours de votre altesse sont en danger.

— Sauvez mon frère! sauvez l'impératrice! c'est tout ce que je vous demande, s'écria Alexandre.

— Eh ! en suis-je le maître? dit Palhen; l'ordre n'est-il pas pour eux comme pour vous? Une fois arrêtés, une fois en prison, qui vous dit que des courtisans trop pressés, en croyant servir l'empereur, n'iront pas au-devant de ses volontés? Tournez les yeux vers l'Angleterre, monseigneur : même chose s'y passe ; quoique le pouvoir, moins étendu, rende le danger moins grand, le prince de Galles est prêt à prendre la direction du gouvernement, et cependant la folie du roi Georges est une folie douce et inoffensive. D'ailleurs, monseigneur, un dernier mot : peut-être, en acceptant ce que je vous offre, sauvez-vous la vie, non-seulement du grand-duc et de l'impératrice, mais encore de votre père !

— Que voulez-vous dire?

— Je dis que le règne de Paul est si lourd, que la noblesse et le sénat sont décidés à mettre fin par tous les moyens possibles. Vous refusez une abdication? Peut-être demain serez-vous obligé de pardonner un assassinat.

— Palhen! s'écria Alexandre, ne puis-je donc voir mon père?

— Impossible, monseigneur; défense positive est faite de laisser pénétrer votre altesse jusqu'à lui.

— Et vous dites que la vie de mon père est menacée?

— La Russie n'a d'espoir qu'en vous, monseigneur, et s'il faut que nous choisissions entre un jugement qui nous perd et un crime qui nous sauve, monseigneur, nous choisirons le crime.

Palhen fit un mouvement pour sortir.

— Palhen! s'écria Alexandre en l'arrêtant d'une main, tandis que de l'autre il tirait de sa poitrine un crucifix qu'il y portait suspendu à une chaîne d'or; Palhen, jurez-moi sur le Christ, que les jours de mon père ne courent aucun danger, et que vous vous ferez tuer s'il le faut pour le défendre. Jurez-moi cela, ou je ne vous laisse pas sortir.

— Monseigneur, répondit Palhen, je vous ai dit ce que je devais vous dire. Réfléchissez à la proposition que je vous ai faite ; moi, je vais réfléchir au serment que vous me demandez.

A ces mots, Palhen s'inclina respectueusement, sortit, et plaça des gardes à la porte, puis il entra chez le grand-duc Constantin et chez l'impératrice Marie, leur signifia l'ordre de l'empereur, mais ne prit point les mêmes précautions que chez Alexandre.

Il était huit heures du soir, et par conséquent nuit close, car on n'était encore arrivé qu'aux premiers jours du printemps. Palhen courut chez le comte Talitzin, où il trouva les conjurés à table; sa présence fut accueillie par mille demandes différentes. — Je n'ai le temps de vous rien répondre, dit-il, sinon que tout va bien, et que dans une demi-heure je vous amène des renforts. — Le repas interrompu un instant continua; Palhen se rendit à la prison.

Comme il était gouverneur de Saint-Pétersbourg, toutes les portes s'ouvrirent devant lui. Ceux qui le virent entrer ainsi dans les cachots, entouré de gardes et l'œil sévère, crurent ou que l'heure de leur exil en Sibérie était arrivée, ou qu'ils allaient être transférés dans une prison encore plus dure. La manière dont Palhen leur ordonna de se tenir prêts à monter en traîneau, les confirma enfin dans cette supposition. Les malheureux jeunes gens obéirent; à la porte, une compagnie des gardes les attendait, les prisonniers montaient dans les traîneaux sans résistance, et à peine y furent-ils, qu'ils se sentirent emportés au galop.

Contre leur attente, au bout de dix minutes à peine, les traîneaux firent halte dans la cour d'un hôtel magnifique; les prisonniers, obéirent, à la porte était refermée derrière eux, les soldats étaient restés en dehors, il n'y avait avec eux que Palhen.

— Suivez-moi, leur dit le comte en marchant le premier.

Sans rien comprendre à ce qui se passait, les prisonniers firent ce qu'on leur disait de faire : en arrivant dans une chambre reculée celle où étaient réunis les conjurés, Palhen leva un manteau jeté sur une table et découvrit un faisceau d'épées.

— Armez-vous, dit Palhen.

Tandis que les prisonniers, stupéfaits, obéissaient à cet ordre et replaçaient à leur côté l'épée que le bourreau en avait arrachée ignominieusement le matin même, commençant à soupçonner qu'il allait se passer pour eux quelque chose d'aussi étrange qu'inattendu, Palhen fit ouvrir les portes, et les nouveaux venus virent à table, le verre à la main et les saluant du cri de : Vive Alexandre! des amis dont dix minutes auparavant ils croyaient être séparés pour toujours. Aussitôt ils se précipitèrent dans la salle du festin. En quelques mots on les mit au fait de ce qui allait se passer ; ils étaient encore pleins de honte et de colère du traitement qu'ils avaient subi le jour même. La proposition régicide fut donc accueillie avec des cris de joie, et pas un ne refusa de prendre le rôle qu'on lui avait réservé dans la tragédie terrible qui allait s'accomplir.

A onze heures, les conjurés, au nombre de soixante à peu près, sortirent de l'hôtel Talitzin, et s'acheminèrent, enveloppés de leurs manteaux, vers le palais Saint-Michel. Les principaux étaient Beningsen, Platon Zoubow, l'ancien favori de Catherine, Palhen, le gouverneur de Saint-Pétersbourg, Depreradowilsch, colonel du régiment de Semonowki; Arkamakow, aide-de-camp de l'empereur ; le prince Tatelsvill, major-général d'artillerie ; le général Talitzin, colonel du régiment de la garde Preobrajenski; Gardanow, adjudant des gardes à cheval ; Sartarinow; le prince Wereinskoi et Sériatin.

Les conjurés entrèrent par une porte du jardin du palais Saint-Michel; mais au moment où ils passaient sous les grands arbres qui l'ombragent, l'été, et qui, à cette heure dépouillés de leurs feuilles, tordaient leurs bras décharnés dans l'ombre, une bande de corbeaux, réveillés par le bruit qu'ils faisaient, s'envola en poussant des croassemens si lugubres, qu'arrêtés par ces cris, qui en Russie passent pour un mauvais présage, les conspirateurs hésitèrent à aller plus loin; mais Zoubow et Palhen ranimèrent leur courage, et ils continuèrent leur route. Arrivés à la cour, ils se séparèrent en deux bandes; l'une, conduite par Palhen, entra par une porte particulière que le comte avait l'habitude de prendre lorsqu'il voulait entrer chez l'empereur sans être vu; l'autre, sous les ordres de Zoubow et Beningsen, s'avança, guidée par Arkamakow, vers le grand escalier, où elle parvint sans empêchement, Palhen ayant fait relever les postes du palais, et ayant placé, au lieu de soldats, des officiers conjurés. Un seule sentinelle qu'on avait oublié de changer comme les autres, cria qui vive! en les voyant s'avancer; alors Beningsen s'avança vers elle, et ouvrant son manteau pour lui montrer ses décorations : — Silence ! lui dit-il, ne vois-tu pas où nous llons ? — Passez, patrouille, répondit la sentinelle en fai-

sant de la tête un signe d'intelligence, et les meurtriers passèrent. En arrivant dans la galerie qui précède l'antichambre, ils trouvèrent un officier déguisé en soldat.

— Eh bien ! l'empereur? demanda Platon Zoubow.

— Rentré depuis une heure, répondit l'officier, et sans doute couché maintenant.

— Bien, répondit Zoubow, et la patrouille régicide continua son chemin.

. En effet, Paul, selon sa coutume, avait été passer la soirée chez la princesse Gagarin. En le voyant entrer plus pâle et plus sombre qu'à l'ordinaire, celle-ci avait couru à lui, et lui avait demandé avec instance ce qu'il avait.

— Ce que j'ai ? avait répondu l'empereur, j'ai que le moment de frapper mon grand coup est arrivé, et que dans peu de jours on verra tomber des têtes qui m'ont été bien chères!

Effrayée de cette menace, la princesse Gagarin, qui connaissait la défiance de Paul pour sa famille, saisit le premier prétexte qui se présenta de sortir du salon, écrivit quelques lignes au grand-duc Alexandre, dans lesquelles elle lui disait que sa vie était en danger, et s'élança vers le palais Saint-Michel. Comme l'officier qui était de garde à la porte du prisonnier avait pour toute consigne de ne pas laisser sortir le prisonnier, il laissa entrer le messager. Alexandre reçut donc le billet, et comme il savait la princesse Gagarin initiée à tous les secrets de l'empereur, ses anxiétés en redoublèrent.

A onze heures à peu près, comme l'avait dit la sentinelle, l'empereur était rentré au palais, et s'était immédiatement retiré dans son appartement, où il s'était couché aussitôt, et venait de s'endormir sur la foi de Palhen.

En ce moment les conjurés arrivèrent à la porte de l'antichambre qui précédait la chambre à coucher, et Arkamakow frappa.

— Qui est là? demanda le valet de chambre.

— Moi, Arkamakow, l'aide-de-camp de sa majesté.

— Que voulez-vous?

— Je viens faire mon rapport.

— Votre excellence plaisante, il est minuit à peine.

— Allons donc, c'est vous qui vous trompez, il est six heures du matin ; ouvrez vite, de peur que l'empereur ne s'irrite contre moi.

— Mais je ne sais si je dois......

— Je suis de service, et je vous l'ordonne.

Le valet de chambre obéit. Aussitôt les conjurés, l'épée à la main, se précipitent dans l'antichambre ; le valet effrayé se réfugie dans un coin; mais un houzard polonais, qui était de garde, s'élance au-devant de la porte de l'empereur, et devinant l'intention des nocturnes visiteurs, leur ordonne de s'éloigner. Zoubow refuse et veut l'écarter de la main. Un coup de pistolet part; mais à l'instant même l'unique défenseur de celui qui, une heure auparavant, commandait à cinquante-trois millions d'hommes, est désarmé, terrassé, et réduit à l'impossibilité d'agir.

Au bruit du coup de pistolet, Paul s'était réveillé en sursaut, avait sauté à bas de son lit, et s'élançant vers la porte dérobée qui conduisait chez l'impératrice, avait essayé de l'ouvrir; mais trois jours auparavant, dans un moment de défiance, il avait fait condamner cette porte, de sorte qu'elle resta fermée; alors il songea à la trappe, et s'élança vers l'angle de l'appartement où elle se trouvait; mais comme il était nu-pieds, le ressort résista à la pression, et la trappe à son tour refusa de s'ouvrir. En ce moment la porte de l'antichambre tomba en dedans, et l'empereur n'eut que le temps de se jeter derrière un écran de cheminée.

Beningsen et Zoubow se précipitèrent dans la chambre, et Zoubow marcha droit au lit; mais le voyant vide : — Tout est perdu! s'écria-t-il, il nous échappe.

— Non, dit Beningsen, le voici.

— Palhen, s'écrie l'empereur qui se voit découvert, à mon secours, Palhen!

— Sire, dit alors Beningsen, en s'avançant vers Paul et en le saluant avec son épée, vous appelez inutilement Palhen, Palhen est des nôtres. D'ailleurs, votre vie ne court aucun risque ; seulement vous êtes prisonnier au nom de l'empereur Alexandre.

— Qui êtes-vous? dit l'empereur si troublé qu'à la lueur tremblante et pâle de sa lampe de nuit il ne reconnaissait pas ceux qui lui parlaient.

— Qui nous sommes? répondit Zoubow en présentant l'acte d'abdication, nous sommes les envoyés du sénat. Prends ce papier, lis, et prononce toi-même sur ta destinée.

Alors Zoubow lui remet le papier d'une main, tandis que de l'autre il transporte la lampe à l'angle de la cheminée, pour que l'empereur puisse lire l'acte qu'on lui présente. En effet, Paul prend le papier et le parcourt. Au tiers de la lecture, il s'arrête, et relevant la tête et regardant les conjurés:

— Mais que vous ai-je fait, grand Dieu! s'écria-t-il, pour que vous me traitiez ainsi?

— Il y a quatre ans que vous nous tyrannisez, crie une voix. Et l'empereur se remet à lire.

Mais à mesure qu'il lit, les griefs s'accumulent; les expressions, de plus en plus outrageantes, le blessent; la colère remplace la dignité; il oublie qu'il est seul, qu'il est nu, qu'il est sans armes, qu'il est entouré d'hommes qui ont le chapeau sur la tête et l'épée à la main; il froisse violemment l'acte d'abdication, et le jetant à ses pieds : — Jamais! dit-il, plutôt la mort. A ces mots il fait un mouvement pour s'emparer de son épée, posée à quelques pas de lui sur un fauteuil.

En ce moment la seconde troupe arrivait ; elle se composait en grande partie des jeunes nobles dégradés ou éloignés du service, parmi lesquels un des principaux était le prince Tatetsvil, qui avait juré de se venger de cette insulte. Aussi, à peine entré il s'élance vers l'empereur, le saisit corps à corps, lutte et tombe avec lui, renversant du même coup la lampe et le paravent. L'empereur jette un cri terrible, car, en tombant, il s'est heurté la tête à l'angle de la cheminée, et s'est fait une profonde blessure. Tremblant que ce cri ne soit entendu, Sartarinow, le prince Wereinskoi et Sériatin s'élancent sur lui. Paul se relève un instant et retombe. Tout cela se passe dans la nuit, au milieu de cris et de gémissemens, tantôt aigus, tantôt sourds. Enfin l'empereur écarte la main qui lui ferme la bouche : « Messieurs, s'écrie-t-il en français, messieurs, épargnez-moi, laissez-moi le temps de prier Die... » La dernière syllabe du mot est étouffée, un des assaillans a dénoué son écharpe et l'a passée autour des flancs de la victime, qu'on n'ose étrangler par le cou, car le cadavre sera exposé, et il faut que la mort passe pour naturelle. Alors les gémissemens se convertissent en râle ; bientôt le râle lui-même expire ; quelques mouvemens convulsifs lui succèdent, qui cessent bientôt, et quand Beningsen rentre avec des lumières, l'empereur est mort. C'est alors seulement qu'on s'aperçoit de la blessure de la joue; mais peu importe: comme il a été frappé d'une apoplexie foudroyante, rien d'étonnant à ce qu'en tombant il se soit heurté à un meuble et se soit blessé ainsi.

Dans le moment de silence qui suit le crime, et tandis qu'à la lueur des flambeaux que rapporte Beningsen, on regarde le cadavre immobile, un bruit se fait entendre à la porte de communication ; c'est l'impératrice, qui a entendu des cris étouffés, des voix sourdes et menaçantes, et qui accourt. Les conjurés s'effraient d'abord ; mais ils reconnaissent sa voix, et se rassurent ; d'ailleurs, la porte fermée pour Paul l'est aussi pour elle ; ils ont donc tout le temps d'achever ce qu'ils ont commencé, et ne seront point dérangés dans leur œuvre.

Beningsen soulève la tête de l'empereur, et voyant qu'il reste sans mouvement, il le fait porter sur le lit. Alors seulement Palhen entre l'épée à la main ; car, fidèle à son double rôle, il a attendu que tout fût fini pour se ranger parmi les conjurés. A la vue de son souverain, auquel Beningsen jette un couvre-chef sur le visage, il s'arrête à la porte, pâlit, et s'appuie contre le mur, son épée pendante à son côté.

— Allons, messieurs, dit Beningsen, qui, entraîné dans la conspiration des derniers, et qui seul pendant cette fatale soirée a conservé son inaltérable sang-froid, il est temps d'aller prêter hommage au nouvel empereur.

— Oui, oui, s'écrient en tumulte les voix de tous ces hommes qui ont maintenant plus de hâte à quitter cette chambre qu'ils n'ont mis de précipitation à y entrer ; oui, oui, allons prêter hommage à l'empereur. Vive Alexandre!

Pendant ce temps, l'impératrice Marie, voyant qu'elle ne peut pas entrer par la porte de communication, et entendant le tumulte qui continue, fait le tour de l'appartement; mais dans un salon intermédiaire, elle rencontre Pettaroskoi, lieutenant des gardes de Semenoski, avec trente hommes sous ses ordres. Fidèle à sa consigne, Pettaroskoi lui barre le passage.

— Pardon, madame, lui dit-il en s'inclinant devant elle, mais vous ne pouvez aller plus loin.

— Ne me connaissez-vous point? demande l'impératrice.

— Si fait, madame, je sais que j'ai l'honneur de parler à votre majesté; mais c'est votre majesté surtout qui ne doit pas passer.

— Qui vous a donné cette consigne?

— Mon colonel.

— Voyons, dit l'impératrice, si vous oserez l'exécuter.

Et elle s'avance vers les soldats ; mais les soldats croisent les fusils et barrent le passage.

En ce moment les conjurés sortent tumultueusement de la chambre de Paul en criant : Vive Alexandre! Beningsen est à leur tête ; il s'avance vers l'impératrice ; alors elle le reconnaît, et l'appelant par son nom, le supplie de la laisser passer.

— Madame, lui dit-il, tout est fini maintenant, vous compromettriez inutilement vos jours, et ceux de Paul sont terminés.

A ces mots l'impératrice jette un cri et tombe sur un fauteuil; les deux grandes-duchesses Marie et Christine, qui se sont levées au bruit, et qui accourent derrière elle, se mettent à genou de chaque côté du fauteuil. Sentant qu'elle perd connaissance, l'impératrice demande de l'eau. Un soldat en apporte un verre ; la grande-duchesse Marie hésite à le donner à sa mère, de peur qu'il ne soit empoisonné. Le soldat devine sa crainte, en boit la moitié, et présentant le reste à la grande-duchesse :

— Vous le voyez, dit-il, sa majesté peut boire sans crainte.

Beningsen laisse l'impératrice aux soins des grandes-duchesses, et descend chez le czarewich. Son appartement est situé au-dessous de celui de Paul ; il a tout entendu ; le coup de pistolet, les cris, la chute, les gémissemens et le râle ; alors il a voulu sortir pour porter secours à son père ; mais la garde que Palhen a mise à sa porte l'a repoussé dans sa chambre ; les précautions sont bien prises ; il est captif, et ne peut rien empêcher.

C'est alors que Beningsen entre suivi des conjurés. Les cris de : Vive l'empereur Alexandre! lui annoncent que tout est fini. La manière dont il monte au trône n'est plus un doute pour lui ; aussi, en apercevant Palhen, qui entre le dernier :

— Ah! Palhen, s'écrie-t-il, quelle page pour le commencement de mon histoire!

— Sire, répond Palhen, celles qui la suivront la feront oublier.

— Mais, s'écrie Alexandre, mais ne comprenez-vous pas qu'on dira que c'est moi qui suis l'assassin de mon père?

— Sire, dit Palhen, ne songez en ce moment qu'à une chose : à cette heure...

— Et à quoi voulez-vous que je songe, mon Dieu! si ce n'est à mon père?

— Songez à vous faire reconnaître par l'armée.

— Mais ma mère, mais l'impératrice! s'écrie Alexandre, que deviendra-t-elle?

— Elle est en sûreté, sire, répond Palhen ; mais au nom du ciel, sire, ne perdons pas un instant.

— Que faut-il que je fasse? demande Alexandre, incapable, tant il est abattu, de prendre une résolution.

— Sire, répond Palhen, il faut me suivre à l'instant même, car le moindre retard peut amener les plus grands malheurs.

— Faites de moi ce que vous voudrez, dit Alexandre, me voilà.

Palhen entraîne alors l'empereur à la voiture qu'on avait fait approcher pour conduire Paul à la forteresse; l'empereur y monte en pleurant; la portière se referme, Palhen et Zoubow montent derrière à la place des valets de pied, et la voiture, qui porte les nouvelles destinées de la Russie, part au galop pour le palais d'Hiver, escortée de deux bataillons de la garde. Beningsen est resté près de l'impératrice, car une des dernières recommandations d'Alexandre a été pour sa mère.

Sur la place de l'Amirauté, Alexandre trouve les principaux régimens de la garde: L'empereur! l'empereur! crient Palhen et Zoubow en indiquant que c'est Alexandre qu'ils amènent. L'empereur! l'empereur! crient les deux bataillons qui l'escortent. Vive l'empereur! répondent d'une seule voix tous les régimens.

Alors on se précipite vers la portière, on tire Alexandre pâle et défait de sa voiture, on l'entraîne, on l'emporte enfin, on lui jure fidélité avec un enthousiasme qui lui prouve que les conjurés, tout en commettant un crime, n'ont fait qu'accomplir le vœu public; il faut donc, quel que soit son désir de venger son père, qu'il renonce à punir ses assassins.

Ceux-ci s'étaient retirés chez eux, ne sachant pas ce que l'empereur allait résoudre à leur égard.

Le lendemain, l'impératrice à son tour prêta serment de fidélité à son fils; selon la constitution de l'empire, c'était elle qui devait succéder à son mari; mais, lorsqu'elle vit l'urgence de la situation, elle renonça la première à ses droits.

Le chirurgien Vette et le médecin Stoff, chargés de l'autopsie du corps, déclarèrent que l'empereur Paul était mort d'une apoplexie foudroyante; la blessure de la joue fut attribuée à la chute qu'il avait faite lorsque l'accident l'avait frappé.

Le corps fut embaumé et exposé pendant quinze jours sur un lit de parade, aux marches duquel l'étiquette amena plusieurs fois Alexandre; mais pas une fois il ne les monta ou ne les descendit qu'on ne le vit pâlir et verser des larmes. Aussi, peu à peu, les conjurés furent-ils éloignés de la cour; les uns reçurent des missions, les autres furent incorporés dans des régimens stationnés en Sibérie; il ne restait que Palhen qui avait conservé sa place de gouverneur militaire de Saint-Pétersbourg, dont la vue était devenue presque un remords pour le nouvel empereur: aussi profita-t-il de la première occasion qui se présenta de l'éloigner à son tour. Voici comment la chose arriva.

Quelques jours après la mort de Paul, un prêtre exposa une image sainte qu'il prétendit lui avoir été apportée par un ange, et au bas de laquelle étaient écrits ces mots: DIEU PUNIRA TOUS LES ASSASSINS DE PAUL Ier. Informé que le peuple se portait en foule à la chapelle où l'image miraculeuse était exposée, et augurant qu'il pouvait résulter de cette menée quelque impression fâcheuse sur l'esprit de l'empereur, Palhen demanda la permission de mettre fin aux intrigues du prêtre, permission qu'Alexandre lui accorda. En conséquence, le prêtre fut fouetté, et, au milieu du supplice, déclara qu'il n'avait agi que par les ordres de l'impératrice. Pour preuve de ce qu'il avançait, il affirma que l'on trouverait dans son oratoire une image pareille à la sienne. Sur cette dénonciation, Palhen fit ouvrir la chapelle de l'impératrice, et ayant effectivement trouvé l'image désignée, il la fit enlever; l'impératrice, avec juste raison, regarda cet enlèvement comme une insulte, et vint en demander satisfaction à son fils. Alexandre ne cherchait qu'un prétexte pour éloigner Palhen, il se garda donc de laisser échapper celui qui se présentait, et, au même instant, monsieur de Beckleclew fut chargé de transmettre au comte Palhen, de la part de l'empereur, l'ordre de se retirer dans ses terres. — Je m'y attendais, dit en souriant Palhen, et mes paquets étaient faits d'avance.

Une heure après, le comte Palhen avait envoyé à l'empereur la démission de toutes ses charges, et le même soir il était sur le chemin de Riga:

XIII.

L'empereur Alexandre n'avait pas encore atteint l'âge de vingt-quatre ans, lorsqu'il monta sur le trône. Il fut élevé sous les yeux de son aïeule Catherine, d'après un plan tracé par elle-même, et dont un des principaux articles était celui-ci: On n'enseignera aux jeunes grands-ducs, ni la poésie ni la musique, parce qu'il faudrait consacrer trop de temps à cette étude pour qu'elle portât fruit. Alexandre reçut donc une éducation ferme et sévère, de laquelle les beaux-arts furent presque entièrement exclus. Son précepteur, La Harpe, choisi par Catherine elle-même, et qu'on n'appelait à la cour que le jacobin, parce qu'il était non-seulement Suisse, mais encore frère du brave général La Harpe, qui servait dans les armées françaises, était bien en tout l'homme qu'il fallait pour imprimer à son élève les idées généreuses et droites, si importantes chez ceux-là surtout où les impressions de tout le reste de la vie doivent combattre les souvenirs de la jeunesse. Ce choix de la part de Catherine était remarquable à une époque où les trônes vacillaient, ébranlés par le volcan révolutionnaire, où Léopold mourait, disait-on, empoisonné, où Gustave tombait assassiné par Ankastrœm, et où Louis XVI portait sa tête sur l'échafaud.

Une des recommandations principales de Catherine était encore d'éloigner des jeunes grands-ducs toute idée relative à la différence des sexes, et à l'amour qui les rapprochait. Le célèbre Pallas leur faisait faire dans les jardins impériaux un petit cours de botanique: l'exposition du système de Linnée sur les sexes des fleurs, et la manière dont elles se fécondaient, avait amené de la part de ses augustes écoliers une foule de questions auxquelles il devenait très difficile de répondre. Protasow, le surveillant des princes, se trouva dans la nécessité de faire son rapport à Catherine, qui fit venir Pallas et lui recommanda d'éluder tous les détails sur les pistils et les étamines. Comme cette recommandation rendait le cours de botanique à peu près impossible, et que le silence du professeur ne faisait que donner une nouvelle activité aux questions, il fut définitivement interrompu. Cependant un tel plan d'éducation ne pouvait être longtemps continué, et, tout enfant qu'Alexandre était encore, Catherine dut bientôt songer à le marier.

Trois jeunes princesses allemandes furent amenées à la cour de Russie, afin que la grande aïeule pût faire elle-même un choix pour son petit-fils. Catherine apprit leur arrivée à Saint-Pétersbourg, et, pressée de les voir et de les juger, elle les fit inviter à se rendre au palais, où elle les attendit pensive à une fenêtre d'où elle pouvait les voir descendre dans la cour. Un instant après, la voiture qui les amenait s'arrêta, la portière s'ouvrit, et l'une des trois princesses sauta la première à terre, sans toucher le marche-pied.

— Ce ne sera point celle-là, dit en secouant la tête la vieille Catherine, qui sera impératrice de Russie: elle est trop vive.

La seconde descendit à son tour et s'embarrassa les jambes dans sa robe, de sorte qu'elle faillit tomber.

— Ce ne sera point encore celle-là qui sera impératrice de Russie, dit Catherine: elle est trop gauche.

La troisième descendit enfin, belle, majestueuse et grave.

— Voilà l'impératrice de Russie, dit Catherine. C'était Louise de Bade.

Catherine fit amener ses petits-fils chez elle tandis que les jeunes princesses y étaient, leur disant que, comme elle connaissait leur mère, la duchesse de Baden Durlach, née princesse de Darmstadt, et, comme les Français avaient pris leur pays, elle les faisait venir à Pétersbourg pour les élever auprès d'elle. Au bout d'un instant les deux grands-ducs furent renvoyés; à leur retour, ils parlèrent beaucoup des trois jeunes filles. Alexandre dit alors qu'il trouvait l'aînée bien jolie. — Eh bien! moi, pas, dit Constantin; je ne les trouve jolies ni les unes ni les autres. Il faut les envoyer à Riga, aux princes de Courlande; elles sont bonnes pour eux.

L'impératrice apprit le jour même l'opinion de son petit-fils sur celle-là même qu'elle lui destinait, et regarda comme une faveur de la Providence cette sympathie juvénile qui s'accordait avec ses intentions. En effet, le grand-duc Constantin avait eu tort, car la jeune princesse, outre la fraîcheur de son âge, avait de beaux et longs cheveux blond-cendré flottant sur de magnifiques épaules, la taille souple et flexible d'une fée des bords du Rhin, et les grands yeux bleus de la Marguerite de Goëthe.

Le lendemain, l'impératrice vint les voir et entra dans un des palais de Potemkin, où elles étaient descendues. Comme elles étaient à leur toilette, elle leur apportait des étoffes, des bijoux, et enfin le cordon de Sainte-Catherine. Au bout d'un instant de causerie, elle se fit montrer leur garde-robe, en toucha toutes les pièces les unes après les autres; puis, l'examen fini, elle les embrassa, en souriant, au front, et en leur disant : — Mes amies, je n'étais pas si riche que vous quand je suis arrivée à Saint-Pétersbourg. — En effet, Catherine était arrivée pauvre en Russie; mais, à défaut de dot, elle laissait un héritage : c'était la Pologne et la Tauride.

Au reste, la princesse Louise avait éprouvé de son côté le sentiment qu'elle avait produit. Alexandre, que Napoléon devait appeler plus tard le plus beau et le plus fin des Grecs, était un charmant jeune homme plein de grâces et de naïveté, d'une égalité d'humeur parfaite, et d'un caractère si doux et si bienveillant, que peut-être aurait-on pu lui reprocher un peu de timidité; aussi, dans sa naïveté, la jeune Allemande n'essaya pas même de dissimuler sa sympathie pour le czarewich, de sorte que Catherine, décidée à profiter de cette harmonie, leur annonça bientôt à tous deux qu'ils étaient destinés l'un à l'autre. Alexandre sauta de joie, et Louise pleura de bonheur.

Alors commencèrent les préparatifs du mariage. La jeune fiancée se prêta de la meilleure grâce à tout ce qu'on exigea d'elle. Elle apprit la langue russe, s'instruisit dans la religion grecque, fit profession publique de sa nouvelle foi, reçut sur ses bras nus et sur ses pieds charmants les onctions saintes, et fut proclamée grande-duchesse sous le nom d'Élisabeth Alexiewna, qui était le nom même de l'impératrice Catherine, fille d'Alexis.

Malgré les prévisions de Catherine, ce mariage précoce faillit être fatal à l'un, et fut certainement fatal à l'autre. Alexandre manqua de devenir sourd; quant à l'impératrice, elle était déjà une vieille épouse à l'âge où l'on est encore une jeune femme. L'empereur était beau; il avait, nous l'avons dit, hérité du cœur de Catherine, et à peine la couronne nuptiale fut-elle fanée au front de la fiancée, qu'elle devint pour la femme une couronne d'épines.

Nous avons vu par quel accident Alexandre monta sur le trône. La douleur profonde que le nouvel empereur éprouva de la mort de son père le rendit à sa femme. Quoique Paul lui fût à peu près étranger, elle pleurait comme si elle eût été sa fille; les larmes cherchent les larmes, et les jours de malheur ramenèrent leurs nuits heureuses.

C'est à l'histoire de raconter Austerlitz et Friedland, Tilsitt et Erfurt, 1812 et 1814. Pendant dix ans Alexandre fut éclairé de la lumière de Napoléon; puis, un jour, tous les regards, en suivant le vaincu, se détournèrent du vainqueur : c'est là où nous allons le reprendre.

Pendant ces dix années, l'adolescent s'était fait homme. L'ardeur de ses premières passions n'avait en rien diminué. Mais tout gracieux et souriant qu'il était auprès des femmes, tout poli et affectueux qu'il était avec les hommes, il lui passait de temps en temps sur le front comme des nuages sombres : c'étaient des souvenirs muets, mais terribles, de cette nuit sanglante où il avait entendu se débattre au-dessus de sa tête l'agonie paternelle. Peu à peu et à mesure qu'il avança en âge, ces souvenirs l'obsédèrent plus fréquemment et menacèrent de devenir une mélancolie incessante. Il essaya de les combattre par la pensée et le mouvement. Alors on lui vit rêver des réformes impossibles et faire des voyages insensés.

Alexandre, élevé comme nous l'avons dit par le frère du général La Harpe, avait conservé de son éducation libérale un penchant à l'idéologie que ses voyages en France, en Angleterre et en Hollande ne firent qu'augmenter. Des idées de liberté, puisées pendant l'occupation, germaient dans toutes les têtes, et, au lieu de les réprimer, l'empereur lui-même les encourageait en laissant tomber de temps en temps de ses lèvres le mot constitution. Enfin, madame de Krudener arriva, et le mysticisme vint se joindre à l'idéologie : c'est sous cette double influence que l'empereur se trouvait lors de mon arrivée à Saint-Pétersbourg.

Quant aux voyages, ce serait quelque chose de fabuleux pour nous autres Parisiens. On a calculé que l'empereur, dans ses diverses courses, tant à l'intérieur qu'à l'extérieur de son empire, a déjà parcouru deux cent mille verstes, quelque chose comme cinquante mille lieues. Et ce qu'il y a d'étrange dans de pareils voyages, c'est que le jour de l'arrivée est fixé dès le jour même du départ. Ainsi, l'année qui avait précédé celle de mon voyage, l'empereur était parti pour la Petite-Russie, le 26 août, en annonçant qu'il serait de retour le 2 novembre, et l'ordre qui préside à l'emploi des journées est si strictement et si invariablement fixé d'avance, qu'après avoir parcouru la distance de dix-huit cent soixante-dix lieues, Alexandre rentra à Saint-Pétersbourg au jour dit et presque à l'heure dite.

L'empereur entreprend ces longs voyages, non-seulement sans gardes, non-seulement sans escorte, mais même presque seul, et, comme on le pense bien, aucun ne s'écoule tout entier sans amener des rencontres étranges ou des dangers imprévus, auxquels l'empereur fait face avec la bonhomie de Henri IV ou le courage de Charles XII. Ainsi, dans un voyage en Finlande avec le prince Pierre Volkouski, son seul compagnon, au moment même où ce dernier venait de s'endormir, la voiture impériale, qui gravissait une montagne rapide et sablonneuse, lasse par sa pesanteur l'effort de l'attelage qui se met à reculer. Aussitôt Alexandre, sans réveiller son compagnon, saute à terre et se met à pousser la roue avec le cocher et les gens. Pendant ce temps, le dormeur, inquiété dans son sommeil par ce brusque changement de mouvement, se réveille et se trouve seul au fond de la calèche; étonné, il regarde autour de lui et aperçoit l'empereur qui s'essuyait le front : on était arrivé au haut de la montée.

Une autre fois, pendant un voyage dans la Petite-Russie, l'empereur, en arrivant dans une bourgade, et tandis qu'on changeait de chevaux, eut le désir de se délasser des fatigues de la voiture en faisant une ou deux verstes à pied; il invita donc les postillons à ne pas trop se presser, afin de lui laisser le temps de marcher quelque peu en avant. Aussitôt, seul, vêtu d'une redingote militaire, sans aucune marque de distinction, il traverse la ville et arrive à l'extrémité où la route se divise en deux chemins également frayés; ignorant lequel des deux il doit prendre, Alexandre s'approche d'un homme, vêtu comme lui d'une capote, et fumant sa pipe sur le seuil de la dernière maison :

— Mon ami, lui demande l'empereur, laquelle de ces deux routes dois-je prendre pour aller à...?

L'homme à la pipe le toise des pieds à la tête, et étonné qu'un simple voyageur ose parler avec cette familiarité à un homme de son importance, en Russie surtout où la distinction des grades établit une si grande distance entre les supérieurs et les subordonnés, il laisse dédaigneusement tomber, entre deux bouffées de fumée, le mot : — A droite.

— Pardon, monsieur, dit l'empereur en portant la main à son chapeau; encore une question, s'il vous plaît.

— Laquelle?

— Permettez-moi de vous demander quel est votre grade dans l'armée.

— Devinez.

— Monsieur est peut-être lieutenant?

— Montez.

— Capitaine?

— Plus haut.

— Major?

— Allez toujours.

— Chef de bataillon?

— Enfin, ce n'est pas sans peine.

L'empereur s'incline.

— Et maintenant à mon tour, dit l'homme à la pipe, persuadé qu'il s'adresse à un inférieur, qui êtes-vous vous-même, s'il vous plaît?

— Devinez, répond l'empereur.

— Lieutenant?

— Montez.

— Capitaine?

— Plus haut.

— Major?

— Allez toujours.

— Chef de bataillon?

— Encore.

L'interrogateur tire sa pipe de sa bouche.

— Colonel?

— Vous n'y êtes pas.

L'interrogateur se redresse et prend une attitude respectueuse.

— Votre excellence est donc lieutenant-général?

— Vous approchez.

L'interrogateur porte la main à sa casquette et reste fixe et immobile.

— Mais en ce cas, votre altesse est donc feld-maréchal?

— Encore un effort, monsieur le chef de bataillon.

— Sa majesté impériale! s'écrie alors l'interrogateur stupéfait, en laissant tomber sa pipe qui se brise en morceaux.

— Elle-même, répond Alexandre en souriant.

— Ah! sire, s'écrie l'officier tombant à genoux, pardonnez-moi.

— Et que voulez-vous que je vous pardonne? répond l'empereur; je vous ai demandé mon chemin, vous me l'avez indiqué. Merci.

Et à ces mots l'empereur salue de la main le pauvre chef de bataillon stupéfait, et prend la route à droite, sur laquelle sa voiture ne tarde pas à le rejoindre.

Pendant un autre voyage, entrepris pour visiter ses provinces du nord, l'empereur, en traversant un lac situé dans le gouvernement d'Archangel, fut assailli par une violente tempête : — Mon ami, dit l'empereur au pilote, il y a dix-huit cents ans à peu près qu'en pareille circonstance un grand général romain disait à son pilote : « Ne crains rien, car tu portes César et sa fortune. » Moi, je suis moins confiant que César, et je te dirai tout bonnement : Mon ami, oublie que je suis l'empereur, ne vois en moi qu'un homme comme toi, et tâche de nous sauver tous les deux. — Le pilote, qui commençait à perdre la tête en songeant à la responsabilité qui pesait sur lui, reprit courage aussitôt, et la barque, dirigée par une main ferme, aborda sans accident au rivage.

Alexandre n'avait pas toujours été aussi heureux, et dans des dangers moindres il lui était parfois arrivé des accidens plus graves. Pendant son dernier voyage dans les provinces du Don, il fut renversé violemment de son droschki, et se blessa à la jambe. Esclave de la discipline qu'il s'était prescrite à lui-même, il voulut continuer son voyage, afin d'arriver au jour dit; mais la fatigue et l'absence de précaution envenimèrent la plaie; depuis ce temps, et à plusieurs reprises, des érysipèles se portèrent sur cette jambe, forçant l'empereur à garder le lit pendant des semaines et à boiter pendant des mois. C'est lors de ces accès que sa mélancolie redouble; car alors il se trouve face à face avec l'impératrice, et dans ce visage triste et pâle, duquel le sourire semble être disparu, il trouve un reproche vivant, car cette tristesse et cette pâleur, c'est lui qui les a faites.

Or, la dernière atteinte de ce mal qui avait eu lieu dans l'hiver de 1824, à l'époque du mariage du grand-duc Michel, et au moment où l'empereur avait appris de Constantin l'existence de cette conspiration éternelle, mais invisible, que l'on devinait sans la voir, avait inspiré de vives inquiétudes. C'était à Tzarko-Selo, la résidence favorite du prince, et qui lui devenait plus chère à mesure qu'il s'enfonçait davantage dans cette insurmontable mélancolie. Après s'être promené à pied, toujours seul, comme c'était sa coutume, il rentra au château saisi de froid, et se fit apporter à dîner dans sa chambre. Le même soir, un érysipèle, plus violent encore qu'aucun des précédens, se déclara, accompagné de fièvre, de délire et de transport au cerveau; la même nuit, on ramena l'empereur dans un traîneau fermé à Saint-Pétersbourg, et là, un conseil de médecins réunis décida de lui couper la jambe, pour prévenir la gangrène; le seul docteur Willye, chirurgien particulier de l'empereur, s'y opposa, répondant sur sa tête de l'auguste malade. En effet, grâce à ses soins, l'empereur revint à la santé, mais sa mélancolie s'était encore augmentée pendant cette dernière maladie, de sorte qu'ainsi que je l'ai dit, les dernières fêtes du carnaval en avaient été tout attristées.

Aussi, à peine guéri, était-il retourné à son bien-aimé Tzarko-Selo, et y avait-il repris sa vie accoutumée; le printemps l'y trouva seul, sans cour, sans grand maréchal, et n'y recevant que ses ministres à des jours marqués de la semaine; là son existence était plutôt celle d'un anachorète qui pleure sur ses fautes, que celle d'un grand empereur qui fait le bonheur de son peuple. En effet, à six heures en hiver, à cinq heures en été, Alexandre se levait, faisait sa toilette, entrait dans son cabinet, où il ne pouvait pas souffrir le désordre, et où il trouvait sur son bureau un mouchoir de batiste plié, un paquet de dix plumes nouvellement taillées. L'empereur alors se mettait au travail, ne se servant jamais le lendemain de la plume de la veille, n'eût-elle été employée qu'à écrire son nom; puis, le courrier fini et la signature achevée, il descendait dans le parc, où, malgré les bruits de conspiration qui couraient depuis deux ans, il se promenait toujours seul, et sans autre garde que les sentinelles du palais Alexandre. Vers les cinq heures, il rentrait, dînait seul, et se couchait à la retraite que la musique des gardes jouait sous ses fenêtres, et dont les morceaux, toujours choisis par lui parmi les plus mélancoliques, l'endormaient enfin dans une disposition pareille à celle où il avait passé sa journée.

De son côté, l'impératrice Elisabeth vivait dans une profonde solitude, veillant sur l'empereur comme un ange invisible; l'âge n'avait point éteint l'amour profond que le jeune czarewich lui avait inspiré à la première vue, et qui s'était conservé pur et éternel, malgré les nombreuses infidélités de son mari. C'était, à l'époque où je la vis, une femme de quarante-cinq ans, à la taille encore svelte et bien prise, et sur son visage on distinguait les restes d'une grande beauté, qui commençaient à céder à trente ans de lutte avec la douleur. Au reste, chaste comme une sainte, jamais la calomnie la plus amère et la plus irritée n'avait pu trouver prise sur elle : si bien qu'à sa vue chacun s'inclinait, moins encore devant la puissance supérieure que devant la bonté suprême, moins devant la femme régnant sur la terre que devant l'ange exilé du ciel.

Lorsque arriva l'été, les médecins décidèrent à l'unanimité qu'un voyage était nécessaire au rétablissement complet de l'empereur, et fixèrent eux-mêmes la Crimée comme l'endroit dont le climat était plus favorable à sa convalescence. Alexandre, contre son habitude, n'avait point arrêté de courses pour cette année, et reçut l'ordonnance des médecins avec une indifférence parfaite; à peine, au reste, la résolution du départ fut-elle prise, que l'impératrice sollicita et obtint la permission d'accompagner son époux. Ce départ amena un surcroît de travail pour l'empereur, car, avant ce voyage, chacun s'empressa de terminer avec lui, comme si on ne devait plus le revoir; il lui fallut donc, pendant une quinzaine de jours, se lever de meilleure heure et se coucher plus tard. Cependant sa santé n'était point visiblement altérée, lorsque, dans le courant du mois de juin, après un service chanté pour la bénédiction de son voyage, et auquel assista toute la famille impériale, il quitta Saint-Pétersbourg, accompagné de l'impératrice, conduit par son cocher le fidèle Ivan, et suivi de quelques officiers d'ordonnance sous les ordres du général Diébitch.

XIV.

L'empereur arriva à Taganrog vers la fin d'août 1825, après avoir passé par Varsovie où il s'arrêta pendant quelques jours pour fêter l'anniversaire de la naissance du grand-duc Constantin : c'était le deuxième voyage que l'empereur faisait dans cette ville, dont la situation lui plaisait, et où il disait souvent qu'il avait l'intention de se retirer. Le voyage au reste, lui avait fait grand bien ainsi qu'à l'impératrice, et on augurait à merveille de leur séjour sous ce beau ciel auquel ils étaient venus demander leur guérison. Au reste, la prédilection de l'empereur pour Taganrog n'était justifiée que par les embellissemens futurs qu'il comptait y faire; car, telle qu'elle était alors, cette petite ville, située sur le bord de la mer d'Azof, ne se composait guère que d'un millier de mauvaises maisons, dont un sixième au plus est bâti en briques et en pierres; toutes les autres ne sont que des cages de bois recouvertes d'un torchis de boue. Quant aux rues, qui sont larges, il est vrai, mais qui ne sont point pavées, le sol en est tellement friable, qu'à la moindre pluie on enfonce jusqu'au genou; en revanche, quand le soleil et le vent ont desséché ces masses humides, le bétail et les chevaux qui passent, chargés des productions du pays, soulèvent sous leurs pieds des torrens de poussière, que la brise fait tourbillonner si épais, qu'en plein jour et à quelques pas on ne distingue point un homme d'un cheval. Cette poussière s'introduit partout, entre dans les maisons, traverse les jalousies closes ou les contrevens fermés, pénètre à travers les habits si épais qu'ils soient, et charge l'eau d'une espèce de sédiment qu'on ne peut précipiter qu'en la faisant bouillir avec du sel de tartre.

L'empereur était descendu dans la maison du gouverneur, située en face de la forteresse d'Azof, où il n'y restait presque jamais, sortant dès le matin, et n'y rentrant qu'à l'heure du dîner, c'est-à-dire à deux heures. Tout le reste du temps, il courait à pied dans la boue ou la poussière, négligeant toutes les précautions que les habitans du pays eux-mêmes prennent contre les fièvres d'automne, qui du reste avaient été très nombreuses et très malignes cette année. Sa principale occupation était le tracé et le plantage d'un grand jardin public dont les travaux étaient dirigés par un Anglais qu'il avait fait venir de Saint-Pétersbourg; la nuit, il dormait sur un lit de camp, la tête posée sur un oreiller de cuir.

Quelques-uns disaient que ces occupations, en quelque sorte extérieures, voilaient un plan caché, que l'empereur ne s'était retiré ainsi à l'extrémité de son empire, que pour y prendre à l'écart quelque grande détermination. Ceux-là espéraient, d'un moment à l'autre, voir sortir de cette petite ville des Palus-Méotides un plan de constitution pour toute la Russie; il fallait les en croire, la véritable cause de ce voyage prétendu sanitaire; l'empereur avait voulu agir en dehors de l'influence de sa vieille noblesse, aussi attachée, encore aujourd'hui, à ses préjugés, qu'elle l'était du temps de Pierre-le-Grand.

Cependant Taganrog n'était que le point principal de la résidence d'Alexandre; Elisabeth seule y restait à demeure, car elle n'eût pu supporter les courses que l'empereur faisait dans le pays du Don, tantôt à Tcherkask, tantôt à Donetz. Au retour d'une de ces courses, il allait partir pour Astrakan, lorsque l'arrivée subite du comte de Woronzoff, celui-là même qui a occupé la France jusqu'en 1818, et qui était gouverneur d'Odessa, vint renverser le nouveau projet; en effet, Woronzoff venait annoncer à l'empereur que de grands mécontentemens étaient prêts d'éclater en Crimée, et que sa présence seule pouvait les calmer. Il y avait trois cents lieues à parcourir; mais qu'est-ce que trois cents lieues, en Russie, où les chevaux, aux crinières échevelées, vous emportent à travers les steppes ou les forêts avec la rapidité d'un rêve? Alexandre promit à l'impératrice d'être de retour avant trois semaines, et donna les ordres du départ, qui devait avoir

lieu aussitôt après le retour d'un courrier qu'il avait expédié à Alupka.

Le courrier revint; il apportait de nouveaux détails sur la conspiration. On avait découvert que c'était non-seulement au gouvernement, mais encore aux jours de l'empereur qu'on en voulait. En apprenant cette nouvelle, Alexandre laissa tomber sa tête dans ses mains, et poussant un profond gémissement, il s'écria : — O mon père! mon père!

On était alors au milieu de la nuit. L'empereur fit réveiller le général Diébitch, qui habitait une maison voisine. En l'attendant, il paraissait fort inquiet, marchant à grands pas dans la chambre, se jetant de temps en temps sur son lit, d'où l'agitation le repoussait bientôt. Le général deux heures se passèrent à écrire et à discuter; puis deux courriers partirent porteurs de dépêches, l'un pour le vice-roi de Pologne, l'autre pour le grand-duc Nicolas.

Le lendemain, les traits de l'empereur avaient repris leur calme habituel, et nul ne pouvait y lire la trace des agitations de la nuit. Cependant Woronzoff le trouva, en venant lui demander ses instructions, dans un état d'irritabilité tout-à-fait contraire à la douceur habituelle de son caractère. Il n'en donna pas moins l'ordre du départ pour le lendemain matin.

La route ne fit qu'augmenter ce malaise moral; à chaque instant, ce qui ne lui arrivait jamais, l'empereur se plaignait de la lenteur des chevaux et du mauvais état des chemins. Cette humeur chagrine redoubla surtout quand son médecin Wyllie lui recommandait quelques précautions contre les vents glacés de l'automne. Alors il rejetait manteau et pelisse, et semblait chercher les dangers que ses amis le suppliaient de fuir. Tant d'imprudence porta son fruit : l'empereur fut un soir pris d'une toux obstinée, et le lendemain, en arrivant à Orieloff, une fièvre intermittente se déclara, qui en quelques jours, et aidée par l'obstination du malade, se changea en une fièvre rémittente, que Wyllie reconnut bientôt pour être la même qui avait régné pendant tout l'automne de Taganrog à Sébastopol.

Le voyage fut aussitôt interrompu.

Alexandre, comme s'il eût senti la gravité de sa maladie et voulu revoir l'impératrice avant de mourir, exigea qu'on lui fît reprendre à l'instant même le chemin de Taganrog. Toujours contrairement aux prières de Wyllie, il fit une partie de la route à cheval; mais bientôt, ne pouvant plus se tenir en selle, force lui fut de remonter dans sa voiture. Enfin, le 3 novembre, il rentra à Taganrog. A peine arrivé au palais du gouverneur, il s'évanouit.

L'impératrice, presque mourante elle-même d'une maladie de cœur, oublia à l'instant même ses souffrances, pour ne s'occuper que de son mari. La fièvre fatale, malgré le changement de lieu, reparaissait par accès chaque jour, de sorte que le 8, les symptômes augmentant sans cesse de gravité, sir James Willye exigea que le docteur Stophiegen, médecin de l'impératrice, lui fût adjoint. Le 13, les deux docteurs, réunis pour combattre l'affection cérébrale qui menaçait de compliquer la maladie, proposèrent à l'empereur de le saigner; mais l'empereur s'y opposa constamment, ne demandant que de l'eau glacée, et, lorsqu'on lui en refusait, repoussant toute autre chose. Vers quatre heures de l'après-midi, l'empereur demanda de l'encre et du papier, écrivit et cacheta une lettre; puis, comme la bougie était restée allumée : « Mon ami, dit-il à un domestique, éteins cette bougie; on pourrait la prendre pour un cierge et croire que je suis déjà mort. »

Le lendemain 14, les deux médecins revinrent à la charge, secondés par les prières de l'impératrice, mais ce fut inutilement encore, et même l'empereur les repoussa avec emportement. Cependant presque aussitôt il se repentit de ce mouvement d'impatience, et, les rappelant tous deux : « Ecoutez, dit-il à Stophiegen, vous et sir James Wyllie, j'ai eu grand plaisir à vous voir, et cependant je vous préviens que je serai forcé de renoncer à ce plaisir, si vous me rompez la tête avec votre médecine. » Pourtant, vers midi, l'empereur consentit à prendre une dose de calomel.

Vers quatre heures du soir, le mal avait fait des progrès si effrayans, qu'il devint urgent de faire appeler un prêtre.

Ce fut sir James Wyllie qui, sur l'invitation de l'impératrice, entra dans la chambre du mourant, et, s'approchant de son lit, lui conseilla en pleurant, puisqu'il continuait de refuser le secours de la médecine, de ne pas refuser au moins ceux de la religion. L'empereur répondit que, sous ce rapport, il consentait à tout ce qu'on voulait.

Le 15, à cinq heures du matin, le confesseur fut introduit. A peine l'empereur l'eut-il aperçu, que, lui tendant la main : « Mon père, lui dit-il, traitez-moi en homme, et non en empereur. » Le prêtre alors s'approcha du lit, reçut la confession impériale, et donna les sacremens à l'auguste malade.

Alors, comme il connaissait l'obstination qu'avait mise Alexandre à refuser tous les remèdes, il attaqua sur ce point la religion du mourant, lui disant que, s'il continuait à s'obstiner sur ce point, il y avait à craindre que Dieu ne regardât sa mort comme un suicide. Cette idée produisit sur Alexandre une si profonde impression, qu'il rappela aussitôt Wyllie et lui dit qu'il se remettrait entre ses mains, afin qu'il fît de lui ce que bon lui semblerait.

Wyllie ordonna aussitôt l'application de vingt sangsues à la tête; mais il était trop tard. Le malade était dévoré d'une fièvre ardente, de sorte qu'à compter de ce moment, on commença à perdre tout espoir, et que la chambre se remplit de serviteurs pleurans et gémissans. Quant à Élisabeth, elle n'avait quitté le chevet du malade que pour faire place au confesseur, et, celui-ci sorti, elle était rentrée aussitôt et avait repris son poste accoutumé

Vers deux heures, l'empereur parut éprouver un redoublement de douleurs. Il fit signe qu'on s'approchât de lui, comme s'il voulait communiquer un secret. Alors, comme s'il changeait d'avis : « Les rois, s'écria-t-il, souffrent plus que les autres. » Puis, s'arrêtant tout-à-coup et retombant en arrière sur son traversin : « Ils ont commis là, murmura-t-il, une action infâme. » De qui voulait-il parler? Nul ne le sait ; mais quelques-uns ont cru que c'était un dernier reproche aux assassins de Paul.

Pendant la nuit, l'empereur perdit tout sentiment.

Vers les deux heures du matin, le général Diébitch parla d'un vieillard nommé Alexandrowitch, qui avait, lui disait-on, sauvé plusieurs Tartares de cette même fièvre à laquelle succombait l'empereur. Aussitôt sir James Wyllie exigea que l'on envoyât chercher cet homme, et l'impératrice, se reprenant à ce rayon d'espoir, ordonna qu'on allât chez lui et qu'il fût amené sur-le-champ.

Pendant tout ce temps, l'impératrice était à genoux au chevet du lit du mourant, les yeux sur ses yeux, et regardant avec effroi la vie se retirer lentement. Certes, si des prières saintes et sincères suffisaient pour fléchir Dieu, Dieu était fléchi et l'empereur sauvé.

Sur les neuf heures du matin, le vieillard entra. C'était avec peine qu'il avait consenti à venir, et il avait fallu l'emmener presque de force. En voyant le mourant, il secoua la tête ; puis, interrogé sur ce signe néfaste : « Il est trop tard, dit-il ; d'ailleurs ceux que j'ai guéris n'étaient point malades de la même maladie. »

Avec cette déclaration s'éteignit le dernier espoir d'Elisabeth.

En effet, à deux heures cinquante minutes du matin, l'empereur expira.

C'était le 1er décembre, selon le calendrier russe.

L'impératrice était tellement penchée sur lui, qu'elle sentit passer son dernier soupir. Elle jeta un cri terrible, tomba à genoux et pria; puis, après quelques minutes, se relevant plus calme, elle ferma les yeux de l'empereur, qui étaient restés ouverts, lui serra la tête avec un mouchoir pour empêcher les mâchoires de s'écarter, baisa ses mains déjà froides, et, retombant à genoux, elle resta en prières jusqu'au moment où les médecins obtinrent d'elle qu'elle se retirât dans une autre chambre, afin qu'ils pussent procéder à l'ouverture du cadavre.

L'autopsie fit découvrir deux onces de fluide dans les cavités du cerveau et un engorgement des veines et des artères de la tête. En outre, on trouva un ramollissement de la rate, espèce d'altération particulière à cet organe lorsque la mort du

sujet a été amenée par les fièvres du pays. L'empereur pouvait donc être sauvé, s'il n'avait obstinément refusé tout secours.

Le lendemain, le corps fut exposé sur une estrade, élevée dans la maison même où il était mort. La chambre était tendue de noir, le cercueil recouvert d'un drap d'or, et un grand nombre de cierges éclairaient l'appartement. Chaque personne qui entrait recevait à la porte un flambeau allumé, qu'elle gardait tout le temps qu'elle restait dans la salle funèbre. Un prêtre, placé à la tête de la bière, disait des prières, deux sentinelles, l'épée nue, veillaient jour et nuit ; deux autres gardaient les portes, et deux autres encore étaient échelonnées sur chaque degré de l'escalier.

Le corps resta ainsi vingt-deux jours exposé, visité par une foule de spectateurs, qui accouraient là comme à un spectacle, et gardé par l'impératrice, qui voulut assister à chaque messe que l'on disait de deux jours l'un, et qui s'évanouit à toutes. Enfin, le 25 décembre, à neuf heures du matin, le cadavre fut transporté du palais au monastère grec de Saint-Alexandre, où il devait demeurer exposé jusqu'à son départ pour Saint-Pétersbourg. Il était sur un char funèbre attelé de huit chevaux, couverts jusqu'à terre de housses de drap noir, abrité sous un dais de drap d'or, et dans un cercueil recouvert de drap d'argent et orné d'écussons aux armes de l'empire. La couronne impériale était placée sous le dais. Quatre généraux-majors, assistés de huit officiers-majors, portaient les cordons du dais. Les personnes de la suite de l'empereur et de l'impératrice suivaient immédiatement en longs manteaux de deuil et portant des flambeaux, tandis que, de minute en minute, l'artillerie légère des Cosaques du Don, qui avait été mise en batterie sur l'esplanade de la forteresse, tirait un coup de canon.

Arrivé à l'église, le corps fut transporté sur une estrade de douze marches, couverte de drap noir, surmontée d'un catafalque de drap rouge, supportant un socle couvert de velours ponceau avec des armoiries en or. Quatre colonnes soutenaient le dais, que couronnaient le diadème impérial, le sceptre et le globe. Le catafalque était entouré de rideaux de velours ponceau et de drap d'or, et quatre grands candélabres, placés aux quatre coins de l'estrade, supportaient un nombre de cierges suffisant pour lutter avec l'obscurité de l'église, obscurité causée par les tentures de drap noir semées de croix blanches, dont les croisées inférieures de l'église étaient couvertes.

L'impératrice avait voulu assister à ce dernier convoi ; mais, cette fois encore, elle ne put supporter son émotion. On la remporta évanouie au palais ; à peine revenue à elle, Élisabeth descendit dans la chapelle, où elle dit les mêmes prières que l'on disait à l'église de Saint-Alexandre.

Aussitôt les premiers symptômes de maladie aperçus, c'est-à-dire dès le 18 du mois, le jour même du retour de l'empereur à Taganrog, un courrier avait été expédié à son altesse impériale le grand-duc Nicolas, pour lui donner avis de l'indisposition de l'empereur. Ce courrier avait été suivi d'autres courriers expédiés, dans le même but, les 21, 24, 27 et 28 novembre. Toutes les lettres dont ils étaient porteurs annonçaient un danger croissant et avaient jeté la désolation dans la famille impériale, lorsque enfin une lettre du 29 vint rendre quelque espoir en annonçant que l'empereur, dont le premier évanouissement avait duré plus de huit heures, venait de reprendre le sentiment, avait reconnu le monde, et avait dit lui-même qu'il sentait un peu d'amélioration dans son état.

Si vagues que fussent les espérances que l'on pouvait concevoir sur une pareille lettre, l'impératrice-mère et les grands-ducs Nicolas et Michel avaient ordonné, le 10 décembre, un *Te Deum* public dans la grande église métropolitaine de Casan, et à peine le peuple avait-il su que ce *Te Deum* chanté pour célébrer une amélioration dans la santé de l'empereur, qu'il s'y était porté tout joyeux, et avait encombré tout l'espace que laissaient libre les augustes assistans et leur suite.

Vers la fin du *Te Deum*, et comme les voix pures des chantres s'élevaient vers le ciel dans une sainte et suave harmonie, on vint tout bas prévenir le grand-duc Nicolas qu'un courrier arrivait de Taganrog porteur d'une dernière dépêche, qu'il ne voulait remettre qu'à lui-même, et attendait dans la sacristie. Le grand-duc se leva, suivi de l'aide-de-camp, et sortit de l'église. L'impératrice-mère avait seule remarqué cette sortie, et l'office divin avait continué.

Le grand-duc n'eut besoin que de jeter un coup-d'œil sur le courrier pour deviner quelle fatale nouvelle il apportait. D'ailleurs, la lettre qu'il lui présentait était cachetée de noir. Le grand-duc Nicolas reconnut l'écriture d'Élisabeth; il ouvrit la dépêche impériale : elle contenait ces quelques lignes seulement.

« Notre ange est au ciel, et moi je végète encore sur la terre; mais j'ai l'espoir de me réunir bientôt à lui. »

Le grand-duc fit appeler le métropolitain, qui était un beau vieillard à grande barbe blanche et aux longs cheveux tombant jusqu'au milieu du dos; il lui remit la lettre, le chargeant d'apprendre la nouvelle fatale qu'elle contenait à l'impératrice-mère, revint prendre sa place auprès d'elle et se remit à prier.

Un instant après, le vieillard rentra dans le chœur. A un signe de lui, toutes les voix cessèrent, et un silence de mort leur succéda. Alors, au milieu de l'attention et de l'étonnement général, il marcha d'un pas lent et grave vers l'autel, prit le crucifix d'argent massif qui le décorait, et, jetant sur le symbole de toute douleur terrestre et de toute espérance divine un voile noir, il s'approcha de l'impératrice-mère et lui donna à baiser le crucifix en deuil.

L'impératrice jeta un cri et tomba la face contre terre; elle avait compris que son fils aîné était mort.

Quant à l'impératrice Élisabeth, le triste espoir qu'elle manifestait dans sa courte et touchante lettre ne tarda point à être accompli. Quatre mois environ après la mort d'Alexandre, c'est-à-dire au retour de la belle saison, elle quitta Taganrog pour le gouvernement de Kalouga, où l'on venait d'acheter une belle et magnifique propriété. A peine au tiers du chemin, elle se sentit affaiblie, et s'arrêta à Beloff, petite ville du gouvernement de Koursk : huit jours après, elle avait *rejoint son ange au ciel.*

XV.

Nous apprîmes cette nouvelle et la manière dont elle avait été annoncée à l'impératrice-mère, par le comte Alexis, qui, en sa qualité de lieutenant aux chevaliers des gardes, assistait au *Te Deum*. Soit que cette nouvelle l'eût impressionné lui-même, soit qu'elle se rattachât à d'autres idées encore que celles qui paraissaient en devoir être la conséquence, nous crûmes remarquer, Louise et moi, dans le comte, une agitation qui ne lui était point naturelle et qui perçait malgré la puissance que les Russes ont généralement sur leurs impressions. Nous nous communiquâmes ces réflexions aussitôt le départ du comte, qui nous quitta à six heures du soir pour se rendre chez le prince Troubetskoï.

Ces réflexions étaient fort tristes pour ma pauvre compatriote, car elles nous ramenaient naturellement à la pensée de cette conspiration, dont au commencement de sa liaison avec Louise, le comte Alexis avait laissé échapper quelques mots. Il est vrai que, depuis ce temps, toutes les fois que Louise avait voulu ramener la conversation sur ce sujet, le comte avait essayé de la rassurer en lui affirmant que cette conspiration avait été rompue presque aussitôt que formée; mais quelques-uns de ces signes qui n'échappent point aux regards d'une femme qui aime, lui avaient fait croire qu'il n'en était rien et que le comte essayait de la tromper.

Le lendemain, Saint-Pétersbourg se réveilla dans le deuil. L'empereur Alexandre était adoré, et, comme on ignorait encore la renonciation de Constantin, on ne pouvait s'empêcher de comparer la douce et facile bonté de l'un à la fantasque rudesse de l'autre. Quant au grand-duc Nicolas, personne ne pensait à lui.

En effet, quoique ce dernier connût l'acte d'abdication que Constantin avait signé à l'époque de son mariage, loin de se prévaloir de cette renonciation que son frère pouvait avoir regrettée depuis, il lui avait, le regardant déjà comme son empereur, prêté serment de fidélité, et envoyé un courrier pour l'inviter à revenir prendre possession du trône. Mais, en même temps que le messager partait de Saint-Pétersbourg pour Varsovie, le grand-duc Michel, envoyé par le czarewich, partit de Varsovie pour Saint-Pétersbourg, porteur de la lettre suivante :

« Mon très cher frère,

» C'est avec la plus profonde tristesse que j'ai appris, hier au soir, la nouvelle de la mort de notre adoré souverain, mon bienfaiteur, l'empereur Alexandre. En m'empressant de vous témoigner les sentiments que me fait éprouver ce cruel malheur, je me fais un devoir de vous annoncer que j'adresse, par le présent courrier, à sa majesté impériale, notre auguste mère, une lettre dans laquelle je déclare que, par suite du rescrit que j'avais obtenu de feu l'empereur, en date du 2 février 1822, à l'effet de sanctionner ma renonciation au trône, c'est encore aujourd'hui ma résolution inébranlable de vous céder tous mes droits de succession au trône des empereurs de toutes les Russies. Je prie en même temps notre bien-aimée mère et ceux que tout cela peut concerner de faire connaître ma volonté invariable à cet égard, afin que l'exécution en soit complète.

» Après cette déclaration, je regarde comme un devoir sacré de prier très humblement votre majesté impériale de recevoir le premier mon serment de fidélité et de soumission, et de me permettre de lui déclarer que, mes vœux n'étant dirigés vers aucune dignité nouvelle ni vers aucun titre nouveau, je désire uniquement conserver celui de czarewich, dont mon auguste père a daigné m'honorer pour mes services. Mon unique bonheur sera désormais de faire accueillir par votre majesté impériale les sentiments de mon profond respect et de mon dévoûment sans bornes; j'en donne pour gage plus de trente années d'un service fidèle et le zèle constant que j'ai fait éclater envers les empereurs mon père et mon frère; c'est dans les mêmes sentiments que jusqu'à mon dernier soupir je ne cesserai de servir votre majesté impériale et ses successeurs, dans mes fonctions présentes et dans la situation actuelle.

» Je suis avec le plus profond respect,

» CONSTANTIN. »

Les deux messagers se croisèrent. Celui qui était envoyé au czarewich Constantin avait mission du grand-duc Nicolas de ne négliger ni prières ni supplications pour obtenir de lui qu'il consentît à reprendre la couronne. En conséquence, il pria et supplia le czarewich; mais celui-ci résista avec fermeté, disant que ses désirs n'avaient point changé depuis le jour où il avait abdiqué ses droits, et que, pour rien au monde, il ne consentirait à les reprendre.

Alors sa femme, la princesse de Lowicz, vint se jeter à son tour à ses pieds, lui disant que, comme c'était à cause d'elle et pour devenir son époux qu'il avait renoncé à monter sur le trône des czars, elle venait lui offrir de reconnaître la nullité de son mariage, heureuse qu'elle était de pouvoir lui rendre à son tour ce qu'il avait fait pour elle; mais Constantin la releva, ne voulant point permettre qu'elle insistât davantage sur ce sujet, et lui déclarant que sa résolution était inébranlable.

De son côté, le grand-duc Michel arriva à Saint-Pétersbourg, porteur de la lettre du czarewich; le grand-duc Nicolas ne voulut point l'admettre comme refus définitif, disant qu'il espérait que les instances de son envoyé auraient un heureux résultat. Mais l'envoyé arriva à son tour, porteur d'un refus formel, de sorte que, comme il y avait danger à laisser les choses dans cet étrange provisoire, force lui fut bien d'accepter ce que son frère refusait.

Au reste, le lendemain du départ du courrier que le grand-duc Nicolas avait envoyé au czarewich, le conseil d'état 'avait fait prévenir qu'il était dépositaire d'un écrit commis à sa garde le 15 octobre 1823, et revêtu du sceau de l'empereur Alexandre, avec une lettre autographe de sa majesté, qui lui recommandait de conserver le paquet jusqu'à nouvel ordre, et, en cas de mort, de l'ouvrir en séance extraordinaire. Le conseil d'état venait d'obéir à cet ordre, et il avait trouvé sous le pli la renonciation du grand-duc Constantin ainsi conçue :

« Lettre de son al'esse impériale le czarewich grand-duc Constantin à l'empereur Alexandre.

« SIRE,

» Enhardi par les preuves multipliées de la bienveillance de sa majesté impériale envers moi, j'ose la réclamer encore une fois et mettre à ses pieds mes humbles prières. Ne me croyant ni l'esprit, ni la capacité, ni la force nécessaires si jamais j'étais revêtu de la haute dignité à laquelle je suis appelé par ma naissance, je supplie instamment sa majesté impériale de transférer le droit sur celui qui me suit immédiatement, et d'assurer à jamais la stabilité de l'empire. Quant à ce qui me concerne, je donnerai, par cette renonciation, une nouvelle garantie et une nouvelle force à celle à laquelle j'ai librement et solennellement consenti à l'époque de mon divorce avec ma première épouse. Toutes les circonstances présentes me déterminent de plus en plus à prendre une mesure qui prouvera à l'empire et au monde entier la sincérité de mes sentimens.

» Puisse votre majesté impériale accueillir mes vœux avec bonté ! puisse-t-elle déterminer notre auguste mère à les accueillir elle-même et à les sanctionner par son consentement impérial ! Dans le cercle de la vie privée, je m'efforcerai toujours de servir de modèle à vos fidèles sujets et à tous ceux qu'anime l'amour de notre chère patrie.

» Je suis, avec le plus profond respect,

» CONSTANTIN. «

Pétersbourg, 14 janvier 1822.

A cette lettre, Alexandre avait fait la réponse suivante :

« TRÈS CHER FRÈRE,

» Je viens de lire votre lettre avec toute l'attention qu'elle mérite ; je n'y ai rien trouvé qui m'ait pu surprendre, ayant toujours su apprécier les sentimens élevés de votre cœur ; elle m'a fourni une nouvelle preuve de votre sincère attachement à l'état et de vos soins prévoyans pour la conservation de sa tranquillité.

» Suivant vos désirs, j'ai communiqué votre lettre à notre très chère mère ; elle l'a lue, pénétrée des mêmes sentimens que moi, et reconnaît avec gratitude les nobles motifs qui vous ont dirigé.

» D'après ces motifs, allégués par vous, il ne nous reste à tous deux qu'à vous laisser toute liberté de suivre vos résolutions inaltérables, et à prier le Tout-Puissant de faire produire à des sentimens aussi purs les résultats les plus satisfaisans.

» Je suis pour toujours votre très affectionné frère,

» ALEXANDRE. »

Or, le second refus de Constantin, renouvelé dans les mêmes termes à peu près à trois ans d'intervalle, rendait instante une décision de la part du grand-duc Nicolas ; il publia donc, le 25 décembre, et en vertu des lettres ci-dessus, un manifeste dans lequel il déclarait qu'il acceptait le trône qui lui était dévolu par la renonciation de son frère aîné ; l fixait au lendemain, 26, la prestation de serment qui devait être faite à lui et à son fils aîné, le grand-duc Alexandre.

A cette communication officielle que lui faisait son futur souverain, Saint-Pétersbourg respira enfin plus tranquille ; le caractère du czarewich Constantin, qui présentait de grandes ressemblances avec celui de Paul Ier, inspirait de vives craintes ; au contraire, celui du grand-duc Nicolas offrait de sérieuses garanties.

En effet, tandis que Alexandre et Constantin se laissaient emporter, chacun de son côté et selon son caractère, l'un vers les doux plaisirs de l'amour, l'autre vers les rudes travaux de la stratégie, le jeune grand-duc, chaste et sévère, avait grandi au milieu des études profondes de l'histoire et de la politique. Toujours distrait ou froid, il marchait habituellement le front penché vers la terre, et lorsqu'il le relevait pour fixer sur un homme son œil fauve et pénétrant, cet homme, quel qu'il fût, sentait qu'il était devant son maître. Aussi, peu de voix osaient répondre sans se troubler aux interrogations net es et accentuées qu'il adressait habituellement avec sa parole brisée et fière ; et tandis qu'Alexandre, populaire et courtois, se mêlait, avant que sa tristesse ne l'eût relégué à Tzarko-Selo, à toutes les sociétés privées, le grand-duc Nicolas restait isolé avec sa famille, qui était à la fois un prétexte et une excuse à son isolement. Il en résulte que le peuple russe, qui sent lui-même le besoin qu'il a d'être guidé graduellement et sans secousse hors des ornières de la barbarie, avait instinctivement compris qu'avec une froide douceur, cachant une inexorable volonté, son nouveau souverain était l'homme qu'il eût dû choisir, si Dieu n'avait pris le soin de le choisir lui-même, et que pour tenir le sceptre qui devait s'étendre sur une nation, chose étrange, à la fois trop barbare et trop civilisée, il fallait une main de fer dans un gant de soie.

Ajoutez à cela, ce qui est bien quelque chose pour tous les peuples, que le nouvel empereur était le plus bel homme de son royaume et le plus brave de son armée.

Chacun regardait donc le jour du lendemain comme un jour de fête, lorsque pendant la soirée des bruits étranges commencèrent à circuler dans la ville : on disait que les renonciations publiées le matin même au nom du czarewich Constantin étaient supposées, et qu'au contraire le vice roi de Pologne marchait sur Saint-Pétersbourg avec une armée, pour venir réclamer ses droits. On ajoutait que les officiers de divers régimens, et entre autres du régiment de Moscou avaient dit tout haut qu'ils refuseraient le serment de fidélité à Nicolas, attendu que le czarewich était leur seul et légitime souverain.

Ces rumeurs m'étaient venues frapper dans quelques maisons que j'avais visitées pendant la soirée, lorsqu'en rentrant chez moi, je trouvai une lettre de Louise qui me priait, à quelque heure que ce fût, de passer chez elle ; je m'y rendis aussitôt, et la trouvai très inquiète : comme d'habitude, le comte était venu, mais, quelque effort qu'il eût fait sur lui-même, il n'avait pu lui cacher son agitation. Alors Louise l'avait questionné ; mais quoiqu'il ne lui eût rien avoué, il lui avait répondu avec cette affection profonde des momens suprêmes, si bien que, tout accoutumée qu'elle était à son amour et à sa bonté, la tendresse équivoque qui cette fois en accompagnait l'expression, l'avait confirmée dans ses soupçons : sans aucun doute, quelque chose d'inattendu se préparait pour le lendemain, et, quelque chose que ce fût, le comte en était.

Louise voulait me prier d'aller chez lui, elle espérait qu'avec moi il serait plus confiant, et, dans le cas où il me confierait quelque chose relativement au complot, elle désirait que je fisse tout ce qui serait en mon pouvoir pour le détourner d'aller plus loin. On devine que je ne fis aucune difficulté pour me charger de ce message ; d'ailleurs, depuis longtemps, j'avais les mêmes craintes qu'elle, et ma reconnaissance avait vu presque aussi clair que son amour.

Le comte n'était point chez lui ; cependant, comme on avait l'habitude de m'y voir venir, du moment où j'eus dit que je désirais l'attendre, on ne fit aucune difficulté pour m'introduire ; j'entrai dans sa chambre à coucher : elle était préparée pour le recevoir, il était donc évident qu'il ne passait pas la nuit dehors.

Le domestique sortit et me laissa seul ; je regardai autour de moi pour voir si rien ne fixerait mes doutes, et j'aperçus, sur la table de nuit une paire de pistolets à deux coups ; je mis la baguette dans le canon : ils étaient chargés ; cette circonstance, indifférente en toute autre occasion, dans celle-ci confirmait mes craintes.

Je me jetai dans un fauteuil, bien décidé à ne pas quitter la chambre du comte, qu'il ne fût rentré ; minuit, une heure et deux heures sonnèrent successivement ; mes inquiétudes cédèrent à la fatigue, je m'endormis.

Vers quatre heures, je me réveillai, devant moi était le comte écrivant à une table ; ses pistolets étaient près de lui, il était très pâle.

Au premier mouvement que je fis, il se retourna de mon côté : — Vous dormiez, me dit-il, je n'ai pas voulu vous réveiller ; vous aviez quelque chose à me dire, je me doute de ce qui vous amène ; tenez, si demain soir vous ne m'avez pas revu, donnez cette lettre à Louise ; je comptais vous l'envoyer demain matin par mon valet de chambre, mais j'aime mieux la remettre à vous-même.

— Alors, nous n'avions donc pas tort de craindre ; il se prépare quelque conspiration, n'est-ce pas, et vous en êtes ?

— Silence, me dit le comte en me serrant violemment la main, et en regardant autour de lui ; silence, à Saint-Pétersbourg, un mot imprudent tue.

— Oh ! lui dis-je à demi-voix, quelle folie !

— Eh ! croyez-vous que je ne sache pas aussi bien que vous que ce que je fais est insensé ? croyez-vous que j'aie la moindre espérance de réussir ? Non, je vais droit à un précipice, et un miracle même ne pourrait m'empêcher d'y tomber ; tout ce que je puis faire, c'est de fermer les yeux pour ne pas en voir la profondeur.

— Mais pourquoi, puisque vous mesurez ainsi le danger, vous y exposez-vous de sang-froid ?

— Parce qu'il est trop tard maintenant pour retourner en arrière, parce qu'on dirait que j'ai peur, parce que j'ai engagé ma parole à des amis, et qu'il faut que je les suive.... fût-ce sur l'échafaud.

— Mais comment, vous, vous, d'une noble famille ?...

— Que vouliez-vous, les hommes sont fous ; en France, les perruquiers se battent pour devenir grands seigneurs ; ici, nous allons nous battre pour devenir des perruquiers.

— Comment ! il s'agit ?...

— D'établir une république, ni plus ni moins, et de faire couper la barbe à nos esclaves, jusqu'à ce qu'ils nous fassent couper la tête ; ma parole d'honneur, j'en hausse moi-même les épaules de pitié. Et qui avons-nous choisi pour mettre à la tête de notre grande réforme politique ? Un prince !

— Comment ! un prince !

— Oh ! nous en avons beaucoup de princes ; ce n'est pas cela qui nous manquera, ce sont les hommes.

— Mais vous avez donc une constitution toute prête ?

— Une constitution ! reprit en riant d'un rire amer le comte Alexis ; une constitution ! oh ! oui, nous avons un code russe rédigé par Pestel, que Courlandais, et que Troubetskoï a fait revoir à Londres et à Paris ; et puis nous avons encore un catéchisme en beau langage figuré, qui contient des maximes comme celles-ci par exemple : Ne te fie uniquement qu'à tes amis et à ton seul : tes amis t'aideront, et ton poignard te défendra. Tu es Slave, et sur ton sol natal, aux bords des mers qui le baignent, tu construiras quatre ports : le port Niort, le port Blanc, le port de Dalmatie, le port Glacial, et, au milieu, tu placeras sur le trône la déesse des lumières.

— Mais quel diable de jargon me parle votre excellence ?

— Ah ! vous ne me comprenez point, n'est-ce pas ? me dit le comte se livrant de plus en plus à cette espèce de raillerie fiévreuse avec laquelle il prenait plaisir à se déchirer lui-même ; c'est que vous n'êtes pas initié, voyez-vous ; il est vrai que si vous étiez initié, vous ne comprendriez pas davantage ; mais n'importe, vous iriez toujours, vous citeriez les Gracchus, Brutus, Caton, vous diriez qu'il faut abattre la tyrannie, immoler César, punir Néron ! vous diriez...

— Je ne dirais rien de tout cela, je vous jure ; bien au contraire, je me retirerais en silence, et je ne remettrais pas les pieds dans vos clubs, mauvaise parodie de nos feuillans et de nos jacobins.

— Et le serment, le serment ? est-ce que vous croyez que nous l'avons oublié ? est-ce qu'il y a une bonne conspiration sans un serment ? Tenez, voilà le nôtre : Si je trahis ma pa-

role, je serai châtié, et par mes remords et par cette arme sur laquelle je prête serment ; qu'elle s'enfonce dans mon cœur, qu'elle fasse périr tous ceux qui me sont chers, et que dès cet instant ma vie ne soit plus qu'un enchaînement de souffrances inouïes ! C'est un peu mélodramatique, n'est-ce pas ? et ce serait très probablement sifflé à votre Gaîté ou à votre Ambigu ; mais ici, mais à Saint-Pétersbourg, nous sommes encore en arrière, et j'ai été vraiment fort applaudi quand je l'ai prononcé.

— Mais, au nom du ciel ! comment se fait-il, m'écriai-je, que, voyant aussi clairement le côté ridicule d'une pareille entreprise, vous vous y soyez mis ?

— Comment cela se fait ? que voulez-vous ? Je m'ennuyais, j'aurais donné ma vie pour un kopek ; je me suis fourré comme un sot dans cette souricière ; puis j'y étais à peine, que j'ai reçu une lettre de Louise ; j'ai voulu me retirer ; sans me rendre ma parole, on m'a dit que tout cela était fini, et que la société était dissoute ; il n'en était rien. Il y a un an, on est venu me dire que la patrie comptait sur moi : pauvre patrie, comme on la fait parler ! J'avais grande envie d'envoyer tout promener, car je suis aussi heureux maintenant, voyez-vous, que j'ai été malheureux autrefois ; mais une mauvaise honte m'a retenu, de sorte que me voilà prêt, comme m'a dit ce soir Bestoujeff, à poignarder les tyrans et à jeter au vent leur poussière. C'est très poétique, n'est-ce pas ? mais ce qui l'est moins, c'est que les tyrans nous feront pendre, et que nous ne l'aurons pas volé.

— Mais avez-vous réfléchi à une chose, monseigneur ? dis-je alors au comte en lui saisissant les deux mains, et en le regardant en face ; c'est que cet événement dont vous parlez en riant serait la mort de la pauvre Louise.

Les larmes lui vinrent aux yeux.

— Louise vivra, me dit-il.

— Oh ! vous ne la connaissez pas, répondis-je.

— C'est parce que je la connais, au contraire, que je vous parle ainsi ; Louise n'a plus le droit de mourir, elle vivra pour son enfant.

— Pauvre femme ! m'écriai-je, je ne la savais pas si malheureuse.

— Écoutez, me dit le comte, comme je ne sais pas ce qui se passera demain, ou plutôt aujourd'hui, voici une lettre pour elle ; j'espère que tout ira mieux que nous ne le pensons l'un et l'autre, et que tout ce bruit s'en ira en une fumée si imperceptible, qu'on ne s'apercevra pas même qu'il y avait du feu. Dans ce cas, vous la déchirerez, et ce sera comme si elle n'avait pas été écrite. Dans le cas contraire, vous la lui remettrez. Elle contient une recommandation à ma mère de la traiter comme sa fille ; je lui laisserais bien tout ce que j'ai, mais vous comprenez que, si je suis pris et condamné, la première chose qu'on fera sera de confisquer mes biens ; en conséquence, la donation serait inutile. Quant à mon argent comptant, la future république me l'a emprunté jusqu'au dernier rouble ; ainsi, je n'ai pas à m'en inquiéter. Vous me promettez de faire ce que je vous demande ?

— Je vous le jure.

— Merci ; maintenant, adieu ; prenez garde qu'on ne vous voie sortir de chez moi à cette heure, cela vous compromettrait peut-être.

— Vraiment, je ne sais si je dois vous quitter.

— Oui, vous le devez, mon cher ami : songez combien il est important, en cas de malheur, qu'il reste au moins un frère à Louise ; vous ne serez déjà que trop compromis par vos relations avec moi, avec Mouravieff et avec Troubetskoï ; soyez donc prudent, sinon pour vous, du moins pour moi ; je vous le demande au nom de Louise.

— Avec ce nom-là, vous me ferez faire tout ce que vous voudrez.

— Eh bien ! adieu donc ! je suis fatigué, et j'ai besoin de quelques heures de repos, car je présume que la journée sera rude.

— Adieu donc, puisque vous le voulez.

— Je l'exige.

— De la prudence.

— Eh ! mon cher, cela ne me regarde aucunement ; je ne

vais pas, on me mène; adieu. A propos, je n'ai pas besoin de vous dire qu'un seul mot imprudent serait notre perte à tous.

— Oh!...

— Voyons, embrassons-nous.

Je me jetai dans ses bras.

— Et maintenant, une dernière fois, adieu.

Je sortis sans pouvoir prononcer une parole, fermant la porte derrière moi; mais, avant que je fusse au bout du corridor, la porte se rouvrit, et ces paroles arrivèrent jusqu'à moi:

— Je vous recommande Louise.

En effet, la nuit même, les conjurés s'étaient réunis chez le prince Obolinski, et toutes les mesures avaient été prises, si l'on peut appeler mesures quelques dispositions folles pour une révolution impossible. Dans cette réunion, à laquelle avaient assisté les principaux chefs, ceux-ci avaient communiqué aux simples membres de la société le plan général, et avaient choisi pour l'exécution le lendemain, jour du serment. En conséquence, il avait été résolu qu'on disposerait les soldats à la révolte, en leur exprimant des doutes sur la réalité de la renonciation du czarewich Constantin, qui, s'étant spécialement occupé de l'armée, était fort aimé d'elle; alors, et avec le premier régiment qui refuserait le serment, on joindrait le régiment le plus rapproché, et ainsi de suite jusqu'à ce qu'on eût une masse assez imposante pour marcher sur la place du Sénat, tout en battant le tambour pour amasser le peuple. Arrivés là, les conjurés espéraient qu'une simple démonstration suffirait, et que l'empereur Nicolas, répugnant à employer la force, traiterait avec les rebelles, et renoncerait à ses droits de souveraineté; alors on lui aurait imposé les conditions suivantes:

1° Que les députés seraient convoqués à l'instant même de tous les gouvernemens;

2° Qu'il serait publié un manifeste du sénat, dans lequel il serait dit que les députés auraient à voter de nouvelles lois organiques pour le gouvernement de l'empire;

3° Qu'en attendant, un gouvernement provisoire serait établi, et que les députés du royaume de Pologne y seraient appelés afin d'adopter des mesures nécessaires à la conservation de l'unité de l'état.

Dans le cas où, avant d'accepter ces conditions, l'empereur demanderait à en conférer avec le czarewich, la chose lui serait accordée, mais à la condition qu'il serait donné aux conspirateurs et aux régimens révoltés un cantonnement hors de la ville, pour y camper malgré l'hiver, et y attendre l'arrivée du czarewich, qui trouverait, au reste, les états assemblés, pour lui présenter une constitution rédigée par Nikita Mourawieff, et lui prêter serment s'il l'acceptait, ou le déposer s'il ne l'acceptait pas. Si le grand-duc Constantin, ce qui dans la pensée des conjurés n'était pas probable, désapprouvait cette insurrection, on la mettrait alors sur le compte du dévoûment que l'on portait à sa personne. Dans le cas où, au contraire, l'empereur refuserait tout arrangement, on devait l'arrêter avec toute la famille impériale, puis les circonstances indiqueraient ce qu'il faudrait décider à leur égard.

Si l'on échouait, on évacuerait la ville, et on propagerait l'insurrection.

Le comte Alexis n'avait pris part à toute cette longue et bruyante discussion, que pour combattre la moitié des propositions, et lever les épaules aux autres; mais, malgré son opposition et son silence, elles avaient été adoptées à la majorité, et, une fois adoptées, il se croyait engagé d'honneur à courir les mêmes chances que s'il avait eu quelque chance de réussite.

Au reste, tous les autres paraissaient dans une sécurité parfaite quant à la réussite, et pleins de confiance dans le prince Troubetskoï, si bien qu'un conjuré, Boulatoff, s'était écrié avec enthousiasme en sortant et en s'adressant au comte:

— N'est-il pas vrai que nous avons choisi un chef admirable?

— Oui, avait répondu le comte, il est d'une très belle taille.

C'était dans ces dispositions qu'il était rentré, et m'avait trouvé chez lui.

XVI.

Comme ce que j'avais à dire à Louise ne devait point la rassurer, et que d'ailleurs j'espérais toujours que quelque circonstance imprévue ferait avorter la conspiration, je rentrai chez moi, et j'essayai de prendre quelque repos; mais j'étais si préoccupé, que je me réveillai au point du jour, m'habillai aussitôt, et courus à la place du Sénat. Tout était tranquille.

Cependant les conjurés n'avaient pas perdu leur nuit. En vertu des résolutions prises, chacun s'était rendu à son poste, dirigé par Ryleyeff, qui était le chef militaire, comme le prince de Troubetskoï était le chef politique. Le lieutenant Arbouzoff devait entraîner les marins de la garde, les deux frères Bodisco et le sous-lieutenant Goudimoff le régiment des gardes Izmaïlowski; le prince Stchepine Rostoffski, le capitaine en second Michel Bestoujeff, son frère Alexandre et deux autres officiers du régiment, nommés Brock et Wolkoff, s'étaient chargés du régiment de Moscou; enfin, le lieutenant Suthoff avait répondu du premier régiment des grenadiers-du-corps. Quant au comte, il avait refusé tout autre rôle que celui de simple acteur, promettant de faire ce que les autres feraient; comme on le savait homme à tenir parole, et que, d'ailleurs, il ne réclamait aucune position dans le futur gouvernement, on n'avait point exigé davantage de lui.

Je restai jusqu'à onze heures, non pas sur la place du Sénat, car il y faisait trop froid pour qu'une pareille station fût supportable, mais chez un de ces marchands de sucreries et de vins qu'on nomme *conditors*, et dont la boutique était située au bout de la Perspective, près de la maison du banquier Cerclet. C'était un poste excellent pour y attendre des nouvelles, d'abord parce qu'il donnait sur la place de l'Amirauté, ensuite parce que les conditors remplacent à Saint-Pétersbourg nos pâtissiers de Paris; et celui-là étant le Félix de l'endroit, à chaque instant des personnes arrivant des quartiers les plus opposés entraient dans son magasin. Jusqu'à cette heure, au reste, toutes les relations étaient satisfaisantes; le général de la garde et de l'état-major venait d'arriver au palais, annonçant que les régimens des gardes à cheval, des chevaliers-gardes, de Preobrajenski, de Semenowskoï, les grenadiers Paulowski, les chasseurs de la garde, les chasseurs de Finlande et les sapeurs, venaient de prêter serment. Il est vrai qu'on n'avait encore aucune nouvelle des autres régimens, mais cela tenait sans doute à la position de leurs casernes, éloignées du centre de la capitale.

J'allais rentrer chez moi, espérant que la journée s'écoulerait ainsi, et que les conspirateurs, ayant reconnu le danger de leur projet, se tiendraient tranquilles, lorsque tout-à-coup un aide-de-camp passa au grand galop, et on put comprendre que quelque chose d'inattendu venait d'arriver. Chacun courut aussitôt sur la place, car il y avait dans l'air cette vague inquiétude qui précède toujours les grands événemens; en effet, la révolte venait de commencer, et cela avec une telle violence, qu'on ne pouvait savoir où elle s'arrêterait.

Le prince Stchepine Rostoffski et les deux Bestoujeff avaient tenu parole. Dès neuf heures du matin ils étaient arrivés aux casernes du régiment de Moscou, et, s'adressant aux 2e, 3e, 5e et 6e compagnies qu'on savait les plus dévouées au grand-duc Constantin, le prince Stchepine avait affirmé aux soldats qu'on les trompait en exigeant leur serment. Il avait ajouté que, bien loin d'avoir renoncé à la couronne, le grand-duc était arrêté pour avoir refusé au serment la concession de ses droits. Alors Alexandre Bestoujeff, prenant la parole, avait annoncé qu'il arrivait de Varsovie, chargé par le czarewich lui-même de s'opposer à la prestation du serment; et, voyant que ces nouvelles produisaient une grande impression sur les troupes, le prince Stchepine avait ordonné aux soldats de prendre des cartouches à balle et de charger leurs armes. En ce moment l'aide-de-camp Verighine, suivi du major-général Fredricks, commandant le peloton de grenadiers aux mains desquels était le drapeau, était arrivé pour inviter les officiers à se rendre chez le colonel du régiment. Stchepine avait alors pensé que le moment était venu; il avait ordonné aux soldats de repousser les grenadiers à coups de crosse et de leur enlever le drapeau; en même temps il s'était précipité sur le général-major Fredricks, que Bestoujeff de son côté menaçait du pistolet, l'avait frappé à la tête d'un coup d'estoc qui l'avait étendu à terre, et en même temps, se retournant sur le général-major Schenschine, commandant de la brigade, qui accourait au secours de son collègue, il l'avait renversé d'un coup de pointe. Se ruant aussitôt au milieu des grenadiers, il avait successivement blessé le colonel Khwosschinski, le sous-officier Mousseieff et le grenadier Krassoffski, si bien qu'il avait fini par s'emparer du drapeau qu'il avait élevé en l'air en criant : Hurrah ! A ce cri, et à la vue du sang, plus de la moitié du régiment avait répondu par les cris de : Vive Constantin! à bas Nicolas! et, profitant de ce moment d'enthousiasme, Stchepine avait entraîné près de quatre cents hommes à sa suite, et marchait avec eux tambour battant vers la place de l'Amirauté.

A la porte du palais d'Hiver, l'aide-de-camp qui apportait ces nouvelles heurta un autre officier qui arrivait de la caserne des grenadiers-du-corps. Les nouvelles dont celui-ci était chargé n'étaient guère moins inquiétantes que celles apportées par l'aide-de-camp. Au moment où le régiment sortait pour aller prêter serment, le sous-lieutenant Kojenikoff s'était jeté à l'avant-garde en criant : Ce n'est pas au grand-duc Nicolas qu'il faut prêter serment, mais à l'empereur Constantin. Puis, sur ce qu'on lui répondait que le czarewich avait abdiqué : — C'est faux ! s'était-il écrié, faux, de toute fausseté; le czarewich marche sur Saint-Pétersbourg pour punir ceux qui ont oublié leurs devoirs et récompenser ceux qui seront restés fidèles.

Cependant, malgré ses cris, le régiment avait continué sa marche, avait prêté serment, et était rentré dans la caserne sans donner aucune marque d'insubordination, lorsqu'au moment du diner, le lieutenant Sathoff, qui avait prêté serment comme les autres, entra, et s'adressant à sa compagnie : — Mes amis, s'écria-t-il, nous avons eu tort d'obéir, les autres régimens sont en pleine révolte, ils ont refusé le serment et sont à cette heure sur la place du Sénat; habillez-vous, chargez vos armes, et en avant, suivez-moi. J'ai votre solde dans ma poche, et je vous la distribuerai sans attendre l'ordre.

— Mais ce que vous nous dites est-il bien vrai? s'écrièrent plusieurs voix.

— Tenez, voici le lieutenant Panoff, votre ami comme moi : interrogez-le.

— Mes amis, dit Panoff avant d'attendre même qu'on l'interrogeât, vous savez que Constantin est votre seul et légitime empereur et qu'on veut le détrôner. Vive Constantin !

— Vive Constantin ! crièrent les soldats.

— Vive Nicolas! répondit le colonel Sturler, commandant du régiment, en s'élançant dans la salle. On vous égare, mes amis, le czarewich a abdiqué, et vous n'avez pas d'autre empereur que le grand-duc Nicolas. Vive Nicolas Ier !

— Vive Constantin ! répondirent les soldats.

— Vous vous trompez, soldats, et on vous fait faire fausse route, cria de nouveau Sturler.

— Ne m'abandonnez pas, suivez-moi, répondit Panoff; réunissons-nous à ceux qui défendent Constantin. Vive Constantin !

— Vive Constantin ! avaient crié plus des trois quarts des soldats.

— A l'Amirauté ! à l'Amirauté ! dit Panoff tirant son épée; suivez-moi, soldats, suivez-moi !

Et il s'était élancé suivi de près de deux cents hommes, criant hurrah ! comme lui, et se dirigeant comme le régiment de Moscou, mais par une autre rue, vers la place de l'Amirauté.

Pendant que cette double nouvelle était apportée à l'empe-

reur, le gouverneur militaire de Saint-Pétersbourg, le comte Milarodowich, accourut à son tour au palais. Il savait déjà la rébellion du régiment de Moscou et des grenadiers-du-corps; il avait ordonné aux troupes sur lesquelles il croyait pouvoir le plus compter de se rendre au palais d'Hiver; ces troupes étaient le premier bataillon du régiment de Preobrajenski, trois régimens de la garde de Paulowski et le bataillon des sapeurs de la garde.

L'empereur vit alors que la chose était plus sérieuse qu'il ne l'avait cru d'abord. En conséquence, il commanda au général-major Neidhart de porter au régiment de la garde de Semenowski l'ordre d'aller immédiatement réprimer les mutins, et à la garde à cheval celui de se tenir prête à la première réquisition; puis, ces ordres donnés, il se rendit lui-même au corps-de-garde principal du palais d'Hiver, où le régiment de la garde de Finlande était de service, et lui ordonna de charger ses fusils et d'occuper les principales avenues du palais. En ce moment, on entendit un grand tumulte : c'étaient la troisième et la sixième compagnie du régiment de Moscou, conduites par le prince Stchepine et les deux Bestoujeff, qui arrivaient, drapeau au vent, tambour en tête, criant : A bas Nicolas ! vive Constantin ! Elles débouchèrent sur la place de l'Amirauté ; mais arrivées là, soit qu'elles ne se crussent pas assez fortes, soit qu'elles reculassent en face de la majesté impériale, au lieu de marcher sur le palais d'Hiver, elles allèrent s'adosser au sénat. A peine y étaient-elles, qu'elles y furent rejointes par les grenadiers-du-corps : une cinquantaine d'hommes en frac, dont quelques-uns étaient armés de pistolets qu'ils tenaient à la main, se mêlèrent aux soldats révoltés.

En ce moment, je vis paraître l'empereur sous une des voûtes du palais; il s'approcha jusqu'à la grille et jeta un coup-d'œil sur les rebelles; il était plus pâle que d'habitude, mais paraissait parfaitement calme. On disait que, pour être prêt à mourir en empereur et en chrétien, il s'était confessé et avait fait ses adieux à sa famille.

Comme j'avais les yeux fixés sur lui, j'entendis derrière moi et du côté du palais de marbre retentir le galop d'un escadron de cuirassiers; c'était la garde à cheval conduite par le comte Orloff, un des plus braves et des plus fidèles amis de l'empereur. Devant lui les grilles s'ouvrirent; il sauta à bas de son cheval, et le régiment se rangea devant le palais; presque en même temps on entendit les tambours des grenadiers de Preobrajenski qui arrivaient par bataillons. Ils entrèrent dans la cour du palais, où ils trouvèrent l'empereur avec l'impératrice et le jeune grand-duc Alexandre; derrière eux parurent les chevaliers-gardes, au milieu desquels je reconnus le comte Alexis Waninkoff ; ils se rangèrent de manière à former l'angle avec leurs cuirassiers, laissant entre eux une intervalle que l'artillerie ne tarda point à remplir. Les régimens révoltés laissaient de leur côté faire toutes ces dispositions avec une insouciance apparente et sans s'y opposer autrement que par leurs cris de : Vive Constantin ! à bas Nicolas! Il était évident qu'ils attendaient des renforts.

Cependant les messagers envoyés par le grand-duc Michel se succédaient au palais. Tandis que l'empereur y organisait sa défense et celle de sa famille, le grand-duc parcourait les casernes, et par sa présence combattait la rébellion. Quelques efforts heureux avaient déjà été tentés; au moment où le reste du régiment de Moscou allait suivre les deux compagnies révoltées, le comte de Liéven, frère d'un de mes écoliers, capitaine de la cinquième compagnie, était arrivé assez à temps pour empêcher le bataillon de sortir et faire fermer les portes. Alors, se plaçant devant les soldats, il avait tiré son épée contre son honneur qu'il le passerait au travers du corps du premier qui ferait un mouvement. A cette menace, un jeune sous-lieutenant s'était avancé le pistolet à la main et avait porté le canon vers le comte de Liéven de lui brûler la cervelle. A cette menace, le comte avait répondu par un coup du pommeau de son épée, qui avait fait sauter le pistolet des mains du sous-lieutenant; mais celui-ci l'avait ramassé, et avait de nouveau dirigé son arme vers le comte. Alors celui-ci, croisant les bras, marcha droit au sous-lieutenant, tandis que le régiment, immobile et muet, regardait comme témoin cet étrange duel. Le sous-lieutenant recula de quelques pas, suivi par le comte de Liéven, qui lui présentait sa poitrine comme un défi; mais enfin il s'arrêta et fit feu. Par miracle, l'amorce brûla, mais le coup ne partit point. En ce moment, on frappa à la porte.

— Qui est-là? crièrent quelques voix.

— Son altesse impériale le grand-duc Michel, répondit-on du dehors.

Quelques instans de stupeur profonde succédèrent à ces paroles. Le comte de Liéven marcha vers la porte, et l'ouvrit sans que personne tentât de l'arrêter.

Le grand-duc entra à cheval, suivi de quelques officiers d'ordonnance.

— Que signifie cette inaction au moment du danger? s'é-cria-t-il, suis-je au milieu de traîtres ou de soldats loyaux?

— Vous êtes au milieu du plus fidèle de vos régimens, ré-pondit le comte de Liéven, ainsi que votre altesse impériale va en avoir la preuve.

Alors, élevant son épée:

— Vive l'empereur Nicolas! s'écria-t-il.

— Vive l'empereur Nicolas! répondirent les soldats d'une seule voix.

Le jeune sous-lieutenant voulut parler, mais le comte de Liéven l'arrêta par le bras:

— Silence, monsieur. Je ne dirai pas un mot de ce qui s'est passé; ne vous perdez pas vous-même.

— Liéven, dit le grand-duc, je vous confie la conduite du régiment.

— Et j'en réponds sur ma tête à votre altesse impériale, répondit le Comte.

Le grand-duc alors avait poursuivi sa course, et partout avait trouvé, sinon de l'enthousiasme, du moins de l'obéis-sance. Les nouvelles étaient donc bonnes. En effet, de tous côtés les renforts s'échelonnaient; les sapeurs étaient en bataille devant le palais de l'Ermitage, et le reste du régi-ment de Moscou, conduit par le comte de Liéven, débou-chait par la Perspective de Niewski. L'apparition de ces troupes fit pousser de grands cris aux révoltés, car ils cru-rent que c'était enfin le secours attendu qui leur arrivait; mais ils furent promptement détrompés. Les nouveaux venus se rangèrent devant l'hôtel des Tribunaux, faisant face au palais; avec les cuirassiers, l'artillerie et les chevaliers-gardes, ils enfermèrent les révoltés dans un cercle de fer.

Un instant après on entendit les chants des prêtres; c'était le métropolitain, qui, suivi de tout son clergé, sortait de l'é-glise de Cazan, et venait, précédé des saintes bannières, or-donner au nom du ciel aux révoltés de rentrer dans leur de-voir. Mais, pour la première fois peut-être, les soldats mé-prisèrent dans leur irréligion politique les images qu'ils étaient habitués à adorer, et prièrent les prêtres de ne point se mêler des affaires de la terre, et de s'en tenir aux choses du ciel. Le métropolitain voulut insister, quand un ordre de l'empereur lui enjoignit de se retirer; Nicolas voulait tenter lui-même un dernier effort pour ramener les rebelles.

Ceux qui entouraient l'empereur voulurent alors l'en em-pêcher, mais l'empereur répondit que, puisque c'était sa partie qu'il jouait, il était juste qu'il mît sa vie au jeu. En conséquence, il ordonna d'ouvrir la grille: à peine venait-on d'obéir, que le grand-duc arriva à fond de train, et s'ap-prochant de l'oreille de l'empereur, lui dit tout bas qu'une partie du régiment de Preobrajenski, dont il était entouré, faisait cause commune avec les rebelles, et que le prince Trou-betskoï, dont l'empereur avait remarqué l'absence avec éton-nement, était le chef de la conspiration. La chose était d'au-tant plus possible, que, vingt-quatre ans auparavant, c'était le même régiment qui avait gardé les avenues du Palais-Rouge tandis que son colonel, le prince Talitzin, étranglait l'empereur Paul.

La situation était terrible, et cependant l'empereur ne chan-gea point de visage; seulement il était évident qu'il prenait une résolution extrême. Au bout d'un instant il se retourna, et s'adressant à un de ses généraux:

— Qu'on m'amène le jeune grand-duc, dit-il.

Un instant après le général descendit avec l'enfant. Alors l'empereur le souleva de terre, et s'avançant vers les grena-diers:

— Soldats, dit-il, si je suis tué, voilà votre empereur: ouvrez les rangs, je le confie à votre loyauté.

Un long hurrah se fit entendre; un cri d'enthousiasme, parti du fond du cœur, retentit; les coupables furent les premiers à laisser tomber leurs armes et à ouvrir les rangs. L'enfant fut emporté au milieu du régiment et mis sous la même garde que le drapeau; l'empereur monta à che-val et sortit. A la porte, les généraux le supplièrent de ne pas aller plus loin, les rebelles ayant dit tout haut que leur inten-tion était de tuer l'empereur, et toutes leurs armes étant char-gées. Mais l'empereur fit signe de la main qu'on le laissât libre; et défendant que personne ne le suivît, il mit son cheval au galop, piqua droit sur les révoltés, et s'arrêtant à demi portée de pistolet:

— Soldats! s'écria-t-il, on m'a dit que vous vouliez me tuer, si cela est vrai, me voilà.

Il y eut un moment de silence, pendant lequel l'empereur resta immobile entre les deux troupes, pareil à une statue équestre. Deux fois on entendit dans les rangs des rebelles retentir le mot: Feu! sans que cet ordre fût exécuté; mais à la troisième fois, il fut suivi de la détonation de quelques coups de fusil. Les balles sifflèrent autour de l'empereur, mais au-cune ne l'atteignit. A cent pas derrière lui le colonel Velho et plusieurs soldats furent blessés par cette décharge.

Au même instant, Milarodowich et le grand-duc Michel s'élancèrent aux côtés de l'empereur; le régiment des cuiras-siers et celui des chevaliers-gardes firent un mouvement, les artilleurs approchèrent la mèche de la lumière.

— Halte! cria l'empereur. — Chacun obéit. — Général, ajouta-t-il en s'adressant au comte Milarodowich, allez à ces malheureux, et tâchez de les ramener.

Le comte Milarodowich et le grand-duc Michel s'élancèrent vers eux; mais les révoltés les accueillirent avec une nou-velle décharge et aux cris de Vive Constantin!

— Soldats, s'écria alors le comte Milarodowich, en éle-vant au-dessus de sa tête un magnifique sabre turc tout garni de pierreries, et s'avançant jusque dans les rangs des rebelles, voici un sabre qui m'a été donné par son altesse impériale le czarewich lui-même; eh bien! au nom de l'hon-neur, je vous jure sur ce sabre que l'on vous trompe, que l'on vous abuse, que le czarewich a renoncé à la couronne, et que votre seul et légitime souverain est l'empereur Ni-colas Ier.

Des hurrahs et des cris de: Vive Constantin! répondirent à ce discours; puis, au milieu des hurrahs et des cris, on en-tendit un coup de pistolet, et on vit le comte Milarodowich chanceler; un autre pistolet avait été dirigé sur le grand-duc Michel, mais les soldats de marine, quoique au nombre des révoltés, avaient arrêté le bras de l'assassin.

En une seconde, le comte Orloff et ses cuirassiers, malgré les décharges successives des révoltés, eurent enveloppé dans leurs rangs le comte Milarodowich, le grand-duc et l'empe-reur Nicolas, qu'ils ramenèrent de force au palais. Milarodo-wich se tenait à peine sur son cheval, et en arrivant il tomba dans les bras de ceux qui l'entouraient.

L'empereur voulait qu'on fît une dernière tentative pour ramener les révoltés; mais, pendant qu'il donnait des ordres en conséquence, le grand-duc Michel sauta à bas de cheval; puis, se mêlant aux artilleurs, il arracha une baguette des mains d'un servant, et approchant la mèche de la lumière:

— Feu! cria-t-il, feu sur les assassins!

Quatre coups de canon chargés à mitraille partirent en même temps et renvoyèrent avec usure aux rebelles la mort qu'ils avaient donnée; puis, sans qu'il fût possible de rien entendre des ordres de l'empereur, une seconde décharge suivit la première.

L'effet de ces deux volées à demi-portée de fusil fut terrible. Plus de soixante hommes, tant des grenadiers-du-corps que du régiment de Moscou et des marins de la garde, restèrent sur la place; le reste prit aussitôt la fuite par la rue Galer-naïa, par le quai Anglais, par le pont d'Isaac et par la Néva, qui était gelée ; alors les chevaliers-gardes lancèrent leurs chevaux et se mirent à la poursuite des rebelles, à l'exception d'un seul homme, qui laissa le régiment s'éloigner, et qui, mettant pied à terre, et laissant aller son cheval à l'aventure, s'avança vers le comte Orloff. Arrivé près de lui, il détacha son sabre et le lui présenta.

— Que faites-vous, comte ? demanda le général étonné, et pourquoi venez-vous me remettre votre sabre au lieu de vous en servir contre les rebelles ?

— Parce que j'étais de la conspiration, monseigneur, et que, comme tôt ou tard je serais dénoncé et pris, j'aime mieux me dénoncer moi-même.

— Assurez-vous du comte Alexis Waninkoff, dit le général en s'adressant à deux cuirassiers, et conduisez-le à la forteresse.

L'ordre fut aussitôt exécuté. Je vis le comte traverser le pont de la Moïka, et disparaître à l'angle de l'ambassade de France.

Alors je pensai à Louise, dont j'étais maintenant le seul ami. Je repris, au milieu du tumulte, le chemin de la Perspective, et j'arrivai chez ma pauvre compatriote si triste et si pâle, qu'elle se douta bien que je venais lui annoncer quelque malheur. Aussi, à peine m'eut-elle aperçu qu'elle vint à moi les mains jointes.

— Qu'y a-t-il, au nom du ciel, qu'y a-t-il ? me demanda-t-elle.

— Il y a, lui répondis-je, que vous n'avez plus d'espoir que dans un miracle de Dieu ou dans la miséricorde de l'empereur.

Alors je lui racontai tout ce dont j'avais été témoin, et je lui remis la lettre de Waninkoff.

Comme je m'en étais douté, c'était une lettre d'adieu.

Le soir même, le comte Milarodowich mourut de sa blessure ; mais, avant de mourir, il exigea que le chirurgien extirpât la balle : l'opération finie, il prit le lingot de plomb dans sa main, et voyant qu'il n'était point de calibre :

— Je suis content, dit-il, ce n'est point la balle d'un soldat.

Cinq minutes après, il rendit le dernier soupir.

Le lendemain, à neuf heures du matin, c'est-à-dire au moment où la vie commence à se réveiller dans toute la ville, et quand tout le monde ignorait encore si l'émeute de la veille était apaisée ou devait se renouveler, l'empereur descendit sans suite et sans gardes, donnant la main à l'impératrice ; puis, montant tous deux un droschki qui attendait à la porte du palais d'Hiver, il parcourut toutes les rues de Saint-Pétersbourg, et passa devant toutes les casernes, s'offrant de lui-même aux coups des assassins, s'il en restait encore. Mais partout il n'entendit que des cris de joie, poussés du plus loin qu'on apercevait les plumes flottantes de son chapeau : seulement, comme pour rentrer au palais, après cette course téméraire qui lui avait si bien réussi, il passait par la Perspective, il vit une femme sortir de chez elle un papier à la main, et venir s'agenouiller sur sa route, de manière qu'il lui fallait détourner son traineau ou l'écraser. Arrivé à trois pas d'elle, le cocher arrêta tout court avec cette habileté proverbiale des Russes pour maitriser leurs chevaux : alors la femme, en pleurs et sans voix, n'eut que la force d'agiter en sanglotant le papier qu'elle tenait à la main ; peut-être l'empereur allait-il continuer son chemin, mais l'impératrice le regarda avec son sourire d'ange, et il prit le papier, qui ne contenait que ces paroles écrites à la hâte et mouillées encore :

« Sire, — Grâce pour le comte Waninkoff : au nom de ce que Votre Majesté a de plus cher, grâce.... grâce ! »

L'empereur chercha en vain la signature ; il n'y en avait pas. Alors il se retourna vers la femme inconnue.

— Etes-vous sa sœur ? demanda-t-il.

La suppliante secoua la tête tristement.

— Etes-vous sa femme ?

La suppliante fit signe que non.

— Mais enfin qui donc êtes-vous ? demanda l'empereur avec un léger mouvement d'impatience.

— Hélas ! hélas ! s'écria Louise en retrouvant sa voix, dans sept mois, sire, je serai la mère de son enfant.

— Pauvre petite ! dit l'empereur ; et, faisant signe au cocher, il repartit au galop, emportant la supplique, mais sans laisser à la pauvre éplorée d'autre espérance que les deux mots de pitié qui étaient tombés de ses lèvres.

XVII.

Les jours suivans furent employés à faire disparaître jusqu'à la dernière trace de l'émeute terrible dont les murs mitraillés du sénat gardaient encore la sanglante empreinte. Dès le même soir ou dans la nuit, les principaux conjurés avaient été arrêtés : c'étaient le prince Treubetskoï, le journaliste Ryleyeff, le prince Obolinski, le capitaine Jacoubowith, le lieutenant Kakowski, les capitaines en second Stchepine, Rostowski et Bestoujeff, un autre Bestoujeff, aide-de-camp du duc Alexandre de Wurtemberg ; enfin soixante ou quatre-vingts autres qui étaient plus ou moins coupables d'action ou de pensée ; Waninkoff, qui, ainsi que nous l'avons dit, s'était livré volontairement, et le colonel Boulatoff, qui avait suivi son exemple.

Par une coïncidence étrange, Pestel, d'après des ordres partis de Taganrog, avait été arrêté dans le midi de la Russie le jour même où avait éclaté l'émeute à Saint-Pétersbourg.

Quant à Serge et à Apostol Mourawief, qui étaient parvenus à se sauver et à soulever six compagnies du régiment de Tchernigoff, ils furent rejoints près du village de Poulogoff, dans le district de Wasilkoff, par le lieutenant-général Roth. Après une résistance désespérée, l'un d'eux essaya de se brûler la cervelle d'un coup de pistolet, mais se manqua ; l'autre fut pris après avoir été grièvement blessé d'un éclat de mitraille au côté et d'un coup de sabre à la tête.

Tous ces prisonniers, dans quelque coin de l'empire qu'ils eussent été arrêtés, furent tranférés à Saint-Pétersbourg ; puis une commission d'enquête, composée du ministre de la guerre Tatischeff, du grand-duc Michel, du prince Galitzin, conseiller-privé, de Golenitcheff-Kotouzoff, qui avait succédé au comte Milarodowich dans le gouvernement militaire de Saint-Pétersbourg, de Tchernycheff, de Benkendorff, de Levacheff et de Potapoff, tous quatre aides-de-camp généraux, fut nommée par l'empereur, et l'instruction commença avec une impartialité dont les noms que nous venons de répéter étaient les garans.

Mais, comme c'est l'habitude à Saint-Pétersbourg, tout se faisait dans le silence et dans l'ombre, et rien ne transpirait au dehors. Il y a plus, et l'on vit une chose étrange, dès le lendemain du jour où un rapport officiel avait annoncé à l'armée que tous les traitres étaient arrêtés, il n'avait pas plus été question d'eux que s'ils n'eussent jamais existé, ou que s'ils fussent venus en ce monde isolés et sans famille ; pas une maison n'avait fermé ses fenêtres en signe de veuvage, pas un front ne s'était voilé de tristesse en signe de deuil. Tout continua de marcher comme si rien n'était advenu. Louise seule tenta cette démarche que nous avons dit qu'elle n'avait peut-être pas sans précédent dans les souvenirs moscovites ; et cependant chacun, je le présume, sentait comme moi au fond du cœur que bientôt un matin ferait éclore, comme une fleur sanglante, quelque nouvelle terrible ; car la conspiration était flagrante, les intentions des conspirateurs étaient homicides, et, quoique chacun connût la bonté naturelle de l'empereur, on sentait bien qu'il ne pourrait étendre son pardon à tous : le sang appelait le sang.

De temps en temps un rayon d'espoir perçait cette nuit comme une lueur sombre, et donnait une nouvelle preuve des dispositions indulgentes de l'empereur. Dans la liste des conjurés qu'on avait mise sous ses yeux, il avait reconnu un nom cher à la Russie : ce nom, c'était celui de Souwarow. En effet, le petit-fils du rude vainqueur de la Trébéia était au nombre des conspirateurs. Nicolas, en arrivant à lui, s'arrêta ; puis, après un instant de silence : « — Il ne faut pas dit-il, comme se parlant à lui-même, qu'un si beau nom soit taché. Se retournant alors vers le grand-maître de la police qui lui présentait la liste : C'est moi, dit-il, qui interrogerai le lieutenant Souwarow. »

Le lendemain, le jeune homme fut conduit devant l'empereur, qu'il s'attendait à voir irrité et menaçant, et qu'il trouva, au contraire, le front calme et doux. Ce n'est pas tout: aux premiers mots du czar, il fut facile au coupable de voir dans quel but on l'avait fait venir. Toutes les questions du souverain, préparées avec une paternelle sollicitude, étaient disposées de manière à ce que l'accusé ne pût échapper à l'acquittement. En effet, à chacune des interrogations impériales auxquelles il n'avait à répondre que oui ou non, le czar se retournait vers ceux qu'il avait convoqués pour assister à cette scène, en disant : « Vous le voyez bien, vous l'entendez, je vous l'avais bien dit, messieurs, un Souwarow ne pouvait pas être un rebelle. » Et Souwarow, tiré de sa prison, renvoyé à son régiment, avait reçu au bout de quelques jours son brevet de capitaine.

Mais tous les accusés ne s'appelaient pas Souwarow, et, quoique je fisse tous mes efforts pour inspirer à ma pauvre compatriote un espoir que je n'avais point moi-même, la douleur de Louise était vraiment effrayante. Depuis le jour de l'arrestation de Waninkoff, elle avait absolument abandonné les soins ordinaires de sa vie passée, et, retirée dans le petit salon qu'elle s'était ménagé derrière le magasin, elle y restait, la tête appuyée sur ses mains, laissant silencieusement échapper de grosses larmes de ses yeux, et n'ouvrant la bouche que pour demander à ceux qui, comme moi, étaient admis dans cette petite retraite : « Est-ce que vous croyez qu'ils le tueront ? » Puis, à la réponse qu'on lui faisait et qu'elle n'écoutait même pas : « Ah ! si je n'étais pas enceinte ! » disait-elle.

Et cependant le temps s'écoulait ainsi sans que rien transpirât du sort réservé aux accusés. La commission d'enquête tissait son œuvre dans l'ombre ; on sentait qu'on marchait vers le dénoûment de la sanglante tragédie, mais nul ne pouvait dire quel serait ce dénoûment, ni quel jour il aurait lieu.

Deux incidens survinrent qui aidèrent les habitans de Saint-Pétersbourg à oublier, passagèrement du moins, la catastrophe du mois de décembre : l'une fut l'ambassade extraordinaire envoyée par la France, et conduite par le duc de Raguse; l'autre fut l'arrivée du corps de l'impératrice Elisabeth. Elle avait tenu parole, et n'avait survécu que de quatre mois à Alexandre. L'ambassade arriva dans les premiers jours de mai, et le cercueil dans les premiers jours de juin. Je fus prévenu de la première cérémonie par une lettre d'un de mes anciens écoliers qui était venu comme attaché, et de l'autre par un coup de canon tiré de la forteresse. Comme à chaque instant l'amitié que je portais à Louise et l'intérêt que m'inspirait le comte me tenaient sur le qui-vive, je crus que le coup de canon annonçait tout autre chose, et je descendis vivement pour m'informer de ce qu'il y avait de nouveau. En ce moment un second coup de canon se fit entendre, et comme je vis courir tout le monde du côté de la Néva, je me mis à courir comme les autres. En route, j'appris de quoi il était question.

Lorsque j'arrivai sur le quai il était déjà encombré de telle façon, que je compris que, si j'y restais, il me serait impossible de rien voir. En conséquence, je louai une barque, et, du milieu du fleuve où je m'arrêtai, je m'apprêtai à voir passer le cortège, qui, pour arriver à la forteresse, devait traverser l'immense pont de bateaux qui s'étend du Champ-de-Mars à la citadelle. Depuis quelques instans, toutes les cloches de la ville s'étaient mêlées à l'artillerie et sonnaient à toute volée.

La première personne qui parut fut un maître des cérémonies à cheval, portant en signe de deuil une écharpe de crêpe noir et blanc. Derrière lui marchait une compagnie des gardes de Preobrajenski, puis un officier des écuries impériales, puis un maréchal de la cour, dont le deuil était indiqué par un vaste chapeau rabattu sur les yeux et par un manteau noir qui lui enveloppait les deux épaules. Les timbaliers et les

trompettes des chevaliers-gardes et des gardes à cheval venaient après, suivis de quarante valets de pied, de quatre coureurs, de huit laquais de la chambre et de quatre officiers de la cour. Vingt pages s'avançaient derrière eux, accompagnés de leur gouverneur, qui fermait la marche de la première section.

Soixante-deux drapeaux aux armes des différentes provinces de l'empire venaient ensuite, portés chacun par un officier, que deux autres officiers accompagnaient comme assistans, et au milieu de ces bannières de deuil, s'élevait l'étendard de soie noire aux armes de la Russie, que suivait un homme d'armes revêtu d'une armure noire et tenant à la main une épée nue, dont la pointe était baissée vers la terre. Derrière l'homme d'armes, douze hussards de la garde, commandés par un officier, précédaient un équipage de parade surmonté de la couronne impériale et attelé de huit chevaux richement caparaçonnés. Huit palefreniers marchaient à côté des chevaux; deux laquais se tenaient aux portières, et quatre palefreniers à cheval venaient ensuite. C'était une apparition que faisaient pour la dernière fois les pompes de la terre, au milieu des lugubres attributs de la mort.

Le cortège, reprenant aussitôt son aspect funéraire, présentait ensuite une masse indistincte de manteaux noirs et de crêpes sombres, que précédaient les armes du grand-duché de Bade, de Schleswig-Holstein, de Finlande, de Sibérie, de Finlande, d'Astrakan, de Kazan, de Pologne, de Novogorod, de Kiew, de Wladimir et de Moscou. Ces écussons, comme les premiers, étaient portés chacun par un officier, escorté à droite et à gauche de deux autres officiers ; puis s'avançait un grand écusson des armes de l'empire, précédé de quatre généraux et porté par deux généraux-majors, deux colonels et deux officiers supérieurs.

Après les représentans de la puissance impériale et après ceux de l'armée, venaient, conduits par le maître des cérémonies, les députés des différentes corporations des bourgeois, des marchands et des cochers, chacune d'elles précédée d'un petit étendard sur lequel étaient peintes ou brodées les marques distinctives de la profession exercée par ceux qui la composaient.

Les différentes compagnies, comme la compagnie russe-américaine, la compagnie économique, la société des prisons, la société philanthropique, les différens employés de la Bibliothèque publique impériale, de l'Université de Saint-Pétersbourg, de l'Académie des arts, de l'Académie des sciences, venaient à leur tour ; puis les généraux, les aides-de-camp-généraux, les aide-de-camp de l'empereur, les secrétaires d'état, les sénateurs, les ministres et les membres du conseil de l'empire, enfin tous les élèves des maisons d'industrie et des écoles auxquelles l'impératrice trépassée accordait une protection spéciale. Deux hérauts d'armes les suivaient, vêtus de deuil, et précédant les ordres étrangers, les ordres de Russie et la couronne impériale, portés sur des coussins de brocart d'or.

Trois images, soutenues, l'une par le confesseur de l'impératrice, les deux autres par des archidiacres et des prêtres, venaient ensuite, et étaient immédiatement suivies du char funèbre, sur lequel était couché le corps de l'impératrice. Les bâtons du baldaquin étaient tenus par quatre chambellans, ainsi que les cordons et les houppes du drap mortuaire, et aux deux côtés du char marchaient, couvertes de longs voiles, les dames de l'ordre de Sainte-Catherine et les demoiselles d'honneur qui avaient suivi l'impératrice dans son dernier voyage, et qui, fidèles jusqu'après la mort, l'accompagnaient à sa dernière demeure. Les plus hauts fonctionnaires conduisaient les chevaux de la voiture, et soixante pages, tenant des cierges allumés, l'enveloppaient d'un cordon de feu.

Enfin venait l'empereur Nicolas, enveloppé d'un manteau de deuil et portant un chapeau rabattu ; il avait à sa droite le grand-duc Michel, et derrière lui, à une petite distance, le chef de l'état-major-général, le ministre de la guerre, le général-quartier-maître, le général de service et plusieurs autres généraux. Vingt-quatre porte-enseignes de la garde marchaient à une distance respectueuse de l'empereur, longeant les parapets du pont, et enfermant dans leur double ligne la voiture de deuil où se trouvaient l'impératrice et le jeune grand-duc Alexandre, héritier de la couronne. Le grand-duc de Wurtemberg, ses deux fils et sa fille s'avançaient ensuite à pied avec les deux reines d'Iméréti et la régente de Mingrélie. Après celles-ci venaient toutes les femmes attachées autrefois au service de l'impératrice défunte; enfin, la marche était fermée par une compagnie du régiment de Semenowski.

Le cortége mit à peu près une heure et demie à traverser le pont, tant il marchait lentement et tant il était considérable. Puis cette longue file disparut enfin dans la forteresse, où le peuple se précipita pour voir rendre les derniers devoirs à celle que, vingt ans, il avait regardée comme un intermédiaire entre la terre et le ciel.

Je trouvai en rentrant Louise très agitée. Comme moi, elle ignorait la cérémonie religieuse qui devait avoir lieu, et aux premiers coups du canon, aux premières volées de la cloche, elle avait tremblé que ce ne fût le signal de l'exécution.

Cependant monsieur de Gorgoli, qui avait toujours conservé pour moi les mêmes bontés, m'avait souvent rassuré, en me disant que le jugement serait connu quelques jours auparavant, et qu'ainsi nous aurions toujours le temps de faire quelques démarches près de l'empereur, si le jugement était mortel pour notre pauvre Waninkoff. En effet, le 14 juillet, la *Gazette de Saint-Pétersbourg* parut, contenant le rapport adressé à l'empereur par la haute cour de justice. Elle divisait les différens degrés de participation au complot en trois genres de crimes, dont le but était d'*ébranler l'empire, de renverser les lois fondamentales de l'État et de subvertir l'ordre établi.*

Trente-six accusés étaient condamnés par la cour à la peine de mort, et le reste aux mines et à l'exil. Waninkoff était au nombre des condamnés à mort. Mais à la suite de la justice venait la clémence : la peine de mort était commuée pour trente-un des condamnés en un exil éternel, et Waninkoff était au nombre de ceux qui avaient obtenu une commutation de peine.

Cinq des coupables seulement devaient être exécutés : c'étaient Ryleyeff, Bestoujeff, Michel Serge, Mourawieff et Pestel.

Je m'élançai hors de la maison, courant comme un fou, mon journal à la main, et tenté d'arrêter chaque passant que je rencontrais pour lui faire part de ma joie, et j'arrivai ainsi, tout hors d'haleine, chez Louise. Je la trouvai, le même journal à la main, et m'apercevant elle se jeta dans mes bras, toute pleurante, sans pouvoir dire autre chose que ces mots : Il est sauvé! Dieu bénisse l'empereur!

Dans notre égoïsme, nous avions oublié les malheureux qui allaient mourir, et qui, eux aussi, avaient une famille, des maîtresses, des amis. Le premier mouvement de Louise avait été de penser à la mère et aux sœurs de Waninkoff, qu'elle connaissait, comme on se le rappelle, pour les avoir vues dans leur voyage à Saint-Pétersbourg. Les malheureuses femmes ignoraient encore que leur fils et leur frère ne mourrait pas, ce qui est tout en pareille circonstance, car on revient des mines, on revient de la Sibérie, mais la pierre du tombeau une fois fermée ne se soulève plus.

Alors Louise eut une de ces idées qui ne viennent qu'aux sœurs et aux mères : elle calcula que la gazette qui contenait la bienheureuse nouvelle ne partirait de Saint-Pétersbourg que par le courrier du soir, et par conséquent serait de douze heures en retard pour Moscou, et elle me demanda si je ne connaîtrais pas un messager qui consentirait à partir à l'instant même, et à porter cette gazette en poste à la mère de Waninkoff. J'avais un valet de chambre russe, et par conséquent non suspect, intelligent et sûr; je l'offris, il fut accepté. Il ne s'agissait plus que du passeport. Au bout d'une demi-heure, grâce à la protection toujours active et bienveillante de monsieur de Gorgoli, je l'eus obtenu, et Grégoire partit, portant la bienheureuse nouvelle, avec mille roubles pour ses frais de route.

Il gagna quatorze heures sur le courrier; quatorze heures plus tôt qu'elles ne devaient le savoir, une mère et deux sœurs apprirent qu'elles avaient encore un fils et un frère.

Grégoire revint avec une de ces lettres qu'on écrit avec une plume arrachée de l'aile des anges : la vieille comtesse appelait Louise sa fille, les jeunes filles la nommaient leur sœur. Elles demandaient en grâce que, le jour où l'exécution aurait lieu, et où les prisonniers partiraient pour l'exil, un courrier leur fût encore envoyé. Je dis, en conséquence, à Grégoire de se tenir prêt à repartir d'un moment à l'autre. De pareils voyages lui étaient trop avantageux pour qu'il ne refusât. La mère de Waninkoff lui avait donné mille roubles, de sorte que, de sa première mission, il était resté au pauvre diable une petite fortune qu'il espérait bien doubler à la seconde.

Nous attendîmes le jour de l'exécution; il n'était point à l'avance, nul ne le savait donc, et chaque matin la ville se réveillait croyant apprendre que tout était fini pour les cinq condamnés. L'idée d'un supplice mortel faisait au reste d'autant plus d'effet, que depuis soixante ans personne n'avait été exécuté à Saint-Pétersbourg.

Les jours s'écoulaient, et on était étonné de l'intervalle qui séparait le jugement de l'exécution. Il avait fallu le temps de faire venir deux bourreaux d'Allemagne.

Enfin, le 23 juillet au soir, je vis entrer chez moi un jeune Français, mon ancien écolier, qui, comme je l'ai dit, était attaché à l'ambassade du maréchal Marmont, et que j'avais prié souvent de me tenir au courant des nouvelles que, par sa position diplomatique, il pouvait apprendre avant moi. Il accourait me dire que le maréchal et sa suite venaient de recevoir de monsieur de La Ferronnays l'invitation de se rendre le lendemain, à quatre heures du matin, à l'ambassade française, dont les fenêtres, comme on le sait, donnaient sur la forteresse. Il n'y avait point de doute, c'était pour assister à l'exécution.

Je courus chez Louise lui annoncer cette nouvelle, et alors toutes ses craintes la reprirent. N'était-ce point par erreur que le nom de Waninkoff se trouvait parmi les noms des exilés au lieu de se trouver parmi les noms des condamnés à mort? Cette commutation de peines était-elle point une fausse nouvelle répandue pour que l'exécution produisît moins d'effet sur la population de la capitale, et le lendemain ne serait-elle point détrompée à l'aspect de trente-six cadavres au lieu de cinq? Comme tous les malheureux, on le voit, Louise était ingénieuse à se tourmenter; je la rassurai cependant. J'avais de haute source que Waninkoff avait bien été arrêté comme l'annonçait la gazette officielle, et l'on avait même ajouté que l'intérêt qu'avait inspiré Louise à l'empereur et à l'impératrice le jour où elle leur avait remis sa supplique à genoux dans la Perspective, n'avait point été étranger à la commutation de peine qu'avait obtenue le condamné.

Je quittai un instant Louise, qui me fit promettre de revenir bientôt, pour aller faire un tour du côté de la forteresse, afin de voir si quelques apprêts mortuaires indiquaient le terrible drame dont cette place devait être le théâtre le lendemain. Je ne vis que les membres du tribunal, qui sortaient de la forteresse; mais c'était assez. Les greffiers venaient de signifier aux accusés leur jugement. Il n'y avait donc plus de doute, l'exécution était pour le lendemain au matin.

Nous expédiâmes aussitôt Grégoire à Moscou avec une nouvelle lettre de Louise à la mère de Waninkoff. Ainsi, ce n'était pas douze heures d'avance que nous avions sur la nouvelle, c'était vingt-quatre heures.

Vers minuit, Louise me demanda de l'accompagner du côté de la forteresse; ne pouvant voir Waninkoff, elle voulait au moins, au moment où elle allait en être séparée, revoir les murs qui l'enfermaient.

Nous trouvâmes le pont de la Trinité gardé; nul ne pouvait le franchir. C'était une nouvelle preuve que rien n'était changé dans les dispositions de la justice. Alors, d'un côté à l'autre de la Néva, nous portâmes les yeux sur la forteresse que, pendant cette belle nuit du nord, nous apercevions aussi distinctement que dans un de nos crépuscules d'occident. Au bout d'un instant, nous vîmes errer des lumières sur la plate-forme, puis des ombres passer, portant des fardeaux étranges : c'étaient les exécuteurs qui dressaient l'échafaud.

Nous étions les seuls arrêtés sur le quai ; personne ne se doutait ou ne paraissait se douter de ce qui se préparait. Des voitures attardées passaient rapidement, avec leurs deux lumières qui flamboyaient comme des yeux de dragons. Quelques barques glissaient sur la Néva et disparaissaient peu à peu, soit dans les canaux, soit dans les bras de la rivière, les unes silencieuses, les autres bruyantes. Une seule resta immobile et comme à l'ancre ; aucun bruit n'en sortait, ni joyeux ni plaintif. Peut-être enfermait-elle quelque mère, quelque sœur ou quelque femme, qui, comme nous, attendait.

A deux heures du matin, une patrouille nous fit retirer. Nous rentrâmes chez Louise. Il n'y avait pas longtemps à attendre, puisque l'exécution, comme je l'ai dit, devait avoir lieu à quatre heures. Je restai avec elle encore une heure et demie, puis je ressortis.

Les rues de Saint-Pétersbourg, à part quelques moujicks qui paraissaient ignorer complètement ce qui allait se passer, étaient entièrement désertes. A peine un faible jour commençait-il à paraître, et un léger brouillard, qui se levait de la rivière, passait comme un voile de crêpe blanc entre une rive et l'autre de la Néva. Comme j'arrivais à l'angle de l'ambassade de France, je vis le maréchal Marmont qui y entrait avec toute la mission extraordinaire ; un instant après ils parurent au balcon.

Quelques personnes s'étaient arrêtées comme moi sur le quai, non point qu'elles fussent informées de ce qui allait se passer, mais parce que, le pont de la Trinité étant occupé par des troupes, elles ne pouvaient se rendre dans les îles où elles avaient affaire. On les voyait, inquiètes et irrésolues, se parler à voix basse, car elles ignoraient s'il n'y avait point danger pour elles à demeurer là. Quant à moi, j'étais bien résolu à y rester jusqu'à ce qu'on m'en chassât.

Quelques minutes avant quatre heures, un grand feu s'alluma et attira mes yeux vers un point de la forteresse. En même temps, et comme le brouillard commençait à se dissiper, je vis se découper sur le ciel la silhouette noire de cinq potences ; ces potences étaient placées sur un échafaud de bois, dont le plancher, fabriqué à la manière anglaise, s'ouvrait au moyen d'une trappe sous les pieds des condamnés.

A quatre heures sonnant, nous vîmes monter sur la plate-forme de la citadelle, et se ranger autour de l'échafaud, ceux qui n'étaient condamnés qu'à l'exil. Ils étaient en grand uniforme, avaient leurs épaulettes et leurs décorations ; des soldats portaient leurs épées. Je cherchai à reconnaître Waninkoff au milieu de ses malheureux compagnons ; mais, à cette distance, c'était impossible.

A quatre heures quelques minutes, les cinq condamnés parurent sur l'échafaud ; ils étaient vêtus de blouses grises et avaient sur la tête une espèce de capuchon blanc. Sans doute, ils arrivaient de cachots différents ; car, au moment où ils se réunirent, on leur permit de s'embrasser.

En ce moment un homme vint leur parler. Presque aussitôt un hurrah se fit entendre ; au premier moment nous n'en sûmes pas la cause. Depuis on nous dit, je ne sais si la chose est vraie, que cet homme venait proposer la vie aux condamnés s'ils consentaient à demander leur grâce ; mais, ajoutait-on, ils avaient répondu à cette proposition par les cris de : Vive la Russie ! vive la liberté ! cris qui avaient été étouffés par les hurrahs des assistans.

L'homme s'éloigna d'eux, et les bourreaux s'approchèrent. Les condamnés firent quelques pas, on leur passa la corde au cou, et on leur rabattit le capuchon sur les yeux.

En ce moment quatre heures et quart sonnèrent.

La cloche vibrait encore que le plancher manqua tout-à-coup sous les pieds des patiens ; en même temps un grand tumulte se fit entendre ; des soldats se précipitèrent sur l'échafaud ; un frémissement sembla passer dans l'air, qui nous fit frissonner. Quelques cris indistincts parvinrent jusqu'à nous ; je crus qu'il y avait une émeute.

Deux des cordes avaient cassé, et les deux condamnés qu'elles étaient destinées à étrangler, cessant d'être soutenus, étaient tombés au fond de l'échafaud, où l'on s'était brisé la cuisse et l'autre le bras. De là venaient l'émotion et le tumulte. Quant aux autres, ils continuaient de mourir.

On descendit avec des échelles dans l'intérieur de l'échafaud, et l'on remonta les patiens sur la plate-forme. On les déposa couchés, car ils ne pouvaient se tenir debout. Alors l'un des deux se tourna vers l'autre : — Regarde, lui dit-il, à quoi est bon un peuple esclave, il ne sait pas même pendre un homme.

Pendant qu'on les remontait, on avait préparé des cordes neuves, de sorte qu'ils n'eurent pas longtemps à attendre. Le bourreau revint à eux, et alors, s'aidant eux-mêmes autant qu'ils le pouvaient, ils marchèrent au-devant du nœud mortel. Au moment où on allait le leur passer au cou, ils crièrent une dernière fois d'une voix forte : Vive la Russie ! vive la liberté ! viennent nos vengeurs ! Cri funèbre, qui s'en alla mourir sans échos parce qu'il ne trouva aucune sympathie. Ceux qui le poussaient avaient mal jugé leur époque et s'étaient trompés d'un siècle.

Lorsqu'on rapporta à l'empereur cet incident, il frappa du pied avec impatience ; puis : — Pourquoi n'est-on pas venu me dire cela ? s'écria-t-il ; maintenant, je vais avoir l'air d'être plus sévère que Dieu.

Mais nul n'avait osé prendre sur sa responsabilité de surseoir à l'exécution, et cinq minutes après leur dernier cri jeté, les deux patiens avaient déjà rejoint dans la mort leurs trois compagnons.

Alors vint le tour des exilés : on leur lut à haute voix la sentence qui leur retirait tout dans ce monde, rang, décorations, biens, familles ; puis les exécuteurs, s'approchant d'eux, leur arrachèrent tour à tour épaulettes et décorations, qu'ils vinrent jeter dans le feu en criant : — Voilà les épaulettes d'un traître ! voilà les décorations d'un traître ! Puis enfin, retirant des mains des soldats qui les portaient les épées de chacun, ils les prirent par la poignée et par la pointe, et brisèrent chaque épée sur la tête de son maître, en disant : Voilà l'épée d'un traître !

Cette exécution finie, on prit au hasard dans un tas des sarraux de toile grise pareils à ceux des gens du peuple, dont on couvrit les bannis après les avoir dépouillés de leur uniforme ; puis on les fit descendre par un escalier, et on les reconduisit chacun à son cachot.

La plate-forme redevint déserte, et il n'y resta qu'une sentinelle, l'échafaud, les cinq potences, et à ces cinq potences les cinq cadavres des suppliciés.

Je revins chez Louise, je la trouvai en larmes, agenouillée et priant.

— Eh bien ? me dit-elle.

— Eh bien ! lui dis-je, ceux qui devaient mourir sont morts, et ceux qui doivent vivre vivront.

Louise finit sa prière, les yeux au ciel, et avec une expression de reconnaissance infinie.

Puis, sa prière achevée :

— Combien y a-t-il d'ici à Tobolsk ? me demanda-t-elle.

— Huit cents lieues à peu près, répondis-je.

— C'est moins loin que je ne croyais, dit-elle ; merci.

Je demeurai un instant la regardant en silence, et, commençant à pénétrer son intention :

— Pourquoi me faites-vous cette question ? lui demandai-je.

— Comment ! vous ne devinez pas ? me répondit-elle.

— Mais, m'écriai-je, c'est impossible en ce moment, Louise, songez dans quel état vous êtes ?

— Mon ami, dit-elle, soyez tranquille, je sais ce que la mère doit à l'enfant, aussi bien que ce qu'elle doit au père : j'attendrai.

Je m'inclinai devant cette femme, et je lui baisai la main avec autant de respect que si elle eût été reine.

Pendant la nuit, les exilés partirent, et l'échafaud disparut : si bien que, lorsque le jour vint, il n'y avait plus trace de ce qui s'était passé, et que les indifférens purent croire qu'ils avaient fait un rêve.

XVIII.

Ce n'était pas sans raison que la mère de Waninkoff et ses deux sœurs avaient désiré savoir à l'avance le jour de l'exécution; les condamnés, en se rendant de Saint-Pétersbourg à Tobolsk, devaient passer à Iroslaw, qui est situé à une soixantaine de lieues de Moscou, et la mère et les deux sœurs de Waninkoff espéraient voir leur fils et leur frère en passant.

Cette fois, comme l'autre, Grégoire fut reçu avec empressement par les trois femmes; depuis plus de quinze jours, elles se tenaient prêtes et avaient leur passe-port. Aussi, ne s'arrêtant que pour remercier celle qui leur faisait tenir la précieuse nouvelle, elles montèrent, sans perdre un instant, dans une kabitka, et, sans que personne sût où elles allaient, elles partirent pour Iroslaw.

On voyage vite en Russie; parties le matin de Moscou, la mère et les deux sœurs arrivèrent dans la nuit à Iroslaw; là, elles apprirent avec une joie extrême que les traineaux des exilés n'étaient point encore passés. Comme leur séjour dans cette ville pouvait inspirer des soupçons, et que d'ailleurs il était probable que, plus on serait en vue, plus les gardiens seraient inflexibles, la comtesse et ses filles remontèrent vers Mologa, et s'arrêtèrent dans un petit village. A trois verstes de ce lieu s'élevait une chaumière où les exilés devaient relayer, les brigadiers ou les sergens qui accompagnent les condamnés recevant ordinairement l'ordre positif de ne jamais relayer dans une ville ou dans un village; puis elles disposèrent de distance en distance des serviteurs intelligens et actifs qui devaient les prévenir de l'approche des traineaux.

Au bout de deux jours, un des agens de la comtesse accourut lui dire que la première section des condamnés, composée de cinq traineaux, venait d'arriver à la chaumière, et que le brigadier qui la commandait avait, comme on s'en doutait, envoyé les deux hommes qui composaient son escorte chercher des chevaux au village. La comtesse monta aussitôt dans sa voiture, et, au grand galop de ses fils, se dirigea vers la cabane; arrivée à la chaumière, elle s'arrêta sur la grande route, et, à travers la porte entr'ouverte, plongea avidement ses yeux dans l'intérieur : Waninkoff ne faisait point partie de cette première troupe.

Au bout d'un quart d'heure, les chevaux arrivèrent; les condamnés remontèrent dans leurs traineaux, et repartirent aussitôt leur ordre de train.

Une demi-heure après, le second convoi arriva et s'arrêta, comme le premier, à la chaumière; deux courriers partirent pour aller chercher des chevaux, et les ramenèrent, comme la première fois, au bout d'une demi-heure à peu près; puis, les condamnés repartirent avec la même rapidité : Waninkoff n'était pas encore de ce convoi.

Quel que fût le désir de la comtesse de revoir son fils, elle souhaitait qu'il arrivât le plus tard possible : plus il retarderait, plus il y avait de chance, en effet, que les chevaux de la prochaine poste manquassent, employés par les premières sections qui venaient de passer; alors force serait d'en envoyer chercher à la ville, et la halte, étant plus longue, favoriserait mieux les plans de la pauvre mère. Tout fut d'accord pour l'accomplissement de ce désir : trois sections passèrent encore sans que Waninkoff parût, et, à la dernière, la halte fut longue de plus de trois quarts d'heure; on avait eu grand'peine à trouver à Iroslaw même un nombre suffisant de chevaux.

A peine ceux-ci venaient-ils de partir, que le sixième convoi arriva; en l'entendant venir, la mère et les deux sœurs se saisirent instinctivement les mains; il leur semblait qu'il y avait dans l'air quelque chose qui les prévenait de l'approche d'un frère et d'un fils.

Le convoi parut dans l'ombre, et un tremblement involontaire s'empara des pauvres femmes, qui se jetèrent en pleurant dans les bras l'une de l'autre, les deux filles la tête sur le sein de leur mère, la mère la tête levée vers le ciel.

Waninkoff descendit du troisième traineau. Malgré l'obscurité de la nuit, malgré le costume ignoble qui le couvrait, la comtesse et ses deux filles le reconnurent; comme il s'avançait vers la chaumière, une des filles allait l'appeler par son nom; la mère étouffa sa voix en lui mettant la main sur la bouche. Waninkoff entra avec ses compagnons dans la chaumière.

Les condamnés qui étaient dans les autres traineaux descendirent à leur tour et entrèrent après lui. Le chef de l'escorte donna aussitôt l'ordre à deux de ses soldats d'aller chercher des chevaux; mais, comme le paysan lui dit qu'aux relais ordinaires les chevaux devaient manquer, il recommanda au reste de ses gens de se répandre dans les environs et de s'emparer, au nom de l'empereur, de tous ceux qu'ils pourraient trouver. Les soldats obéirent, et il resta seul avec les condamnés.

Cet isolement, imprudent partout ailleurs, ne l'est pas en Russie; en Russie, le condamné est bien réellement condamné; dans l'empire immense soumis au czar, il ne peut pas fuir : avant d'avoir fait cent verstes, il serait immanquablement arrêté; avant d'avoir atteint une frontière, il serait mort cent fois de faim.

Le chef du convoi, le brigadier Ivan, resta donc seul, se promenant de long en large devant la porte de la chaumière, battant son pantalon de cuir avec le fouet qu'il tenait à la main, et s'arrêtant de temps en temps pour regarder cette voiture dételée qui était là sur le grand chemin.

Au bout d'un instant, la portière s'ouvrit, trois femmes en descendirent comme trois ombres et s'approchèrent de lui : le brigadier s'arrêta, ne comprenant rien à ce que lui voulait cette triple apparition.

La comtesse s'approcha de lui les mains jointes; ses deux filles restèrent un peu en arrière.

— Monsieur le brigadier, dit la comtesse, avez-vous quelque pitié dans l'âme?

— Que veut votre seigneurie? demanda le brigadier, reconnaissant à sa voix et à sa mise le rang de celle qui lui parlait.

— Je veux plus que la vie, monsieur; je veux revoir mon fils que vous conduisez en Sibérie.

— Cela est impossible, madame, répondit le brigadier; j'ai les ordres les plus sévères de ne laisser communiquer les condamnés avec personne, et il y va pour moi de la peine du knout si j'y manquais.

— Mais qui saura que vous y avez manqué, monsieur? s'écria la mère, tandis que les sœurs, qui étaient restées derrière elle debout et immobiles comme deux statues, joignaient d'un mouvement lent et machinal leurs deux mains pour prier le sergent.

— Impossible! madame, impossible! dit le sergent.

— Ma mère! s'écria Alexis en ouvrant la porte de la chaumière; ma mère! c'est vous, j'ai reconnu votre voix! — Et il s'élança dans les bras de la comtesse.

Le brigadier fit un mouvement pour s'emparer du comte, mais en même temps, et d'un seul élan, les deux jeunes filles bondirent vers lui; l'une, tombant à ses pieds, lui embrassa les genoux, tandis que l'autre, le saisissant à bras le corps, lui montrait du regard le fils et la mère dans les bras l'un de l'autre, en lui disant :

— Oh! voyez! voyez!

C'était un brave homme que le brigadier Ivan. Il poussa un soupir, et les jeunes filles comprirent qu'il cédait.

— Ma mère, dit l'une d'elles à voix basse, il veut bien que nous embrassions notre frère.

Alors la comtesse se dégagea des bras de son fils, et présentant une bourse d'or au brigadier : — Tenez, mon ami, lui dit-elle, si vous risquez pour nous une punition, il faut bien que vous en ayez la récompense.

Le brigadier regarda un instant la bourse que lui tendait la comtesse; puis, secouant la tête, sans même la toucher, de peur que le contact n'amenât une tentation trop forte :

— Non, votre seigneurie, non, lui dit-il; si je manque à

mon devoir, voilà mon excuse, — et il montra les deux jeunes filles en larmes. — Celle-là je puis la donner à mon juge ; si mon juge ne la reçoit pas, eh bien ! je la donnerai à Dieu qui la recevra.

La comtesse se jeta sur la main de cet homme et la baisa. Les deux jeunes filles coururent à leur frère.

— Écoutez, dit le brigadier, comme nous en avons pour une bonne demi-heure à attendre les chevaux, et que vous ne pouvez ni entrer dans la chaumière où tous les autres condamnés vous verraient, ni rester sur la route tout le temps, montez tous les quatre dans votre voiture, fermez-en les stores, et au moins, comme personne ne vous verra, il y a chance qu'on ne sache point la sottise que je fais.

— Merci, brigadier, dit Alexis les larmes aux yeux à son tour ; mais au moins prenez cette bourse.

— Prenez-la vous-même, mon lieutenant, répondit à voix basse Ivan, donnant par habitude au jeune homme un titre que celui-ci n'avait plus le droit de porter ; prenez-la, là-bas vous en aurez plus besoin que moi ici.

— Mais, en arrivant, on me fouillera ?

— Eh bien ! je la prendrai alors, et je vous la rendrai après.

— Mon ami...

— Chut ! chut ! j'entends le galop d'un cheval ! montez tous dans cette voiture, au nom du diable ! et dépêchez-vous : c'est un de mes soldats qui revient du village où il n'a pas trouvé de chevaux ; je vais le renvoyer dans un autre. Entrez ! entrez !

Et le brigadier poussa Waninkoff dans la voiture où le suivirent sa mère et ses deux sœurs, puis il referma le panneau sur eux.

Ils restèrent une heure ainsi, heure mêlée de joie et de douleurs, de rires et de sanglots, heure suprême comme celle de la mort, car ils croyaient qu'ils allaient se quitter pour ne plus se revoir. Pendant cette heure, la mère et les sœurs de Waninkoff lui racontèrent comment elles avaient su douze heures plus tôt sa commutation de peine et vingt-quatre heures plus tôt son départ, de sorte que c'était à Louise qu'elles devaient de le revoir. Waninkoff leva les yeux au ciel et murmura son nom comme il eût murmuré le nom d'une sainte.

Au bout d'une heure, écoulée comme une seconde, le brigadier vint ouvrir la portière.

— Voici, dit-il, les chevaux qui arrivent de tous côtés ; il faut vous séparer.

— Oh ! encore quelques instants, demandèrent les femmes d'une seule voix, tandis qu'Alexis, trop fier pour implorer un inférieur, restait muet.

— Pas une seconde, ou vous me perdez, dit Ivan.

— Adieu, adieu, adieu ! murmurèrent confusément des voix et des baisers.

— Écoutez, dit le brigadier, ému malgré lui, voulez-vous vous revoir une fois encore ?

— Oh ! oui, oui.

— Prenez les devants, allez attendre au prochain relais ; il fait nuit, personne ne vous verra, et vous aurez encore une heure. Je ne serai pas plus puni pour deux fois que pour une.

— Oh ! vous ne serez pas puni du tout ! s'écrièrent les trois femmes, et, au contraire, Dieu vous récompensera.

— Hum ! hum ! répondit d'un air de doute le brigadier en tirant la voiture presque malgré lui le prisonnier, qui faisait quelque résistance. Mais bientôt, entendant lui-même le galop des chevaux qui revenaient, Alexis se rapprocha de sa mère, et alla s'asseoir en dehors de la porte de la cabane sur une pierre, où, aux yeux de ses compagnons, il pouvait avoir l'air d'être resté pendant tout le temps de son absence.

La voiture de la comtesse, dont les chevaux étaient reposés, repartit avec la vitesse de l'éclair, et ne s'arrêta qu'entre Iroslaw et Kostroma, près d'une cabane isolée comme la première, et d'où les nouveaux arrivans virent repartir la section qui précédait celle du comte Alexis. Elles firent aussitôt dételer la voiture, et envoyèrent leur cocher chercher des chevaux, en lui ordonnant de s'en procurer, à quelque prix que ce fût. Quant à elles, fortes de l'espérance de revoir en-

core une fois leur fils et leur frère, elles restèrent seules sur la grande route et attendirent.

L'attente fut cruelle. Dans son impatience, la comtesse avait cru se rapprocher de son enfant en hâtant la course des chevaux, de sorte qu'elle avait gagné près d'une heure sur les traîneaux. Cette heure fut un siècle ; mille pensées diverses, mille craintes confuses vinrent briser tour à tour les pauvres femmes. Enfin, elles commençaient à soupçonner que le brigadier s'était repenti de la promesse imprudente qu'il avait faite, et avait changé de route, lorsqu'elles entendirent le roulement des traîneaux et le fouet des cochers. Elles mirent la tête à la portière, et virent distinctement le convoi qui s'approchait dans l'obscurité. Leur cœur, pris comme dans un étau de fer, se desserra.

Les choses se passèrent à ce relais avec le même bonheur qu'à l'autre. Trois quarts d'heure furent encore accordés, comme par miracle, à ceux qui avaient cru ne plus se revoir que dans le ciel. Pendant ces trois quarts d'heure, la pauvre famille arrêta tant bien que mal une espèce de correspondance ; puis comme dernier souvenir, la comtesse donna à son fils un anneau qu'elle portait au doigt. Frère et sœurs, fils et mère, s'embrassèrent une dernière fois, car on était trop avancé dans la nuit pour que le brigadier permît qu'on tentât une troisième épreuve. D'ailleurs, cette troisième épreuve devenait si dangereuse, qu'il eût été lâche de la demander. Alexis remonta dans le traîneau, qui l'emmenait au bout du monde, par-delà les monts Ourals, du côté du lac Tchany ; puis toute la file sombre passa près de la voiture où pleuraient la mère et les deux filles, et s'enfonça bientôt dans l'obscurité.

La comtesse retrouva à Moscou Grégoire, à qui elle avait dit de l'y attendre. Elle lui remit un billet pour Louise, que Waninkoff, pendant la seconde station, avait écrit au crayon sur les tablettes d'une de ses sœurs. Il ne contenait que ces quelques lignes :

« Je ne m'étais pas trompé : tu es un ange. Je ne puis plus rien pour toi dans ce monde que t'aimer comme une femme et t'adorer comme une sainte. Je te recommande notre enfant.

» Adieu.   ALEXIS. »

A ce billet était jointe une lettre de la mère de Waninkoff, qui invitait Louise à la venir trouver à Moscou, où elle l'attendait comme une mère attend sa fille.

Louise baisa le billet d'Alexis ; puis, secouant la tête en lisant la lettre de sa mère :

— Non, dit-elle en souriant de ce sourire triste qui n'appartenait qu'à elle, ce n'est point à Moscou que j'irai : ma place est ailleurs.

XIX.

En effet, à compter de ce moment, Louise poursuivit avec persévérance le projet que le lecteur a déjà deviné sans doute, c'est-à-dire d'aller rejoindre le comte Alexis à Tobolsk.

Louise, comme je l'ai dit, était enceinte, et deux mois à peine la séparaient encore de ses couches ; cependant, comme aussitôt après ses relevailles elle voulait partir, elle ne perdit pas une minute pour ses préparatifs.

Ces préparatifs consistaient à convertir en argent tout ce qu'elle possédait, magasin, meubles, bijoux. Comme on savait la nécessité où elle se trouvait, elle vendit tout cela le tiers à peine du prix ; et étant, grâce à cette vente, parvenue à réunir trente mille roubles à peu près, elle quitta sa maison de la Perspective et se retira dans un petit appartement situé sur le canal de la Moïka.

Quant à moi, j'avais eu recours à monsieur Gorgoli, mon éternelle providence, et il m'avait promis, le moment venu, d'obtenir de l'empereur la permission pour Louise de rejoindre Alexis. Le bruit de ce projet s'était répandu dans Saint-Pétersbourg, et chacun admirait le dévoûment de la jeune Française ; mais chacun disait aussi qu'au moment où il lui faudrait partir, le cœur lui manquerait. Il n'y avait que moi qui connaissais Louise et qui savais le contraire.

J'étais au reste son seul ami, ou plutôt j'étais mieux que son ami, j'étais son frère ; tous les momens de liberté que j'avais, je les passais près d'elle, et tout le temps que nous étions ensemble, nous ne parlions que d'Alexis.

Parfois je voulais la faire revenir sur ce projet que je traitais de folie. Alors elle me prenait les mains, et, me regardant avec son sourire triste.—Vous savez bien, me disait-elle, que, quand je n'irais point par amour, j'y devrais aller par devoir. N'est-ce point par dégoût de la vie, n'est-ce point parce que je le répondais mal à ses lettres qu'il est entré dans cette folle conspiration ? Si je lui avais dit six mois plus tôt que je l'aimais, il aurait fait meilleur cas de sa vie, et aujourd'hui il ne serait pas exilé. Vous voyez bien que je suis aussi coupable que lui, et qu'il est juste par conséquent que je supporte la même peine. — Alors, comme mon cœur me disait qu'à sa place j'agirais comme elle, je lui répondais : — Allez donc, et que la volonté de Dieu soit faite !

Vers les premiers jours de septembre, Louise accoucha d'un fils. Je voulais qu'elle écrivît à la comtesse de Waninkoff pour lui annoncer cette nouvelle ; mais elle me répondit : —Aux yeux de la société, mon enfant n'a pas de nom, et par conséquent pas de famille. Si la mère de Waninkoff le réclame, je le lui donnerai, car je ne veux pas exposer mon enfant à un pareil voyage dans un pareil moment ; mais je ne le lui offrirai certes pas, pour qu'elle le refuse.—Alors elle appelait la nourrice pour embrasser son enfant, et pour me montrer combien cet enfant ressemblait à son père.

Mais ce qui devait arriver arriva. La mère de Waninkoff apprit l'accouchement de Louise et lui écrivit qu'aussitôt remise, elle l'attendrait avec son fils. Cette lettre eût emporté ses dernières hésitations si elle eût hésité encore : le sort seul de son enfant l'inquiétait ; désormais elle était tranquille sur lui, elle n'avait plus rien à attendre.

Cependant, quel que fût le désir qu'eût Louise de partir le plus tôt possible, toutes les émotions qu'elle avait éprouvées pendant sa grossesse avaient dérangé sa santé, de sorte que sa convalescence était tardive. Ce n'est pas que depuis longtemps elle ne fût levée, mais je ne me laissais pas prendre à ces semblans de force. J'interrogeais le médecin et le médecin me répondait que toute la vigueur de la malade était dans sa volonté, mais que réellement elle était encore trop faible pour se mettre en voyage. Tout cela ne l'eût point empêchée de partir si elle avait été maîtresse de quitter Saint-Pétersbourg ; mais la permission ne pouvait lui venir que par moi, et il fallait bien qu'elle fît ce que je voulais.

Un matin j'entendis frapper à la porte de ma chambre, et en même temps la voix de Louise m'appela. Je crus qu'il lui était arrivé quelque nouveau malheur. Je me hâtai de passer un pantalon et ma robe de chambre, et j'allai lui ouvrir ; elle se jeta, la figure toute radieuse, entre mes bras.

— Il est sauvé ! me dit elle.
— Sauvé, qui cela ? demandai-je.
— Lui ! lui ! Alexis !
— Comment, sauvé ? mais c'est impossible !
— Tenez, me dit-elle, et elle me remit une lettre de l'écriture du comte, et comme je la regardais avec étonnement : —Lisez, lisez, continua-t-elle, et elle tomba dans un fauteuil, accablée sous le fardeau de sa joie. Je lus :

« MA CHÈRE LOUISE,

» Crois en celui qui te remettra cette lettre comme en moi-même, car c'est plus qu'un ami, c'est un sauveur.

» Je suis tombé malade de fatigue en route, et me suis arrêté à Perm, où le bonheur a voulu que je reconnusse dans le frère du geôlier un ancien serviteur de ma famille. Sollicité par lui, le médecin a déclaré que j'étais trop souffrant pour continuer ma route, et il a décidé que je passerais l'hiver dans l'ostrog* de Perm. C'est de là que je t'écris cette lettre.

─────
* Nom des prisons destinées aux condamnés politiques.

» Tout est préparé pour ma fuite ; le geôlier et son frère fuiront avec moi ; mais il faut que je les indemnise et de ce qu'ils perdront pour moi, et des dangers qu'ils courront en m'accompagnant. Remets donc au porteur non-seulement tout ce que tu auras d'argent, mais encore tout ce que tu auras de bijoux.

» Je sais comme tu m'aimes, et j'espère que tu ne marchanderas pas avec ma vie.

» Aussitôt que je serai en sûreté, je t'écrirai pour que tu viennes me rejoindre.

» Comte WANINKOFF. »

— Eh bien ? lui dis-je, après avoir relu cette lettre une seconde fois.
— Eh bien ! me répondit-elle, vous ne voyez donc pas ?
— Si fait, je vois un projet de fuite.
— Oh ! il réussira.
— Et qu'avez-vous fait ?
— Vous le demandez ?
—Comment ! m'écriai-je, vous avez donné à un inconnu...
— Tout ce que j'avais. Alexis ne me disait-il pas de croire en cet inconnu comme en lui-même ?
— Mais, lui demandai-je en la regardant fixement, et en laissant tomber avec lenteur chaque parole ; mais êtes-vous bien sûre que cette lettre soit d'Alexis ?

Ce fut elle, à son tour, qui me regarda.

— Et de qui serait-elle donc ? quel serait le misérable assez lâche pour se faire un jeu de ma douleur ?
— Et si cet homme était ?... tenez, je n'ose pas le dire ; j'ai un pressentiment... je tremble.
— Parlez, dit Louise en pâlissant à son tour.
— Si cet homme était un escroc qui eût contrefait l'écriture du comte ?

Louise jeta un cri et m'arracha la lettre des mains.
—Oh ! non, non ! s'écria-t-elle parlant tout haut et comme pour se rassurer elle-même, oh ! non. Je connais trop bien son écriture, et je ne m'y serais pas trompée.

Et cependant, tout en relisant la lettre, elle pâlissait.
— N'avez-vous donc pas une autre lettre de lui sur vous ? lui demandai-je.
— Tenez, me dit-elle, voilà son billet écrit au crayon.

L'écriture était bien la même, autant qu'on en pouvait juger, et cependant il y avait dans l'écriture une espèce de tremblement qui dénonçait l'hésitation.

— Croyez-vous, lui dis-je alors, que le comte se serait adressé à vous ?
— Et pourquoi pas à moi ? N'est-ce pas moi qui l'aime le mieux au monde ?
—Oui, sans doute, pour demander de l'amour, pour demander du dévoûment, c'est à vous qu'il se serait adressé ; mais pour demander de l'argent, c'est à sa mère.
— Mais ce que j'ai n'est-il pas à lui ? ce que je possède ne vient-il pas de lui ? me répondit Louise avec une voix qui s'altérait de plus en plus.
— Oui, sans doute, tout cela est de lui, oui, tout cela vient de lui ; mais, ou je ne connais pas le comte Waninkoff, ou, je vous le répète, il n'a pas écrit cette lettre.
— Oh ! mon Dieu ! mon Dieu ! Mais ces trente mille roubles étaient ma seule fortune, ma seule ressource, mon seul espoir !
─ ─ Comment signait-il les lettres qu'il vous écrivait habituellement ? lui demandai-je.
— Alexis toujours, et tout simplement.
— Celle-ci, le voyez, est signée comte Waninkoff.
— C'est vrai, dit Louise atterrée.
— Et vous ne savez ce qu'est devenu cet homme ?
—Il m'a dit qu'il était arrivé hier soir à Saint-Pétersbourg, et qu'il repartait pour Perm à l'instant même.

Il faut faire votre déclaration à la police. Oh ! si c'était encore monsieur de Gorgoli qui fût grand-maître !

— A la police ?
— Sans doute.
—Et si nous nous trompions, me dit Louise ; si cet homme

n'était pas un escroc, si cet homme devait véritablement sauver Alexis? Alors dans mon doute, dans la crainte de perdre quelques misérables milliers de roubles, j'arrêterais donc sa fuite, je serais donc une seconde fois cause de son exil éternel! Oh! non, mieux vaut courir les chances. Quant à moi, je ferai comme je pourrai: ne vous inquiétez pas de moi. Ce que je voudrais savoir seulement, c'est s'il est bien réellement à Perm.

— Écoutez, lui dis-je: j'ai entendu dire que les soldats qui avaient servi d'escorte aux condamnés étaient revenus il y a quelques jours. Je connais un lieutenant de la gendarmerie; je vais aller le trouver et m'informer auprès de lui. Vous, attendez-moi ici.

— Non, non, je vais vous accompagner.

— Gardez-vous-en bien. D'abord vous n'êtes point assez forte pour sortir encore, et c'est déjà une horrible imprudence que celle que vous avez faite, et puis, peut-être m'empêcheriez-vous de savoir ce que je saurai probablement sans vous.

— Allez donc et revenez vite; songez que je vous attends, et pourquoi je vous attends.

Je passai dans une autre chambre et j'achevai de m'habiller à la hâte, et puis, comme j'avais fait chercher un droschki, je descendis aussitôt, et dix minutes après j'étais chez le lieutenant de gendarmerie Solowieff, qui était un de mes écoliers.

On ne m'avait pas trompé, l'escorte était de retour depuis trois jours; seulement, le lieutenant qui la commandait et duquel j'aurais pu tirer des renseignements précis, avait obtenu un congé de six semaines qu'il était allé passer dans sa famille à Moscou. En voyant à quel point son absence me contrariait, Solowieff se mit à ma disposition, pour quelque chose que ce fût, avec tant d'abandon, que je n'hésitai pas un instant à lui avouer le désir que j'éprouvais d'avoir des nouvelles positives de Waninkoff; il me dit alors que c'était la chose la plus facile, et que le brigadier qui avait commandé la section dont faisait partie Waninkoff, était de sa compagnie. En même temps, il donna l'ordre à son moujick d'aller prévenir le brigadier Ivan qu'il voulait lui parler.

Dix minutes après, le brigadier entra: c'était une de ces bonnes figures soldatesques, moitié sévère, moitié joviale, qui ne rient jamais tout-à-fait, mais qui ne cessent jamais de sourire. Quoiqu'il ignorasse alors ce qu'il avait fait pour la comtesse et ses filles, je fus, à la première vue, prévenu en sa faveur: aussitôt qu'il parut, j'allai à lui:

— Vous êtes le brigadier Ivan? lui demandai-je.

— Pour servir votre excellence, me répondit-il.

— C'est vous qui commandiez la sixième section?

— C'est moi-même.

— Le comte Waninkoff faisait partie de cette section?

— Hum! hum! fit le brigadier ne sachant pas trop quel serait le résultat de cette interrogation. Je vis son embarras.

— Ne craignez rien, lui dis-je, vous parlez à un ami qui donnerait sa vie pour lui; apprenez-moi donc la vérité, je vous en supplie.

— Que voulez-vous savoir? demanda le brigadier toujours sur la défensive.

— Le comte Waninkoff a-t-il été malade en route?

— Pas un instant.

— S'est-il arrêté à Perm?

— Pas même pour y changer de chevaux.

— Ainsi, il a continué sa route?

— Jusqu'à Koslowo, où, je l'espère, il est à cet heure en aussi bonne santé que vous et moi.

— Qu'est-ce que Koslowo?

— Un joli petit village situé sur l'Irtich, à vingt lieues à peu près au-delà de Tobolsk.

— Vous en êtes sûr?

— Pardieu! je le crois bien; le gouverneur m'a donné un reçu que j'ai remis, en arrivant avant-hier, à son excellence monsieur le grand-maître de la police.

— Et l'histoire de la maladie et du séjour à Perm est une fable?

— Il n'y a pas un mot de vrai.

— Merci, mon ami.

Maintenant que j'étais sûr de mon fait, j'allai chez monsieur de Gorgoli, et je lui racontai tout ce qui s'était passé.

— Et vous dites, répondit-il, que cette jeune fille est décidée à aller rejoindre son amant en Sibérie?

— Oh! mon Dieu, oui, monseigneur.

— Quoiqu'elle n'ait plus d'argent?

— Quoiqu'elle n'ait plus d'argent.

— Eh bien! allez lui dire de ma part qu'elle ira.

Je repris le chemin de la maison, et je retrouvai Louise dans ma chambre.

— Eh bien? me demanda-t-elle dès qu'elle m'aperçut.

— Eh bien! lui dis-je, il y a du bon et du mauvais dans ce que je vous rapporte: vos trente mille roubles sont perdus, mais le comte n'a pas été malade; le prisonnier est à Koslowo, d'où il n'a pas de chances de s'enfuir, mais vous obtiendrez la permission d'aller l'y rejoindre.

— C'est tout ce que je voulais, dit Louise; seulement, ayez-moi cette permission le plus tôt possible.

Je le lui promis, et elle s'en alla à moitié consolée, tant sa volonté était puissante et sa résolution arrêtée.

Il va sans dire qu'en la quittant je mis à sa disposition tout ce que j'avais, c'est-à-dire deux ou trois mille roubles, attendu que, un mois auparavant, ignorant que j'aurais besoin d'argent, j'avais envoyé en France tout ce que j'avais mis de côté depuis mon arrivée à Saint Pétersbourg.

Le soir, pendant que j'étais chez Louise, on annonça un aide-de-camp de l'empereur.

Il venait lui apporter une lettre d'audience de sa majesté pour le lendemain, onze heures du matin, au palais d'Hiver.

Comme on le voit, monsieur de Gorgoli avait tenu sa parole et au-delà.

XX.

Quoique la lettre d'audience fût déjà un heureux présage, Louise n'en passa pas moins une nuit pleine d'inquiétudes et de craintes. Je restai près d'elle jusqu'à une heure du matin, la rassurant de mon mieux, et lui racontant tout ce que je savais de traits de bonté de l'empereur Nicolas; enfin je la quittai un peu plus tranquille, après lui avoir promis de revenir la prendre le lendemain matin pour la conduire au palais. J'étais chez elle à neuf heures.

Elle était déjà prête; sa mise était celle qui convient à une suppliante: elle était vêtue de noir, car elle portait le deuil de son amant exilé, et elle n'avait pas un seul bijou. La pauvre enfant, comme on se le rappelle, avait tout vendu, jusqu'à son argenterie.

L'heure venue, nous partîmes; je restai dans la voiture; elle descendit, présenta sa lettre d'audience, et non-seulement on la laissa passer, mais encore un officier se détacha pour la conduire, selon l'ordre qu'il avait reçu. Arrivé dans le cabinet de l'empereur, il la laissa seule en lui disant d'attendre.

Il se passa alors dix minutes, pendant lesquelles Louise me dit qu'elle avait failli deux ou trois fois se trouver mal; enfin un pas fit craquer le parquet de la chambre voisine, la porte s'ouvrit, et l'empereur parut.

A sa vue, Louise ne sut ni avancer, ni reculer, ni parler, ni se taire; elle ne sut que tomber à genoux, les mains jointes. L'empereur vint à elle:

— C'est la seconde fois que je vous rencontre, mademoiselle, et chaque fois c'est à genoux que je vous ai trouvée. Relevez-vous, je vous prie.

— Oh! c'est que chaque fois, sire, j'avais une grâce à vous demander, répondit Louise. La première fois c'était sa vie, et cette fois c'est la mienne.

— Eh bien! alors, dit l'empereur en souriant, le succès de votre première demande doit vous enhardir à la seconde.

Vous voulez le rejoindre, m'a-t-on dit : et c'est cette permission que vous venez me demander?

— Oui, sire, c'est cette grâce.

— Vous n'êtes cependant ni sa sœur, ni sa femme?

— Je suis son... amie... sire ; et il doit avoir besoin d'une amie.

— Vous savez qu'il est exilé pour la vie?

— Oui, sire.

— Par-delà Tobolsk.

— Oui, sire.

— C'est-à-dire dans un pays où il y a à peine quatre mois de soleil et de verdure, et où tout le reste de l'année appartient à la neige et à la glace.

— Je le sais, sire.

— Vous savez qu'il n'a plus ni rang, ni fortune, ni titre à partager avec vous, et qu'il est plus pauvre que le mendiant à qui vous avez fait l'aumône en venant ce matin au palais?

— Je le sais, sire.

— Mais vous, vous avez sans doute quelque argent, quelque fortune, quelque espérance?

— Hélas! sire, je n'ai plus rien. Hier j'avais 50,000 roubles, produit de tout ce que je possédais ; on a su que j'avais cette petite fortune, et sans respect pour la cause à laquelle je la consacrais, on me l'a volée, sire.

— Avec une fausse lettre de lui, je sais cela. C'est plus qu'un vol, c'est un sacrilège. Si celui qui l'a commis tombe entre les mains de la justice, il sera puni, je vous le promets, comme s'il avait dérobé le tronc des pauvres dans une église. Mais il vous reste un moyen de remplacer facilement cette somme.

— Lequel, sire?

— C'est de vous adresser à sa famille. Sa famille est riche, elle vous aidera.

— J'en demande pardon à votre majesté, mais je ne désire d'autre aide que celle de Dieu.

— Alors vous comptez partir ainsi?

— Si j'en obtiens la permission de votre majesté.

— Mais comment cela? avec quelles ressources?

— En vendant ce qui me reste, je puis réunir quelques centaines de roubles.

— N'avez-vous point d'amis qui puissent vous aider?

— Si fait, sire, mais je suis fière, et je ne veux pas emprunter une somme que je ne pourrai rendre.

— Pourtant, avec vos deux ou trois cents roubles, c'est à peine si vous pourrez faire le quart du chemin en voiture : savez-vous la distance qu'il y a d'ici à Tobolsk, mon enfant?

— Oui, sire, il y a trois mille quatre cents verstes, à peu près huit cents lieues de France.

— Comment parcourrez-vous les cinq ou six cents lieues qui vous resteront à faire?

— Sire, il y a des villes sur la route. Eh bien! je n'ai point oublié mon ancien métier ; je m'arrêterai dans chaque ville, je me présenterai dans les maisons les plus riches, je dirai la cause de mon voyage, on aura pitié de moi, on me fera travailler, et, quand j'aurai gagné assez pour continuer ma route, eh bien! je me remettrai en chemin.

— Pauvre femme! dit l'empereur attendri. Mais avez-vous songé aux difficultés matérielles d'un pareil voyage, même pour les gens riches? Par où comptez-vous passer?

— Par Moscou, sire.

— Et après?

— Après, je ne sais plus.... je demanderai..... Je sais seulement que Tobolsk est du côté de l'est.

— Eh bien! dit l'empereur en déployant sur une table de travail la carte de son immense empire, venez, et regardez! Louise s'approcha.

— Voici Moscou, jusque-là tout ira bien ; — voici Perm, jusqu'à Perm tout ira bien encore ; mais après Perm sont les monts Oùrals, c'est-à-dire la fin de l'Europe. Vous trouverez une ville encore, sentinelle perdue qui veille aux frontières de l'Asie, c'est Ekaterynbourg ; mais cette ville franchie, voyez-vous, ne comptez plus sur rien, et cependant vous avez encore trois cents lieues à faire. Voici des villages, voyez leur distance; voici des fleuves, voyez leur largeur; pas d'au-

berges sur la route, pas de ponts sur les rivières ; des bacs quelquefois, des gués toujours; mais des gués qu'il faut connaître, ou sinon ils dévorent voyageurs, chevaux, bagages.

— Sire, répondit Louise avec le calme de la résolution, lorsque j'arriverai à ces fleuves, ils seront déjà glacés, car on me dit que de ce côté l'hiver est plus précoce encore qu'à Saint-Pétersbourg.

— Comment! s'écria l'empereur, c'est maintenant que vous voulez partir? c'est pendant l'hiver que vous irez le rejoindre?

— Sire, c'est pendant l'hiver que la solitude doit être plus terrible.

— Mais c'est impossible, et vous êtes folle.

— C'est impossible, si votre majesté le veut, car nul ne peut désobéir à votre majesté.

— Non, l'obstacle ne viendra pas de moi ; l'obstacle viendra de vous, de votre raison ; l'obstacle viendra des difficultés mêmes que vous opposera votre projet.

— Alors, sire, je partirai dès demain.

— Mais si vous succombez en route?

— Si je succombe, sire, il ignorera toujours que je suis morte en allant le rejoindre, et il croira que je ne l'aimais point, voilà tout; si je succombe, il n'aura rien perdu, car je ne lui suis rien, ni mère, ni fille, ni sœur ; si je succombe, il aura perdu une maîtresse, voilà tout, c'est-à-dire une femme à laquelle la société ne donne aucun droit, et qui doit remercier le monde quand le monde n'a pour elle que de l'indifférence. Si j'arrive à lui, au contraire, sire, je serai tout pour lui, mère, sœur, famille. Je serai plus qu'une femme, je serai un ange descendu du ciel ; alors nous serons deux pour souffrir, et chacun de nous ne sera exilé qu'à moitié. Vous voyez bien sire, qu'il faut que je le rejoigne, et cela le plus tôt possible.

— Oui, vous avez raison, dit l'empereur en la regardant, et je ne m'oppose plus à votre départ. Seulement, autant qu'il est en moi, je veux veiller sur vous pendant la route; me le permettez-vous?

— Oh! oui, s'écria Louise, je vous en remercie à genoux. L'empereur sonna, un aide-de-camp parut.

— A-t-on donné l'ordre au brigadier Ivan de se rendre ici? demanda l'empereur.

— Il attend depuis une heure les ordres de votre majesté, répondit l'aide-de-camp.

— Faites-le entrer.

L'aide-camp s'inclina et sortit ; cinq minutes après, la porte se rouvrit, et notre ancienne connaissance, le brigadier Ivan, fit un pas dans le cabinet, puis s'arrêta debout et immobile, la main gauche à la couture de son pantalon, la main droite à son schako.

— Approche, lui dit l'empereur d'une voix sévère.

Le brigadier fit quatre pas en silence, et reprit sa première position.

— Encore.

Le brigadier refit quatre autres pas, et se trouva séparé seulement de l'empereur par la table de travail.

— Tu es le brigadier Ivan?

— Oui, sire.

— Tu commandais l'escorte de la sixième section?

— Oui, sire.

— Tu avais reçu l'ordre de ne laisser communiquer les prisonniers avec personne?

Le brigadier essaya de répondre, mais il ne put que balbutier ces mots qu'il avait prononcés d'une voix si ferme les premières fois ; l'empereur ne parut pas s'apercevoir de cette hésitation et continua.

— Tu avais dans ta section, et parmi tes prisonniers, le comte Alexis Waninkoff?

Le brigadier pâlit et fit un signe de tête affirmatif.

— Eh bien! malgré la défense que tu avais reçue, tu lui as laissé voir ses sœurs et sa mère, une première fois entre Mo-loga et Iaroslaw, et une seconde fois entre Iaroslaw et Kostroma.

Louise fit un mouvement pour venir au secours du pauvre brigadier, mais l'empereur étendit la main vers elle en signe de commandement; quant au pauvre Ivan, il fut forcé de s'appuyer sur la table. L'empereur garda un instant le silence, puis il continua :

— En désobéissant ainsi aux ordres reçus, tu savais bien pourtant ce à quoi tu t'exposais ?

Le brigadier était incapable de répondre. Louise en eut une telle pitié, qu'au risque de déplaire à l'empereur, elle joignit les mains en disant :

— Au nom du ciel, grâce pour lui, sire!

— Oui, oui, sire, murmura le pauvre diable, grâce ! grâce !

— Eh bien ! je te l'accorde, ta grâce.

Le brigadier respira ; Louise jeta un cri de joie.

— Je te l'accorde à la prière de madame, continua l'empereur en montrant Louise, mais à une condition.

— Laquelle, sire? s'écria Ivan. Oh ! parlez, parlez !

— Où as-tu conduit le comte Alexis Waninkoff?

— A Koslowo.

— Tu vas reprendre la route que tu viens de faire, et tu conduiras madame auprès de lui.

— Oh ! sire ! s'écria Louise qui commençait à comprendre d'où venait la feinte sévérité de l'empereur.

— Tu lui obéiras en tout, excepté lorsqu'il s'agira de sa sûreté.

— Oui, sire.

— Voilà un ordre, continua l'empereur en signant un papier tout préparé et sur lequel le cachet était déjà mis; cet ordre met à ta disposition hommes, chevaux et voitures. Maintenant tu me réponds d'elle sur ta tête.

— Je vous en réponds, sire.

— Et quand tu reviendras, continua l'empereur, si tu me rapportes une lettre de madame qui me dise qu'elle est arrivée sans accident et qu'elle est contente de toi, tu es maréchal-des-logis.

Ivan tomba à genoux, et, oubliant la discipline du soldat pour reprendre son langage d'homme du peuple :

— Merci, père! lui dit-il.

Et l'empereur, comme il avait l'habitude de le faire pour le dernier moujick, lui donna sa main à baiser.

Louise fit un mouvement pour se mettre à genoux de l'autre côté et baiser son autre main ; l'empereur l'arrêta.

— C'est bien, lui dit-il ; vous êtes une sainte et digne femme. J'ai fait tout ce que j'ai pu pour vous. Maintenant, que Dieu vous garde!

— Oh ! sire, s'écria Louise, vous êtes pour moi la Providence visible. Merci, merci! Mais moi, moi, que puis-je faire ?

— Quand vous prierez pour votre enfant, dit l'empereur, priez en même temps pour les miens.

Et il lui fit un signe de la main, et sortit.

En rentrant chez elle, Louise trouva une petite cassette qu'on avait apportée de la part de l'impératrice.

Elle contenait les 50,000 roubles.

XXI.

Il fut décidé que Louise partirait le lendemain pour Moscou, où elle devait laisser son enfant entre les mains de la comtesse Waninkoff et de ses filles. J'obtins de mon côté d'accompagner Louise jusqu'à cette seconde capitale de la Russie, que je désirais visiter depuis longtemps. Louise donna l'ordre à Ivan de se procurer une voiture pour le lendemain à huit heures du matin.

La voiture fut prête à heure fixe, et cela me donna une haute idée de la ponctualité d'Ivan. Je jetai un coup d'œil sur l'équipage et j'y remarquai avec surprise la construction à la fois solide et légère; mais mon étonnement cessa lorsque j'eus reconnu dans un coin du panneau la marque des écuries impériales. Ivan avait usé du droit que lui donnait l'ordre de l'empereur, et il avait pris ce qu'il avait trouvé de mieux dans les voitures de suite.

Louise ne se fit pas attendre. Elle était radieuse, tous les dangers avaient disparu, toutes les craintes étaient évanouies. La veille, elle était décidée à faire la route sans aucune ressource et à pied s'il le fallait; aujourd'hui, elle accomplissait ce projet avec toutes les facilités du luxe et sous la protection de l'empereur. La voiture était toute garnie de fourrures, car quoiqu'il ne fût point encore tombé de neige, l'air était déjà froid, surtout la nuit. Nous nous établîmes, Louise et moi, dans la voiture, Ivan se mit avec le postillon sur le siège, et, sur le signal que donna en sifflant le brigadier, nous partîmes comme le vent.

Quand on n'a pas voyagé en Russie, on ne peut avoir aucune idée de la vitesse. Il y a sept cent vingt-sept verstes, environ cent quatre-vingt-dix lieues de France, de Saint-Pétersbourg à Moscou, et on les franchit, pour peu que l'on paye bien les postillons, en quarante heures. Or, expliquons ce que c'est que bien payer les postillons en Russie.

Le prix de chaque cheval est de cinq centimes par quart de lieue, ce qui fait à peu près sept à huit sous de France par poste. Voilà pour les maîtres des chevaux, et de ce point nous n'avions pas même à nous occuper, nous voyagions aux frais de l'empereur.

Quant au postillon, son pour-boire, qui n'est pas dû, est laissé à la générosité du voyageur ; quatre-vingts kopecks par station de vingt-cinq à trente verstes, c'est-à-dire pour une distance de six à sept lieues, lui paraissent une somme si magnifique, qu'il ne manque pas de crier de loin en arrivant au relais : — Alerte! alerte ! j'amène des aigles! ce qui veut dire qu'il faut aller avec la rapidité de l'oiseau dont il emprunte le nom pour désigner le splendide voyageur. Si, au contraire, il est mécontent, et si ceux qu'il conduit ne lui donnent que peu de chose ou rien, il annonce avec une grimace expressive, et en arrivant au petit trot devant la poste, qu'il ne conduit que des corbeaux.

Quinze ou vingt paysans, dont les chevaux sont prêts à marcher, se tiennent toujours devant la station, guettant l'arrivée de quelque chaise de poste ou de quelque traîneau, et jouant en attendant, car le paysan russe est joueur, mais joueur à la manière des enfans, pour s'amuser et non pour gagner. A peine une chaise de poste paraît-elle que tout jeu cesse, et si elle renferme des aigles, chacun se précipite : on détèle les chevaux avant même qu'ils soient arrêtés, on s'empare du trait de droite, qui est tout simplement une corde ; chacun saisit la corde tour à tour, mettant sa main à côté de la main de son camarade, jusqu'à ce que la corde ait été empoignée trois ou quatre fois par les mêmes mains dans toute sa longueur, et celui dont la main arrive à l'extrémité de la corde est désigné pour conduire la voiture de cette poste à l'autre. Aussitôt il court chercher ses chevaux au milieu des félicitations de ses camarades: chacun lui donne un coup de main pour atteler, et, au bout d'une seconde, le nouveau relais s'élance sur la route. Si, au contraire, ce sont des corbeaux qui arrivent, tout se passe d'une façon plus calme, quoique toujours de la même manière ; seulement le jeu change, car c'est celui qui doit les conduire qui devient le perdant ; alors chacun use d'adresse en empoignant la corde, afin de ne pas tomber au sort, et celui que le hasard désigne s'éloigne la tête basse pour aller chercher les chevaux, au milieu des huées de ses compagnons ; puis, les chevaux attelés, il part au petit trot.

Mais une fois parti, quelle que soit la modicité du pourboire, le cocher s'anime lui-même en parlant à ses chevaux, car jamais il ne les frappe, et c'est avec la voix seulement qu'il presse ou ralentit leur marche. Il est vrai que rien n'est plus flatteur que ses éloges, comme aussi rien n'est plus humiliant que ses reproches : s'ils vont bien, ses chevaux sont des hirondelles, des colombes ; il les appelle ses frères, ses bien-aimés, ses petits pigeons ; s'ils vont mal, ce sont des tortues, des limaces, des escargots, et il leur promet une plus mauvaise litière encore dans l'autre monde que dans celui-ci, menace qui leur rend ordinairement tout leur courage, et grâce à laquelle ils repartent avec la rapidité du vent.

Une fois lancé, rien n'arrête le cocher russe, sa course est une course au clocher : fossé; tertre, fascine, arbre renversé, il franchit tout; s'il vous verse, il se ramasse, sans même s'inquiéter de ce qu'il a lui-même; il accourt à la portière, la figure riante; son premier mot est : *Nitchevaw*, ce n'est rien, — et le second : *Nebos*, n'ayez pas peur. Quels que soient votre rang et votre qualité, la formule ne change en rien; quelle que soit la gravité de votre blessure, la figure qui se présente à votre portière est la même, toujours souriante.

Si l'accident est moindre, il est réparé en un instant. Est-ce un essieu qui casse, le premier arbre qui se rencontre sur la route tombe sous la petite hache que le paysan russe porte presque toujours avec lui, et qui remplace pour lui tous les instrumens. Au bout d'un instant, l'arbre est coupé, façonné, équarri, il a remplacé l'essieu, et la voiture marche. Est-ce un trait qui se rompt de manière à ne pouvoir se renouer, quelques secondes suffisent au paysan russe pour tisser une corde plus solide que la première avec l'écorce d'un bouleau, et les chevaux, réattelés, repartent au premier signal de leur maître.

Au reste, le cocher fait un tel bruit avec ses encouragemens et ses chansons, il est si peu préoccupé de la cage qu'il traîne après lui, et dans laquelle il ballotte ses corbeaux ou ses aigles, que parfois il ne s'aperçoit pas, par exemple, que dans un cahot l'avant-train se détache. Alors il continue de s'éloigner au grand galop, laissant la caisse sur la route; ce n'est qu'au relais qu'il s'aperçoit qu'il a perdu ses voyageurs. Alors il revient sur ses pas avec la parfaite bonne humeur qui fait le fond de son caractère, il les rejoint en leur disant : *Ce n'est rien*; il raccommode son attelage et repart en ajoutant : *N'ayez pas peur*.

Quoique nous fussions, on le devine bien, rangés dans la classe des aigles, notre voiture, grâce à la prévoyance d'Ivan, était si solide, qu'il ne nous arriva aucun accident de ce genre, et le même soir nous arrivâmes à Novgorod, la vieille et puissante ville qui avait pris pour devise le proverbe russe : Nul ne peut résister aux dieux et à la grande Novgorod !

Novgorod, autrefois le berceau de la monarchie russe, et dont les soixante églises suffisaient à peine à sa magnifique population, est aujourd'hui, avec ses murailles démantelées, une espèce de ruine aux rues désertes, et se dresse sur le chemin, comme l'ombre d'une capitale morte, entre Saint-Pétersbourg et Moscou, ces deux capitales modernes.

Nous nous arrêtâmes à Novgorod pour y souper seulement, puis nous repartîmes aussitôt. De temps en temps, sur notre route, nous trouvions de grands feux, et autour de ces feux dix ou douze hommes à longues barbes, et un convoi de chariots rangé sur l'un des deux côtés de la route. Ces hommes, ce sont les rouliers du pays, qui, à défaut de villages, et par conséquent d'auberges, campent sur le revers du chemin, dorment dans leurs manteaux, et le lendemain se remettent en route aussi dispos et aussi joyeux que s'ils avaient passé la nuit dans le meilleur lit du monde. Pendant leur sommeil, leurs chevaux dételés broutent dans la forêt ou paissent dans la plaine; le jour venu, les rouliers les sifflent, et les chevaux reviennent se ranger d'eux-mêmes chacun à sa place.

Nous nous réveillâmes, le lendemain, au milieu de ce que l'on appelle la Suisse russe. C'est, parmi les steppes éternelles ou ces sombres et immenses forêts de sapin, une contrée délicieusement entrecoupée de lacs, de vallées et de montagnes. Waldaï, située à quatre-vingt-dix lieues à peu près de Saint-Pétersbourg, est le centre et la capitale de cette Helvétie septentrionale. A peine notre voiture y fut-elle arrivée, que nous nous trouvâmes environnés d'une multitude de marchandes de croquets, qui nous rappelèrent les marchandes de plaisirs parisiennes. Seulement, au lieu du petit nombre d'industrielles privilégiées qui exploitent les abords des Tuileries, à Waldaï on est assailli par une armée de jeunes filles en jupons courts que je soupçonne fort de joindre un commerce illicite et caché au commerce ostensible qu'elles exercent.

Après Waldaï vient Torschok, célèbre par son commerce de maroquin brodé, dont on fait des bottes du matin d'une élégance charmante, et des pantoufles de femme d'un goût et d'un caprice délicieux. Puis se présente Twer, chef-lieu de gouvernement, où, sur un pont de six cents pieds de long, on traverse le Volga. Ce fleuve, au cours gigantesque, prend sa source au lac Seliguer, et va se jeter dans la mer Caspienne, après avoir traversé la Russie dans toute sa largeur, c'est-à-dire sur un espace de près de sept cents lieues. A vingt-cinq verstes de cette dernière ville la nuit nous reprit, et, quand le jour arriva, nous étions en vue des dômes brillans et des clochers dorés de Moscou.

Cette vue me causa une impression profonde. J'avais devant les yeux le grand tombeau où la France était venue ensevelir sa fortune. Je frissonnai malgré moi, et il me semblait que l'ombre de Napoléon allait m'apparaître comme celle d'Adamastor, et me raconter sa défaite avec des larmes de sang.

En entrant dans la ville, j'y cherchai partout les traces de notre passage en 1812, et j'en reconnus quelques-unes. De temps en temps de vastes décombres, mornes preuves du dévoûment sauvage de Rostopchin, s'offraient à notre vue tout noircis encore par les flammes. J'étais tout prêt à arrêter la voiture, et avant de descendre à l'hôtel, avant d'aller nulle part, à demander le chemin du Kremblin, impatient d visiter le château sombre auquel les Russes firent un matin avec la ville entière, une ceinture de feu; mais je n'étais pas seul. Je remis ma visite à plus tard, et je laissai Ivan nous conduire; il nous fit traverser une partie de la ville, et nous nous arrêtâmes à l'hôtellerie tenue par un Français, près du pont des Maréchaux. Le hasard nous avait fait descendre près ne l'hôtel qu'habitait la comtesse Waninkoff.

Louise était très fatiguée du voyage, pendant lequel elle n'avait cessé de porter son enfant entre ses bras; mais quelque j'insistasse pour qu'elle se reposât d'abord, elle commença par écrire à la comtesse pour lui annoncer son arrivée à Moscou, et lui demander la permission de se présenter chez elle. Nous cherchions par quel messager nous pourrions faire tenir cette dépêche à la comtesse, lorsque nous songeâmes à notre brave brigadier Ivan. Nous comprîmes que la lettre n'en serait pas plus mal reçue pour être portée par lui, et de son côté il accepta la commission avec grand plaisir.

Dix minutes après, et comme je venais de me retirer dans ma chambre, une voiture s'arrêta à la porte. Cette voiture amenait la comtesse et ses filles, qui n'avaient pas voulu attendre la visite de Louise et qui accouraient la chercher. En effet, elles connaissaient le dévoûment de ce noble cœur, elles savaient dans quel but elle était partie et vers quelle destination elle se rendait, et elles ne voulaient pas que, pendant le peu de temps qu'elle resterait à Moscou, celle qu'elles appelaient leur fille et leur sœur demeurât autre part que chez elles.

Comme ma chambre touchait à celle de Louise, je fus en quelque sorte témoin de l'effusion ardente avec laquelle la pauvre mère se jeta dans les bras de celle qui allait revoir son fils. Ainsi que nous l'avions pensé, la vue d'Ivan avait fait grand plaisir à toute la famille, car par lui la comtesse avait pu avoir des nouvelles plus récentes de Waninkoff, et elle avait appris qu'il était arrivé à Koslowo en aussi bon état de santé que le permettait sa situation. Au reste, c'était déjà un bonheur pour la comtesse et ses filles que de savoir le nom du village qu'il habitait.

Louise tira les rideaux du lit et leur montra son enfant qui dormait endormi, et, avant montré qu'elle eût dit que son intention était de le leur laisser, les deux sœurs s'en étaient emparées et le présentaient aux baisers de leur mère.

Mon tour vint. On sut que j'avais accompagné Louise et que j'étais le maître d'armes du comte Alexis; alors les trois femmes voulurent me voir. Louise me fit prévenir que l'on me demandait; je m'y étais attendu, et j'avais heureusement eu le temps de réparer le désordre que deux jours et deux nuits de voyage avaient apporté dans ma toilette.

Comme on le devine, je fus accablé de questions. J'avais vécu assez longtemps dans l'intimité du comte pour pouvoir satisfaire à toutes les demandes, et je l'avais trop aimé pour me lasser de parler de lui. Il en résulta que les pauvres femmes furent si enchantées de moi, qu'elles voulaient absolument que j'accompagnasse Louise chez elles; mais, comme je n'avais aucun droit à une si honorable hospitalité, je refusai. D'ailleurs, à part l'indiscrétion qu'il y eût eu à accepter, j'étais beaucoup plus libre à l'hôtel; et, comme je ne comptais pas rester à Moscou après le départ de Louise, je voulais mettre à profit, pour visiter la ville sainte, le peu de temps que j'avais à y passer.

Louise raconta son entrevue avec l'empereur, ainsi que tout ce qu'il avait fait pour elle, et la comtesse pleura à ce récit, autant de joie que de reconnaissance; car elle espérait que l'empereur ne serait pas généreux à demi, et commuerait l'exil perpétuel en un exil à temps, comme il avait déjà commué la peine de mort en exil.

A mon défaut, la comtesse voulait au moins offrir l'hospitalité à Ivan; mais je le réclamai dans l'intention où j'étais d'en faire mon cicérone. Ivan avait fait la campagne de 1812; il avait battu en retraite depuis le Niémen jusqu'à Wladimir, et nous avait poursuivis depuis Wladimir jusqu'au delà de la Bérésina. On comprend qu'il m'était trop précieux pour que je m'en séparasse. Louise et son enfant montèrent donc en voiture avec la comtesse Waninkoff et ses filles, et moi je restai à l'hôtel avec Ivan, mais après avoir promis toutefois d'aller dîner le jour même chez la comtesse.

Un quart d'heure après, nous étions en route, et je commençai mes investigations.

XXII.

Ce fut le 14 septembre 1812, à deux heures de l'après-midi, que l'armée française découvrit, du haut du mont du Salut, la ville sainte. Aussitôt, et comme cela était arrivé quinze ans auparavant à l'aspect des Pyramides, ces vingt mille hommes se mirent à battre des mains en criant : Moscou! Moscou! Après une longue navigation dans cette mer de steppes, on apercevait enfin la terre. A l'aspect de la ville aux coupoles d'or, tout fut oublié, même cette terrible et sanglante victoire de la Moskowa, qui avait attristé l'armée à l'égal d'une défaite. Après avoir touché d'une main à l'océan indien, la France allait donc toucher de l'autre aux mers polaires. Rien n'avait pu l'arrêter, ni le désert de sable, ni le désert de neige. Elle était véritablement la reine du monde, celle-là qui allait tour à tour se faire sacrer dans toutes les capitales.

Aux cris de son armée tout entière qui rompt les rangs, qui se presse, qui applaudit, Napoléon lui-même est accouru. Son premier sentiment est une joie indicible qui illumine son front, pareille à une auréole. Comme tout le monde, il s'écrie, en se dressant sur ses étriers : Moscou! Moscou! Mais aussitôt on voit passer sur son front comme l'ombre d'un nuage, et s'affaissant sur sa selle : Il était temps! dit-il.

L'armée a fait halte; car Napoléon attend que de l'une de ces portes par lesquelles ses yeux tentent de plonger avidement dans la ville, il sorte quelque députation de boyards à longue barbe et de jeunes filles tenant des rameaux, qui lui vienne, sur un plat d'argent, apporter les clefs d'or de la cité sainte. Mais tout reste silencieux et solitaire, comme si la ville était endormie; aucune vapeur ne s'élève des cheminées; seulement de grandes troupes de corbeaux planent en tournoyant sur le Kremlin, et s'abattent sur quelque coupole dont l'or disparaît comme sous un drap noir.

De l'autre côté de Moscou seulement, et comme si elle sortait par la porte opposée à celle qui s'offre à nous, il semble que l'on voie se mouvoir une armée. C'est encore cet ennemi insaisissable qui nous a glissé entre les mains depuis le Niémen jusqu'à la Moskowa, et qui s'enfonce vers l'orient.

En ce moment, comme si l'armée française, pareille à son aigle, eût déployé ses deux ailes, Eugène et Poniatowski s'étendent à droite et débordent la ville, tandis que Murat, que Napoléon suit des yeux avec une inquiétude croissante, atteint l'extrémité des faubourgs sans qu'aucune députation se soit présentée.

Alors ses maréchaux se pressent autour de lui, inquiets de son inquiétude; Napoléon voit tous ces fronts soucieux, tous ces regards fixes : il devine que sa pensée est la pensée de tous. — Patience, patience! dit-il machinalement, ces gens-là sont si sauvages qu'ils ne savent peut être pas même se rendre.

Pendant ce temps, Murat a pénétré dans la ville; Napoléon n'y tient plus, il envoie après lui Gourgaud. Gourgaud met son cheval au galop, traverse l'espace, entre dans la ville à son tour, et rejoint Murat au moment où un officier de Milarodowich déclare au roi de Naples que le général russe mettra le feu à la ville si on ne donne pas le loisir à son arrière-garde de se retirer. Gourgaud repart au galop, et va porter à Napoléon cette nouvelle. — Laissez-les partir, dit Napoléon, j'ai besoin de Moscou tout entière, depuis son plus riche palais jusqu'à sa plus pauvre cabane.

Gourgaud rapporte cette réponse à Murat, qu'il trouve au milieu des Cosaques, qui regardent avec étonnement les broderies de sa riche polonaise et les plumes flottantes de sa toque. Murat leur transmet la nouvelle de l'armistice, donne sa montre à un chef, ses bijoux à un autre, et, quand il n'en a plus, il emprunte les montres et les bagues de ses aides-de-camp.

Pendant ce temps, et protégée par cette convention verbale, l'armée russe continue d'évacuer Moscou.

Napoléon s'arrête à la barrière, attendant toujours que des habitans sortent de la ville enchantée. Rien ne paraît, et chaque officier qui revient à lui rapporte cette étrange parole : — Moscou est déserte. Cependant il ne peut y croire; il regarde, il écoute, c'est la solitude du désert, c'est le silence de la mort. Il est à la porte de la ville des tombeaux : c'est Pompéïa ou Nécropolis.

Pourtant il espère encore que, comme Brennus, il trouvera ou l'armée au Capitole ou les sénateurs sur leurs chaises curules. Afin qu'il n'échappe de Moscou que ceux qui ont le droit d'en sortir, il fait embrasser la ville d'un côté par le prince Eugène, et de l'autre par le prince Poniatowski; les deux corps d'armée s'allongent en croissant, et enveloppent Moscou; puis il pousse en avant, et pour pénétrer au cœur de la capitale, le duc de Dantzig et la jeune garde. Enfin, après avoir tardé tant qu'il a pu à y entrer lui-même, comme s'il voulait douter encore du témoignage de ses propres yeux, il se décide à franchir la barrière de Dorogomiloff, fait appeler le secrétaire-interprète Leborgne, qui connaît Moscou, lui ordonne de se tenir près de lui, et, tout en avançant la tête vers ce grand silence, que n'interrompu que par le bruit de ses propres pas, il l'interroge sur tous ces monuments déserts, sur tous ces palais vides, sur toutes ces maisons veuves. Puis, comme s'il s'aventurer dans cette Thèbes moderne, il s'arrête, descend de son cheval, et prend son logement provisoire dans une grande auberge abandonnée comme le reste de la ville.

A peine y est-il installé, que ses ordres se succèdent comme s'il venait de poser sa tente sur un champ de bataille. Il a besoin de combattre cette solitude et ce silence plus terrible pour lui que la présence et le fracas d'une armée. Le duc de Trévise est nommé gouverneur de la province; le duc de Dantzig s'emparera du Kremlin et sera chargé de la police de ce quartier; le roi de Naples poursuivra l'ennemi, ne le perdra pas de vue, ramassera ses traineurs et les enverra à Napoléon.

La nuit vient, et à mesure qu'elle arrive, Napoléon s'assombrit comme elle. On a entendu quelques coups de carabine vers la porte de Kolomna : c'est Murat qui, après neuf cent lieues de franchies et soixante combats livrés, a traversé Moscou, la ville des czars, comme il eût fait d'une bourgade, et a rejoint les Cosaques sur la route de Wladimir. — On annonce des Français qui viennent solliciter la clémence de leur propre empereur. Napoléon les fait entrer, les presse, les interroge : c'est lui qui les remercie en quelque sorte d'avoir bien voulu venir lui donner des nouvelles. Mais, aux premiers mots qu'ils disent, Napoléon fronce le sourcil, s'emporte et nie. En effet, ils racontent des choses étranges. Selon eux, Moscou est réservée aux flammes ; selon eux, Moscou est condamnée, et cela par les Russes, par ses propres fils : c'est impossible.

A deux heures du matin, on apprend que le feu éclate dans le Palais-Marchand, c'est-à-dire dans le plus beau quartier de la ville. La menace jetée derrière lui par Rostopchin se réalise ; mais Napoléon en doute encore : c'est l'imprudence de quelque soldat qui est cause de l'incendie, et il donne ordre sur ordre, il envoie courrier sur courrier. Le jour arrive sans que la flamme soit éteinte, car nulle part, chose étrange, on ne trouve de pompes. Alors Napoléon n'y peut plus tenir, il court lui-même sur le théâtre du désastre. C'est la faute de Mortier, c'est la faute de la jeune garde ; tout cela vient de l'imprudence du soldat. Alors Mortier montre à Napoléon une maison fermée qui s'enflamme toute seule et comme par enchantement. Napoléon pousse un soupir et monte lentement et la tête inclinée les marches qui conduisent au Kremlin.

Enfin il est arrivé à ce but tant désiré : devant lui est l'ancienne demeure des czars ; à sa droite, l'église qui renferme leur sépulture ; à sa gauche, le palais du sénat ; puis au fond le haut clocher d'Ivan Welikoï, dont la croix dorée, que d'avance il a destinée à remplacer celle des Invalides, domine tous les dômes de Moscou.

Il entre dans le palais, et ni son architecture qui rappelle celle de Venise, ni les appartemens vastes et splendides qu'il traverse, ni la vue magnifique qui, des fenêtres de son appartement, plonge sur la Moskowa et s'étend sur ce monde de maisons aux mille couleurs, sur ces dômes d'or, sur ces coupoles d'argent, sur ces toits de bronze, rien ne peut l'arracher à sa rêverie. Ce n'est pas Moscou qu'il a entre les mains ; c'est son ombre, son spectre, son fantôme. Qui donc l'a tuée ?

Tout-à-coup on vient lui dire que le feu est éteint, et il relève la tête. C'est encore un ennemi vaincu ; sa fortune est toujours celle de César. Au fait, moins la solitude et le feu, tout arrive comme Napoléon l'a calculé.

Les rapports se succèdent. L'arsenal du Kremlin renferme quarante mille fusils anglais, autrichiens et russes, une centaine de pièces de canon, des lances, des sabres, des armures et des trophées, enlevés aux Turcs et aux Persans. A la barrière des Allemands, on a découvert dans des bâtimens isolés, où ils les ont cachés, quatre cent milliers de poudre, et plus d'un million pesant de salpêtre. La noblesse a abandonné ses cinq cents palais ; mais ces palais sont ouverts et meublés ; ils seront occupés par les officiers supérieurs de l'armée. Quelques maisons que l'on croyait vides seront ouvertes ; elles appartiennent à des habitans faisant partie de la classe moyenne de la société. En apprivoisant ceux-là, on en attirera d'autres. Enfin nous avons près de deux cent cinquante mille hommes ; on peut donc attendre l'hiver ; le vaisseau de la France, qui voguait à la conquête des mers du Nord, sera pris pendant six mois dans les glaces polaires, et voilà tout. Avec le printemps la guerre, et avec la guerre la victoire.

Ainsi Napoléon s'endort, bercé par le flux de ses craintes et le reflux de ses espérances.

A minuit, le cri : Au feu ! se fait entendre de nouveau.

Le vent vient du nord, et c'est au nord qu'éclate l'incendie. Ainsi le hasard seconde la flamme ; le vent le pousse, et elle s'approche dans la direction du Kremlin comme une rivière ardente : déjà des flammèches volent jusque sur les toits du palais et tombent au milieu d'un parc d'artillerie rangé sous

les murailles. Lorsque le vent saute à l'ouest, la flamme change de direction ; elle s'étend, mais elle s'éloigne.

Tout-à-coup un second incendie s'allume à l'ouest, et s'avance, comme le premier, poussé par le vent. On dirait que le rendez-vous du feu est au Kremlin, et qu'allié intelligent des Russes, il marche droit à Napoléon. Il n'y a plus à en douter, c'est un nouveau plan de destruction adopté par l'ennemi, et l'évidence à laquelle Napoléon s'est si longtemps refusé commence à le mordre au cœur.

Bientôt, de place en place, s'élèvent de nouveaux tourbillons de fumée qui percent tout-à-coup les flammes comme des lances ardentes ; comme le vent est incertain et passe constamment du nord à l'ouest, l'incendie s'avance pareil à un serpent qui rampe ; de tous côtés des sillons ardens se creusent, qui enveloppent le Kremlin, et dans lesquels semblent couler des fleuves de lave. A chaque instant, de ces fleuves découlent des torrens qui vont s'élargissant à leur tour ; on dirait que la terre s'ouvre et vomit du feu ; ce n'est plus un incendie, c'est une mer ; et l'immense marée, montant sans cesse, s'approche en mugissant et vient battre le pied des murailles du Kremlin.

Toute la nuit Napoléon contemple avec terreur cette tempête de feu : là, sa puissance expire, son génie est vaincu, il y a un démon caché qui souffle cette flamme, et, comme Scipion regardant brûler Carthage, il frémit en pensant à Rome.

Le soleil monte sur cette fournaise, et le jour vient éclairer les désastres de la nuit. Le feu a accompli son cercle immense, chassant devant lui les travailleurs et se rapprochant de plus en plus du Kremlin. Alors les rapports se succèdent, et l'on commence à connaître les incendiaires.

Dans la nuit du 14 au 15, c'est-à-dire dans la nuit même de l'occupation, un globe de flamme, pareil à une bombe, s'est abaissé sur le palais du prince Troubetskoï et y a mis le feu : sans doute c'était un signal, car à l'instant même la Bourse s'est enflammée, et sur deux ou trois points l'incendie, attisé par les lances goudronnées des soldats de la police russe, est apparu. Des obus ont été cachés dans presque tous les poêles, et les soldats français, en y mettant le feu pour se chauffer, les ont fait éclater ; si bien que les obus, doublement funestes, ont tué les hommes et incendié les maisons. Toute la nuit s'était écoulée pour les soldats à fuir de maisons en maisons, et à voir la maison dans laquelle ils étaient, ou celle dans laquelle allaient entrer, s'enflammer spontanément, sans cause visible. Moscou, comme les vieilles villes maudites de la Bible, semble tout entière à la destruction, si ce n'est que le feu, au lieu de tomber du ciel, semble sortir de la terre.

Alors Napoléon est forcé de se rendre, et reconnaît que ces incendies, allumés en même temps sur des milliers de points, sont l'œuvre d'une seule volonté, sinon d'une même main. Il passe la main sur son front, dont la sueur découle, et, poussant un soupir : « Voilà donc, dit-il, comme ils font la guerre ! la civilisation de Saint-Pétersbourg nous a trompés, et les Russes modernes sont toujours les anciens Scythes ! »

Aussitôt il donne l'ordre de prendre, de juger et de fusiller quiconque sera saisi allumant ou excitant la flamme ; la vieille garde, qui occupe le Kremlin, se mettra sous les armes ; on chargera les chevaux, on attèlera les voitures ; enfin on se tiendra prêt à quitter cette ville qu'on est venu chercher si loin, et sur laquelle on avait tant compté.

Au bout d'une heure, on vient dire à l'empereur que ses ordres sont exécutés : une vingtaine d'incendiaires ont été pris, interrogés et fusillés. Dans l'interrogatoire, ils ont avoué qu'ils sont neuf cents, et qu'avant d'évacuer Moscou, Rostopchin, le gouverneur, les a fait cacher dans les caves afin qu'ils missent le feu à tous les quartiers. Ils ont fidèlement obéi. Pendant cette heure, la flamme a fait de nouveaux progrès ; le Kremlin semble une île jetée sur une mer de flamme. L'atmosphère est chargée de vapeurs brûlantes, les vitres du Kremlin, dont on a fermé les fenêtres, pétillent et éclatent. On respire un air plein de cendres.

En ce moment un dernier cri se fait entendre : Le feu au Kremlin ! le feu au Kremlin !.

Napoléon pâlit de colère. Ainsi le palais antique, le vieux Kremlin, la demeure des czars, n'est pas même sacré pour ces Érostrates politiques ; mais du moins on a pris celui qui a mis le feu, on l'amène devant l'empereur. C'est un soldat de la police russe. Napoléon l'interroge lui-même : il répète ce qui a été dit ; chacun a reçu sa tâche ; lui et huit de ses compagnons ont été chargés du Kremlin. Napoléon le chasse avec dégoût, et dans la cour même il est fusillé.

Alors on presse l'empereur de quitter le palais où le feu le poursuit ; mais il se cramponne à sa volonté, il ne refuse ni n'accepte ; il reste sourd, inerte, abattu ; tout-à-coup un sourd murmure circule autour de lui : le Kremlin est miné !

Au même instant on entend le cri des grenadiers qui le demandent ; cette nouvelle s'est répandue aussi parmi eux ; ils veulent leur empereur, il leur faut leur empereur ; s'il tarde un instant, ils viendront le chercher eux-mêmes.

Napoléon se décide enfin ; mais par où sortir ? On a tant attendu qu'il n'y a plus d'issue. L'empereur ordonne à Gourgaud et au prince de Neufchâtel de monter sur la terrasse du Kremlin pour tâcher de découvrir un passage, et en même temps il ordonne à plusieurs officiers d'ordonnance de se répandre aux alentours du palais dans le même but ; tous s'empressent d'obéir, les officiers descendent rapidement par tous les escaliers, Berthier et Gourgaud montent sur la terrasse.

À peine y sont-ils, qu'ils sont forcés de se cramponner l'un à l'autre : la violence du vent, la raréfaction de l'air causent une si terrible tourmente, que le tourbillon qui passe et repasse incessamment a failli les emporter avec lui ; au reste, d'où ils sont, impossible de rien voir qu'un océan de flammes sans issues et sans bornes.

Ils redescendent et annoncent cette nouvelle à l'empereur.

Alors Napoléon n'hésite plus ; au risque d'aller donner tête baissée dans la flamme, il descend rapidement l'escalier du nord, sur les marches duquel les Strélitz ont été égorgés ; mais, arrivé dans la cour, on ne trouve plus d'issues, les flammes bloquent toutes les portes : on a attendu trop tard, il n'est plus temps.

En ce moment, un officier accourt haletant, la sueur sur le front, les cheveux à demi brûlés ; il a trouvé un passage : c'est une poterne fermée qui doit donner sur la Moskowa ; quatre sapeurs se précipitent, la porte est brisée à coups de hache, Napoléon s'engage à travers deux murailles de rochers ; ses officiers, ses maréchaux, sa garde, le suivent ; s'il fallait maintenant revenir sur ses pas, la chose lui serait impossible : il faut marcher en avant.

L'officier s'est trompé : la poterne ne donne pas sur la rivière, mais sur une rue étroite et enflammée ; cette rue mène-t-elle à l'enfer, il faut la prendre ; Napoléon donne l'exemple et s'élance le premier sous une arcade de feu ; tout le monde le suit, nul ne cherche un salut à côté ou en dehors du sien : s'il meurt, on mourra.

Il n'y a plus de chemin, il n'y a plus de guide, il n'y a plus d'étoiles ; on marche au hasard, au milieu du mugissement des flammes, du pétillement des brasiers, du craquement des voûtes ; toutes les maisons brûlent ou sont brûlées, et de toutes celles qui sont debout encore, par les fenêtres, par les portes, les flammes s'élancent comme pour poursuivre les fugitifs ; des poutres tombent, le plomb fondu coule dans les ruisseaux ; tout est de feu, l'air, les murailles, le ciel ; quelques fugitifs sont tombés sur la route, étouffés par le manque d'air ou écrasés par les décombres.

En ce moment, les soldats du premier corps, qui cherchent l'empereur, apparaissent presque au milieu des flammes ; ils le reconnaissent, et tandis que dix ou douze d'entre eux comme s'il s'agissait de le défendre d'un ennemi ordinaire, les autres marchent devant en criant : Par ici ! par ici !

Napoléon s'abandonne à eux avec la même confiance qu'ils s'abandonnent ordinairement à lui, et, cinq minutes après, il se trouve en sûreté dans les décombres d'un quartier brûlé depuis le matin.

Alors il s'enfonce entre un double rang de voitures, il demande quels sont ces fourgons et ces caissons ; on lui répond que c'est le parc du premier corps, que l'on a sauvé : chaque

voiture contient des milliers de poudre, et des tisons brûlent entre les roues !

Napoléon donne l'ordre de prendre la route de Petroskoï : c'est un château royal situé hors de la ville, à une demi-lieue de la barrière de Saint-Pétersbourg, au milieu des cantonnemens du prince Eugène : là sera désormais le quartier impérial.

Pendant deux jours et deux nuits, Moscou brûle encore ; puis enfin, au matin du troisième jour, la flamme a entièrement disparu, et, à travers la fumée qui le couvre comme une brume, Napoléon peut voir se dresser, noirci et à demi consumé, le squelette de la ville sainte.

À part quelques dernières traces d'incendie qui semblent laissées exprès comme de sombres souvenirs de cette époque terrible, Moscou tout entière est sortie de ses cendres, plus splendide, plus magnifique et plus dorée qu'elle n'a jamais été. Le Kremlin seul, resté debout comme un antique et indestructible témoin des choses passées, a conservé son caractère byzantin, qui le fait ressembler, au premier coup-d'œil, à un palais des doges de Venise. Ma visite, en arrivant, fut pour cet édifice, et des cinq portes percées dans ses hautes murailles crénelées je choisis la porte de Spaskoï, ou la porte sainte, et j'entrai, selon l'usage, la tête découverte, dans l'antique palais autour duquel a tourné l'histoire de la vieille Moscovie.

Le Kremlin, dit-on, tire son nom du mot *Kremle*, qui veut dire Pierre. Il renferme le sénat, l'arsenal, l'église de l'Annonciation, la cathédrale de l'Assomption, où se fait la cérémonie du couronnement, et où, effectivement, l'empereur Nicolas venait d'être couronné ; l'église de Saint-Michel, où sont les tombeaux des premiers souverains de l'empire ; le palais des patriarches et le palais des anciens czars. C'est dans ce nid de granit que naquit Pierre Ier.

Grâce à Ivan, qui faisait servir à tout l'ordre de l'empereur, devant lequel, au reste, chacun s'inclinait, je pus visiter le palais dans tous ses détails. D'abord je me fis montrer la petite poterne par laquelle Napoléon était sorti, puis l'appartement qu'il avait occupé, et dans lequel, pendant une nuit et un jour, les bras croisés à la fenêtre, il avait vu s'avancer vers lui ce nouvel ennemi, inconnu, irrésistible, indomptable, qui l'avait pied à pied chassé de sa conquête. De cet appartement je montai sur la terrasse, du haut de laquelle Gourgaud et Berthier avaient failli être précipités, et de là je découvris Moscou, non plus agonisante et se tordant dans son agonie enflammée, mais jeune, joyeuse, riante, toute parsemée de jardins verts, tout étincelante de coupoles d'or.

Moscou date du milieu du XIIIe siècle à peu près. Comme on le voit, elle est de médiocre antiquité ; c'est à peine si son âge eût suffi à un seigneur du temps de Louis XIV pour monter dans les carrosses du roi. Peut-être existait-elle longtemps auparavant, pauvre, inconnue et roturière ; mais ce n'est qu'à partir de cette époque qu'elle fut élevée au rang de principauté, et gouvernée par Michel-le-Brave, frère d'Alexandre Newski, le même qui, ayant pris la cilice vers la fin de sa vie, a été mis au rang des saints et est devenu un des patrons les plus miraculeux de la ville de Saint-Pétersbourg. L'origine du nom de Moscou ne soulève pas les mêmes doutes que le nom du Kremlin. Sa marraine est la Moskowa, pauvre et humble rivière boueuse, qui prend sa source à Giath et va se jeter dans l'Oka, au-dessus de Riazan, tout étonnée d'avoir, dans sa course de quelques heures, servi de ceinture à une reine.

Le Kremlin est situé au centre de Moscou, et dans la partie la plus élevée, de sorte que, du haut de la terrasse du palais, on domine la ville tout entière. C'est de là que l'irrégularité de Moscou, qui semble la cité capricieuse et fantasque de quelque architecte des *Mille et une Nuits*, apparaît dans toute son étrange variété, avec sa mosaïque de toits, ses minarets byzantins, ses pagodes chinoises, ses terrasses italiennes, ses kiosques indiens et ses fermes hollandaises. C'est de là qu'on voit se presser dans les trois quartiers qui la divisent, et surtout dans le Kitaï-Gorod, ou le quartier marchand, des envoyés de tous les peuples de la terre, et qu'on reconnaît : le Turc à son turban, l'Arménien à sa longue robe, le Mongol à son bonnet pointu, le moujick à son sarrau de toile, et le Français à son habit étriqué. Quant aux rues, elles sont tortueuses comme la rivière qui les traverse, et dont le nom vient, dit-on, d'un mot sarmate qui signifie serpent ; mais elles ont cet avantage d'être bâties contre le vent et contre le soleil, et de ne jamais offrir à l'œil effrayé ces longues perspectives qui semblent infranchissables au malheureux piéton.

Descendu de la terrasse, où je restai plus d'une heure sans me lasser de contempler ce magnifique panorama, je passai auprès du sénat, immense bâtiment élevé sous le règne de Catherine, et qui, sur les quatre côtés du cube qui surmonte sa coupole, porte écrit en grosses lettres le mot loi, en caractères russes. Comme la salle des séances m'offrait peu d'intérêt, et que d'ailleurs le temps de mon séjour à Moscou était compté, je m'acheminai vers l'arsenal, vaste édifice commencé en 1702, sous le règne de Pierre Ier. Miné en 1812, au moment de la retraite de l'armée française, l'arsenal porte encore des traces de l'explosion terrible qui le renversa en grande partie, sans briser une glace qui se trouvait devant l'image de saint Nicolas, événement qui fut attribué à un miracle du saint, ainsi que le constate une inscription gravée au-dessous. Une autre preuve d'un miracle non moins grand, mais dont l'auteur est l'hiver, saint bien plus puissant encore que saint Alexandre Newski, ce sont les huit cent soixante-dix pièces d'artillerie prises aux Français et à leurs alliés, et retrouvées par les chemins, au bord des rivières, au fond des ravins, sur la route de Moscou à Wilna. Ces pièces sont rangées devant la façade de l'édifice. Chacune d'elles, toute captive qu'elle est, porte encore le nom orgueilleux dont l'a baptisée le fondeur, dans son ignorance de l'avenir. C'est l'Invincible, c'est l'Imprenable, c'est le Vengeur. La place où elles sont prouve que ce n'est pas seulement sur les colonnes et sur les tombeaux que le bronze a pris l'habitude de mentir.

En avant de l'une des faces latérales est la fameuse pièce de canon coulée en 1694, dont le poids est de quatre-vingt-seize mille livres treize onces, dont la longueur est de dix-sept pieds, et dont le diamètre est de quatre pieds trois pouces; elle est entourée de plusieurs autres pièces turques et persanes dont elle semble l'aïeule, quoique la plus petite de toutes celles-ci, prise isolément, doive paraître énorme. Elles sont surchargées d'ornements orientaux bizarres, mais précieux de détails, et chacune d'elles, comme preuve de sa force, porte le chiffre de son poids gravé près de la culasse. Comparée à la plus petite de ces pièces, la plus forte des nôtres semble un jouet d'enfant.

Nous avions alors en face de nous le clocher d'Ivan Velikoï, élevé pour perpétuer le souvenir d'une famine qui désola Moscou vers l'an 1600. La forme du clocher est octogone et la coupole est, assure-t-on, recouverte entièrement en or de ducats. La croix qui couronnait l'église fut enlevée au moment de la retraite par Napoléon, qui la destinait au dôme des Invalides, et ceux qui étaient chargés de la garder la jetèrent dans la Bérésina, ne pouvant la traîner plus loin. Les Russes l'ont remplacée par une croix de bois plaquée en cuivre doré.

Au pied de cette église, dans une cavité circulaire recouverte par des planches, gît la fameuse cloche éternelle, transportée de Novgorod à Moscou, où elle devait être la reine des trente-deux autres cloches qui forment le carillon de l'église d'Ivan-le-Grand. Pendant quelque temps elle régna en effet sur elles, tant par la grosseur que par le bruit ; mais un jour elle rompit ses liens, tomba, et s'enfouit dans sa chute, à la profondeur de plusieurs pieds. C'est par une trappe et en descendant un escalier d'une vingtaine de marches, gardé par une sentinelle qui vous prévient de prendre garde de vous rompre le cou, que nous arrivâmes au pied de la montagne de bronze dont on fait le tour en longeant une petite muraille de briques élevée dans le but de la soutenir. La circonférence de la cloche est de soixante-sept pieds quatre pouces, ce qui donne un diamètre de vingt-deux pieds quatre pouces un tiers; sa hauteur, de vingt-un pieds quatre pouces et demi; son épaisseur, à l'endroit où frappait le battant,

de vingt-trois pouces, et son poids de quatre cent quarante-sept mille sept cent soixante-douze livres, ce qui, au simple prix du métal, c'est-à-dire à trois francs quinze sous la livre, représente à peu près une somme de soixante-six mille cinq cents louis. Mais la valeur de la cloche s'accroît de plus du triple, lorsqu'on sait qu'au moment où elle fut fondue, les nobles et le peuple vinrent y jeter à l'envi leur or, leur argent et leur vaisselle. C'est donc à peu près quatre millions sept cent quarante-deux mille francs qui furent enfouis dans cette espèce de cave, sans utilité comme sans rapport.

A certains jours de l'année, les paysans visitent cette cloche en grande dévotion, et se signent à chaque marche de l'escalier, soit qu'ils la montent, soit qu'ils la descendent.

Comme je voulais en finir du coup avec le Kremlin, j'entrai dans l'église de l'Assomption, où venait d'avoir lieu, six semaines auparavant, le couronnement de l'empereur. C'est un édifice assez petit et de forme carrée, qui fut fondé en 1325, s'écroula en 1474 et fut réédifié l'année suivante par des architectes italiens qu'Ivan III fit venir de Florence. Cette église, qui peut contenir cinq cents personnes, renferme les tombeaux des patriarches et le trône des czars. Avant 1812, elle était éclairée par un lustre en argent pesant plus de trois mille sept cents livres, lequel disparut pendant l'invasion française. En revanche, celui qui l'a remplacé a été fondu avec l'argent pris sur nous pendant la retraite. Il est vrai que l'église a perdu à cette restitution forcée, celui qui y est aujourd'hui ne pesant que six cent soixante livres.

J'aurais eu grande envie de visiter le même jour Petroskoï; mais mon invitation à dîner chez la comtesse Waninkoff ne m'en laissait pas le temps. Je me contentai donc de jeter en passant un coup-d'œil sur l'échafaud en pierre où la civilisateur sanglant de la Russie exécuta plus d'une fois l'arrêt de mort avec la main qui l'avait signé, et je dis à Ivan de me conduire à l'église de la Protection de la Vierge, que les Russes appellent Vassili-Blajennoï, et qui est la plus curieuse des deux cent soixante-trois que renferment les murs de la capitale.

Ce monument, qui fut construit en 1554, sous le règne d'Ivan-le-Terrible, en commémoration de la prise de Kasan, est l'œuvre d'un architecte italien qui, appelé du sein de la plus splendide civilisation au milieu d'un peuple barbare, voulut faire quelque chose qui satisfît par son étrangeté le sauvage caprice du czar. Dix-sept coupoles s'arrondissent sur le toit de Vassili-Blajennoï, et chacune est de forme et de couleur différente. Grâce à cette disparate collection de boules, de pommes de pins, de melons et d'ananas, verts, rouges, bleus, jaunes et violets, Ivan le-Terrible fort satisfait. Cette satisfaction s'accrut si fort et si bien les jours suivants, qu'au moment où l'architecte vint prendre congé de lui pour réclamer son salaire et retourner en Italie, il lui fit donner le double de la somme promise et lui fit crever les yeux, de peur qu'il ne lui prît envie de doter la ville des Médicis d'un chef-d'œuvre pareil à celui qu'il possédait.

L'heure était venue de me rendre chez la comtesse Waninkoff. J'y trouvai Louise installée. Cependant, tout ce qu'on avait pu obtenir d'elle, c'est qu'elle ne partirait que le surlendemain au matin. Quant à l'enfant, il était déjà devenu le maître de la maison; au moindre cri qu'il jetait, tout le monde était sur pied, et je trouvai la nourrice dans un magnifique costume national que lui avaient acheté les deux jeunes filles.

On devine que la conversation ne roula que sur l'exil de Waninkoff et le dévoûment de Louise. Tout le monde ignorait comment et vers quel lieu de la Sibérie il était libre ou prisonnier ; et l'hiver qui s'approchait, et pendant lequel le froid, dans ces contrées septentrionales, s'élève quelquefois jusqu'à quarante et quarante-cinq degrés, inspirait les plus vives inquiétudes aux pauvres femmes, qui savaient le comte Alexis habitué, comme la plupart des jeunes gens russes nobles et riches, à toutes les jouissances du luxe et à toutes les mollesses de l'Orient. Aussi, sous prétexte d'adoucir l'exil de Waninkoff, on avait déjà offert à Louise, sous mille formes différentes, une véritable fortune : mais, excepté des fourrures, elle avait tout refusé, disant que Waninkoff avait surtout besoin d'amour, de soins et de dévoûment, et qu'elle lui en portait tout un trésor.

J'eus à mon tour ma part d'offres, que je refusai comme avait fait Louise. Cependant je me laissai tenter par un sabre turc qui avait appartenu au comte, et qui était plus précieux au reste par sa trempe que par sa monture.

Si fatigués que nous fussions de deux jours et de deux nuits de voyage, cette excellente famille, qui croyait revoir en nous quelque chose de celui qu'elle avait perdu, nous retint jusqu'à minuit, il était à ma chère droschki. C'était, on se le rappelle, un pèlerinage national que j'accomplissais. C'est à Petroskoï que Napoléon se retira pendant les trois jours que dura l'incendie de Moscou.

Trois quarts d'heure après notre départ de l'hôtel, nous étions au château, qui donne son nom à un charmant village composé presque entièrement des plus riches maisons de campagne des plus riches seigneurs de Moscou. C'est un bâtiment d'une forme étrange, qui, par sa bizarrerie moderne, cherche à imiter le style des anciens palais tartares. Avant d'y arriver, je traversai un petit bois où, au milieu des sapins noirs, je saluai avec une joie presque enfantine quelques beaux chênes verts qui me rappelaient nos majestueuses forêts de France.

En sortant du château, Ivan, qui m'avait quitté pendant quelques minutes pour aller commander le déjeûner à l'auberge, revint me dire tout joyeux que, par un hasard qui m'était des plus favorables, les bohémiens avaient fait élection de domicile cette année à Petroskoï. Je connaissais la passion des grands seigneurs russes pour ces tsiganes, qui sont pour eux ce que les bayadères sont pour l'Inde, de sorte qu'après avoir tâté mes poches, je résolus de me donner, un plaisir princier. En conséquence je dis à Ivan de me conduire à la maison des bohémiens, curieux que j'étais de voir par moi-même, et chez eux, ces descendans des Cophtes et des Nubiens.

Ivan s'arrêta devant une des plus belles maisons du village : c'était là que nos tsiganes avaient fait élection de domicile; mais ils étaient déjà en course, ayant été appelés pendant la nuit dans différens palais dont ils n'étaient point encore revenus. Cette réponse nous fut faite par une servante maltaise qui était à leur service, et qui parlait un peu italien. Je lui demandai alors si, en l'absence des maîtres, je pouvais sans indiscrétion visiter leur demeure. Elle me répondit que oui, et la porte du sanctuaire me fut ouverte.

La chambre où je fus introduit, et qui était la chambre commune, pouvait avoir une trentaine de pieds de longueur sur vingt de largeur. Aux deux côtés étaient rangés des lits garnis de matelas, de draps et de couvertures, beaucoup meilleurs et surtout beaucoup plus propres que ne le sont ordinairement les lits russes. Ces lits se ressentaient même de l'origine orientale de ceux qui les occupaient; car, sur quelques-uns, je comptai jusqu'à six et huit coussins d'espèces différentes. Les uns étaient de longs traversins, les autres des oreillers de la grandeur des petits carreaux que nos femmes mettent sous leurs pieds. A la tête de chaque lit étaient suspendus les instrumens, les armes ou les bijoux de celui ou de celle à qui le lit appartenait.

Après avoir fait deux ou trois fois le tour de cette espèce de dortoir, voyant que les tsiganes ne rentraient point, j'exprimai à leur servante, en même temps que le désir d'avoir quatre ou cinq bohémiens pendant mon déjeûner, la crainte qu'ils ne fussent trop fatigués pour venir, ayant passé la nuit dehors. Mais la jeune fille me rassura en me disant que je pouvais compter sur les premiers rentrés, et que, si fatigués qu'ils fussent, ils se dormiraient pas vite.

Le maître du restaurant où Ivan avait commandé le déjeûner était un Français resté dans le pays après la retraite, et

qui, ayant été cuisinier chez le prince de Neufchâtel, avait songé à utiliser ses talens. En Russie, les cuisiniers et les professeurs sont toujours sûrs de ne pas rester longtemps sans place : de sorte que, sur le prospectus de son savoir, il était promptement entré au service d'un prince russe. La maison était bonne; au bout de sept ou huit ans il s'était retiré avec une somme considérable, et avait fondé ce restaurant où il était en voie de faire fortune. Le digne maître d'hôtel, sachant qu'il avait affaire à un compatriote, m'avait traité en conséquence, et je trouvai un déjeuner magnifique servi dans la plus belle chambre de son établissement. Ce luxe me fit frémir pour ma bourse, mais il était arrêté que je passerais une matinée de grand seigneur, et qu'Ivan partagerait ma fastueuse prodigalité.

Nous en étions au dessert, et je commençais à perdre l'espoir de voir arriver nos bohémiens, lorsque notre hôte monta lui-même nous dire qu'ils étaient en bas. Je donnai aussitôt l'ordre qu'ils fussent introduits, et je vis entrer deux hommes et trois femmes.

Au premier abord, je l'avoue, j'eus quelque peine à comprendre la passion des russes pour ces créatures étranges parmi lesquelles le fameux comte Tolstoy et le prince Gagarin ont été chercher des femmes légitimes. Deux ne me parurent aucunement jolies; quant à la troisième, qui se présentait avec la confiance que donne la supériorité de la beauté ou du talent, elle me fit plutôt l'effet, comme ses compagnes, d'une espèce d'animal sauvage à formes humaines que d'une femme. En effet, ses yeux noirs tout chargés de fatigue avaient l'expression farouche de ceux d'une gazelle à demi endormie, tandis que sa peau cuivrée avait quelque chose de la robe d'un serpent. Au reste, sous des lèvres presque livides étincelaient des dents blanches comme des perles, et d'un large pantalon à la turque sortaient des pieds d'enfant, petits et fins comme je n'en avais jamais vu. Tous, d'ailleurs, hommes et femmes, semblaient exténués, si bien que je crus que l'amour du gain l'avait emporté sur leurs forces, et que je commençais à regretter qu'au lieu de dormir plus tard ils n'eussent pas dormi plus tôt.

Le plus vieux des hommes, qui semblait exercer une certaine autorité patriarcale sur la troupe, s'assit, une guitare à la main, sur un de ces poêles gigantesques qui tiennent en Russie le tiers de toute chambre tant soit peu confortable, et pendant qu'il tirait quelques sons de son instrument, l'autre homme et les deux femmes s'accroupirent à ses pieds. La plus jolie et la plus élégante des trois femmes resta seule debout, un peu affaissée sur elle-même, les genoux légèrement pliés et la tête inclinée sur son épaule, comme un oiseau qui cherche l'abri de son aile pour s'endormir.

Bientôt les sons incertains se changèrent en accords, puis à la suite d'un accord, et sans préparation aucune, le joueur de guitare entonna soudainement une canson ou plutôt une cantate vive, animée, stridente, qu'après quelques mesures les deux femmes et l'homme accroupi accueillirent par un chœur, pendant lequel la bohémienne qui était restée debout sembla se réveiller, secouant doucement sa tête comme pour marquer la cadence; puis, lorsque le chœur fut fini, elle fit sortir de cette touffe de notes, si je puis parler ainsi, un chant élégant, doux, mince et délié, qui finit par s'épanouir dans un flot de petites notes hautes, d'une justesse miraculeuse et d'un charme étrange; alors le chœur reprit, et sur ce chœur elle greffa de nouveau sa suave et mélodieuse improvisation. Enfin, interrompue une seconde fois par le chœur, elle reprit une troisième fois, toujours avec la même justesse et la même suavité, comme si elle eût eu un bouquet à composer avec trois fleurs de couleurs et de parfums différents, et à son tour le chœur reprit une dernière fois et finit smorzando; on eût dit que les forces des exécutans s'étaient éteintes dans la dernière note, triste comme un dernier soupir.

Je ne puis exprimer l'impression âcre et profonde que produisit sur moi ce chant sauvage et cependant si mélodieux. C'était comme celui que ferait entendre tout-à-coup, dans un désert, ces habitans aux gazouillemens du rossignol et de la fauvette, quelque oiseau inconnu des forêts vierges de l'Amérique, qui chante non plus pour les hommes, mais pour le désert et pour Dieu. J'étais resté immobile et les yeux fixés sur la chanteuse, sans oser respirer et le cœur serré comme par une douleur. Tout-à-coup la guitare pétilla sous les doigts du vieux bohémien en accords frissonnans, les femmes et l'homme accroupi bondirent de leurs places et retombèrent sur leurs pieds ; une mesure pleine d'énergie donna le signal de la danse, et, se prenant par la main, les trois bohémiens commencèrent une espèce de ronde autour de la dánseuse, l'enfermant dans leurs bras comme dans un cercle, tandis qu'elle, se balançant sur elle-même, semblait s'animer de plus en plus, jusqu'à ce qu'enfin, les autres s'étant arrêtés, ce fut elle qui, brisant la chaîne qu'ils avaient formée, commença de bondir à son tour.

L'espèce de pas qu'accomplissait la bohémienne était plutôt d'abord une pantomime qu'une danse. Comme un papillon qui sort de sa chrysalide et qui voit pour la première fois l'espace ouvert à ses ailes, elle semblait voler incertaine et prête à se poser sur tout ; elle faisait avec ses petits pieds des pas si immenses et si légers, qu'on l'eût crue soutenue par quelque fil, comme nos sylphides de l'Opéra. Pendant ce temps, ses membres, que j'avais crus brisés par la fatigue reprenaient la souplesse et la force de ceux d'une gazelle ; ses yeux, qui semblaient endormis, s'étaient ranimés et jetaient des flammes ; ses lèvres, qui d'abord avaient semblé à peine s'ouvrir, se relevaient lascivement aux deux coins de la bouche, et laissaient voir comme une bordure de perles deux rangées de dents magnifiques : le papillon était devenu femme, et la femme devenait bacchante.

Alors, et comme emporté lui-même par les vibrations de la guitare et attiré à la poursuite de la bohémienne, l'homme s'élança à son tour, et la toucha de ses lèvres à l'épaule ; la jeune sauvage bondit en jetant un cri, comme si un fer rouge l'eût touchée. Alors commença entre eux une espèce de course circulaire où la femme parut peu à peu perdre de son envie de fuir ; enfin elle s'arrêta, fit face à son partner, et commença une espèce de danse qui tenait à la fois de la pyrrhique grecque, du jaleo espagnol et de la chica américaine : c'était tout ensemble une fuite et une provocation, une lutte dans laquelle la femme échappait comme une couleuvre et où l'homme poursuivait comme un tigre. Pendant ce temps, la musique montait toujours plus vibrante ; les deux autres femmes criaient et bondissaient comme des hyènes amoureuses, frappant la terre de leurs pieds, et heurtant leurs mains comme des cymbales ; enfin, chanteurs et chanteuses, danseur et danseuse, ayant paru atteindre le dernier degré des forces humaines, jetèrent tous ensemble un cri d'épuisement, de rage et d'amour ; les deux femmes et l'homme tombèrent sur le plancher, et la belle bohémienne, faisant un dernier bond, s'élança sur mes genoux au moment où je m'y attendais le moins, et m'enlaçant de ses bras comme d'un double serpent, elle appuya sur mes lèvres ses lèvres parfumées par je ne sais quelle herbe d'Orient.

C'était sa manière de demander ce qui lui était dû pour le spectacle miraculeux qu'elle venait de me donner.

Je vidai mes poches sur la table, et je fus bien heureux de n'avoir que deux à trois cents roubles : j'aurais eu une fortune, je la lui aurais donnée.

Je comprenais la passion des Russes pour les bohémiennes.

XXIII.

Plus le moment du départ de Louise approchait, plus une idée, qui s'était déjà présentée plusieurs fois à mon esprit, revenait s'offrir, si je puis m'exprimer ainsi, à mon cœur et à ma conscience. Je m'étais informé à Moscou des difficultés que présente la route jusqu'à Tobolsk à cette époque de l'année, et tous ceux à qui je m'étais adressé m'avaient répondu que c'étaient non-seulement des difficultés que Louise aurait à vaincre, mais des périls réels qu'il lui faudrait surmonter. Dès lors, on le comprend bien, j'étais tourmenté de l'idée d'abandonner ainsi à son dévoûment une pauvre femme, à

huit cents lieues de son pays, dont elle allait s'éloigner de neuf cents autres lieues encore, sans famille, sans parens, sans autre ami que moi enfin. La part que j'avais prise à ses joies et à ses douleurs, depuis près de dix-huit mois que j'étais à Saint-Pétersbourg ; la protection que, sur sa recommandation, m'avait accordée le comte Alexis, protection à laquelle j'avais dû la place que l'empereur avait daigné m'accorder ; enfin, plus que tout cela, cette voix intérieure qui dicte à l'homme son devoir dans les grandes circonstances de la vie où son intérêt combat sa conscience, tout me disait que je devais accompagner Louise jusqu'au terme de son voyage, et la remettre aux mains d'Alexis. D'ailleurs, je sentais que si je la quittais à Moscou, et s'il lui arrivait quelque accident en route, ce ne serait pas seulement pour moi une douleur, mais un remords. Je résolus donc (car je ne me dissimulais pas les inconvéniens qu'avait pour moi dans ma position un pareil voyage, dont je n'avais pas demandé la permission à l'empereur, et qui serait peut-être mal interprété) je résolus de faire tout ce qui serait en mon pouvoir pour obtenir de Louise qu'elle retardât son voyage jusqu'au printemps, et, si elle persistait dans sa résolution, de partir avec elle.

L'occasion ne tarda point à se présenter de tenter un dernier effort auprès de Louise. Le soir même, et comme nous étions assis, la comtesse, ses deux filles, Louise et moi, autour d'une table à thé, la comtesse lui prit les deux mains dans les siennes, et lui racontant tout ce qu'on lui avait dit des dangers de la route, elle la supplia, quelque désir de mère qu'elle eût que son fils eût une consolatrice, de passer l'hiver à Moscou près d'elle et avec ses filles. Je profitai de cette ouverture et joignis mes instances aux siennes ; mais Louise nous répondit toujours, avec son doux et mélancolique sourire : « Soyez tranquilles, j'arriverai. » Nous la suppliâmes alors d'attendre au moins l'époque du traînage ; mais elle secoua de nouveau la tête, en disant : « Ce serait trop long. » En effet, l'automne était humide et pluvieux, de sorte qu'on ne pouvait présager quelle époque les froids commenceraient. Et comme nous insistions toujours : « Voulez-vous donc, dit-elle avec quelque impatience, qu'il meure là-bas et moi ici ? » C'était, comme on le voit, une résolution prise, et de mon côté je n'hésitai plus.

Louise devait partir le lendemain à dix heures, après le déjeuner que nous étions invités à prendre ensemble chez la comtesse. Je me levai de bonne heure, et j'allai acheter une redingote, un bonnet, de grosses bottes et fourrures, une carabine et une paire de pistolets. Je chargeai Ivan de mettre tout cela dans la voiture de voyage, qui était, comme je l'ai dit, une excellente berline de poste, que nous serions forcés de quitter sans doute pour prendre ou un télègue ou un traîneau, mais dont nous comptions profiter au moins tant que le temps et le chemin nous le permettraient. J'écrivis à l'empereur qu'au moment de voir monter en voiture, pour un si long et si dangereux voyage, la femme à laquelle il avait daigné accorder une si généreuse protection, je n'avais pas eu le courage, moi, son compatriote et son ami, de la laisser partir seule ; que je priais en conséquence sa majesté d'excuser une résolution pour laquelle je n'avais pu lui demander son consentement, puisque cette résolution était spontanée, et de l'envisager surtout sous son véritable jour. Puis je me rendis chez la comtesse.

Le déjeuner, comme on le pense bien, fut triste et grave. Louise seule était radieuse ; il y avait en elle, à l'approche du danger et à la pensée de la récompense qui devait le suivre, quelque chose de l'inspiration religieuse des anciens chrétiens prêts à descendre dans le cirque au-dessus duquel le ciel s'ouvrait : au reste, cette sérénité pénétrait en moi-même ; et, comme Louise, j'étais plein d'espérance et de foi en Dieu.

La comtesse et ses deux filles conduisirent Louise dans la cour où l'attendait la voiture ; là, les adieux se renouvelèrent plus tendres et plus douloureux de leur part, plus résignés encore de la part de Louise ; puis vint mon tour ; elle me tendit la main, je la conduisis à la voiture.

— Eh bien ! me dit-elle, vous ne me dites pas adieu, vous ?

— Pour quoi faire ? répondis-je.

— Comment ! mais je pars.

24

— Moi aussi.

— Comment! vous aussi?

— Sans doute, vous connaissez le caillou du poète persan qui n'était pas la fleur, mais qui avait vécu près d'elle.

— Après?

— Eh bien ! le dévoûment m'a gagné, et je pars avec vous; je vous remets au comte saine et sauve, et je reviens.

Louise fit un mouvement comme pour m'en empêcher; puis, après un instant de silence :

— Je n'ai pas le droit, dit-elle, de vous empêcher de faire une belle et sainte action ; si vous avez confiance en Dieu comme moi, si vous êtes résolu comme je suis décidée, venez.

En ce moment je sentis qu'on prenait mon autre main pour la baiser: c'était la pauvre mère ; quant aux deux filles, elles pleuraient.

— Soyez tranquilles, leur dis-je, il saura par moi que, si vous n'êtes pas venues, vous, c'est que vous ne pouviez pas venir.

— Oh! oui, dites-le lui bien! s'écria la mère ; dites-lui que nous l'avons fait demander, mais qu'on nous a répondu qu'il n'y avait pas d'exemple qu'une pareille grâce ait jamais été accordée; dites-lui que, si on nous l'avait permis, nous eussions été le rejoindre, fût-ce à pied, fût-ce en demandant l'aumône par les chemins.

— Nous lui dirons ce qu'il sait déjà : c'est que vous avez un véritable cœur de mère, et voilà tout.

— Apportez-moi mon enfant! s'écria alors Louise qui était restée ferme jusque-là, mais qui, à ces paroles, éclata en sanglots; apportez-moi mon enfant, que je l'embrasse une dernière fois!

Ce fut alors le moment le plus cruel : on lui apporta l'enfant qu'elle couvrit de baisers; enfin je le lui arrachai des bras, je le remis à la comtesse, et, sautant en voiture, je refermai la portière en criant: Allons ! Ivan était déjà sur le siége, le postillon ne se le fit pas redire, il partit au grand galop, et, au milieu du bruit des roues sur le pavé nous entendîmes encore une fois les adieux de toute la famille, dernier cri de séparation, dernier souhait de bon voyage. Dix minutes après nous étions hors de Moscou.

J'avais prévenu Ivan que notre intention était de ne nous arrêter ni jour ni nuit, et cette fois l'impatience de Louise était d'accord avec la prudence, car, ainsi que je l'ai dit, l'automne avait pris un caractère pluvieux, et il était possible que nous arrivassions à Tobolsk avant les premières neiges, ce qui enlevait tout danger à la route et nous permettait de la faire en une quinzaine de jours. Nous traversâmes donc, avec cette rapidité merveilleuse des voyages en Russie, Pokrow, Wladimir et Kourow, et nous arrivâmes le surlendemain, dans la nuit, à Nijnéi-Novgorod. Là, je fus le premier à exiger de Louise qu'elle prît quelques heures de repos, dont, à peine remise qu'elle était de ses souffrances et de ses émotions, elle avait grand besoin. Si curieuse que fût la ville, nous ne prîmes cependant pas le temps de la visiter, et sur les huit heures du matin nous repartîmes avec la même rapidité, si bien que le soir du même jour nous arrivâmes à Kosmodemiansk. Jusque-là tout avait été à merveille, et nous ne nous apercevions nullement que nous fussions sur la route de la Sibérie. Les villages étaient riches et avaient tous plusieurs *cerqulas* [*]; les paysans paraissaient heureux, leurs maisons ressemblaient aux châteaux des autres provinces, et dans chacune de ces maisons d'une propreté exquise nous trouvions, à notre grand étonnement, une salle de bain et un riche cabaret pour servir le thé. Au reste, nous étions accueillis partout avec le même empressement et la même bonhomie, ce qu'il ne fallait pas attribuer à l'ordre de l'empereur, dont nous n'avions pas encore eu besoin de faire usage, mais à la bienveillance naturelle des paysans russes.

Cependant la pluie avait cessé de tomber, quelques rafales de vent froid, qui semblaient venir de la mer Glaciale, passaient de temps en temps sur nos têtes, et nous faisaient frissonner; le ciel semblait une immense plaque d'étain lourde et compacte, et Kasan, où nous arrivâmes bientôt, ne put,

[*] Nom que l'on donne aux églises russes.

malgré l'étrange aspect de sa vieille physionomie tartare, nous arrêter plus de deux heures. Dans toute autre circonstance, j'aurais cependant eu grande envie de soulever quelqu'un des grands voiles des femmes de Kasan, que l'on dit si belles, mais ce n'était pas le moment de me livrer à des investigations de ce genre; l'aspect du ciel devenait de plus en plus menaçant; nous n'entendions plus guère la voix d'Ivan que lorsqu'il disait à chaque nouveau postillon, d'une de ces voix qui n'admettent pas de réplique : *Pascare, pascare!* Plus vite, plus vite! si bien que nous semblions voler sur cette vaste plaine où pas un monticule ne vient retarder la marche. Il était évident que le grand désir de notre conducteur était de traverser les monts Ourals avant que la neige fût tombée, et que la diligence qu'il s'imposait n'avait pas d'autre but.

Cependant, en arrivant à Perm, Louise était si fatiguée que force nous fut de demander à Ivan une nuit ; il hésita un instant, puis, regardant le ciel plus mat et plus menaçant encore que d'habitude :—Oui, dit-il, restez; la neige ne peut tarder maintenant à tomber, et mieux vaut qu'elle nous prenne ici que par les chemins. — Si peu rassurant que fût ce pronostic, je n'en dormis pas moins avec délices toute la nuit; mais, lorsque je me réveillai, la prédiction d'Ivan s'était accomplie, les toits des maisons et les rues de Perm s'étaient couverts de près de deux pieds de neige.

Je m'habillai promptement, car je descendis pour me concerter avec Ivan sur ce qu'il y avait à faire. Je le trouvai fort inquiet; la neige était tombée avec une telle abondance, que tous les chemins avaient dû disparaître et tous les ravins se combler; cependant il ne faisait point assez froid encore pour que le traînage fût établi, et que la légère croûte de glace qui recouvrait les rivières fût assez forte pour porter les voitures. Ivan nous donnait donc le conseil d'attendre à Perm que la gelée se déclarât ; je secouai la tête, car j'étais bien sûr que Louise n'accepterait pas.

En effet, nous la vîmes descendre un instant après, fort inquiète elle-même ; elle nous trouva discutant sur le meilleur parti qu'il y avait à prendre, et vint se mêler à notre discussion pour la fixer, en disant qu'elle voulait partir ; nous lui rappelâmes alors toutes les difficultés qui pouvaient contrarier l'exécution de ce projet ; puis, lorsque nous eûmes fini :—Je vous donne deux jours, dit-elle ; Dieu, qui nous a protégés jusqu'ici, ne nous abandonnera pas. — Je craignais d'avoir l'air plus timide qu'une femme, et au ton doux mais ferme des paroles que Louise venait d'adresser à Ivan, j'avais reconnu que c'était un ordre; je lui répétai donc que nous lui donnions deux jours, et l'invitai, pendant ces deux jours, à faire tous les préparatifs nécessaires à notre nouvelle manière de voyager.

Ces dispositions consistaient à laisser là notre berline et à acheter un télègue, espèce de petite charrette de bois non suspendue, que tous les devoirs plus tard, et lorsque le froid serait déclaré, troquer contre un traîneau monté sur patins. L'achat fut fait dans la journée, et nos fourrures et nos armes transportées dans notre nouvelle acquisition. Ivan, en véritable Russe qu'il était, avait obéi sans faire une seule observation, et le même jour, quelque certitude qu'il eût du péril, il eût été prêt à repartir sans murmurer.

A Perm, nous commençâmes à rencontrer des exilés : c'étaient des Polonais qui avaient pris une part lointaine à la conspiration, ou qui ne l'avaient pas révélée, et qui, pareils à ces âmes que Dante rencontre à l'entrée de l'enfer, n'avaient pas été dignes d'habiter avec les parfaits damnés.

Cet exil, au reste, à part la perte de la patrie et l'éloignement de la famille, est aussi tolérable qu'un exil peut l'être. Perm doit être, l'été, une jolie ville, et l'hiver le froid ne s'y élève guère au-dessus de 35 à 58 degrés, tandis qu'à Tobolsk on cite des époques où il est monté jusqu'à 50.

Le surlendemain, nous nous remîmes en route dans notre télègue, de la dureté duquel, grâce à l'épaisse couche de neige qui recouvrait la terre, nous ne nous apercevions pas ; au reste, en sortant de Perm, l'aspect du pays nous avait serré le cœur. En effet, sous le linceul étendu par la main de Dieu, tout avait disparu, routes, chemins, rivières : c'était une mer immense où, sans quelques arbres isolés qui servaient de guide aux postillons familiers avec les localités, on eût eu besoin d'une boussole ainsi que sur une mer véritable. De temps en temps, une sombre forêt de sapins aux branches frangées de diamans apparaissait comme une île, soit à notre droite, soit à notre gauche, soit sur notre passage, et, dans ce dernier cas, nous reconnaissions que nous ne nous étions point écartés du chemin à l'ouverture percée entre les arbres. Nous parcourûmes ainsi cinquante lieues de terrain à peu près, nous enfonçant dans un pays qui, à travers le voile qui le couvrait, nous paraissait de plus en plus sauvage. A mesure que nous avancions, les postes devenaient rares, au point d'être séparées quelquefois par trente verstes de distance, c'est-à-dire presque huit lieues. En arrivant à ces postes, ce n'était plus comme dans le trajet de Saint-Pétersbourg à Moscou, où nous trouvions toujours bruyante et joyeuse assemblée devant la porte; c'était, au contraire, une solitude presque complète. Un ou deux hommes seulement se tenaient dans des cabanes chauffées par un de ces grands poêles, meuble obligé des plus pauvres chaumières; l'un d'eux s'élançait à poil nu sur un cheval une grande gaule à la main, s'enfonçait dans quelque touffe de sapins, et en ressortait bientôt chassant devant lui un troupeau de chevaux sauvages. Alors il fallait que le postillon de la dernière poste, Ivan, et quelquefois moi-même, nous saisissions les chevaux à la crinière pour les atteler de force à notre télègue. Il nous emportaient avec une rapidité effrayante; mais bientôt cette ardeur se calmait, car, comme il n'avait pas gelé encore, ils enfonçaient jusqu'au jarret dans la neige et se trouvaient promptement fatigués; puis en arrivant, après être demeurés en route une heure de plus que nous n'y fussions restés en toute autre époque, nous perdions encore vingt ou vingt-cinq minutes à chaque poste, où toujours le même manège se renouvelait. Nous traversâmes ainsi tous les terrains qu'arrosent la Silwa et l'Ouja, dont les eaux, en roulant des parcelles d'or, d'argent et de platine, et des cailloux de malachite, ont indiqué la présence de ces riches métaux et de ces pierres précieuses. Tant que nous fûmes dans la circonférence exploitée, le pays que nous traversions, grâce aux villages qu'habitent les familles des mineurs, nous parut reprendre quelque vie; mais bientôt nous eûmes franchi cette contrée, et nous commençâmes à apercevoir à l'horizon, comme un mur de neige dentelé de quelques pics noirs, les monts Ourals, cette puissante barrière que la nature a posée elle-même entre l'Europe et l'Asie.

A mesure que nous approchions, je remarquais avec joie que le froid devenait plus vif, ce qui nous donnait quelque espoir que la neige prendrait assez de consistance pour que le traînage s'établît. Enfin nous arrivâmes au pied des monts Ourals et nous arrêtâmes dans un misérable village d'une vingtaine de maisons, où nous ne trouvâmes d'autre auberge que la poste elle-même. Ce qui déterminait surtout notre halte en ce lieu, c'est que, le froid prenant de l'intensité, il nous fallait échanger notre télègue contre un traîneau. Louise se décida donc à passer dans cette misérable bicoque le temps que nous feraient perdre l'attente d'une gelée complète, la découverte d'un traîneau et la translation de nos effets dans ce nouveau véhicule; nous entrâmes en conséquence dans ce que notre postillon appelait effrontément une auberge.

Il fallait que la maison fût bien pauvre, car, pour la première fois, nous ne trouvions pas le poêle classique, mais seulement, au milieu de la chambre, un grand feu dont la fumée s'échappait par un trou ménagé au toit; nous n'en descendîmes pas moins pour prendre notre place autour du foyer, que nous trouvâmes occupé déjà par une douzaine de rouliers qui, ayant comme nous à traverser les monts Ourals, attendaient, de leur côté, que le passage fût possible. Ils ne firent pas d'abord la moindre attention à nous; mais, lorsque j'eus jeté mon manteau, mon uniforme m'eut bientôt conquis une place; on s'écarta respectueusement, et on nous laissa, pour Louise et moi, toute une moitié du cercle.

Le plus pressé était de nous réchauffer: aussi ce fut ce dont nous nous inquiétâmes d'abord; puis, lorsque nous

eûmes repris un peu de chaleur, je commençai à m'occuper d'un soin non moins important, celui du souper. J'appelai l'hôte de cette malheureuse auberge, et je lui fis entendre ce que je désirais; mais ce désir lui sembla, à ce qu'il me parut, une prétention bien extravagante, car, à ma demande, il manifesta l'étonnement le plus profond, et m'apporta une moitié de pain noir, en me faisant entendre à son tour que c'était tout ce qu'il pouvait nous offrir. Je regardai Louise qui, avec son doux sourire résigné, étendait déjà la main, et je l'arrêtai, insistant auprès de l'hôte pour qu'il nous trouvât quelque autre chose; mais le pauvre diable, comprenant d'après ma pantomime que j'étais mécontent de ce qu'il m'offrait et que je désirais mieux, alla m'ouvrir tout ce qu'il y avait d'armoires, de bahuts et de caisses dans sa pauvre baraque, en m'invitant à faire la recherche moi-même. En effet, en regardant avec attention les rouliers, nos commensaux, je remarquai que chacun d'eux tirait de sa valise son pain et un morceau de lard dont il le frottait, après quoi il remettait soigneusement son lard dans sa valise, pour que ce raffinement de sensualité durât aussi longtemps que possible. J'allais demander à ces braves gens la permission de frotter au moins un peu notre pain à leur lard, lorsque je vis rentrer Ivan, qui, se doutant de la détresse où nous nous trouvions, était parvenu à se procurer du pain un peu moins bis et deux poulets auxquels, pour ménager notre sensibilité, il avait déjà tordu le cou. Dès lors ce fut à notre tour de prendre en mépris nos hommes au lard, qui avaient paru rire sous cape de notre détresse, et qui maintenant étaient écrasés par notre luxe.

Il n'y avait pas de temps à perdre, car l'appétit, un instant suspendu par la vue du souper que nous avait d'abord offert notre hôte, revenait avec une rapidité effrayante: nous décidâmes que nous aurions un bouillon et du rôti. Ivan détacha une marmite que le postillon se mit à récurer de toute la force de ses bras, tandis que Louise et moi nous plumions les poulets et qu'Ivan confectionnait une broche. Au bout d'un instant tout était prêt: la marmite bouillait à gros bouillons, et le rôti, pendu par les pattes à une ficelle, tournait à miracle devant le brasier.

Comme nous commencions à être un peu rassurés sur notre souper, nous nous inquiétâmes de ce qui avait été résolu relativement au départ. Il avait été impossible de se procurer un traîneau, mais Ivan avait tourné la difficulté en faisant enlever les roues de notre télègue, et en le faisant monter sur patins. Le charron de l'endroit était à cette heure occupé à accomplir cette opération; quant au temps, il paraissait tourner de plus en plus à la gelée, et il y avait espoir que nous pourrions partir le lendemain matin: cette bonne nouvelle redoubla notre appétit: il y avait longtemps que je n'avais si bien soupé que ce soir-là.

Pour les lits, on se doute bien que nous ne nous étions pas même informés s'il y en avait; mais nous avions de si excellentes fourrures que nous pouvions facilement suppléer à leur absence. Nous nous enveloppâmes de nos pelisses et de nos manteaux, et nous nous endormîmes, faisant des vœux pour que le temps se maintînt dans les bonnes dispositions où il était.

Vers les trois heures du matin, je fus réveillé par un picotement assez vif que j'éprouvais à la figure. Je me dressai sur mon séant, et j'aperçus, à la lueur d'un reste de flamme tremblotante au foyer, une poule qui s'était bien gardée de se montrer la veille, et qui, s'étant introduite dans la chambre, s'adjugeait les restes de notre souper. Ne sachant pas si le lendemain Ivan serait aussi heureux qu'il l'avait été la veille au soir, et instruit par expérience de ce qu'il fallait nous attendre à trouver dans les auberges de la route, je me gardai bien d'effaroucher l'estimable volatile, et je me recouchai au contraire, lui laissant toute facilité de continuer ses recherches gastronomiques. En effet, à peine étais-je retombé dans mon immobilité, qu'enhardie par l'impunité de sa première tentative, elle revint avec une familiarité charmante sautiller de mes pieds à mes genoux et de mes genoux à ma poitrine; mais là s'arrêta son voyage: je la saisis d'une main par les pattes, de l'autre par la tête, et avant qu'elle eût eu le temps de jeter un cri, je lui avais tordu le cou.

On devine qu'après une pareille opération qui nécessitait l'application de toutes les facultés de mon esprit, j'étais peu disposé à me rendormir. Au reste, je l'eusse voulu, que la chose m'eût été à peu près impossible, grâce à deux coqs qui se mirent, de minute en minute, à saluer sur un ton différent le retour du matin. En conséquence, je me levai et j'allai étudier l'état du temps : il était tel que nous pouvions l'espérer, et la neige avait déjà pris assez de dureté pour que les patins du traîneau pussent glisser dessus.

En revenant près du foyer, je vis que je n'étais pas le seul que le chant du coq eût réveillé. Louise était assise tout enveloppée de ses fourrures, souriant comme si elle venait de passer la nuit dans le meilleur lit, et ne paraissait pas même songer aux dangers qui nous attendaient probablement dans les gorges des monts Ourals; quant aux rouliers, ils commençaient, de leur côté, à donner signe de vie; Ivan dormait comme un bienheureux. Quoique dans les circonstances ordinaires, j'aie au plus haut degré la religion du sommeil, la situation était trop grave pour que je respectasse le sien. Les rouliers étaient venus tour à tour sur le seuil de la porte et se consultaient entre eux; je voyais qu'il y avait discussion pour et contre le départ; je réveillai donc Ivan pour qu'il prît part au conseil, et qu'il éclairât de l'expérience de ces braves gens dont l'état était de passer et de repasser sans cesse d'Europe en Asie, et de faire, hiver comme été, la route que nous devions suivre.

Je ne m'étais pas trompé : il y avait division dans les opinions. Quelques-uns, et de ce nombre étaient les plus vieux et les plus expérimentés, voulaient demeurer un jour ou deux encore; les autres, et c'étaient les plus jeunes et les plus entreprenans, voulaient partir, et Louise, qui entendait quelques mots de leur patois, était de l'avis de ces derniers.

Soit qu'Ivan fût accessible aux prières que lui adressait une jolie bouche, soit qu'effectivement le temps lui parût présenter des garanties, il se rangea du parti de ceux qui étaient pour le départ; et très probablement, par l'influence qu'exerçait naturellement son habit militaire dans un pays où l'uniforme est tout, il ramena ce sentiment quelques-uns de ceux qui y étaient opposés : de sorte que la majorité ayant fait loi, chacun commença ses préparatifs. La vérité est que Ivan craignait que, quelle que fût la résolution des voituriers, nous n'en fissions pas moins à notre tête, et il aimait mieux faire la route en compagnie que seul.

Comme c'était Ivan qui réglait nos comptes, je le chargeai d'ajouter au total que lui présenterait notre hôte le prix de sa poule, et je le lui remis à titre d'à-compte sur notre souper, en le priant d'y ajouter quelque autre provision, et surtout du pain moins bis, s'il était possible, que celui auquel nous avions failli être réduits la veille. Il se mit en quête, et bientôt il rentra avec une seconde poule, un jambon cru, du pain mangeable, et quelques bouteilles d'une espèce d'eau-de-vie rouge qui se fait, je crois, avec de l'écorce de bouleau.

Pendant ce temps, les voituriers attelaient leurs chevaux, et j'allai moi-même à l'écurie pour choisir les nôtres. Mais, selon l'habitude, ils étaient dans la forêt voisine. Notre hôte alors réveilla un enfant de douze à quinze ans qui dormait dans un coin, et lui ordonna d'aller faire la chasse. Le pauvre petit diable se leva sans murmurer, puis, avec l'obéissance passive du paysan russe, il prit une grande perche, monta sur des chevaux des voituriers, et partit au galop.

En attendant, les conducteurs devaient choisir un guide-chef chargé de prendre le commandement de la caravane; ce guide une fois élu, chacun devait s'abandonner à son expérience et à son courage, et lui obéir comme un soldat à son général : le choix tomba sur un voiturier nommé George.

C'était un vieillard de soixante-dix à soixante-quinze ans, à qui on en eût donné quarante-cinq à peine, aux membres athlétiques, aux yeux noirs ombragés d'épais sourcils grisonnans et à longue barbe blanchissante. Il était vêtu d'une chemise de laine serrée autour du corps par une sangle de cuir, d'un pantalon de molleton rayé, d'un bonnet fourré et d'une peau de mouton, dont la laine était retournée en dedans.

Il portait d'un côté, à sa ceinture, deux ou trois fers à cheval qui cliquetaient l'un contre l'autre, une cuillère et une fourchette d'étain, un long couteau qui tenait le milieu entre un poignard et un couteau de chasse; de l'autre côté, une hache à manche court et une bourse dans laquelle étaient pêle-mêle un tourne-vis, une vrille, une pipe, du tabac, de l'amadou, un briquet, deux pierres à feu, des clous, des tenailles et de l'argent.

Le costume des autres voituriers était le même, à peu de chose près.

A peine George eut-il été revêtu du grade de guide-chef, qu'il débuta dans ses fonctions en ordonnant à tout le monde d'atteler sans retard, afin que l'on pût arriver pour coucher à une espèce de cabane située au tiers à peu près du passage; mais, quelle que fût sa hâte de se mettre en route, je le priai d'attendre que nos chevaux fussent arrivés, pour que nous pussions partir tous ensemble. La demande nous fut accordée le plus gracieusement du monde. Les voituriers rentrèrent, et notre hôte ayant jeté quelques brassées de branches de sapin et de bouleau sur le foyer, il s'en éleva une flamme dont, au moment de nous séparer d'elle, nous sentions mieux encore la valeur. Nous étions à peine rangés autour du feu, que nous entendîmes le galop des chevaux qui revenaient de la forêt; en même temps la porte s'ouvrit, et le malheureux enfant qui venait de les chercher se précipita dans la chambre en poussant des cris aigus et inarticulés; puis, fendant le cercle, il vint se jeter à genoux devant notre feu, les bras étendus presque dans la flamme et comme s'il voulait la dévorer. Alors toutes les facultés de son être parurent s'épanouir sous l'impression du bonheur dont il jouissait. Il resta un instant ainsi immobile, silencieux, avide; enfin ses yeux se fermèrent, il s'affaissa sur lui-même, poussa un gémissement et tomba. Alors je voulus le relever, et je le saisis par la main; mais je sentis avec horreur que mes doigts entraient dans ses chairs comme dans de la viande cuite. Je jetai un cri; Louise voulut prendre l'enfant dans ses bras, mais je l'arrêtai. Alors George se pencha sur lui, le regarda, et dit froidement : — Il est perdu.

Je ne pouvais croire que ce fût vrai; l'enfant était visiblement plein de vie, il avait rouvert les yeux et nous regardait. Je demandai à grands cris un médecin, mais personne ne répondait. Cependant, moyennant un billet de cinq roubles, un des assistans se décida à aller chercher dans le village une espèce de vétérinaire qui soignait à la fois les hommes et les chevaux. Pendant ce temps, Louise et moi nous déshabillâmes le malade; nous fîmes chauffer une peau de mouton au feu, et nous le roulâmes dedans; l'enfant murmurait des paroles de remercîment, mais ne remuait point et paraissait perclus de tous ses membres. Quant aux voituriers, ils étaient retournés à leurs chevaux et se disposaient à partir. J'allai à George, le suppliant d'attendre au moins un instant que le médecin fût arrivé; mais George me répondit : — Soyez tranquille, nous ne partirons pas avant un quart d'heure, et dans un quart d'heure il sera mort. Je revins près du malade, que j'avais laissé sous la garde de Louise; il avait fait un mouvement pour se rapprocher encore du feu, ce qui nous donna quelque espoir. En ce moment le médecin entra, et vint lui expliquer dans quel but on l'avait envoyé chercher. Le médecin secoua la tête, s'approcha du feu, déroula la peau de mouton : l'enfant était mort.

Louise demanda où étaient les parens de ce malheureux enfant, afin de leur laisser une centaine de roubles; l'hôte répondit qu'il n'en avait point, et que c'était un orphelin qu'il élevait par charité.

XXIV.

Les augures n'étaient pas heureux; néanmoins il était trop tard pour reculer; c'était George qui, à son tour, nous pressait; les voitures étaient rangées à la file à la porte de l'auberge; George était en tête de la caravane, au milieu de laquelle était notre télègue attelé de *troïka*, c'est-à-dire avec trois chevaux; nous y montâmes. Ivan s'installa avec le postillon sur un banc adapté à la place du siége, qui avait disparu dans la métamorphose de notre équipage, et, à un coup de sifflet prolongé, nous nous mîmes en route.

Nous étions déjà à une douzaine de verstes du village, lorsque le jour parut : devant nous, comme si nous pouvions les toucher de la main, étaient les monts Ourals, où nous allions nous engager; mais, avant d'aller plus loin, George prit hauteur, comme eût pu faire un capitaine de vaisseau, et reconnut au gisement des arbres que nous étions bien sur la route. Nous continuâmes donc, en prenant des précautions pour ne pas nous en écarter, et nous arrivâmes, en moins d'une heure, au versant occidental. Là, il fallut reconnaître que la pente était trop rapide et la neige encore trop peu consolidée pour que chacune des voitures pût monter avec les huit chevaux qui la conduisaient. George décida que deux voitures seulement monteraient à la fois, et qu'on attellerait à ces deux voitures tous les chevaux de la caravane; puis, ces deux voitures arrivées, les chevaux redescendraient pour en aller prendre deux autres, ainsi de suite, jusqu'à ce que les dix équipages qui composaient notre caravane eussent rejoint le premier. Deux chevaux étaient réservés pour être attelés en arbalète à notre traineau. On voit que nos compagnons de voyage nous traitaient en frères, et cependant tout cela se faisait sans que nous eussions eu besoin d'exhiber une seule fois l'ordre de l'empereur.

Ici les dispositions changèrent. Comme notre équipage était le plus léger, nous passâmes du centre à la tête; deux hommes nous précédèrent, armés de longues piques pour sonder le terrain. George prit notre premier cheval par la bride; deux hommes nous suivirent, entamant avec leur hache la neige derrière le traineau, afin de laisser, aux endroits où avaient passé les roues, des traces qui pussent être suivies par une seconde, puis par une troisième voiture; je me plaçai entre le traineau et le précipice, enchanté de trouver cette occasion de marcher un peu à pied, et nous commençâmes l'ascension, suivis par deux voitures.

Au bout d'une heure et demie de montée sans accident, nous arrivâmes à une espèce de plateau couronné de quelques arbres. L'endroit parut favorable pour la halte. Il restait huit autres voitures qui devaient monter deux par deux comme les premières : c'était donc l'affaire de huit heures, sans compter le temps que les chevaux mettraient à redescendre; nous pouvions donc à peine espérer d'être réunis tous avant la nuit.

Tous les voituriers, moins deux restés en bas pour la garde des bagages, étaient montés avec d'examiner le terrain, et tous avaient reconnu que nous étions dans la véritable route. Comme il n'y avait qu'à suivre les traces faites, ils redescendirent avec les chevaux : quatre dix chevaux restèrent avec George, Ivan et moi, pour bâtir une baraque.

Louise était dans le traineau, tout enveloppée de fourrures, et n'ayant rien à craindre du froid; nous l'y laissâmes attendre tranquillement qu'il fût temps d'en sortir, et nous nous mîmes à abattre à grands coups de hache les arbres qui nous environnaient, moins quatre destinés à être les piliers angulaires de l'édifice. Alors, autant pour nous réchauffer, que pour nous faire un abri, nous nous mîmes à bâtir une cabane qui, au bout d'une heure, grâce à la merveilleuse dextérité de nos architectes improvisés, se trouva construite. Aussitôt on creusa la neige intérieurement jusqu'à ce qu'on trouvât le sol; avec cette neige on calfeutra les dehors de la cabane; puis avec les branches inutiles on alluma un grand feu, dont la fumée s'échappa, comme d'habitude, par l'ouverture pratiquée au milieu du toit. La cabane était achevée, Louise était descendue et assise devant le foyer; la poule, plumée et pendue par les pattes à une ficelle, tournait symétriquement tantôt à droite tantôt à gauche, lorsque le second convoi arriva.

A cinq heures du soir toutes les voitures étaient rangées sur le plateau, et les chevaux dételés mangeaient leur paille de maïs : quant aux hommes, ils faisaient bouillir dans une grande marmite une espèce de *polenta*, qui, avec le lard cru dont ils frottèrent leur pain, et la bouteille d'eau-de-vie que nous leur abandonnâmes, forma tout leur souper.

Le repas achevé, nous nous casâmes du mieux que nous pûmes; les voituriers voulaient nous laisser la cabane et dormir en plein air, au milieu de leurs chevaux, mais nous exigeâmes positivement qu'ils profitassent de l'abri qu'ils avaient construit; seulement il fut convenu que l'un d'eux resterait en sentinelle, armé de ma carabine, de peur des loups et des ours, et que d'heure en heure cette sentinelle serait relevée; c'est en vain que nous fîmes, Ivan et moi, de vives instances pour ne point être exemptés de notre tour de garde.

Comme on le voit, notre position jusque-là était très tolérable; aussi nous endormîmes-nous sans trop souffrir du froid, grâce aux fourrures dont nous avait pourvus en abondance la comtesse Waninkoff. Nous étions au milieu de notre meilleur sommeil, lorsque nous fûmes réveillés par un coup de carabine.

Je bondis sur mes pieds, et, prenant un pistolet de chaque main, je m'élançai vers la porte ainsi qu'Ivan; quant aux voituriers, ils se contentèrent de soulever la tête en demandant ce que c'était, et il y en eut même deux ou trois qui ne se réveillèrent pas du tout.

C'était George qui venait de faire feu sur un ours; attiré par la curiosité, l'animal s'était approché à une vingtaine de pas de la cabane, puis arrivé là, pour mieux voir sans doute ce qui se passait chez nous il s'était dressé sur ses pattes de derrière : alors George avait profité de la position et lui avait envoyé une balle; il rechargeait tranquillement sa carabine, de peur de surprise, lorsque j'arrivai près de lui. Je lui demandai s'il croyait l'avoir touché, il me répondit qu'il en était sûr.

Du moment où ceux qui avaient demandé ce que c'était eurent appris qu'il était question d'un ours, leur apathie fit place au désir de poursuivre l'animal; mais comme effectivement l'ours était blessé, ce qu'il était facile de reconnaître aux larges traces de sang laissées sur la neige, George seul y avait des droits; en conséquence, son fils, qui était un jeune homme de vingt-cinq à vingt-six ans, nommé David, lui demanda la permission de suivre la trace, et, cette permission accordée, il s'éloigna dans la direction du sang; je le rappelai pour lui offrir ma carabine, mais il me fit signe qu'il avait son couteau sa hache, et que ces deux armes lui suffisaient.

Je le suivis des yeux jusqu'à la distance de cinquante pas à peu près, et je le vis descendre dans un ravin, s'enfonçant dans l'obscurité, où il marcha courbé pour ne point perdre de vue les vestiges sanglants. Je rentrai dans la cabane; George continua sa faction qui n'était pas achevée, et comme j'étais réveillé de manière à ne pas me rendormir de quelque temps, je demeurai près de lui. Au bout d'un instant, il me sembla entendre, vers la direction dans laquelle avait disparu le fils de George, un rugissement sourd : le père l'entendit aussi, car, sans me rien dire, il me saisit le bras et me le serra avec force. Au bout de quelques secondes, un nouveau rugissement se fit entendre, et je sentis les doigts de fer de George se crisper encore davantage; puis il y eut un silence de cinq minutes à peu près, qui durent paraître cinq siècles au pauvre père; enfin, au bout de cinq minutes, un cri humain retentit : George respira bruyamment, lâcha mon bras, et se tournant de mon côté : — Nous aurons un meilleur dîner demain qu'aujourd'hui, dit-il; l'ours est mort.

— Oh! mon Dieu, George, murmura une voix douce derrière nous, comment avez-vous permis à votre fils de poursuivre seul et presque sans armes un pareil animal?

— Sauf votre respect, ma jolie dame, dit George avec un sourire d'orgueil, les ours, cela nous connaît; j'en ai pour mon compte tué plus de cinquante dans ma vie, et je n'ai jamais attrapé à cette chasse que quelques égratignures qui ne valent pas la peine d'en parler. Pourquoi arriverait-il plutôt malheur à mon fils qu'à moi?

— Cependant, lui dis-je, vous n'avez pas toujours été aussi tranquille que dans ce moment, témoin mon bras que j'ai cru que vous alliez me briser.

— Ah! me dit George, c'est que j'avais reconnu au rugissement de l'ours que lui et mon enfant se battaient corps à corps. C'est une faiblesse, c'est vrai, excellence : mais, que voulez-vous, un père est toujours père.

En ce moment le chasseur reparut à l'endroit même où je l'avais perdu de vue ; car, pour revenir ainsi que pour aller, il avait suivi la trace du sang. Comme s'il voulait nous donner la preuve que sa faiblesse était passée, George s'abstint de faire même un pas au devant de David, et j'allai seul à la rencontre du jeune homme.

Il rapportait les quatre pattes de l'animal, c'est-à-dire la partie qui passe pour la plus friande, et ces quatre pattes nous étaient destinées. Quant au reste, il n'avait pu le rapporter : l'ours était énorme et pesait au moins cinq cents.

A cette nouvelle, les dormeurs se réveillèrent tous jusqu'au dernier, et ce fut à qui s'offrirait pour aller chercher les quartiers de l'ours. Pendant ce temps, David ôtait sa peau de mouton et découvrait son épaule ; il avait reçu de son terrible antagoniste un coup de griffe qui lui avait mis l'os presque à découvert. Cependant il avait perdu peu de sang, le sang ayant gelé presque aussitôt. Louise voulut laver la plaie avec de l'eau tiède et la bander avec son mouchoir, mais le blessé secoua la tête et répondit que c'était déjà sec ; puis il remit sa peau de mouton par dessus, après avoir frotté, pour tout remède, son épaule avec un morceau de lard. Cependant son père lui défendit de quitter la cabane, et les six voituriers désignés par George pour aller chercher les quartiers de l'ours partirent seuls.

La faction de George était finie, il vint s'asseoir près de son fils, et un autre le remplaça. J'entendis alors que le jeune homme racontait au vieillard tous les détails du combat. Pendant ce récit, les yeux de George brillaient comme des charbons. Lorsqu'il eut fini, Louise offrit au blessé quelques-unes de nos fourrures pour s'envelopper, mais il refusa, posa sa tête sur l'épaule du vieillard et s'endormit.

Nous étions si fatigués que nous ne tardâmes point à en faire autant, et nous nous réveillâmes sur les cinq heures du matin, sans qu'aucun autre accident eût troublé notre sommeil.

Nos guides avaient déjà attelé la moitié de nos voitures et notre traîneau. Comme la montée était beaucoup moins rapide que la descente, ils espéraient cette fois n'avoir à faire que deux voyages. Geoges prit, comme il l'avait déjà fait, la bride de notre premier cheval et conduisit la caravane ; son fils et un autre voiturier marchaient devant avec leurs longues lances pour sonder le terrain. Vers midi, nous arrivâmes au point le plus haut, non pas de la montagne, mais du passage. Il était temps de faire halte, si nous voulions que les voitures pût nous rejoindre avant la nuit. Nous regardâmes tout autour de nous pour voir si nous ne trouverions pas, comme la veille, quelques bouquets de bois ; mais, aussi loin que la vue pouvait s'étendre, la montagne était nue ; il fut donc convenu que le second convoi rapporterait une charge de bois suffisante, non-seulement pour préparer le souper, mais encore pour faire du feu toute la nuit.

Quant à nous, nous étions désespérés de n'avoir pas eu cette idée tout d'abord, et nous étions en train d'établir tant bien que mal, avec quatre piques enfoncées en terre et la toile qui recouvrait une des voitures, une espèce de tente, lorsque nous vîmes revenir le fils de George avec deux chevaux qui arrivaient au grand trot, tout chargés de bois. Ces braves gens avaient pensé à nous, et, prévoyant que sans feu nous trouverions le temps long, ils nous envoyaient des combustibles. La tente était finie ; nous grattâmes la neige comme d'habitude ; le fils de George creusa dans la terre un trou carré d'un pied à peu près de profondeur, alluma un premier fagot sur ce trou ; lorsque le fagot fut brûlé, il remplit à moitié de braise ardente, posa dessus deux des pattes de l'ours qu'il avait tué la veille, les recouvrit de charbons allumés comme il aurait pu faire de pommes de terre ou de châtaignes, puis il plaça sur cette espèce de four de campagne un second fagot, qui au bout de deux heures ne fut plus qu'un amas de cendres et de braises.

Cependant, tout en soignant les préparatifs du souper,

notre cuisinier allait souvent à l'ouverture de notre tente interroger le temps ; en effet, le ciel se couvrait de nuages, et un morne silence régnait dans l'atmosphère, indiquant quelque changement pour la nuit ; or, tout changement dans notre situation ne pouvait que nous être préjudiciable. Aussi, lorsque le second convoi arriva, les voituriers se réunirent-ils en conseil, examinant le ciel et tendant la main au vent afin de savoir s'il se fixait enfin quelque part ; le résultat fut sans doute assez peu satisfaisant, car ils vinrent s'asseoir tristement près du feu. Comme je ne voulais point paraître devant Louise partager cette inquiétude, je chargeai Ivan de s'informer de ce qu'ils craignaient ; Ivan revint un instant après me dire que le temps tournait à la neige : ils craignaient donc de ne pouvoir suivre exactement leur chemin, et comme la route pendant toute la descente était bordée de précipices, la moindre déviation pouvait devenir mortelle. C'était justement le péril que je redoutais : aussi la nouvelle me trouva-t-elle tout préparé.

Quelque inquiétude qu'eussent nos compagnons de voyage, la faim ne perdait cependant point ses droits : aussi, à peine installés autour du brasier, se mirent-ils à couper des effilés de l'ours, qu'ils étendirent sur les charbons. Quant à nous, on nous réservait un mets plus délicat, c'étaient les pattes cuites à l'étouffé ; aussi, lorsque celui qui s'était constitué notre cuisinier jugea qu'elles étaient à point, il écarta avec précaution les braises qui les enveloppaient, et les tira l'une après l'autre du brasier.

Cette fois encore, je l'avoue, l'impression fut peu flatteuse ; les pattes avaient démesurément grossi, et présentaient une masse informe et assez peu attrayante. Après les avoir posées toutes fumantes sur un tronc de sapin que ses compagnons avaient scié la veille et avaient apporté pour nous faire une espèce de table, notre cuisinier commença, avec son couteau, à enlever la croûte qui les recouvrait. Cependant, comme à mesure que cette opération s'accomplissait, une odeur des plus succulentes se faisait sentir, je ne tardai pas à faire retour sur mes opinions, d'autant mieux que, n'ayant mangé depuis le matin qu'un peu de pain et de jambon cru, j'avais une faim atroce. Quant à Louise, elle regardait toutes ces préparations avec une répugnance visible, et avait déclaré positivement qu'elle ne mangerait que du pain.

Malheureusement, quand le repas fut prêt, la vue faillit me faire perdre l'appétit qu'avait excité l'odorat : en effet, dépouillées ainsi de leur peau, les pattes de l'ours faisaient l'effet de deux mains de géant. Je restai donc, au grand étonnement des spectateurs, un instant indécis, attiré par l'odeur, repoussé par la forme, et assez désireux d'avoir un dégustateur du mets tant vanté. Je me tournai donc vers Ivan, qui convoitait ce rôti avec une gourmandise très visible, et lui fis signe d'y goûter ; il ne se le fit pas dire deux fois, emprunta la fourchette et le couteau de son voisin, et, avec une satisfaction infinie, il entama une des deux pattes ; comme il n'y avait à se tromper ni à son assurance intéressée, ni à sa satisfaction évidente, j'en fis autant que lui, et, à la première bouchée, je fus forcé de convenir qu'Ivan avait pleinement raison.

Quant à Louise, nos exemples ni nos prières ne purent rien sur elle ; elle se contenta de manger un peu de pain et de jambon rôti, et, ne voulant pas boire d'eau-de-vie, elle se désaltéra avec de la neige.

Sur ces entrefaites, la nuit était venue, et l'obscurité toujours croissante indiquait que le temps se chargeait de plus en plus ; les chevaux se serraient les uns contre les autres avec une espèce d'inquiétude instinctive, et, de temps en temps, il passait des rafales de vent qui eussent emporté notre tente, si nos prévoyants compagnons n'eussent pris soin de l'adosser à un rocher ; nous n'en fîmes pas moins nos dispositions pour dormir, la chose nous était possible. Comme la tente n'offrait point un abri suffisant pour une femme, Louise rentra dans son traîneau, dont je fermai l'ouverture avec la peau de l'ours tué la veille, et je revins m'installer sous la tente que nos voituriers nous avaient abandonnée, prétendant qu'ils seraient très bien sous leurs chariots. Effectivement, la tente était trop petite pour les contenir tous ; cependant nous insistâmes pour que la moitié de la troupe la partageât avec nous ; mais ils refusèrent obstinément, et il n'y eut que le fils de George qui, sur l'ordre de son père, et souffrant encore de sa blessure de la veille, se décida enfin à rester notre camarade de chambrée. Quant aux autres, ils se placèrent, comme ils l'avaient dit, sous leurs voitures, à l'exception de George, qui, méprisant ce sybaritisme, se coucha tout bonnement à terre, enveloppé de ses peaux de mouton et la tête sur un rocher ; un des voituriers resta, comme la veille, en sentinelle à la porte de la tente.

Comme je rentrais après avoir visité toutes ces dispositions extérieures, j'en vis une que je n'avais pas remarquée : c'était un grand amas de branches placé au milieu de la route, et auquel on commençait à mettre le feu. Ce second foyer, qui ne devait chauffer personne, me paraissait à peu près inutile ; je demandai donc dans quel but il était préparé ; le fils de George me répondit alors que c'était pour écarter les loups, qui, attirés par l'odeur de notre rôti, ne manqueraient pas de venir rôder autour de nous. La raison me parut suffisante et la précaution des mieux conçues : la sentinelle était chargée d'entretenir le feu de notre tente et le feu de la route.

Nous nous enveloppâmes dans nos pelisses, et nous attendîmes, sinon avec tranquillité, du moins avec résignation, les deux ennemis qui nous menaçaient, la neige et les loups. L'attente ne fut pas longue, et une demi-heure ne s'était point écoulée, que je vis tomber l'une, et que j'entendis dans le lointain les hurlemens des autres. Cependant j'étais si fatigué, que lorsque je vis, au bout d'une vingtaine de minutes, que ces hurlemens, qui, je l'avoue, m'inquiétaient plus que la neige, quoiqu'ils fussent réellement moins dangereux, ne se rapprochaient point, je m'endormis profondément.

Je ne sais pas depuis combien de temps j'étais plongé dans ce sommeil, lorsque je sentis tomber sur moi une lourde masse. Je me réveillai en sursaut ; j'étendis instinctivement les bras, mais je rencontrai un obstacle ; je voulus crier, mais ma voix se perdit étouffée. Dans le premier moment, j'ignorais complétement où j'étais ; puis, en rassemblant mes idées, je crus que la montagne s'était écroulée sur nous, et je redoublai d'efforts. Aux secousses qui l'ébranlaient, je sentis que je n'étais pas le seul Encelade enseveli sous ce nouvel Etna. J'étendis la main vers mon compagnon d'infortune, qui me saisit le bras et me tira à lui ; je cédai à l'impulsion, et je me trouvai la tête dehors. La toile de notre tente, surchargée de neige, s'était abattue sur nous et nous avait enveloppés comme dans un panneau ; mais le fils de George, tandis que je cherchais une issue impossible à trouver, l'avait déchirée avec son poignard, et, me saisissant d'une main et Ivan de l'autre, il nous faisait sortir avec lui par l'ouverture qu'il s'était frayée.

Il n'y avait point de sommeil à espérer pendant tout le reste de la nuit ; la neige tombait à flocons si pressés, que nos voitures avaient entièrement disparu sous la couche qui les recouvrait, et semblaient des monticules adhérens à la montagne. Quant à George, une légère élévation du terrain indiquait seule l'endroit où il était couché. Nous nous assîmes, les pieds au feu et le dos au vent, et nous attendîmes le jour.

Vers les six heures du matin, la neige cessa ; et cependant, malgré l'approche du jour, le ciel resta terne et lourd. Au premier rayon qui parut vers l'orient, nous appelâmes George, qui passa aussitôt sa tête à travers sa couverture de neige. Mais c'est tout ce qu'il put faire ; sa peau de mouton était prise dans la neige solide, et le retenait comme cloué au sol. Il lui fallut faire un effort violent, à l'aide duquel il entra en possession de lui-même. Aussitôt, et à son tour, il appela les autres voituriers.

Alors nous les vîmes, les uns après les autres, passer leurs têtes à travers le rideau de neige qui avait fait du dessous de chaque voiture une espèce d'alcôve fermée. Leur premier regard se dirigea vers l'orient. Un jour pâle et triste y luttait avec la nuit, et il semblait que c'était la nuit qui dût

remporter la victoire ; l'aspect était inquiétant, car aussitôt ils se réunirent en conseil pour savoir ce qu'il fallait faire.

En effet, toute la nuit la neige était tombée, et à chaque pas que l'on faisait dans cette couche nouvelle, on y enfonçait jusqu'aux genoux. Tout chemin avait donc disparu, et les rafales de vent, qui avaient passé si violentes toute la nuit, avaient dû combler les ravins, qu'il devenait ainsi impossible d'éviter. D'un autre côté, nous ne pouvions rester à la même place, manquant de tout, sans feu, sans provisions, sans abri. Quant à retourner sur nos pas, cette résolution présentait tout autant de danger que d'aller en avant ; d'ailleurs, cette opinion fût-elle celle de nos compagnons, nous étions bien résolus à ne pas l'adopter.

Au milieu de toutes ces discussions, Louise venait de sortir la tête de son traîneau et m'avait appelé ; comme les autres voitures, il était complétement enseveli sous la neige, de sorte qu'au premier aspect elle avait jugé la position et deviné ce qui se passait. Je la trouvai ferme et calme comme toujours, et décidée à aller en avant.

Pendant ce temps, la discussion continuait entre nos voituriers, et je voyais, au geste rapide et à la parole animée de George, qu'il soutenait une opinion qu'il avait peine à faire adopter. En effet, George voulait aller en avant, et les autres voulaient attendre. George disait que la neige pouvait continuer de tomber ainsi pendant un jour ou deux, et rester, comme cela arrive quelquefois, une semaine et même plus sans prendre aucune consistance. Alors la caravane tout entière ne pourrait plus avancer ni reculer, et serait ensevelie vivante ; au contraire, en continuant la marche par elle-même, il n'y avait encore que deux pieds de neige nouvelle, en pourrait le lendemain matin arriver à un village qui se trouve au bas du versant oriental, à une quinzaine de lieues d'Ekaterynbourg.

Cet avis, il faut bien le dire, quoiqu'il fût celui auquel d'avance je m'étais sympathiquement réuni, présentait bien des dangers. Le vent continuait à souffler avec violence ; les chasse-neige et les avalanches sont d'ailleurs fréquens dans ces montagnes. Aussi une forte opposition se manifesta-t-elle contre l'opinion de George, et, au bout de quelque temps, elle dégénéra en révolte complète. Comme l'autorité dont il était investi n'était qu'une concession volontaire, ceux qui la lui avaient donnée pouvaient la lui retirer, et effectivement, ils venaient de lui dire de continuer la route avec son fils et sa voiture, s'il voulait, lorsque Ivan, après être venu prendre mon avis et celui de Louise, plein de confiance comme nous dans l'expérience du vieux guide, s'avança et ordonna de mettre les chevaux aux équipages. Cet ordre excita d'abord l'étonnement, puis des murmures ; mais alors Ivan tira un papier de sa poche, et, le déployant : — Ordre de l'empereur, dit-il. — Aucun des voituriers ne savait lire, mais tous connaissaient le cachet impérial. Sans s'informer comment Ivan était porteur de cet ordre, sans discuter s'ils devaient y être soumis, ils coururent aux chevaux, qui, réunis en un seul groupe, se pressaient les uns contre les autres comme un troupeau de moutons, et au bout de dix minutes la caravane se trouva prête à partir.

Le fils de George prit les devans pour sonder le terrain, George et sa voiture se placèrent en tête de notre colonne. Notre traîneau suivait immédiatement, de sorte que, si l'équipage de George enfonçait dans quelque ravin, nous pourrions, nous, avec notre voiture légère, l'éviter facilement. Les autres venaient sur une seule ligne, car cette fois nous pouvions marcher tous ensemble. Ainsi que je l'ai dit, nous étions arrivés au plateau le plus élevé de la montagne, et nous n'avions plus qu'à redescendre.

Au bout d'un instant, nous entendîmes un cri, et nous vîmes s'enfoncer notre guide. Nous courûmes à l'endroit où il avait disparu : nous trouvâmes un trou d'une quinzaine de pieds de profondeur, au fond duquel la neige s'agitait, puis une main qui passait encore. En ce moment le pauvre père accourut, tenant une longue corde à la main, afin qu'on la lui attachât autour du corps et qu'il pût s'élancer après son fils avec quelque espoir de le sauver. Mais un voiturier se présenta en disant qu'on avait besoin que George se conservât pour conduire la caravane, et que c'était à lui de descendre. On lui passa la corde sous les aisselles ; Louise lui tendit sa bourse, qu'il mit dans sa poche en faisant un signe de tête et sans s'informer de ce qu'il y avait dedans ; nous primes à six ou huit la corde, que nous laissâmes filer rapidement, de sorte qu'il arriva au moment où la main commençait à disparaître. Alors, saisissant le malheureux par le poignet, en même temps que nous le tirions en haut, il parvint à l'enlever de la couche de neige où il était enseveli, et le prit tout évanoui dans ses bras ; aussitôt nous redoublâmes d'efforts, et en un instant l'un et l'autre furent replacés sur un terrain solide.

Le pauvre père ne savait lequel il devait embrasser d'abord, ou de son fils ou de celui qui avait été chercher au fond du ravin ; mais, David étant évanoui, ce fut de lui qu'il s'occupa d'abord. L'évanouissement venait évidemment du froid ; George fit donc avaler au malade quelques gouttes d'eau-de-vie qui le ranimèrent ; puis on l'étendit sur une fourrure, on le déshabilla, on le frotta de neige par tout le corps, jusqu'à ce que la peau fût d'un rouge de sang, et alors, comme il remuait bras et jambes et qu'il n'y avait plus de danger, David pria lui même que l'on continuât la route, disant qu'il se sentait en état de marcher ; mais Louise n'y voulut pas consentir ; elle le plaça près d'elle dans le télègue, et un autre voiturier le remplaça. Notre postillon monta sur un de ses chevaux, je me plaçai près d'Ivan sur le siège, et nous nous remîmes en marche.

La route tournait à gauche, s'escarpant aux flancs de la montagne ; à droite s'étendait le ravin dans lequel était tombé le fils de George, ravin dont il était impossible de mesurer la profondeur, car, selon toutes les probabilités, David n'avait pas roulé au fond, mais s'était arrêté sur quelque accident de terrain qui l'avait heureusement retenu. Ce qu'il y avait de mieux à faire était donc de serrer autant que possible la paroi de rocher à laquelle, sans aucun doute, était adossé le chemin.

Cette manœuvre nous réussit, et nous marchâmes ainsi deux heures à peu près sans accident. Pendant ces deux heures, la descente était sensible, quoiqu'elle ne fût point rapide ; nous étions alors arrivés à un bouquet d'arbres pareil à celui sous lequel nous nous étions arrêtés pendant la première nuit. Personne de nous n'avait mangé encore ; nous résolûmes de nous arrêter une heure pour laisser reposer les chevaux, déjeuner et faire du feu.

Ce fut sans doute par une prévision toute miséricordieuse que Dieu plaça au milieu des neiges ces bois résineux si prompts à s'enflammer ; aussi, n'eûmes-nous besoin que d'abattre un sapin et de secouer la neige qui pendait en franges à ses branches, pour nous faire un foyer splendide autour duquel, en un instant, nous fûmes tous groupés, et dont la chaleur acheva de remettre David. J'ambitionnais fort une troisième patte d'ours, mais nous n'avions pas le temps de préparer le fourneau nécessaire à sa cuisson ; je fus donc forcé de me contenter d'une tranche rôtie sur les charbons, tranche, au reste, que je trouvai excellente. Nous ne mangeâmes que la viande ; le pain était trop précieux : il ne nous en restait plus que quelques livres.

Cette halte, si courte qu'elle fût, avait fait grand bien à tout le monde, et hommes et animaux étaient prêts à repartir avec un nouveau courage, quand on s'aperçut que les roues ne tournaient plus : pendant notre station, une épaisse couche de glace avait emprisonné les moyeux, et il fallut la briser à coups de marteau pour que les roues pussent faire leur office. Cette opération nous prit encore au moins une demi-heure ; il était près de midi lorsque nous nous remîmes en route.

Nous marchâmes trois heures sans accident, de sorte que nous devions avoir fait, depuis notre premier départ, près de sept lieues, lorsque nous entendîmes comme un craquement suivi d'un bruit pareil à celui que ferait un coup de tonnerre répété d'écho en écho : en même temps nous sentîmes passer comme un tourbillon de vent, et nous vîmes l'air obscurci d'une poussière de neige. A ce bruit, George arrêta court sa voiture : —Une avalanche ! cria-t-il, et chacun resta

muet, immobile et attendant. Puis, au bout d'un instant, le bruit cessa, l'air s'éclaircit, et la rafale, comme une trombe, continua son chemin, balayant la neige et renversant deux sapins qui croissaient sur un roc à cinq cents pas au-dessous de nous. Tous les voituriers poussèrent un cri de joie : car, si nous eussions été d'une demi-verste plus avancés seulement, nous étions enlevés dans l'ouragan ou engloutis par l'avalanche ; en effet, à une certaine distance d'où nous étions, nous trouvâmes le chemin encombré par la neige.

Ce n'était pas, à vrai dire, un obstacle imprévu, car, dès que l'avalanche avait été aperçue, George m'avait manifesté la crainte qu'elle ne nous laissât sa trace de son passage. Nous n'en essayâmes pas moins, comme cette neige était légère et friable, de percer au travers, et nous poussâmes les chevaux dessus ; mais les chevaux reculèrent comme si on les lançait sur un mur ; nous les piquâmes avec nos lances pour les forcer d'avancer, ils se cabrèrent tout debout, puis, retombèrent les pieds de devant dans cette neige qui, leur entrant dans les yeux et dans les naseaux, les rendit furieux et les fit reculer. Il était inutile d'essayer de forcer le passage ; il fallait faire une trouée.

Trois rouliers montèrent sur la plus haute des voitures, et un quatrième se hissa sur leurs épaules, afin de dominer l'obstacle. L'éboulement pouvait avoir une vingtaine de pieds d'épaisseur ; le mal était donc moins grand qu'on n'aurait pu le croire d'abord : il y avait, en nous y mettant tous, pour deux ou trois heures de travail.

Le ciel était si fort couvert que, quoiqu'il fût à peine quatre heures de l'après-midi, la nuit venait déjà, rapide et menaçante. Cette fois nous n'avions pas même le temps de nous construire le frêle abri d'une tente, et de plus nous n'avions aucun moyen de nous procurer du feu, puisque, aussi loin que la vue pouvait s'étendre, nous n'apercevions aucun arbre. Nous nous arrêtâmes donc à l'instant même ; nous rangeâmes nos chariots en un arc dont l'éboulement faisait la corde, et, dans ce demi-cercle, nous enfermâmes les chevaux et le télègue. Toutes ces précautions étaient prises contre les loups, qu'il n'était plus possible, vu le manque de feu, de tenir à distance. A peine avions-nous fait ces dispositions, que nous nous trouvâmes dans une obscurité complète.

Il n'y avait guère moyen de songer à souper ; cependant nos rouliers mangèrent chacun un morceau de l'ours, paraissant trouver cette viande aussi bonne crue que cuite. Quant à moi, quelle que fût la faim que j'éprouvais, je ne pus surmonter le dégoût que m'inspirait cette chair crue : je me contentai donc de partager un pain avec Louise, puis j'offris ma dernière bouteille d'eau-de-vie ; mais George refusa au nom de tous ses camarades, disant qu'il fallait la conserver pour les travailleurs.

Alors Louise, avec sa présence d'esprit ordinaire, me rappela qu'il y avait à notre berline de poste deux lanternes que j'avais bien recommandé à Ivan de mettre dans le télègue. Je l'appelai pour lui demander s'il avait suivi mes instructions à cet égard, et j'appris avec joie que les deux lanternes étaient dans le coffre. Je les en tirai aussitôt, et les trouvai toutes garnies de leurs bougies.

Ivan fit part à nos compagnons du trésor que nous venions de découvrir, et il fut reçu avec des cris de joie. Ce n'était pas un foyer qui pût écarter de nous les animaux de proie, mais c'était une lumière à l'aide de laquelle au moins nous pourrions être prévenus de leur approche. Les deux lanternes furent placées au bout de deux perches enfoncées solidement dans la neige ; puis on les alluma, et nous vîmes avec satisfaction que leur lueur, toute pâle qu'elle était, suffisait, grâce à l'éclat de la neige, pour éclairer dans une circonférence d'une cinquantaine de pas les alentours de notre camp.

Nous étions dix hommes en tout ; deux se placèrent en sentinelles sur les chariots, huit se mirent à travailler pour percer l'éboulement. Depuis deux heures de l'après-midi le froid avait repris toute sa force, de sorte que la neige présentait déjà assez de solidité pour qu'on pût y creuser un passage, quoiqu'elle ne fût pas assez compacte pour rendre cette besogne aussi fatigante qu'elle l'eût été deux jours plus tard. J'avais préféré être du nombre des travailleurs, car j'avais

pensé que, forcé de me donner un mouvement continuel, je
souffrirais moins du froid.

Pendant trois ou quatre heures nous travaillâmes assez
tranquillement, et ce fut alors que mon eau-de-vie, si heureusement ménagée par George, fit merveille. Mais, sur les
onze heures du soir, un hurlement si prolongé et si proche
se fit entendre, que nous nous arrêtâmes tous; en même
temps nous entendîmes la voix du vieux George que nous
avions placé en sentinelle et qui nous appelait. Nous laissâmes notre travail aux trois quarts achevé, et nous courûmes
aux chariots, sur lesquels nous montâmes. Il y avait déjà
plus d'une heure que les loups étaient en vue; mais,
mais, maintenant par la lumière de nos lanternes, ils n'osaient
approcher, et on les voyait rôdant comme des ombres sur la
limite de cette lumière, rentrant dans l'obscurité, puis repa-
raissant, puis disparaissant encore. Enfin, l'un d'eux s'était
approché si près, et George, à son hurlement, avait tellement
bien compris qu'il ne tarderait pas à s'approcher davantage
encore, qu'il nous avait appelés.

Nos huit chariots, comme je l'ai dit, formaient l'enceinte
demi-circulaire où étaient enfermés nos chevaux, le télègue et
Louise; cette enceinte était protégée d'un côté par la paroi de
la montagne, tranchée perpendiculairement à plus de quatre-
vingts pieds, et de l'autre par l'éboulement, qui faisait sur
nos derrières comme une espèce de rempart naturel. Quant à
la ligne des chariots, elle était garnie comme les créneaux
d'une ville assiégée; chaque homme avait sa pique, sa hache
et son couteau, et Ivan et moi nous avions chacun une carabine et une paire de pistolets.

Nous restâmes ainsi pendant une demi-heure à peu près,
occupés des deux côtés à mesurer nos forces. Les loups,
comme je l'ai dit, faisaient quelquefois des pointes dans la
lumière comme pour s'enhardir, et cependant ces pointes
avaient un caractère visible d'hésitation. Cette tactique de
leur part avait cela de maladroit qu'elle nous familiarisait
avec le danger; quant à moi, une espèce de fièvre avait succédé à ma crainte première, et j'étais impatient de cette situation, qui était depuis longtemps déjà le danger sans être encore le combat. Enfin un des loups s'approcha si près de nous,
que je demandai à George s'il ne serait pas convenable de lui
envoyer une balle pour le faire repentir de sa témérité.

— Oui, me dit-il, si vous êtes sûr de le tuer raide.

— Pourquoi cela?

— Parce que, si vous le tuez raide, ses camarades s'amuseront à le manger, comme font les chiens dans un chenil; il
est vrai aussi, murmura-t-il entre ses dents, qu'une fois
qu'ils auront goûté du sang, ils seront comme des démons.

— Ma foi, répondis-je, il me fait si beau jeu, que je suis à
peu près sûr de mon coup.

— Tirez donc, alors, dit George, car aussi bien faut-il que
cela finisse d'une façon ou de l'autre.

Il n'avait pas achevé, que le coup de fusil était parti, et
que le loup se tordait sur la neige.

En même temps, et ainsi que l'avait prévu George, cinq ou
six loups que nous n'apercevions que dans les ombres, se
précipitèrent dans le cercle de lumière, saisirent le mort, et,
l'entraînant avec eux, rentrèrent dans l'obscurité en moins
de temps qu'il en faut pour le dire.

Mais, quoique les loups fussent hors de vue, leur présence
n'en était pas moins constatée par les hurlemens féroces; il y
a plus, ces hurlemens redoublaient tellement, qu'il était visible que la troupe augmentait en nombre. En effet, c'était une
espèce d'appel à la curée, et tout ce qu'il y avait de ces animaux à deux lieues à la ronde était maintenant réuni en face
de nous; enfin les hurlemens cessèrent.

— Entendez-vous nos chevaux? me dit George.

— Que font-ils?

— Ils piétinent et hennissent: cela veut dire que nous
nous tenions prêts.

— Mais je croyais les loups partis: ils ne rugissent plus.

— Non, ils ont fini et ils se pourlèchent. Eh! tenez, les
voilà! attention, les autres!

En effet, huit à dix loups qui, dans l'obscurité, nous paraissaient gros comme des ânes, entrèrent tout-à-coup dans

cercle de lumière qui nous entourait, puis, sans hésitation, et
sans hurlemens, fondirent droit sur nous, et, au lieu d'essayer
de passer sous nos voitures, bondirent bravement dessus pour
nous attaquer en face. Cette attaque fut rapide comme la
pensée, et, à peine avais-je eu le temps de les apercevoir, que
nous en étions déjà aux prises avec eux; cependant, soit hasard, soit qu'ils eussent vu de quel point était parti le coup
de feu, aucun n'attaqua mon chariot, de sorte que je pus juger du combat mieux que si j'y eusse pris une part directe.

A ma droite, le chariot qui était défendu par George était
attaqué par trois loups dont l'un, à peine à portée, fut transpercé d'un coup de pique que lui lança le vieillard, et l'autre
tué d'un coup de carabine que je lui tirai; il n'en restait donc
plus qu'un, et, comme je vis George lever sa hache sur lui,
je ne m'en inquiétai pas davantage, et me retournai vers le
chariot de gauche sur lequel était David.

Là, la chance était moins heureuse, quoique deux loups
seulement l'eussent attaqué, car David, à ce que je me rappelle,
était blessé à l'épaule gauche; il avait bien frappé un des deux
loups d'un coup de pique, mais le fer n'ayant atteint, à ce
qu'il paraît, aucune partie vitale, le loup avait mordu et brisé
le bois de la pique, de sorte que David s'était trouvé un instant n'avoir qu'un bâton dans la main. Au même instant l'autre loup s'était élancé et se cramponnait aux cordages, afin
d'arriver jusqu'à David. Aussitôt je passai d'un chariot à
l'autre, et, au moment où David tirait son couteau, je cassai
la tête de son antagoniste d'un coup de pistolet; quant à
l'autre, il se roulait sur la neige, rugissant avec fureur et
mordant, sans pouvoir l'arracher, le bois de la pique, qui
sortait de six à huit pouces de sa blessure.

Pendant ce temps, Ivan faisait merveille de son côté, et
j'avais entendu un coup de carabine et deux coups de pistolet
qui m'annonçaient que nos adversaires étaient aussi bien reçus
à mon extrême gauche qu'à ma gauche et à ma droite. En
effet, au bout d'un instant, quatre loups traversèrent le nouveau la lumière, mais cette fois pour fuir; et, chose étrange!
alors deux ou trois de ceux que nous croyions morts ou blessés mortellement se dressèrent sur leurs pattes; puis, tout en
se traînant et en laissant derrière eux une large trace de sang,
suivirent leurs compagnons et disparurent avec eux; si bien
que, tout compte fait, il ne resta que trois ennemis sur le
champ de bataille.

Je me retournai vers George, au bas du chariot duquel
deux loups étaient gisans: c'était celui qu'il avait transpercé
d'un coup de pique et celui que j'avais tué d'un coup de carabine.

— Rechargez vite, me dit-il, ce sont de vieilles connaissances dont je sais toutes les allures; rechargez vite, nous
n'en serons pas quittes à si bon marché.

— Comment! lui dis-je en mettant à l'instant même son
conseil à exécution, vous croyez que nous ne sommes pas
encore débarrassés d'eux?

— Écoutez-les, répondit George; tenez, les voilà qui s'appellent; et puis, tenez, tenez... et il étendit la main vers l'horizon.

En effet, aux hurlemens rapprochés de nous répondaient
des hurlemens lointains; de sorte qu'il était évident que le
vieux guide avait raison, et que cette première attaque n'était
qu'une affaire d'avant-garde.

En ce moment je me retournai, et je vis luire, pareils à
deux torches ardentes, les deux yeux d'un loup, qui, parvenu
sur la crête de l'éboulement, plongeait de là dans notre camp.
Je le mis en joue; mais, au moment où le coup partait, il
s'élançait au milieu des chevaux, et tombait, cramponné à la
gorge de l'un d'eux. En même temps, deux ou trois de nos
compagnons se laissèrent glisser en bas des chariots; mais
aussitôt la voix du vieux George retentit:

— Il n'y a qu'un loup, cria-t-il, il ne faut qu'un homme;
tous les autres à leur poste. — Et vous, ajouta-t-il en s'adressant à moi, rechargez vite, et tâchez de ne tirer qu'à coup sûr.

Deux hommes remontèrent sur les chariots, et le troisième
se glissa, ventre à terre et son couteau à la main, entre
les pieds des chevaux, qui trépignaient de terreur et se jetaient, comme des insensés, contre les voitures qui les enfer-

maient. Au bout d'un instant, je vis luire une lame qui disparut aussitôt ; alors le loup lâcha le cheval, qui se dressa tout sanglant sur ses pieds de derrière, tandis qu'à terre on voyait une masse informe se rouler sans qu'on pût distinguer l'homme du loup ni le loup de l'homme : c'était quelque chose de terrible. Au bout d'un instant, l'homme se releva : nous poussâmes un cri de joie, nous avions tous le cœur oppressé.

— David, dit le lutteur en se secouant, viens m'aider à enlever cette charogne : tant qu'elle sera dans l'enceinte, il n'y aura pas moyen de jouir des chevaux.

David descendit, traîna le loup jusqu'au chariot où était son père, et le souleva avec l'aide de son compagnon. George alors le prit par les pattes de derrière, comme il eût pu faire d'un lièvre, et, le tirant à lui, le jeta en dehors du cercle avec les deux ou trois qui étaient déjà gisans ; puis, se retournant vers le voiturier qui s'était assis à terre tandis que David remontait sur sa voiture :

— Eh bien ! Nicolas, lui dit-il, ne remontes-tu pas à ton poste ?

— Non, vieux George, mon, dit le voiturier en secouant la tête, j'en ai assez.

— Seriez-vous donc blessé ? s'écria Louise en sortant à demi du télègue.

— Je ne saurais trop vous dire, ma petite dame, répondit Nicolas ; seulement ce que je sais, c'est que je crois que j'ai mon compte.

— Eugène ! me cria Louise, Eugène ! venez donc m'aider à panser ce pauvre homme : il perd tout son sang.

Je tendis ma carabine à George, je sautai à bas du chariot et je courus au blessé.

Effectivement, il avait une partie de la mâchoire emportée, et le sang coulait abondamment d'une large plaie qu'il avait au cou. J'eus peur un instant que la carotide ne fût atteinte, je pris une poignée de neige et je l'appliquai sur la blessure ; sans savoir si je faisais bien ou mal. Le patient, saisi par le froid, jeta un cri et s'évanouit : je crus qu'il était mort.

— Oh ! mon Dieu ! s'écria Louise, pardonnez-moi, car c'est moi qui suis cause de tout cela.

— À nous, excellence ! à nous ! cria George, voilà les loups.

Je laissai le blessé aux soins de Louise, et je remontai vivement sur mon chariot.

Cette fois, je ne pus suivre aucun détail, car j'eus assez à faire pour mon propre compte, sans m'occuper des autres. Nous étions attaqués par vingt loups au moins ; je déchargeai l'un après l'autre mes deux pistolets à bout portant, puis je saisis une hache que George me tendait. Mes pistolets déchargés n'étaient plus bons à rien : je les passai dans ma ceinture, et je me mis à jouer de mon mieux de l'instrument dont j'étais armé.

Le combat dura près d'un quart d'heure ; pendant un quart d'heure quelqu'un qui eût assisté à cette lutte eût eu, certes, sous les yeux un des spectacles les plus terribles que se puissent voir. Enfin, au bout d'un quart d'heure, j'entendis pousser sur toute notre ligne un grand cri de victoire ; je fis un dernier effort. Un loup s'était cramponné aux cordages de mon chariot, afin de parvenir jusqu'à moi ; je lui déchargeai un coup terrible sur la tête, et quoique la hache glissât sur l'os du crâne, elle lui fit une si profonde blessure à l'épaule, qu'il lâcha prise et retomba en arrière.

Alors, comme la première fois, nous vîmes les loups faire retraite, repasser en hurlant dans l'espace éclairé, puis disparaître dans les ténèbres ; mais cette fois pour ne plus revenir.

Chacun de nous alors jeta un regard silencieux et morne autour de lui ; trois de nos hommes étaient plus ou moins blessés, et sept ou huit loups étaient gisans çà et là : il était évident que, sans le moyen que nous avions trouvé d'éclairer le champ de bataille, nous eussions probablement été tous dévorés.

Le péril même que nous venions de courir nous faisait plus vivement encore sentir la nécessité de gagner vivement la plaine. Qui pouvait prévoir les nouveaux dangers qu'amènerait la prochaine nuit, si nous étions forcés de la passer dans la montagne ?

Nous plaçâmes donc nos blessés en sentinelles sur les chariots, après avoir bandé leurs plaies, car, quoiqu'il fût probable, ainsi que l'annonçaient les hurlemens de plus en plus éloignés des fuyards, que nous étions décidément débarrassés d'eux, il eût été imprudent de ne point nous tenir toujours sur nos gardes ; cette précaution prise, nous nous remîmes à creuser notre galerie.

Au point du jour, l'éboulement était percé de part en part.

Alors George donna l'ordre d'atteler. Quatre de nos voituriers s'occupèrent de ce soin, tandis que les quatre autres dépouillaient les morts, dont les fourrures, surtout à l'époque où nous étions, avaient une certaine valeur ; mais au moment de partir on s'aperçut que le cheval qui avait été mordu par les loups était trop grièvement blessé, non-seulement pour rendre aucun service, mais encore pour continuer la route.

Alors le voiturier auquel il appartenait m'emprunta un de mes pistolets, et le conduisant dans un coin, il lui cassa la tête.

Cette exécution faite, nous nous remîmes en route en silence et tristement. Nicolas était toujours dans un état presque désespéré, et Louise, qui l'avait pris sous sa protection, l'avait fait mettre près d'elle dans le traîneau ; les autres étaient couchés sur leurs voitures ; quant à nous, nous marchions à pied près des attelages.

Au bout de trois ou quatre heures de marche, pendant lesquelles les voitures faillirent vingt fois être précipitées, nous arrivâmes à un petit bois que les voituriers reconnurent avec une grande joie, car il n'était distant que de trois ou quatre lieues du premier village que l'on rencontre sur le versant asiatique de l'Oural ; nous nous arrêtâmes donc, et comme le besoin de repos était général, George ordonna de faire halte.

Chacun mit la main à l'œuvre, même les blessés ; en dix minutes les chevaux furent dételés, trois ou quatre sapins abattus, et un grand feu fut allumé. Cette fois encore l'ours fit les frais du repas, mais comme nous ne manquions pas de charbon pour le faire griller, tout le monde en mangea, même Louise.

Puis, comme chacun avait hâte de sortir de ces montagnes maudites, nous nous remîmes en route aussitôt le repas de nos chevaux et le nôtre terminés. Après une heure et demie de marche, nous aperçûmes au détour d'une colline plusieurs colonnes de fumée qui semblaient sortir de la terre : c'était le village tant désiré que plus d'un d'entre nous avait cru ne jamais atteindre, et dans lequel nous entrâmes enfin vers les quatre heures du soir.

Il n'y avait qu'une mauvaise auberge dont, en toute autre circonstance, je n'aurais pas voulu pour servir de chenil à mes chiens, et qui nous sembla un palais.

Le lendemain, en partant, nous laissâmes cinq cents roubles à Georges, en le priant de les partager entre lui et ses camarades.

XXV.

À partir de ce moment, tout alla bien, car nous nous trouvions dans ces vastes plaines de la Sibérie qui s'étendent jusqu'à la mer Glaciale, sans qu'on rencontre une seule montagne qui mérite le nom de colline. Grâce à l'ordre dont était porteur Ivan, les meilleurs chevaux étaient pour nous ; puis la nuit, de peur d'accidens pareils à ceux dont nous avions failli être victimes, des escortes de dix ou douze hommes armés de carabines ou de lances nous accompagnaient, galopant aux deux côtés de notre traîneau. Nous traversâmes ainsi Ekaterynbourg sans nous arrêter à ses magnifiques magasins de pierreries, qui la font étinceler comme une ville magique, et qui nous semblaient d'autant plus fabuleux que nous sortions d'un désert de neige, où, pendant trois jours, nous n'avions pas trouvé l'abri d'une chaumière ; puis Tioumen, où commence véritablement la Sibérie ; enfin nous entrâmes dans la vallée du Tobol, et, sept jours après être sortis des terribles monts Ourals, nous entrions à la nuit tombante dans la capitale de la Sibérie.

Nous étions écrasés de fatigue, et cependant Louise, soutenue par le sentiment de son amour, qui croissait à mesure qu'elle se rapprochait de celui qui en était l'objet, ne voulut s'arrêter que le temps de prendre un bain. Vers les deux heures du matin, nous repartîmes pour Koslowo, petite ville située sur l'Irtich, et qui avait été fixée pour résidence à une vingtaine de prisonniers au nombre desquels, comme nous l'avons dit, se trouvait le comte Alexis.

Nous descendîmes chez le capitaine commandant le village, et là, comme partout, l'ordre de l'empereur fit son effet. Nous nous informâmes du comte ; il était toujours à Koslowo, et sa santé était aussi bonne qu'on pouvait le désirer. Il était convenu avec Louise que je me présenterais d'abord à lui, afin de le prévenir qu'elle était arrivée. Je demandai en conséquence, pour le voir, au gouverneur une permission qui me fut accordée sans difficulté. Comme je ne savais pas où résidait le comte et que je ne parlais pas la langue du pays, on me donna un Cosaque pour me conduire.

Nous arrivâmes dans un quartier du village fermé par de hautes palissades, dont toutes les issues étaient gardées par des sentinelles, et qui se composait d'une vingtaine de maisons à peu près. Le Cosaque s'arrêta à l'une d'elles, et me fit signe que c'était là. Je frappai avec un battement de cœur étrange à cette porte, et j'entendis la voix d'Alexis qui répondait : Entrez. — J'ouvris la porte, et je le trouvai couché tout habillé sur son lit, un bras pendant et un livre tombé près de lui.

Je restai sur le seuil, le regardant et lui tendant les bras, tandis que lui se soulevait étonné, hésitant à me reconnaître.

— Eh bien ! oui, c'est moi, lui dis-je.

— Comment ! vous ! vous !

Et il bondit de son lit et me jeta les bras autour du cou ; puis, reculant avec une espèce de terreur :

— Grand Dieu ! s'écria-t-il, et vous aussi seriez-vous exilé, et serais-je assez malheureux pour être cause?...

— Rassurez-vous, lui dis-je, je viens ici en amateur.

Il sourit amèrement.

— En amateur au fond de la Sibérie, à neuf cents lieues de Saint-Pétersbourg ! Expliquez-moi cela... ou plutôt... avant tout... pouvez-vous me donner des nouvelles de Louise?

— D'excellentes et de toutes fraîches : je la quitte.

— Vous la quittez ! vous la quittez il y a un mois ?

— Il y a cinq minutes.

— Mon Dieu ! s'écria Alexis en pâlissant, que me dites-vous là ?

— La vérité.

— Louise?... ...

— Est ici.

— O saint cœur de femme ! murmura-t-il en levant les mains au ciel tandis que deux grosses larmes roulaient sur ses joues. Puis, après un instant de silence, pendant lequel il paraissait remercier Dieu :—Mais où est-elle ? demanda-t-il.

— Chez le gouverneur, répondis-je.

— Courons alors. — Puis, s'arrêtant : Que je suis fou ! reprit-il ; j'oublie que je suis parqué et que je ne puis sortir de mon parc sans la permission du brigadier. Mon cher ami, ajouta-t-il, allez chercher Louise, que je voie, que je la serre dans mes bras ; ou plutôt restez, cet homme ira. Pendant ce temps nous parlerons d'elle.

Et il dit quelques mots au Cosaque, qui sortit pour s'acquitter de sa commission.

Pendant ce temps, je racontai à Alexis tout ce qui s'était passé depuis son arrestation : la résolution de Louise, comment elle avait tout vendu, de quelle façon cette somme lui avait été volée, son entrevue avec l'empereur, quel avait été la bonté de celui-ci pour elle, notre départ de Saint-Petersbourg, notre arrivée à Moscou, de quelle façon nous y avions été reçus par sa mère et par ses sœurs, qui s'étaient chargées de son enfant ; puis notre départ, nos fatigues, nos dangers ; le passage terrible à travers les monts Ourals ; enfin notre arrivée à Tobolsk et à Koslowo. Le comte écouta ce récit comme en

fait d'une fable, me prenant de temps en temps les mains et me regardant en face pour s'assurer que c'était bien moi qui lui parlais et qui étais là devant lui ; puis, avec impatience, il se levait, allait à la porte, et, ne voyant personne venir, il se rasseyait, me demandant de nouveaux détails que je ne me lassais pas plus de répéter que lui d'entendre. Enfin la porte s'ouvrit, et le Cosaque reparut seul.

— Eh bien? lui demanda le comte en pâlissant.

— Le gouverneur a répondu que vous deviez connaître la défense faite aux prisonniers.

— Laquelle?

— Celle de recevoir des femmes.

Le comte passa la main sur son front, et retomba assis sur son fauteuil. Je commençai à craindre moi-même, et je regardais le comte, dont le visage trahissait tous les sentimens violens qui se heurtaient dans son âme. Au bout d'un moment de silence, il se retourna vers le Cosaque :

— Pourrais-je parler au brigadier? dit-il.

— Il était chez le gouverneur en même temps que moi.

— Veuillez l'attendre à sa porte et le prier de ma part d'avoir la bonté de passer chez moi.

Le Cosaque s'inclina et sortit.

— Ces gens obéissent cependant, dis-je au comte.

— Oui, par habitude, répondit celui-ci en souriant. Mais comprenez-vous quelque chose de pareil et de plus terrible ? elle est là à cent pas de moi, elle a fait neuf cents lieues pour me rejoindre, et je ne puis la voir.

— Mais sans doute, lui dis-je, c'est quelque erreur, quelque consigne mal interprétée, on reviendra là-dessus.

Alexis sourit d'un air de doute.

— Eh bien! alors, nous nous adresserons à l'empereur.

— Oui, et la réponse arrivera dans trois mois ; et pendant ce temps... Vous ne savez pas ce que c'est que ce pays, mon Dieu !

Il y avait dans les yeux du comte un désespoir qui m'effraya.

— Eh bien ! s'il le faut, repris-je en souriant, pendant ces trois mois je vous tiendrai compagnie ; nous parlerons d'elle, cela vous fera prendre patience : puis, d'ailleurs, le gouverneur se laissera toucher, ou bien il fermera les yeux.

Alexis me regarda en souriant à son tour.

— Ici, voyez-vous, me dit-il, il ne faut compter sur rien de tout cela. Ici tout est de glace comme le sol. S'il y a un ordre, l'ordre sera exécuté, et je ne la verrai pas.

— Mais c'est affreux ! murmurai-je.

En ce moment le brigadier entra.

— Monsieur ! s'écria Alexis en s'élançant au-devant de lui, une femme, par un dévoûment héroïque, sublime, a quitté Saint-Pétersbourg pour me rejoindre ; elle arrive, elle est ici, après mille dangers courus ; et cet homme me dit que je ne puis la voir... le se trompe sans doute ?

— Non, monsieur, répondit froidement le brigadier ; vous savez bien que les prisonniers ne peuvent communiquer avec aucune femme.

— Et cependant, monsieur, le prince Troubetskoï a obtenu la permission qu'on me refuse ; est-ce parce qu'il est prince?

— Non, monsieur, répondit le brigadier ; mais c'est parce que la princesse est sa femme.

— Et si Louise était ma femme, s'écria le comte, on ne s'opposerait donc point à ce que je la revisse ?

— Aucunement, monsieur.

— Oh! s'écria le comte comme soulagé d'un grand fardeau. Puis après un instant :—Monsieur, dit-il au brigadier, voulez-vous bien permettre au pope de me venir parler?

— Il va être prévenu dans un instant, dit le brigadier.

— Et vous, mon ami, continua le comte en me serrant les mains, après avoir servi de compagnon et de défenseur à Louise, voudrez-vous bien lui servir de témoin et de père ?

Je lui jetai les bras autour du cou et je l'embrassai en pleurant ; je ne pouvais prononcer une seule parole.

— Allez retrouver Louise, reprit le comte, et dites-lui que nous nous reverrons demain.

En effet, le lendemain, à dix heures du matin, Louise, conduite par moi et par le gouverneur, et le comte Alexis, suivi du prince Troubetskoï et de tous les autres exilés, entraient chacun par une porte de la petite église de Koslowo, venaient s'agenouiller en silence devant l'autel, et là échangeaient entre eux leur premier mot.

C'était le oui solennel qui les liait à jamais l'un à l'autre.

L'empereur, par une lettre particulière adressée au gouverneur, et que lui avait remise Ivan à notre insu, avait ordonné que le comte ne reverrait Louise qu'à titre de femme.

Le comte, comme on le voit, avait été au-devant des désirs de l'empereur.

En revenant à Saint-Pétersbourg, je trouvai des lettres qui me rappelaient impérieusement en France.

C'était au mois de février : la mer par conséquent était fermée, mais le traînage étant parfaitement établi, je n'hésitai point à partir par cette voie.

Je me décidai d'autant plus facilement à quitter la ville de Pierre-le-Grand, que, quoique malgré mon absence sans congé l'empereur eût eu la bonté de ne me point faire remplacer à mon corps, j'avais perdu par la conspiration même une partie de mes écoliers, et que je ne pouvais m'empêcher de regretter ces pauvres jeunes gens, si coupables qu'ils fussent.

Je repris donc la route que j'avais suivie en venant, il y avait dix-huit mois, et je traversai de nouveau, mais cette fois sur un vaste tapis de neige, la vieille Moscovie et une partie de la Pologne.

Je venais d'entrer dans les états de sa majesté le roi de Prusse, lorsqu'en mettant le nez hors de mon traîneau, j'aperçus, à mon grand étonnement, un homme d'une cinquantaine d'années, grand, mince, sec, portant habit, gilet et culotte noirs, chaussé d'escarpins à boucles, coiffé d'un claque, serrant sous son bras gauche une pochette, et faisant voltiger de sa main droite un archet, comme il eût fait d'une badine. Le costume me paraissait si étrange et le lieu si singulier pour se promener sur la neige par un froid de vingt-cinq à trente degrés, que croyant d'ailleurs m'apercevoir que l'inconnu me faisait des signes, je m'arrêtai pour l'attendre. A peine me vit-il à l'ancre, qu'il allongea le pas, mais toujours sans précipitation et avec une certaine dignité toute pleine de grâces. A mesure qu'il se rapprochait, je croyais reconnaître le pauvre diable : bientôt il fut assez près de moi pour que je n'eusse plus de doute. C'était mon compatriote que j'avais rencontré à pied, sur la grande route, en entrant à Saint-Pétersbourg, et que je rencontrais dans le même équipage, mais dans des circonstances bien autrement graves. Lorsqu'il fut à deux pas de mon traîneau, il s'arrêta, ramena ses pieds à la troisième position, passa son archet sous les cordes de son violon, et prenant avec trois doigts le haut de son claque :

— Monsieur, me dit-il en me saluant dans toutes les règles de l'art chorégraphique, sans indiscrétion, pourrais-je vous demander dans quelle partie du monde je me trouve?

— Monsieur, lui répondis-je, vous vous trouvez un peu au-delà du Niémen, à quelque trentaine de lieues de Kœnisberg ; vous avez à votre gauche Friedland et à votre droite la Baltique.

— Ah! ah! fit mon interlocuteur visiblement satisfait de ma réponse, qui lui arrivait en terre civilisée.

— Mais, à mon tour, monsieur, continuai-je, sans indiscrétion, pouvez-vous me dire comment il se fait que vous vous trouviez dans cet équipage, à pied, en bas de soie noire, le claque en tête et le violon sous le bras, à trente lieues de toute habitation, et par un froid pareil?

— Oui, c'est original, n'est-ce pas? Voilà l'affaire. Vous m'assurez que je suis hors de l'empire de sa majesté le czar de toutes les Russies?

— Vous êtes sur les terres du roi Frédéric-Guillaume.

— Eh bien! il faut vous dire, monsieur, que j'avais le malheur de donner des leçons de danse à presque tous les malheureux jeunes gens qui avaient l'infamie de conspirer contre la vie de sa majesté. Comme j'allais, pour exercer mon art, régulièrement des uns chez les autres, ces impru-

dens me chargeaient de lettres criminelles, que je remettais, monsieur, je vous en donne ma parole d'honneur, avec la même innocence que si c'eût été tout simplement des invitations de dîner ou de bal : la conspiration éclata comme vous le savez peut-être. — Je fis signe de la tête que oui. — On sut, je ne sais comment, le rôle que j'y avais joué : si bien, monsieur, que je fus mis en prison. Le cas était grave, car j'étais complice de non-révélation. Il est vrai que je ne savais rien, et que, par conséquent, vous comprenez, je ne pouvais rien révéler. Ceci est palpable, n'est-ce pas? — Je fis signe de la tête que j'étais parfaitement de son avis. — Eh bien! tant il y a, monsieur, qu'au moment où je m'attendais à être pendu, on m'a mis dans un traîneau, où j'étais fort bien du reste, mais d'où je ne sortais que deux fois par jour pour mes besoins naturels, tels que déjeuner, dîner. — Je fis signe de la tête que je comprenais fort bien. — Bref, monsieur, il y a un quart d'heure que le traîneau, après m'avoir déposé dans cette plaine, est reparti au galop, oui, monsieur, au galop, sans me rien dire, ce qui n'est pas poli, mais aussi sans me demander de pour-boire, ce qui est fort galant. Enfin je me croyais à Tobolsk, par de là les monts Ourals. Monsieur, vous connaissez Tobolsk? — Je fis signe de la tête que oui. — Eh! point du tout, je suis en pays catholique, luthérien, veux-je dire ; car vous n'ignorez pas, monsieur, que les Prussiens suivent le dogme de Luther? — Je fis signe de la tête que ma science allait jusque-là. — Si bien, monsieur, qu'il ne me reste plus qu'à vous demander pardon de vous avoir dérangé, et à m'informer auprès de vous quels sont les moyens de transport de ce bienheureux pays.

— De quel côté allez-vous, monsieur?

— Monsieur, je désire aller en France. On m'a laissé mon argent, monsieur ; je vous dis cela parce que vous n'avez pas l'air d'un voleur. On m'a laissé mon argent, dis-je, et comme je n'ai qu'une petite fortune, douze cents livres de rente à peu près, monsieur, il n'y a pas de quoi rouler carrosse ; mais, avec de l'économie, on peut vivre de cela. Donc je voudrais retourner en France pour manger tranquillement mes douze cents livres, loin de toutes les vicissitudes humaines et caché à l'œil des gouvernemens. C'est donc pour la France, monsieur, c'est donc pour rentrer dans ma patrie que je vous demanderai quels sont, à votre connaissance, les moyens de transport les moins... les moins dispendieux.

— Ma foi, mon cher Vestris, lui dis-je en changeant de ton, car je commençais à prendre pitié du pauvre diable, qui, tout en conservant son sourire et sa position chorégraphique, commençait à trembler de tous ses membres, en fait de moyens de transport, j'en ai un bien simple et bien facile, si vous voulez.

— Lequel, monsieur?

— Et moi aussi je retourne en France, dans ma patrie. Montez avec moi dans mon traîneau, et je vous déposerai, en arrivant à Paris, sur le boulevard Bonne-Nouvelle, comme je vous ai déposé, en arrivant à Saint-Pétersbourg, à l'hôtel d'Angleterre.

— Comment! c'est vous, mon cher monsieur Grisier!

— Moi-même, pour vous servir ; mais ne perdons pas de temps. Vous êtes gelé, et moi aussi : voilà la moitié de mes fourrures. Là, bien, réchauffez-vous.

— Le fait est que je commençais à me refroidir. Ah!...

— Mettez votre violon quelque part. Il y a de la place.

— Non, merci ; si vous le permettez, je le porterai sous mon bras.

— Comme vous voudrez. — Postillon! en route.

Et nous repartîmes au galop.

Neuf jours après, heure pour heure, je déposais mon compagnon de voyage en face du passage de l'Opéra. Je ne l'ai jamais revu depuis.

Quant à moi, comme je n'avais pas eu l'esprit de faire ma fortune, je continuai de donner des leçons. Dieu a béni mon art, et j'ai force élèves dont pas un seul n'a été tué en duel. Ce qui est le plus grand bonheur que puisse espérer UN MAITRE D'ARMES.

FIN DU MAITRE D'ARMES.

PUBLICATIONS DU JOURNAL LE SIÈCLE.

PARIS, 16, RUE DU CROISSANT.

MUSÉE LITTÉRAIRE

FORMAT IN-4° A DEUX COLONNES.

Première série. — Broché complet, 4 fr. (1).

Séparément :

stoire de la Grandeur et de la Décadence
de César Birotteau, par M. DE BALZAC. . . 1 fr. »»
Acte de Vertu et la Peine du Talion, par
M. CH. DE BERNARD. . . . . » 50
va, par M. MÉRY. . . . . » 50
Lion amoureux, par M. F. SOULIÉ. . . . » 30
ne Maîtresse anonyme, par M. E. SCRIBE. » 30
eneviève, par M. A. KARR . . . . » 80
che et Pauvre, par M. E. SOUVESTRE. . . » 70
atilda, par LORD NORMANBY. . . . . » 60
Médecin du Pecq, par M. LÉON GOZLAN. 1 60

Deuxième série. — Broché complet, 4 fr.

Séparément :

Femme de Quarante ans, par M. CH. DE
BERNARD. . . . . » fr. 40
Vicomte de Béziers, par M. F. SOULIÉ. . 1 30
ventures du jeune comte Potowski, roman
du même par le conventionnel MARAT. . » 70
es Parens pauvres, par M. DE BALZAC.
1er épisode, les Parens pauvres. . . . } 2 50
2e — le Cousin Pons. . . . . . }

Troisième série. — Broché complet, 4 fr.

Séparément :

Le Comte de Toulouse, par M. F. SOULIÉ. 1 fr. 20
Le Roi de Carreau, par M. E. SCRIBE. . . . » 10
Une Heure trop Tard, par M. A. KARR . . . 1 »»
La Croix d'or, par M. MAURICE ST-AGUET. . » 10
Hamlet, de SHAKESPEARE, traduction de
M. Alexandre DUMAS. 1 10
Annonciade, par M. EM. GONZALÈS. . . . » 30
Une Maîtresse de Louis XIII, par M. SAINTINE 1 30
Dernier Jour d'un Condamné, par V. HUGO. » »»

Quatrième série. — Broché complet, 4 fr.

Séparément :

Sous les Tilleuls, par M. A. KARR. . . . . . 1 fr. 20
Le Bandit de Londres, par AINSWORTH. . . 1 20
Pignerol, par le bibliophile JACOB. 1 20
La Case du quai d'Orsay, par M. EMILE
MARCO DE SAINT-HILAIRE. . . . . » 10
Fierval et le Fanfaron démasqué, par }
ROUGET DE L'ISLE. . . . . } » 20
Rosa Menzade, par le même. . . . . }
Robert-Robert, par M. L. DESNOYERS. . . . 1 80

Cinquième série. — Broché complet, 4 fr.

Séparément :

Bug-Jargal, par M. VICTOR HUGO. . . . . . » fr. »»
Les Nuits du Père-Lachaise, par M. GOZLAN. 1 30
Histoire des Treize :—Ferragus,—Duchesse
de Langeais, par M. DE BALZAC. . . . . . 1 »»
Les Deux Cadavres, par M. F. SOULIÉ. . . . 1 50
La Veuve de la Grande Armée, par M. E.
MARCO DE SAINT-HILAIRE. . . . . 1 »»

Sixième série. — Broché complet, 4 fr.

Séparément :

Les Mystères de Londres, par M. P. FÉVAL. 4 fr. »
Han d'Islande, par M. VICTOR HUGO. . . . » »»

Septième série. — Broché, 4 fr.

Les Amours de Paris, par M. PAUL FÉVAL. 2 fr. 50
Fort en Thème, par M. ALPHONSE KARR. . » »»
Notre-Dame de Paris. . . . . » »»

Huitième série.

Les Mystères de Rome, par M. F. DÉRIÈGE. 2 20
Antonia, par M. ÉLIE BERTHET. . . . . 1 »»
La Floride, par M. MÉRY. . . . . » »»
La Guerre du Nizam, par le même . . . . » »»

Neuvième série.

Les Sept Péchés capitaux, par M. EUG. SUE. » »»

(1) Le prix de chaque série, broché complet, est de 6 fr. pour les personnes qui ne sont pas abonnées au *Siècle*.

ŒUVRES COMPLÈTES D'ALEXANDRE DUMAS

FORMAT DU MUSÉE LITTÉRAIRE.

Tome Ier. — Broché complet, 5 fr.

Le Comte de Monte-Christo. . . . . 5 fr.
Collection de GRAVURES pour cet ouvrage, 30 ma-
nifiques dessins. Prix 6 fr., et franc de port, 7 fr.

Tome II. — Broché complet, 5 fr.

Séparément :

La Reine Margot. . . . . 2 fr. 10 c.
La Dame de Monsoreau. 2 90

Tome III. — Broché complet, 5 fr.

Séparément :

Le Chevalier de Maison-Rouge. . . . . 1 fr. 40 c.
Le Maître d'Armes. 1 10
La Guerre des Femmes. 1 90
Nouvelles diverses. . . . . » 70

Tome IV.

Séparément :

Georges. . . . . 1 fr. 20 c.
Fernande. 1 »»
Amaury. . . . . » »»
La Salle d'Armes. . . . . » »»
Les Frères Corses. . . . . » »»

Tome V. — Broché complet, 5 fr.

Séparément :

Une Fille du Régent. . . . . 1 fr. 30 c.
Souvenirs d'Antony. . . . . » 60
Isabel de Bavière. 1 30
Praxède. . . . . » 30
Cécile. . . . . » 70
Sylvandire. 1 10

Tome VI.

Séparément :

Les Quarante-Cinq. . . . . 2 fr. 70 c.
Le Bâtard de Mauléon. . . . . » »»
John Davis. . . . . » »»

Tome VII. — Broché complet.

Joseph Balsamo. . . . . 5 fr. »» c.

Tome VIII, IX, X.

Impressions de Voyage. . . . . » fr. »» c.
Le Corricolo. . . . . » »»
La Villa Palmieri. . . . . » »»
Le Speronare. . . . . » »»
Le capitaine Aréna. . . . . » »»
Le Véloce. » »»
Etc., etc.

LES MOUSQUETAIRES.

1re partie: LES TROIS MOUSQUETAIRES, 2 fr.; — 2e partie: VINGT ANS APRÈS, 2 fr. 50 c.; — 3e partie: LE VICOMTE DE BRAGELONNE, 6 fr. 20.
Le même ouvrage broché en deux tomes in-4° à deux colonnes, 10 fr.

Dans ce Catalogue, les ouvrages, séries ou tomes, marqués d'une astérisque, sont en cours de publication. Tous se vendent brochés, par tome, série, ou
même séparément par ouvrage, au gré de l'acheteur, excepté ceux d'un prix moindre de 1 fr. et les ouvres de M. VICTOR HUGO, qui ne peuvent être livrés
que dans les *séries* auxquelles ils appartiennent. Les feuilles détachées, pour rassortiment, seront vendues dans les bureaux du *Siècle*, moyennant 10 centimes
la feuille de huit pages ou 15 centimes par la poste.
Les demandes des départemens devront être affranchies et soldées en un mandat sur la poste ou à vue sur Paris, à l'ordre du directeur-gérant du journal
Siècle. Ce mandat comprendra, outre le prix des ouvrages demandés, le coût de leur port au destinataire. (1 fr. par volume broché par les messageries.)

On trouve également dans nos bureaux: **MAURICE,** par M. SCRIBE, de l'Académie française. — Un volume in-8°; prix, 3 fr.

Imprimerie LANGE LÉVY et Cie, rue du Croissant, 16, hôtel Colbert.

www.ingramcontent.com/pod-product-compliance
Lightning Source LLC
Chambersburg PA
CBHW060437260626
47161CB00005B/1972